PESSOAS DECENTES

LEONARDO PADURA

PESSOAS DECENTES

TRADUÇÃO
MONICA STAHEL

© Boitempo, 2023
© Leonardo Padura, 2022
Publicado mediante acordo com Tusquets Editores, Barcelona, Espanha
Traduzido do original em espanhol *Personas decentes*

Direção-geral Ivana Jinkings
Edição Thais Rinkus
Coordenação de produção Livia Campos
Assistência editorial Allanis Ferreira e Marcela Sayuri
Preparação Carolina Hidalgo
Revisão Mariana Zanini
Capa Ronaldo Alves
sobre foto de Yuri Machado
Diagramação Antonio Kehl

Equipe de apoio Ana Slade, Artur Renzo, Davi Oliveira, Elaine Ramos, Frank de Oliveira, Frederico Indiani, Higor Alves, Isabella Meucci, Isabella Teixeira, Ivam Oliveira, Kim Doria, Letícia Akutsu, Luciana Capelli, Marina Valeriano, Marissol Robles, Mateus Rodrigues, Maurício Barbosa, Raí Alves, Renata Carnajal, Tulio Candiotto

---

CIP-BRASIL. CATALOGAÇÃO NA PUBLICAÇÃO
SINDICATO NACIONAL DOS EDITORES DE LIVROS, RJ

P141p

Padura, Leonardo
    Pessoas decentes / Leonardo Padura ; tradução Monica Stahel. - 1. ed. - São Paulo : Boitempo, 2023.

    Tradução de: Personas decentes
    ISBN 978-65-5717-249-0

    1. Ficção cubana. I. Stahel, Monica. II. Título.

23-84762   CDD: 868.99231
                                     CDU: 82-3(729.1)

Gabriela Faray Ferreira Lopes - Bibliotecária - CRB-7/6643

É vedada a reprodução de qualquer
parte deste livro sem a expressa autorização da editora.

A tradução desta obra contou com apoio do Ministerio de Cultura da Espanha
por meio da Dirección General del libro, de Cómic y de la Lectura.

1ª edição: dezembro de 2023

BOITEMPO
Jinkings Editores Associados Ltda.
Rua Pereira Leite, 373
05442-000 São Paulo SP
Tel.: (11) 3875-7250 / 3875-7285
editor@boitempoeditorial.com.br
boitempoeditorial.com.br | blogdaboitempo.com.br
facebook.com/boitempo | twitter.com/editoraboitempo
youtube.com/tvboitempo | instagram.com/boitempo

Sumário

1 11
A Nice da América 25
2 33
 O valor das palavras 51
3 65
O açougueiro de San Isidro 85
4 99
A selva escura 121
5 147
Epifania havanesa 167
6 183
Um mundo novo 203
7 217
Tambores de guerra 237
8 249
Furacões tropicais 267
9 283
As últimas palavras 305
10 313

¡Ay, amor,
la vida es un delirio!
¡Ay, amor,
esta isla es un suicidio!
¡Ay, amor!
JORGITO KAMANKOLA

1

– Tarde demais – sentenciou.

Lembrava. Ainda lembrava. Tinha esquecido muitas outras coisas de uma vida que ia se tornando aterradoramente longa e sabia que certas desmemórias funcionam como uma estratégia de sobrevivência: era preciso soltar lastro para se manter flutuando e não encalhar nos rancores, nas contagens de ilusões truncadas, na evocação irritante de promessas um dia acreditadas e tantas vezes não cumpridas. Até um sujeito como ele, obstinado recordador, quase um memorioso capaz de se lembrar de tudo, devia permitir a sua consciência certas varreduras, limpezas anímicas e psicologicamente higiênicas para tentar impedir que a carga das lembranças o enterrasse no lodo das aversões e frustrações. Sobretudo, para não pensar que teria sido possível outra vida e que a vivida era um erro, tingido de culpas próprias e imposições alheias.

Mas aquela confluência específica, quase uma revelação mística, é óbvio que se lembrava dela, *tinha* de se lembrar. Até conseguia reproduzi-la em cores e com precisão de detalhes, ocasionalmente ornada com gotas de ira ou pingos de nostalgia, e às vezes chegava a suspeitar que, na realidade, a cena não tivera a densidade de matizes com que agora a reconstruía. Era realmente assim que tinha acontecido, com esses enredos e protagonistas...? Entretanto, estava completamente convencido, sim, de que a essência daquele encontro glorioso se mantivera impermeável aos desgastes previsíveis, refugiara-se no canto iluminado da memória onde se alojam as marcas das iniciações: a amorosa, a literária, a do medo e a da primeira grande decepção. E a de Deus, para quem a tem.

Motivito era um personagem no bairro. Todos os rapazes e, mais ainda, todas as moças sabiam de sua existência. Mario Conde havia muito tempo não era capaz de dizer o nome verdadeiro do jovem, e esse esquecimento pontual – assim parecia ao recordador – dava maior autenticidade à lembrança. O envolvido era *Motivito* e pronto: porque sempre, sempre, Motivito tinha em mãos alguma festa à qual podia levar a música que apreciava, e, ao falar daquelas festanças, celebrações, baladas e gandaias mais ou menos concorridas, em geral organizadas (ou desorganizadas) aos sábados à noite, o jovem costumava qualificá-las de "motivitos". Hoje vou a um motivito, amanhã tenho um motivito, dizia ele. E, por ser o dono da melhor, da última música que os enlouquecia, era ele o ingrediente mais importante daquelas reuniões.

Para corresponder a sua popularidade e seu prestígio, Motivito construíra sua aparência com os trajes e os acessórios ditados pela modernidade dos anos 1960: calçava sandálias de couro cru sem meias, calças bem justas de corte reto, camisas largas e coloridas com colarinho bico de pato, tinha uma munhequeira com fechos de metal, usava uns óculos velhos de armação redonda e lentes verdes levantadas e deixava o cabelo repartido ao meio, grudado ao crânio, graças a algum fixador químico, porque Motivito era mulato e seu cabelo não devia ser exatamente dócil. Motivito era um "almofadinha" exemplar.

No dia de seu grande encontro com Motivito, Mario Conde devia ter oito, nove anos, portanto era por volta de 1964, o insigne Ano da Economia. Que engraçado! O ano anterior fora batizado como o da Organização e o seguinte seria o da Agricultura, e o país já vencera o do Planejamento. Meio século depois, vejam que coisa, na ilha ainda se falava dos desastres nacionais da Economia, do Planejamento, da Organização, e a Agricultura insular ainda, ainda, não tinha conseguido que voltasse a haver batatas-doces, abacates, bananas e goiabas suficientes nos mercados cubanos.

Naquela noite devia estar fazendo frio, pois a porta de sua casa, que costumava ficar escancarada, estava fechada quando ouviu o toque e um assobio, e ele mesmo foi abri-la, para dar de frente com seu primo Juan Antonio, quatro anos mais velho que ele…, acompanhado por Motivito!

– E aí, garoto? – começara seu primo, assumindo a proeminência que a ocasião lhe oferecia, e disparou sem pausa: – Escuta, a vitrola de vocês ainda funciona?

O menino Mario Conde, no êxtase de seu espanto, assentiu com a cabeça. Em sua casa, desde que ele fazia uso da razão, havia uma RCA Victor compacta, comprada uns anos atrás por seu pai, na já extinta loja Sears de Havana.

– A agulha da minha estragou – continuou o primo –, e Motivito precisa testar uma placa aí que lhe estão vendendo.

Conde voltou a assentir. Enquanto ouvia o sempre mal-encarado Juan Antonio, seu olhar estava cravado no mítico Motivito, o mais almofadinha dos almofadinhas do bairro, que estava ali, perto dele, na casa dele, mascando alguma coisa que podia ser um chiclete (onde diabo teria conseguido?) e... para lhe pedir um favor, conforme pôde calcular.

Sempre sem ousar pronunciar palavra, Conde fez os recém-chegados entrarem. Em sua lembrança daquela noite iniciática nunca apareciam seus pais e o que se seguia era o processo de buscar a maleta da vitrola, tirar-lhe o pó com a palma das mãos, abri-la, ligá-la na tomada, constatar que o prato girava e sentir-se importante, um eleito, apesar de Motivito não lhe ter dirigido a palavra, quase nem o ter encarado, embora ele o pudesse ouvir enquanto o Rei dos Almofadinhas do bairro comentava com seu primo que estavam lhe vendendo aquela placa pelo absurdo de vinte pesos e tinha de estar muito bem gravada para custar tanto.

Naquela noite, entre outras verdades assombrosas e inesquecíveis, Mario Conde aprendeu o que era *uma placa*. Como o mercado de discos em Cuba havia definhado e, obviamente, tinham deixado de importar fonogramas, a inventividade nacional conseguira um de seus mais notáveis sucessos tecnológicos: inutilizar os sulcos dos velhos *long plays* e suportes de 78 rotações e, por métodos misteriosos, recobri-los com placas de vinil nas quais se gravava música de outros discos chegados de fora (do mundo capitalista, alienado e corrompido), para que se pudessem ouvir os intérpretes da moda. As *placas* (assim eram chamadas, e também podiam estar coladas a um suporte de papelão rígido), além do mais, tinham a missão de espalhar entre os jovens a música criada no estrangeiro (aquele mesmo mundo capitalista etc. etc.), as canções praticamente (em alguns casos totalmente) proibidas nas rádios nacionais por serem consideradas uma forma de penetração ideológica (uma contaminação tortuosa promovida a partir daquele notório mundo dos funestos *et cetera*), pois Alguém as julgava nocivas, muito nocivas, para as consciências dos homens novos da ilha, em formação acelerada e segura, seres exemplares aos quais cabiam apenas três árduos esforços e um destino luminoso: estudo, trabalho, fuzil... Venceremos!

Preparado o reprodutor de som, Motivito teve a condescendência de dirigir-se ao espantado Mario Conde, de oito ou nove anos, para continuar alimentando uma lembrança indelével.

– Garoto..., isso que você vai ouvir..., se der para ouvir..., bem, quase ninguém ouviu na ilha de Cuba e seus *cayos** adjacentes... Isso acabou de chegar direto do *Yunai Kindon*** e..., bem, já ouviu falar nos Beatles?

Conde, ainda incapaz de articular palavra, negou com a cabeça.

Motivito riu. Até o primo Juan Antonio riu. Ha, ha, ha... A ignorância do menino era de dar risada.

– É a maior coisa do mundo, moleque. Esses caras são..., são... o máximo! – exclamou Motivito, depois de alisar o cabelo com as duas mãos, já colocando com ternura a valiosa placa no prato da vitrola, acionando o botão de início que fazia girar o plástico preto e baixando o braço delicadamente para colocar a agulha sobre o primeiro sulco... Expectativa. Um ruído, outro, outro... e produziu-se o milagre:

It's been a hard day's night,
And I've been working like a dog...

Conde não entendeu picas do que dizia a letra. Mas imediatamente percebeu que algo o penetrava, de maneira osmótica, viral, irremediável, e ainda foi capaz de ver o primo abrir a boca como um idiota (que era e ainda é) e observar Motivito, com os olhos umedecidos de emoção e êxtase estético.

Esse foi o instante exato, a noite do dia (*the day's night*), em que, ainda sem se dar conta da dimensão do que estava acontecendo, mas sabendo que algo grande estava acontecendo consigo, Mario Conde cruzou uma fronteira da qual não havia como retornar nunca mais: o lado maravilhoso do espelho para onde Motivito o transportara com sua placa agraciada com várias canções de *A Hard Day's Night*, por volta de 1964, Ano da Economia. O território sagrado dos iniciados. A terra que fora proibida pelos decretos dos iluminados, empenhados em forjar consciências superiores, aqueles demiurgos, ou seus sucessores da vez, que naquele momento se encarregavam de anunciar, sem vergonha e com regozijo, fazendo soar os notórios bumbos, pratos e demais matracas, que os Rolling Stones logo estariam em Havana para fazer um show naquela estranha primavera cubana de 2016.

Por isso, mais de cinquenta anos depois de ter feito aquela viagem mágica e misteriosa, quando Mario Conde já era um velho de merda, seu primo Juan

---

* *Cayos* são ilhotas rasas, arenosas e alagadiças, frequentes no mar das Antilhas. (N. T.)
** *Yunai Kindon*, corruptela de United Kingdom (Reino Unido). (N. T.)

Antonio, um ancião maluco, e Motivito desaparecera das memórias de todo mundo (menos do menino que um dia lhe emprestara uma vitrola e de vez em quando se perguntava que caralho teria sido feito da vida de Motivito), o Conde, com aquela lembrança desvelada, proclamou sua rebelião:

— Sim, Magro, tarde demais — repetiu, tomou até o fundo do copo de rum e pediu a seu amigo Carlos que lhe servisse mais. — Põe mais, põe mais...! Você sabe, porra, não me deixavam ouvir nem uns nem outros quando eu queria ouvi-los, quando precisava ouvi-los. Quando era mais importante ouvi-los. E nem sequer teria ouvido os Beatles naquele dia se na minha casa não houvesse uma vitrola e meu primo Juanito não fosse colega de classe de Motivito.

— Conde..., sabe quantas vezes você me contou essa história do Motivito e da placa dos Beatles? E quantas vezes a mudou? Não foi Tomy Malacara que levou à sua casa uma placa com "Strawberry Fields"...?

Conde negou e depois assentiu. Sim, podia tê-la mudado um pouco, porque aquela história remota tivera acréscimos e variações com o passar do tempo. E se tornara mais densa e intensa, mais irritante, quando, dez ou quinze anos antes, numa época em que muita gente já se comportava como se não tivesse vivido entre sorrateiras proibições e censuras, um notável escultor cubano, dedicado entre outras atividades à criação de estátuas de bronze de personagens memoráveis, havia fundido uma de John Lennon que fora colocada num parque de Havana. Também com bumbos e pratos, como se nunca tivesse acontecido nada com Lennon, McCartney, Mick Jagger ou os Fogerty de Creedence (John ou Tom, dava no mesmo, um deles era o que cantava como um negro, ou como Deus).

De repente tinha acontecido (sem que ninguém movesse um músculo da cara) de um dos Anticristos dos anos cheios de promessas para a Economia, a Agricultura e o Planejamento agora ser santificado como uma figura da contracultura, quase um bolchevique da música do século XX, e Alguém achava que estava certo, até muito certo... Mas não o Conde. Fiel a seus ressaibos, resoluto a não se permitir aquele esquecimento, ele decidira a partir de então nunca pisar no tal parque, pois aquele profeta de bronze oficializado não era o Lennon maldito das grandes descobertas feitas em épocas de maior rigor e até de planejamento e organização do que os jovens como ele podiam ou não podiam ouvir.

— Devo ter contado umas duas mil vezes, parceiro..., e de fato talvez eu a modifique ou a confunda, não importa... O terrível é que agora os Rolling Stones vêm a Cuba, e sabe de uma coisa? Pois a esta altura já não me importa, como também não me importa viajar ao Alasca... Me estragaram esse sonho...

e outros mais... Magro, sinto por você, que está animado, mas não vou vê-los. *I can't get no...* Agora pode enfiá-los no cu, com guitarras e tudo.

Alguma coisa estava acontecendo, alguma coisa que desejava acontecer, e Havana aos poucos deixava de ser Havana. Ou, Conde se corrigiu, a urbe começava a sentir-se mais perto do melhor que Havana conseguia ser, aquela cidade narcótica, de perfumes, luzes, trevas e fedores extremos, o lugar do mundo onde ele tinha nascido e lhe coubera morar por seus mais de sessenta anos de existência terrena.

Percebia-se como uma aura benéfica que se apalpava no ar. Talvez um estado de júbilo, de esperanças, um ambiente de mudanças ou pelo menos de desejos de mudanças, uma necessidade de voltar a ter possibilidade de sonhar, depois de tanta insônia. Depois de longos anos de mais carências e perdas de perspectiva, outra vez punham-se em movimento as expectativas, engendravam-se propósitos, e as pessoas, tão dilapidadas, queriam acreditar.

Conde não precisava esforçar-se demais para constatar as alterações ambientais à volta. Já a bordo de um Oldsmobile 1951 com motor, pintura e tapetes renovados, destinado ao aluguel e encarregado de cobrir a rota entre seu bairro periférico e a região de El Vedado, bastava ao livreiro ouvir as figuras que o acompanhavam e compor uma generosa provisão de anseios e projetos levantados com esmero.

O plano do passageiro com cara de cavalo e colares de *santería** pareceu-lhe tecnologicamente ousado, pois se propunha a cortar o teto de seu Chevrolet 1956 para transformá-lo em conversível e alugá-lo para os turistas *yumas***, os que pagam melhor e até dão gorjetas enormes, afirmava ele. Pareceu-lhe elementar o empenho da mulher quarentona, abundantemente maquiada, que comentava o bom negócio graças a sua viagem mais recente ao Panamá para importar baterias AAA, tangas daquelas chamadas *calienticos* (que deixam de fora três quartos da bunda) e caixas de unhas postiças chinesas com desenhinhos, daquelas que agora todas as garotas usavam. Desencorajador, típico e mais realista o propósito do jovem engenheiro que se tornara *barman* de um hotel frequentado por estrangeiros, que estava juntando um capitalzinho para emigrar para a Espanha, pois,

---

* Sistema religioso que funde crenças católicas com crenças iorubá. Embora tenha semelhanças com o candomblé, não há correspondência exata entre ambos. Por essa razão, mantive os termos "*santería*" e "*santeiro*", que corresponderia ao "pai de santo" do candomblé. (N. T.)

** Jargão cubano para referir-se a um país ou indivíduo estrangeiro, mais especificamente aos Estados Unidos e aos estadunidenses. (N. T.)

se é verdade que agora está bom, daqui a pouco se fode, como sempre acontece, afirmava ele, e de passagem perguntava à quarentona se ela estava usando um daqueles *calienticos*, e a safada dizia que era vermelho, de renda, porque ela era filha de Xangô. E pareceu-lhe mais utópica (é preciso ver onde foi parar a utopia) a aspiração do motorista, um negro com braços de estivador, que, com notas de cinco, dez, vinte pesos dobradas longitudinalmente, colocadas por ordem entre os dedos da mão esquerda, dirigia só com a direita aquela máquina do tempo, mais própria de um gibi de *Dick Tracy* que de 2016, ano em que viviam. E o sujeito confessava que trabalhava doze horas por dia atrás daquele volante, pois o Oldsmobile, na verdade, era propriedade do cunhado explorador capitalista, mas ele aspirava a comprar um mais ou menos igual, e então, então viveria! Procuraria outro negro fodido como ele para trabalhar e entregar-lhe quinhentos pesos por jornada, enquanto ele, o negro afortunado, promovido a explorador capitalista, ficaria tranquilo em casa vendo os jogos de beisebol do Industriales e os de futebol do Barça, claro que com uma cerveja loira numa das mãos e uma loira de carne e osso na outra, porque vocês sabem que as loiras adoram chocolate grosso e... Quimeras, anseios, esperanças...

Entretanto, nas ruas que percorriam, onde já ondulavam bandeiras e se alçavam *outdoors* anunciando o iminente e histórico Congresso do Partido (desnecessário especificar de qual), e, desde já, convocando para o desfile, também histórico, de 1º de Maio, Dia dos Trabalhadores, Conde via surgir em profusão velhos de tênis gastos e olhares melancólicos, em busca do mísero sustento obtido com suas aposentadorias, cada vez mais encolhidas pelos preços estratosféricos que a vida ia atingindo. Mulheres de gorduras falsas, feitas de farinha e arroz com feijão, enfiadas em camisetas de laicra que mal abarcavam suas massas fofas abarrotadas de colesterol ruim, em obstinada perseguição do pão de cada dia. Jovens com carecas extravagantes, olhares irados, gestos exagerados de *reguetoneros** que viviam do que aparecesse... Os incontáveis habitantes da cidade que não haviam conseguido lugar na fila dos sonhos. A porção majoritária, na qual ele mesmo militava.

Fazia anos que o negócio de compra e venda de livros que Mario Conde passara a praticar ao deixar seu trabalho de investigador de polícia, quase trinta anos antes, fora secando, como a árvore à qual se negam sol e água. O achado, cada vez mais raro, de uma biblioteca apetecível (a última proveitosa tinha sido, havia quase um ano, a do falecido escritor X, vendida até a última página por sua filha

---

* Músicos do *reggaeton,* que em espanhol adquiriu a forma *reguetón*. (N. T.)

desalmada, lote que incluía uma papelada que abalou a sensibilidade de Conde) obrigara-o a diversificar suas áreas de influência, e agora ele comprava de tudo: roupa usada, equipamentos elétricos avariados, jogos de louça incompletos, violões sem cravelhas..., qualquer coisa que pudesse levar a seu amigo Barbarito Esmeril, que depois conseguia vender o que fosse, sempre com algum lucro. Aquele trabalho de sanguessuga, que o esgotava fisicamente e o devastava espiritualmente, mal o mantinha com o nariz fora d'água, e por isso precisava aceitar qualquer outro serviço, como o que lhe tinha proposto, sem dar detalhes, seu velho amigo Yoyi Pombo, que já o esperava nas instalações de seu novo estabelecimento comercial: um bar-restaurante que se nutria de uma clientela de passagem, novos-ricos locais e as infalíveis, imprescindíveis, serviçais putas da nova promoção de uma indústria nacional que fora revitalizada pela crise agônica da década de 1990.

Com a habilidade mercantil e o pragmatismo invejados por Conde, seu velho sócio em compra e venda de livros raros e bem cotados sempre vira as brechas de cada momento, e Yoyi agora era proprietário (na verdade apenas "co-") daquele lugar que, pelo que Conde sabia, caíra na preferência da clientela endinheirada que também fazia parte da nova demografia da cidade.

Já na calçada, diante do local, Conde estudou o recinto: o neon, naquele momento apagado, anunciava seu nome e suas intenções: La Dulce Vida. O casarão, localizado no bairro antes aristocrático, dava conta da bonança econômica de que deviam desfrutar seus donos originais, lá pela década de 1940, época da construção do imóvel. Um espaço para o jardim, um amplo portal, a entrada de carros, as portas altas e as janelas com grades de serralheria esmerada, os pisos de mármore, os capitéis dóricos que destoavam dentro da estrutura mais próxima da *art déco*: o ecletismo a serviço da exibição do luxo.

Os donos atuais do casarão eram dois irmãos, médicos aposentados, filhos de proletários lutadores beneficiados havia sessenta anos com o confisco da morada quando os proprietários originais se foram da ilha. E agora os doutores, agraciados com pensões insuficientes, sobreviviam graças ao aluguel do imóvel para Yoyi e seu sócio, o Homem Invisível, filho de Alguém com poder e, portanto, necessitando permanecer em ridículas trevas empresariais: porque, conforme Conde logo constataria, com sua presença quase cotidiana no bar do estabelecimento, sempre enroscado com sua meretriz da vez e sem pagar o consumo, o Homem Invisível era mais perceptível que um elefante pintado de verde.

Empregados e garçons já estavam preparando o local para o turno do almoço, e um deles, à sombra do pôster de *La dolce vita* em que aparece Mastroianni observando o traseiro magnífico de Anita Ekberg, indicou-lhe onde encontrar o

Man, que, pelo visto, era como chamavam o Pombo. Conde avançou, então, por um saguão de piso axadrezado que parecia uma avenida e procurou o cômodo localizado bem em frente da cozinha, de onde já escapavam eflúvios envolventes de feijão-preto no ponto, perfumes de marinada para mandioca e cheiros de refogados de carne, aromas responsáveis pela rebelião imediata das glândulas e vísceras do recém-chegado.

Atrás de seu *laptop*, Yoyi examinava alguma coisa na tela.

– Entra, *man* – disse ele, sem levantar os olhos.

Em silêncio, Conde estudou o cômodo: parecia um escritório comercial típico, no qual não faltavam nem o calendário nem o pequeno cofre. Seus neurônios, no entanto, não lhe permitiram processar muito mais: a sublevação gástrica continuava a incomodá-lo. Então Yoyi baixou a tampa do *laptop* e sorriu.

– O que você tem, por que está com essa cara de merda hoje, *man*?

– O que eu tenho se chama fome. Esse cheiro está me matando.

– Não tomou café da manhã?

– Um café aguado – confessou Conde. – Nem pão velho tinha hoje...

Yoyi abriu um pouco mais o sorriso e, como costumava fazer, mexeu a mão em cujo pulso trazia um relógio com pulseira de ouro. Como seu cabelo tinha começado a branquear, Yoyi, já quarentão, agora raspava o crânio, que reluzia como uma lâmpada.

– Vamos resolver esse problema – disse ele, e levantou a voz: – Gerúndio!

Conde arqueou as sobrancelhas. Gramática àquela hora e com fome?

Na porta surgiu um mulato de avental branco imaculado.

– Ouvindo – disse o homem.

– Olha, faz um favor, prepara para meu parceiro um sanduíche cubano duplo. E uma vitamina de *mamey**, mas de verdade. E depois traz uma cafeteira com café coado na hora.

– Entendendo. Indo – disse o homem, virando-se para sair, mas girou em torno de si mesmo. – Cavalheiro, de fome morrendo estás – disse ele para Conde, que não precisou perguntar a razão do apelido.

– De onde você tira esses personagens, Yoyi? – perguntou enquanto o outro sumiu na cozinha.

– Não os tiro, eles simplesmente brotam da terra... Você não ouviu aquela canção que diz que em Havana há um monte de loucos...? Pois é verdade, *man*.

---

* Fruto originário da América Central e do México. No Brasil também é conhecido por abricó--das-antilhas ou abricó-do-pará. (N. T.)

Aqui quase todo mundo é maluco... Cento e cinquenta anos de luta e sessenta de bloqueio são muitos anos...

Conde concordou. Ele mesmo já estava meio transtornado.

– E como vai o negócio?

Yoyi abriu os braços e a quilha de seu peito de pombo saltou aos olhos do interlocutor.

– De *puta madre*, como dizem os galegos... Com o monte de *yumas* que estão vindo para Cuba, ficou muito, muito bom, *man*. Todas as noites estamos lotados, e os estadunidenses são os melhores clientes.

– Fiquei sabendo faz pouco. Até deixam gorjeta...

– Sim, sim... Pagam seja lá o que for e depois deixam dez, quinze, às vezes vinte por cento da conta... Será que lhes deram essa orientação por causa do Partido? – Yoyi sorriu, satisfeito com sua engenhosidade. – Para nos penetrar ideologicamente? Sim, com certeza é um plano da CIA e foi Obama que deu a orientação.

– Quando vai chegar o mulato?

– Não sei, em alguns dias... Já imaginou como vai ficar isto, *man*? Obama, os Rolling, Chanel, os do *Velozes e furiosos*. Um monte de *yumas* com grana e vontade de gastar... Até Rihanna e as Kardashian aparecem por aqui...

– Quem são essas?

O crânio raspado de Yoyi brilhou ainda mais...

– Ora, ora... você não sabe quem são Rihanna e as Kardashian...? – Conde negou, com toda a sinceridade. – Com tudo o que a mulata Rihanna é superboa e com a vontade que aquelas outras loucas têm de serem vistas nuas...

Conde voltou a negar.

– Estou começando a me interessar... E qual é o problema, então?

Yoyi olhou para o corredor que ficava atrás de Conde e passou o dedo sob o nariz. Conde arqueou as sobrancelhas, interrogativo. Yoyi assentiu.

– Nem mencione a palavra..., mas onde há dinheiro, bebida, mulheres, música... cai neve.

– De onde sai? Quem traz?

– Não sei de onde sai – começou o Pombo. – Nem me interessa. Isso é problema da polícia ou dos Comitês de Defesa da Revolução, não é? Mas os que a movem são compatriotas... Neve, comprimidos, baseados. – E fez o gesto de tragar um charuto. – Tem de tudo, Condenado, de tudo. Cada vez mais...

– Caralho – sussurrou Conde. – Quando eu era policial, não tinha...

– Para com essa ladainha, *man*, já a conheço. Isso foi há mil anos. Agora este é outro país e você sabe disso, não se faça de sonso. Quando você era tira, quantos turistas havia em Cuba? Cinco – respondeu Yoyi para si mesmo. – Um búlgaro, um tcheco e três irmãos soviéticos... É o que eu te disse, agora o dinheiro está se mexendo, e atrás do dinheiro vem a fogueira. Acho que já há mais putas que semáforos em Havana... E putos também, não vamos discriminar.

– E você sabe se estão mexendo com essa fogueira aqui?

– Não sei... Acho que não..., mas não quero ser pego dando bobeira...

Conde não aguentou e acendeu um cigarro. Tinha controlado a vontade de fumar, esperando o sanduíche e o café, mas a conversa o estava alarmando. Embora soubesse que vivia num mundo diferente, que seus mais de sessenta anos o carregavam de preconceitos, más experiências, nostalgias e conservadorismos, o panorama desenhado pelo amigo, já bem conhecido e em visível ascensão, não deixava de inquietá-lo. Em seus últimos tempos de policial, trinta anos antes, o surgimento de um simples cigarro de maconha disparava todos os alarmes. E, embora não pudesse negar que o mundo em que viviam agora era aparentemente melhor que aquele estado de vigilância, paranoia, repressão e censura sem brechas no qual ele gastara seus melhores anos, a degradação que se proliferava o perturbava.

– O ruim é que, se pegam um movimento estranho aqui, me quebram as pernas e me fecham o estabelecimento... Dessa enrascada nem o Homem Invisível nos salva... Porque você sabe... Nós que temos negócios privados aqui, eles nos mastigam, mas não nos engolem, estão sempre com os holofotes em cima... Por isso preciso de um vigia de confiança, *man* – disse Yoyi. – E quem melhor que você?

Conde negou. Foi uma reação reflexa. Não, ele não estava mais para essas correrias. Cada vez menos entendia os códigos vigentes e mais lhe doíam as rótulas.

– Me desculpe, Yoyi, mas...

– Dez dólares por noite e uma refeição completa como essa que vem vindo...

Conde sentiu a comoção, que se multiplicou quando Gerúndio pôs diante dele, sobre a mesa do escritório, uma *baguette* (parecia uma baguete de verdade), por cujas comissuras apareciam em proporções exageradas o queijo derretido, o presunto cozido e a língua marrom do que devia ser um bife. Sem dar tempo para Conde recuperar o fôlego, colocou perto do sanduíche a jarra com a vitamina de *mamey* e a cafeteira fumegante, cheirando a café bom, café de verdade.

– Saboreando – afirmou o cozinheiro maníaco de barroquismo.

– Agradecendo e comendo – respondeu Mario Conde, que assumiu que sua sorte estava lançada.

– E quando você começa? – perguntou ela.

– Nesta noite – disse ele. – Agora mesmo vou para lá.

– Todas as noites? – continuou ela.

– Todas – confirmou ele, e não se decidiu a dizer que em muitas daquelas noites dormiria em casa, levando para seu velho cão, Lixeira II, as prodigiosas sobras de carne de vaca, porco e frango que certamente conseguiria no La Dulce Vida.

Tamara ajeitou a mecha de cabelo que sempre, sempre, tendia a lhe cair sobre o rosto, e Conde agradeceu o gesto: assim podia ver melhor seus olhos amendoados, com a umidade habitual e o presente de um brilho cálido. Aos sessenta anos, Tamara continuava tão bonita que, com muita frequência, Conde a observava embevecido e voltava a se perguntar como era possível que pela metade de sua vida ele tivesse sido o maior beneficiário daquele prodígio genético.

– Além do mais – acrescentou ele –, assim suporto melhor o tempo que você vai estar fora... Quanto tempo?

– Não sei, Mario. Para de me perguntar. Já te disse mil vezes que não sei.

Da cozinha de Tamara, enquanto tomava o café recém-coado pela mulher, Conde podia ver a extensão verde do quintal da casa, o gramado podado, as árvores frondosas. No cuidado com o quintal de trás e o jardim da frente de sua casa, Tamara investia uma parte das ajudas que, durante anos, recebera da Itália, primeiro de sua irmã gêmea Aymara, casada com um italiano, depois incrementadas pelos acréscimos do filho, Rafael, também estabelecido naquele país. Porque com o salário que ela recebia como odontologista e as eternas precariedades econômicas de Conde, essas despesas teriam sido impensáveis. E agora Tamara, recém-aposentada (como estamos ficando velhos!), planejava uma nova temporada na Itália, de duração indefinida, com a irmã, o filho e um poderoso ímã de dois anos: seu neto italiano, Raffaelo.

– Ainda não sabe quando?

– Na sexta-feira pego o visto e vou tratar da passagem... Talvez na semana que vem eu tenha tudo.

– Já? Tão cedo?

Tamara sorriu.

– Como cedo, Mario? Faz dois meses que estou às voltas com aposentadoria, passaporte, visto, seguro-saúde e não sei o que mais. Parece que vou para a Lua.

– Você vai para a Lua..., outro mundo..., muito longe.

– Ai, menino, não seja dramático.

Tamara estendeu a mão e tocou na bochecha do homem. Conde estava com a clássica cara de merda que tão bem ele sabia exibir. Mas ela resolveu não se deixar contaminar pelas reações do namorado. Conde era possessivo demais, obstinadamente egoísta na prática de seus afetos e tinha muitos recursos para exercer suas demandas, impondo-as às dos outros. Tamara conhecia suas manhas e resolveu que era um bom momento para atacá-lo nos pontos fracos. Sem deixar de lhe acariciar o rosto, ela disse:

– Você sabe que vou, mas volto. Não vou te deixar...

– Já ouvi isso muitas vezes, e depois... se te vi, não me lembro.

– Eu não – disse ela, ao que Conde assentiu. – Já fui e estou aqui...

– Agora é diferente. Você já não precisa voltar para seu trabalho. E tem seu neto... Você vai ficar lá por muito tempo...

– Mas também tem o convite de Rafaelito. Ele quer que você vá ficar comigo por um tempo... Se eu demorar, então vá me buscar e...

– Não posso, Tamara.

– Não pode ou teu orgulho impede que meu filho te pague uma passagem de avião?

Conde negou com a cabeça. Preferia não responder. O orgulho de que Tamara estava falando podia ser uma defesa para outras pessoas e um sabre com que ele mesmo praticava seus haraquiris.

– Faço mais café? – Ele tentou encontrar uma tangente pela qual pudesse escapar da armadilha que sem querer havia montado para si mesmo.

– Agora deixa o café – disse ela, quase num sussurro, e ficou em pé sem tirar a mão da bochecha do homem e inclinou-se para beijá-lo.

Conde sabia que estava sendo agredido, que suas defesas estavam sendo sibilinamente minadas, mas nada podia fazer contra aqueles ataques tão astutos quanto desejáveis. Recebeu a polpa dos lábios de Tamara, sua saliva com sabor indelével de frutas maduras, e agarrou o quadril da mulher, para deslizar as mãos até as nádegas, ainda firmes, sempre protuberantes: bunda de negra, costumava dizer. O beijo se prolongou, se aprofundou, se tornou voraz, e ele sentiu o despertar de seus impulsos, mais preguiçosos com a carga dos anos, ainda aptos a dar resposta quando os interrogavam com os argumentos necessários... E deixou-se vencer pelo inimigo.

Começava a escurecer quando ele saiu da cama. Voltou a olhar a nudez de Tamara e não pôde evitar chegar à beira do buraco negro em que o deixaria a ausência da mulher, sua mulher, quando ouviu o toque do telefone.

– Eu atendo – disse ele, que, nu, esfolando uma nádega, aproximou-se do telefone que estava na escrivaninha disposta num canto do quarto.

– Alô?

— É você?

— Sou eu. E você é você?

— ... Claro, quem haveria de ser, porra?

— E o que há com você?

Silêncio.

— Conde, porra!

Mario Conde sorriu. Seu velho colega Manuel Palacios, cuja voz reconhecera desde o início do diálogo, em geral não tinha muito senso de humor. Se chegou a ter algum, a grosa de trinta anos de trabalho como policial o havia levado até o último átomo.

— O que está havendo, Manolo?

— Muito..., tudo... Vou enlouquecer... Tenho de falar com você... Não tenho outra saída... Sim, claro, já estou louco.

Conde sentiu imediatamente o palpite de uma de suas premonições. Bem debaixo do mamilo esquerdo. Como uma cãibra, um choque elétrico.

— Começa..., mas quero avisar...

— Reynaldo Quevedo.

— Sim, ouvi dizer que tinha se acabado. E acho que ninguém está lamentando muito.

— Acontece que ele não morreu.

— Não está morto?

— Está..., mas esquece o acidente lamentável de que falaram. Tudo indica que o acidente foi provocado... A verdade é que o mataram. E com gana. Com muita gana.

A Nice da América

Neste país, que se alivia de suas frustrações alimentando a desmemória, ninguém mais se lembra do El Cosmopolita nem de tantas outras coisas perdidas, apagadas, excomungadas, algumas pelo próprio turbilhão dos tempos, outras por calculistas vontades políticas, muitas por nossa trágica indolência tropical.

O que na aurora do século foi o café restaurante mais famoso da cidade estava localizado no melhor lugar de Havana: em pleno Paseo del Prado, em frente à esplanada do Parque Central e junto da Acera del Louvre* porque ocupava as privilegiadas arcadas sucessivas dos hotéis Telégrafo e Inglaterra, que, ao lado do Plaza e do recém-construído Sevilla Biltmore, eram os mais luxuosos de uma capital em efervescência, uma urbe que crescia e se modernizava num ritmo enlouquecido e sob o pretensioso *slogan* "A Nice da América"...

Tal como qualquer provinciano recém-importado, eu iniciara o conhecimento de Havana pelo muito bem iluminado Paseo del Prado, um bulevar (réplica da *rambla* barcelonesa, como alguém mais informado me diria) repleto de residências burguesas, hotéis, restaurantes e cafés da moda, percorrido de um lado a outro por damas e cavalheiros elegantes e pelo qual já circulavam os resplandecentes automóveis Cadillac, Stutz, Ford, Chalmers e Hispano-Suiza, com carrocerias refulgentes e motores roucos.

Como não podia deixar de ser, eu tinha me deslumbrado com o movimento frenético da rua Galiano, onde os ricos podiam gastar seu dinheiro nas melhores lojas do país, de preferência nos exclusivos – e também já desaparecidos – Almacenes El Encanto, em que se vendia de tudo: desde a última moda

---

* Em português, Calçada do Louvre. (N. T.)

parisiense e os equipamentos eletrônicos modernos (telefones, ventiladores, lustres, máquinas de costura Singer, fogões com forno) até os higiênicos vasos sanitários de louça, chegados aos milhares à ilha com as tropas intervencionistas estadunidenses de 1898, acessórios de banheiro que se tornaram o símbolo máximo do conforto do século, do *american style*.

Eu tinha passeado, também e obviamente, cobrindo a rota do recém-inaugurado bonde da Havana Electric Railway. Eficiente e elegante, viajava desde El Prado até a zona de crescimento urbano El Vedado (o novo *faubourg*, como se costumava dizer para soar mais exclusivo), onde se erguiam quase a cada dia novas mansões ajardinadas e confortáveis, concebidas pelos melhores arquitetos, que, a cada projeto realizado, incorriam numa espécie de competição de excessos, extravagâncias, exibições de riqueza.

Eu vira a Havana próspera, deslumbrante, avançando na trajetória da modernidade e do suntuoso, a cidade empenhada em se distanciar de um passado colonial que nos parecia obscuro e primitivo.

No entanto, convivendo com esse apogeu do fausto que incluía a postura para as defecações (assim que cheguei à capital eu comprovaria que se sentar numa privada não é a mesma coisa que obrar acocorado num reservado), meus encargos de trabalho logo me fizeram perceber também as entranhas fétidas dessa mesma cidade.

Porque conheci, como poucos, o rincão infame em que se arrastava, como escura mancha urbana, o setor da parte antiga da cidade no qual, em degradante promiscuidade, compartilhavam-se chuveiros, latrinas, fogões e misérias. O bairro que, desde sempre, abrigou o setor menos favorecido da urbe: perto do porto e suas dependências, seus armazéns, *fondas**, tabernas, casas de jogo e dissolução, aquele antro intramuros tinha sido por três séculos o assentamento de estivadores, marinheiros, carpinteiros ribeirinhos e, também, de jogadores, prostitutas e proxenetas. Estendendo-se entre os terrenos do que seriam a nova Estação Central e o velho Cais de Luz, não por acaso aquele distrito miserável acolhia também a zona de tolerância da capital, oficial e supostamente confinada no bairro antigo de San Isidro.

Não é preciso dizer que, em minhas primeiras prospecções da cidade, várias vezes eu caminhara pela populosa Acera del Louvre e contemplara, ávido, mais provinciano que nunca, o ambiente boêmio e refinado que El Cosmopolita exalava, com seus pisos de mármore, lustres aranhas com muitas luzes, mobiliário escuro

---

* Locais bem simples que servem comida. (N. T.)

de mogno-crioulo, toalhas de mesa de linho, garçons estilosos e imaculados que se dedicavam a servir os jovens mais elegantes, as mulheres mais bonitas, os políticos mais proeminentes da cidade. Eu passava, olhava, avaliava, até aquela tarde de fim de setembro de 1909 em que, sem voltar a fazer contagens monetárias, tomei a decisão.

Tantos anos depois, ainda consigo ver, como se fosse outra pessoa, a figura deplorável do jovem tímido e pobretão que caminha, olha, procura, hesita, volta a hesitar e finalmente ocupa uma mesa discreta no café luxuoso. Lembro como o forasteiro ficou satisfeito ao verificar que, da cadeira escolhida, podia observar, diante dele, a esplanada do parque onde, desde havia pouco tempo, erguia-se a estátua de mármore do herói José Martí. O jovem daquela época, homem simples e romântico que ainda acreditava nos valores republicanos, na justiça e em outras utopias, sempre se deleitava em observar aquela imagem idílica do Profeta, do Apóstolo, em atitude de mostrar a nós, cubanos, o caminho da redenção no porvir. Um caminho de luz que, então, já tínhamos perdido.

Assim que me acomodei, vi irromper no local um grupo de jovens buliçosos e bem-vestidos que se aproximaram do balcão e, eu soube depois, conforme ditavam as regras do bom gosto, pediram suas bebidas em pé, sem ocupar as banquetas. *Highballs* com uísque Canadian Club, ouvi-os solicitar. Ver aquela desenvoltura me provocou um misto de admiração e inveja, pois eu bem sabia que, no lugar mais chique da cidade, minha imagem devia proclamar a que ponto extremo eu era ali um adventício, com meu terno de musselina barata, um chapéu de palha ordinário, perfumado com uma simples colônia e tendo a possibilidade de pedir, se tanto, um gim La Campana, o mais comum e barato.

Como se tudo fosse preparado para me deslumbrar, diante de mim produziu-se imediatamente a mais admirável demonstração de habilidade gastronômica de um garçom cubano: depois de deslizar sobre a mesa ocupada por duas senhoras o prato com o pão saído do forno, cortado em tiras, brilhante de manteiga, o atendente começou a despejar, dos bules de metal que tinha em cada mão e inclinando-os simultaneamente, o leite e o café que, sem derramar uma gota e nas quantidades exatas, encheram até a borda as xícaras já dispostas antes.

Foi então que, alertado pela aproximação do garçom, finalmente levantei o cardápio, colado entre duas capas reluzentes, ainda cheirando a couro.

— Não faça isso — ouvi, então, uma voz atrás de mim. — Aqui não é de bom-tom olhar os preços.

Atraído pela voz, virei-me e fui obrigado a me perguntar em que momento o jovem que me oferecia um sorriso astuto, leve, de proverbiais efeitos magnéticos, ocupara a mesa vizinha. Ainda sem conseguir pronunciar palavra, não pude deixar de registrar: ele tinha na cabeça um chapéu-panamá importado, daqueles que podiam custar até duzentos dólares, e seu terno era um dril-100*, de um branco resplandecente. Uma de suas mãos, em que cintilava o anel rematado com um brilhante que parecia um grão-de-bico inchado, apoiava-se numa bengala com castão de prata, enquanto a outra segurava a piteira de ouro e âmbar da qual exalava o aroma inconfundível de um cigarro egípcio. Ao lado do jovem, como pronta para ser exibida numa vitrine, estava uma beldade de vinte anos com um conjunto de seda salmão, uma pele de raposa autêntica nos ombros e uma ousada boina de veludo escuro da qual saía um penacho branco, leve e ereto. Um lornhão brilhante, pendurado numa fina corrente de ouro cinzelado, adornava o pescoço da ninfa esplendorosa.

— Peça o que quiser, porque aqui sempre há o que você quer — continuou o jovem do dril-100, sorrindo mais um pouco, e, para completar o ensalmo, acrescentou: — Tem mais... Não se preocupe, estou convidando.

Sempre que reconstruo essa cena, sinto-me inclinado a afirmar que, naquele exato momento e com aquele encontro, ainda creio que casual, eu estava assistindo à definição do meu destino. Porque, cada vez que penso, tenho a convicção de que naquele instante tudo dependia de uma decisão: aceitar ou não a oferta do homem cujo sorriso todos reconheciam como sendo o melhor de Havana. Esta era a raiz da questão: entrar ou passar ao largo. Quase sem pensar, como abduzido, entrei.

— Um *highball* com uísque Canadian Club? — Essa foi minha pergunta, mais que minha escolha.

— Pois que seja um bom uísque — disse o jovem, e levantou a bengala para se fazer notar pelos garçons, e depois voltou o foco para mim, sorriu de novo e esclareceu muitas coisas: — Muito prazer. Alberto Yarini — disse ele, estendendo a mão anelada, a qual imediatamente apertei.

— Muito prazer, senhor Yarini. Arturo Saborit Amargó, às ordens — disse e fiz uma discreta reverência dirigida ao jovem que, entre seus méritos e suas distinções, contava com o fato de ser o rei da prostituição em Havana.

Sim, do El Cosmopolita ninguém mais se lembra. De Alberto Yarini, fala-se até hoje, como se ele continuasse perambulando por Havana. Ou será que ainda a percorre de um lado a outro?

---

* Dril-100, marca lexicalizada. Tecido de linho ou algodão semelhante à sarja, tradicionalmente usado na confecção de roupas masculinas leves e elegantes. (N. T.)

Alguém tem a menor ideia de como se vive quando se sabe, com perversa precisão científica, o dia em que o mundo vai se acabar e você, é óbvio, vai desaparecer com ele? Alguém já viveu a experiência de poder contar nos dedos da mão os anos, depois os meses e depois as semanas de vida que restam para si e para todos os outros? Porque a chegada do Apocalipse nunca teve uma data e uma representação mais exata: em 11 de abril de 1910, entre as quatro e as cinco da tarde, quando uma bola de fogo vinda do céu se chocaria com a Terra. Sim: o cometa Halley.

Nunca, em toda a história do ser humano, as pessoas tinham vivido tanto tempo e com tantas informações na expectativa das alterações celestes. Mesmo que alguém quisesse – e não era meu caso –, não poderia ignorar o que aconteceria. Todos os dias os jornais falavam das etapas de aproximação do maldito cometa; nas igrejas, agora mais abarrotadas de gente, os padres convocavam o aerólito em seus sermões, pois o consideravam um castigo divino; enquanto isso, astrólogos, astrônomos e filósofos, até mesmo os mais agnósticos que li em minha obsessão, seguiam sua pista e depois eles mesmos se persignavam: o cometa vinha e pouco – ou melhor, nada – se podia fazer. Porque, se não investisse contra nós de frente, afirmavam, pelo menos nos cobriria com o manto quente de sua cauda escarlate de cianogênio, mais que suficiente para eliminar a vida do planeta.

O cometa Halley era o pão de cada dia – e com razão. Em sua maioria, os moradores de Havana, tão habituados às desgraças, é claro que receberam o anúncio apocalíptico conforme acontecia com qualquer evento. Com toda a paixão, todo o alvoroço e o fatalismo desfraldados. E desatou-se o delírio. Diante do inevitável, muitos negaram-se a gastar em telescópios ou mapas cósmicos inúteis, e a maioria preferiu enveredar pelas opções mais divertidas, como a de comprar e consumir álcoois e alucinógenos, a de apostar em qualquer coisa que lhes ocorresse nas casas de jogo que brotavam como formigueiros, a de dançar a qualquer hora e com qualquer música e, sobretudo, mais que tudo, a de fornicar como possessos. Estabeleceu-se na cidade o império do êxtase e da luxúria. Vivia-se sob a erupção do hedonismo, da corrupção, da pressa, e, em tal ambiente de loucura, as pessoas repetiam o lema brutal que todos aqueles que podiam, sempre que podiam, punham em prática: "Vamos trepar, pois o mundo vai acabar".

Mais de uma vez, perguntei-me se a proximidade do cometa, a influência de seu magnetismo, a certeza de que o mundo se acabaria com todos nós nele teve a ver com algum de meus comportamentos e, por conseguinte, com certas reviravoltas de meu destino. E se depois, quando o bendito cometa passou ao largo sem sequer olhar para nós e a tensão deu lugar ao alívio e o alívio à mais degradante indolência, a sensação de ser um sobrevivente me afetou, como a tantas pessoas já descentradas, corrompidas, drogadas, prostituídas de mil maneiras, já incapazes de recuperar o rumo do que poderia (ou não) ter sido sua existência.

Se me pergunto sobre essas questões e, além disso, adio a entrada em assuntos mais atraentes, é porque a possibilidade de culpar algo ou alguém de nossa sorte (prática em que nós, cubanos, somos especialistas) gera um consolo balsâmico.

Acho que, antes de avançar, devo adverti-lo: filosoficamente sou um eclético ou um heterodoxo, não sei bem, pois já faz anos que não sou nada, quando muito um renegado, um pessimista certificado. Ainda creio em Deus, mas não na vida ultraterrena, e isso me alivia muitíssimo, pois me evita a condenação eterna que por meus atos me caberia.

Provenho da bela cidade de Cienfuegos, na província de Las Villas, onde nasci, em 1886. Cresci no seio de uma família modesta, católica e patriota. Meu pai era professor, e um de meus tios, bibliotecário do Liceu da cidade; com eles me instruí e me afeiçoei à leitura. Em 1907, aos vinte anos, já terminado o bacharelado e graças aos contatos de meu outro tio, coronel do Exército Libertador Ambrosio Amargó, ingressei na corporação da polícia local. E não porque em meus planos estivesse tornar-me agente da ordem, apesar de em certa época eu ter sido fanático pela ordem, mas porque na Cuba de então não havia muita escolha. Se eu pudesse, teria gostado de ser engenheiro: adorava construir coisas. Pontes, sobretudo pontes... Mas a generosidade de meu tio, o potentado da família, não dava para me sustentar durante anos de estudos universitários. Sua doutrina existencial era mais concreta: eu te empurro e você corre.

Em 1908, seguindo um empurrão desse tio – herói da guerra para o qual, como para outros astutos e visionários, as coisas iam tão bem no desregramento do pós-guerra e da fundação republicana –, já membro da corporação policial, mudei-me para Havana, destacado para a quase tranquila delegacia da cidade vizinha de Marianao, que era então um remanso mais rural que urbano. Porque, segundo tio Ambrosio, se neste país você quisesse ser alguém, o lugar para consegui-lo era Havana.

Já na capital, por ter maior grau de instrução e gosto pela disciplina (e por mais algum outro cutucão do meu tio, de novo meu tio), tive uma rápida ascensão à patente de tenente e, em meados de 1909, ao terminar a ominosa segunda intervenção estadunidense, por meus supostos méritos fui transferido para a tórrida delegacia da rua Paula, bem no centro da velha Havana, lugar onde, me avisaram, eu teria muito trabalho, possibilidades de ascensão e também infinitas oportunidades de encher os bolsos.

Em meu novo destino os superiores da Municipalidade me atribuíram o trabalho de perseguir as manifestações de práticas puníveis pelas leis: prostituição ilegal, jogos de azar, tráfico de substâncias narcóticas... Mas em Havana tudo o que é ilegal tem um espaço legal, e logo descobri que nós, as autoridades, e não as leis, éramos os encarregados de estabelecer as fronteiras. E esse poder de arbitragem foi uma mina de ouro da qual vi, muito cedo, meus colegas tirarem vantagem, desde o mais simples vigia de bairro até o chefe provincial da corporação, com a espantosa agravante de que, ocasionalmente, eram esses mesmos funcionários que controlavam certas atividades delituosas.

Em poucas semanas, ficou claro para mim que ser policial numa praça aparentemente controlada pelas ordens de um exército de ocupação, mas na verdade desgovernada, podia tornar-se um jogo com apenas duas saídas: ou você se corrompia e entrava na orgia, ou levava a sério sua missão e sofria as consequências de nadar contra a corrente e..., depois de se exaurir, constatava que tinha conseguido avançar muito pouco ou, pior, que tinha se tornado um malquisto marginalizado. Por minhas convicções da época, desde que entrei na corporação da ordem, propus-me a resistir às tentações e realizar meu trabalho com consciência e decoro. Alguém precisava acreditar em alguma coisa, e eu ainda acreditava na decência e na honestidade, inclusive num mundo que, segundo todos os augúrios, se aproximava do fim.

Um ano depois daquele encontro com Alberto Yarini no El Cosmopolita, quando ninguém mais falava no cometa, posso dizer que eu era alguém em Havana. Porque em poucos meses tornara-me amigo próximo e até mesmo correligionário político do próprio Alberto Yarini e fora promovido a inspetor de polícia, com méritos reconhecidos por meu trabalho na elucidação de dois crimes espantosos que tanto alteraram a vida da capital. Essas três condições (amigo, correligionário e oficial de polícia reconhecido) fizeram com que, na malfadada noite de 21 de novembro de 1910, eu estivesse no lugar onde não deveria estar, onde não precisaria estar e onde assassinei um homem.

2

Mario Conde não conseguia se lembrar da última vez em que ouvira falar de Reynaldo Quevedo. Poderia ter pensado, inclusive, se é que alguma ideia relacionada com aquele homem tinha atravessado sua mente, que muito pouca gente na ilha devia, ou queria, se lembrar do nefasto Reynaldo Quevedo. Mas a prática, critério supremo da verdade – como diz o vulgo –, voltava a demonstrar que a memória geralmente é mais obstinada do que muitos acreditam e tudo parecia indicar que alguém se lembrava, sim, e muito, do Abominável.

– Quer dizer que o mataram.
– É o que parece, mais ou menos – disse o tenente-coronel Manuel Palacios.
– Mais ou menos…? Bem, não deveria dizer que me alegro…, mas…, nada, nada, melhor ficar quieto. No entanto, a verdade, cá entre nós…, a verdade é que me alegro… Você tem ideia de por que o apagaram, mais ou menos?
– Algumas – suspirou o policial.
– Eu também – rematou Conde. – Uma ideia.

Reynaldo Quevedo, ou simplesmente Quevedo, como era conhecido, tinha sido, nos obscuros anos da década de 1970, a encarnação do Maligno para os meios artísticos do país. Poeta medíocre, com alguma patente militar menor, pertencia ao setor dos políticos intransigentes e à horda dos infectados por aquele ódio voraz engendrado pela inveja e pelos fundamentalismos e cujos efeitos se multiplicam a partir do pedestal do poder. Stalinista confesso, de personalidade obscura e esquiva, tinha sido escolhido pela vocação de inquisidor e talvez pela maldade geneticamente codificada como a cabeça dirigente do processo de perseguição, hostilização e marginalização sofrido por muitos escritores e artistas cubanos durante os anos em que se exercera seu rígido reinado. Entre suas vítimas houve-os de todas as cores e tamanhos, inclusive gente como os depois novamente celebrados José Lezama Lima e Virgilio Piñera e também alguns irredutíveis, como o teatrólogo Alberto Marqués.

Graças ao já falecido Marqués, velho amigo de Mario Conde, o então tenente investigador obtivera anos antes o retrato mais completo do furioso repressor: como o demônio, tem olhos de réptil, afirmava Marqués, e o ódio ácido que ele destila se condensa numa nata esbranquiçada na comissura de seus lábios, dizia. Aquele perverso foi o cão de fila, o porta-bandeira da pureza ideológica ao qual as autoridades do país haviam conferido o arbítrio absoluto dos destinos dos habitantes da República das Artes cubanas.

E, com toda a intransigência, a antipatia, a maldade e o rancor a que devia sua preeminência, e sempre em nome da necessária purgação ideológica, política, social e até sexual exigida pelo mundo feliz habitado pelo Homem Novo, Quevedo dedicou-se por anos a destruir vidas e projetos, a envenenar a terra da criação jogando-lhe sal, a queimar hereges em suas fogueiras políticas, enquanto impingia uma poesia, um teatro, umas artes plásticas de emergência, quase sempre oportunistas e lamentáveis, pretensa ou supostamente proletárias, que se erigiam em arte revolucionária da revolução, na e para a revolução. Como pediam os discursos, como estipulavam os documentos, como reclamava a filosofia praticada.

Todo aquele processo doloroso transcorrera em alguns anos que, entretanto, Conde recordava como dias felizes: fora sua época de estudante do pré-universitário, quando conhecera seus amigos mais velhos e renhidos – o Magro Carlos, Andrés, o Coelho, Candito Vermelho –, seus amores mais permanentes – ah, a gêmea Tamara –, uma época de intensa inocência durante a qual todos eles tinham abrigado sonhos, esperanças, acumulado promessas de futuro, os dias em que o próprio Mario Conde sentira os primeiros sintomas de suas inclinações literárias, enquanto, sem ele saber, ao redor se entronizava o dogmatismo e, com ele, a marginalização e a humilhação. E, sobretudo, o medo. O medo de que, se fosse apontado, você deixasse de ser, nunca mais voltasse a fazer... Para muitos artistas representou sua temporada num inferno em que os haviam lançado, até novo aviso – o aviso de um alívio que, para alguns, como os próprios Lezama e Virgilio, nunca chegou enquanto habitaram no Reino Deste Mundo. Tempos e políticas tão infames que, talvez até por decreto, Alguém depois decidira dissimular sob camadas de esquecimento, silêncio, olhares desviados. Entretanto, ao que parecia, nem todos tinham esquecido, conforme ratificava a informação que Mario Conde ouvia dos lábios de seu antigo colega de trabalhos policiais, recentemente promovido por idade e méritos.

— A mulher que limpava a casa, cozinhava e lavava foi quem o encontrou – disse o inflamado tenente-coronel Palacios.

— O camarada comissário tinha empregada?

— Me deixa falar, porra, e depois mete a colher... A mulher, o nome dela é Aurora, o encontrou na sala do apartamento – continuou ele, e, do banco que ocupavam no parque triangular pequeno e sem árvores da rua Línea, Manolo apontou para o edifício, à beira do Malecón, um dos arranha-céus mais cobiçados da cidade.

A revelação do lugar privilegiado onde tinha vivido (e agora morrido) o Abominável quase provocou outro comentário de Conde.

— Tudo indica que o mataram na noite anterior..., anteontem à noite. A causa da morte foi um golpe contundente na região occipital, ao que parece resultado de uma queda, pois havia cabelos e fragmentos de pele no tampo de mármore de uma mesa de centro. Pensamos que o tinham empurrado e... então veio a complicação. Cortaram-lhe o pênis e as falanges de três dedos da mão direita. O pênis com uma faca da própria cozinha dele, os dedos com uma tesoura de poda ou algo assim, que não encontramos. Deixaram ali tudo o que foi trucidado. E até agora nenhuma pista útil...

— Então o assassino ou os assassinos não estavam com essa faca... Vai ver que a decisão de mutilá-lo foi de última hora. E, se deixaram tudo, não tem nada a ver com levar um troféu...

— Também penso isso. Até acho que a morte pode ter sido acidental. Há uma marca dos sapatos dele no piso, como se ele tivesse escorregado.

— Sei. Isso serviu para a conclusão do "lamentável acidente"... Mas também pode ser por causa do empurrão – ponderou Conde. – E levaram alguma coisa?

— Isso é importante e complica o caso... Levaram vários quadros, pinturas. De modo que pode ter sido um roubo que acabou mal, um empurrão ou um escorregão, e depois uma montagem com a mutilação para emaranhar as coisas. Ou, ao contrário, um assassinato premeditado com toda a aleivosia do mundo, inclusive a história da mutilação, e o roubo como estratégia de distração ou benefício adicional.

Conde assentiu, tirou um cigarro e, por hábito, ofereceu um para Manolo. O policial hesitou, acabou aceitando a oferta e ambos acenderam os cigarros.

— Sabe que eu já não fumo nem bebo...? Por causa da minha úlcera... Só faço isso quando te encontro. Porra, Conde, você é meu demônio particular.

— Mas é você que me chama, parceiro... Eu estava na maior tranquilidade... Bom, lembre sempre que a mutilação pode ter algum significado.

– Mas, para mim, roubo e mutilação não se encaixam muito...
– O que mais levaram?
Manolo procurou um caderninho no bolso de seu casaco de oficial de alta patente.
– Até agora só sabemos de vários quadros... Telas... Dois nus de Servando Cabrera, uma cabeça de Martí de Raúl Martínez, um óleo de Milián. Segundo a filha de Quevedo, valiam muito... mas não sei quanto é muito.
Conde não conseguiu evitar: sorriu com toda a amargura que o caso implicava.
– Minha nossa, Manolo... São obras dos pintores que ele perseguiu, censurou, com cuja vida ele fodeu.
– Do que está falando, Conde?
– De pessoas que Quevedo reprimiu e das quais, de algum modo, se aproveitou. E de que esses quadros, sobretudo sendo telas, podem valer muitos pesos, sim... Que sacana.
– Eu não sabia...
– Muita gente não sabe, parceiro. Encobriram toda essa história...
– Bem, o fato é que sabia de alguma coisa... Por isso te liguei.
– E vocês já têm alguém em vista?
Manolo pôs o caderninho de volta no bolso e olhou para o arranha-céu.
– Não... E aí a história começa a ficar mais complicada ainda. Segundo a filha e aquela senhora, Aurora, ninguém visitava Quevedo. Nem a filha vinha muito ao apartamento – observou Manolo, apontando para o alto da torre. – E o porteiro que fica embaixo não pode contribuir em nada. No segundo andar, há uns escritórios comerciais; no quarto andar, uma agência de turismo que vende passagens para Miami. Imagine só, em horário de expediente, quanta gente entra e sai como se estivesse em casa... Ah, e a câmera de vigilância que eles têm lá é de mentira...
Conde meneou a cabeça.
– Sabe de uma coisa? Numa época creio que tinha muita gente com vontade de matar esse sujeito. Por ele ser filho da puta... Mas muitos dos que ele fodeu já morreram ou estão por volta dos oitenta anos. Quantos anos ele tinha?
– Oitenta e seis... Tinha superado um câncer e se recuperou de um derrame.
– Caralho, bicho ruim só morre se alguém matar – sentenciou Conde, e na mesma hora sentiu a pontada de uma de suas premonições: bem embaixo do mamilo esquerdo, no lugar exato quando esses avisos pretendiam se cumprir. – E além de falar do que aconteceu com esse homem e de agora eu te contar quem ele era, o que você quer que eu faça, Manolo? É o que estou pensando? Não, não fique vesgo e me diga...

– Bem, parceiro, como você não tem muito o que fazer, eu...
– Quem te disse isso, rapaz...? Agora tenho um trabalho... E estou escrevendo. Ou tentando...
– Você está sempre tentando, Conde... Não enche o saco.
– Mas agora é sério... Encontrei uns documentos sobre Yarini...
– O cafetão?
– O único Yarini que todo mundo conhece... Estou metido nisso, ando meio travado com a história e...
– Porra, Conde – interrompeu Manolo, que estava ouvindo pela enésima vez Conde falar de seus propósitos literários eternamente postergados. Deveria acreditar nele agora? – Compadre, sempre você terá tempo para escrever... ou não. Agora preciso que me ajude a resolver essa encrenca. Olha, estou achando que é uma história que foi montada para você. Talvez até possa escrevê-la depois, veja só...

Da altura daquele vigésimo quinto andar, tinha-se a visão mais reveladora, tão bonita quanto aflitiva, da insularidade: a linha escura da avenida do Malecón, a serpente cinza do parapeito que resguardava a cidade dos embates do mar, as rochas salientes em vários trechos da costa e, avassaladora, como um desafio, a extensão do oceano, visível até onde o planeta, ao que parecia realmente redondo, iniciava a curva de sua descida para os outros mundos. A fatal circunstância de que falara Virgilio Piñera, o maldito, renitente marginalizado até um denso ostracismo e a morte mais miserável a que o empurrara aquele mesmo homem que vivera naquelas alturas privilegiadas.

Conde lembrou que alguns anos antes, num edifício próximo, tivera a possibilidade de ver os limites da ilha de perspectiva semelhante. E lembrou que naquele momento a evidência do isolamento lhe parecera dolorosa. Agora, em compensação, para ele era aflitiva, apesar das portas do país que tentavam se abrir, embora ele suspeitasse que, na realidade, se tratasse mais uma vez apenas de uma ilusão, do sonho calderoniano.

Manolo por fim havia explicado ao ex-tenente a verdadeira razão de seu chamado. Ele mesmo e noventa por cento dos oficiais, suboficiais e soldados da corporação estavam mobilizados e dispostos em função dos acontecimentos que alterariam a dinâmica da cidade nos próximos dias. Visita do presidente Obama, show dos Rolling Stones, desfile da Chanel, chegada de personagens de todo tipo e de alta visibilidade (como se chamavam as que mostravam a bunda e os peitos,

Conde quis lembrar). Tratava-se, em primeiro lugar e como qualquer um poderia imaginar, de questão de segurança. E, embora todo mundo soubesse que Cuba era o lugar mais seguro para o qual poderia viajar o líder estadunidense, todas as precauções eram necessárias, mais ainda com a agenda que o Mulato propunha, um programa intenso que incluía – veja que loucura – um jantar num restaurante privado de Centro Habana, várias reuniões com pessoas alheias ao governo e até a ida a um jogo de beisebol no grande estádio de Havana.

– Ele quer comer numa *paladar** na rua San Rafael... Você imagina o que é montar a segurança de meio Centro Habana? Lá moram cinco pessoas por metro quadrado. E do estádio do Cerro? Já imaginou saber quem é cada uma das cinquenta mil pessoas que estarão lá dentro, fingindo assistir a um jogo de beisebol? – lamentou-se o policial.

– Pois não serão os que sempre vão ao estádio? – provocou-o Conde.

– Não se faça de bobo... Você sabe muito bem que, quando há outras coisas além do jogo de beisebol, nunca é assim. Vai ser televisionado para o mundo inteiro. De modo que a entrada é por convite de gente selecionada... Cinquenta mil selecionados, parceiro, preferível e majoritariamente militantes.

Porque o que mais se temia não era uma improvável tentativa de atentado, uma ação contra a qual trabalhavam juntos, como parceiros de alma, os agentes da Segurança Nacional estadunidense e a contrainteligência e as tropas especiais cubanas. O que os policiais cubanos deviam evitar a todo custo era uma manifestação, preparada ou espontânea, de possíveis inconformados, provocadores ou até gente contratada para montar um show antigovernamental debaixo do nariz do presidente estadunidense. Ou durante o concerto dos Rolling Stones. Ou na tarde do desfile da Chanel. Ou qualquer dia, em qualquer lugar. As pessoas estavam achando coisas, querendo coisas, falando coisas... E eles sabiam.

– Não resta um policial livre, Conde, nem um... Até os exaltados dos contingentes de resposta rápida e manifestações de repúdio estão meio aquartelados. Você nem imagina como estamos... E agora alguém decidiu acabar com esse homem.

– Estou pensando numa coisa, politicamente muito incorreta...

– Então não diga o que é.

– Não restrinja minha liberdade de expressão, compadre... Antes tarde que nunca, era isso que eu queria dizer. Esclareço que estou falando de Quevedo

---

* Conhecidas como *paladares* (fem.), são restaurantes de gestão privada surgidos em Cuba na década de 1990, originalmente ocupando os cômodos de residências. Hoje são, com frequência, locais mais sofisticados. (N. T.)

— acrescentou Conde, como se estivesse se dirigindo a um microfone instalado num lustre *art nouveau* suspenso. Um Tiffany numa antessala? De onde saiu esta joia? Quanto deve valer esse Tiffany?

— Conde, você já tem mais de sessenta anos, é um velho de merda, conforme você mesmo proclama... Será que algum dia vai mudar?

— Mudei muito, Manolo. Mas não tanto, não tanto... Ok, vai, vai... me mostra isso. Eu olho, penso e depois vejo se posso fazer alguma coisa por você. O problema é que...

— É o quê? – interveio Manolo diante do silêncio do ex-colega.

— Se eu descobrir quem o matou e é alguém com quem simpatizo...

— Porra, de fato você não muda... Vamos lá, entra.

Conde nunca tinha visitado nenhum daqueles apartamentos, que muitos consideravam os mais bem localizados de toda a cidade. Os dos andares superiores eram, no mínimo, os mais próximos do céu em todo o país. Ao transpor o umbral chegava-se a uma grande sala, fechada pelas duas faces com painéis de vidro que, ao norte, se debruçavam sobre a vista panorâmica do mar, e pelo sul entravam no quadriculado da cidade. Os móveis, de madeiras de lei, dos estilos tradicionais cubanos, tinham uma pátina acinzentada, sem dúvida por obra do inevitável salitre que pairava no ar. As paredes laterais, com portas que davam para os cômodos internos – dormitórios, banheiros, *closets* –, exibiam ainda várias obras de pintura, entre as quais era possível perceber a marca descorada de dois vazios. Passando os olhos pelas peças ainda expostas, Conde reconheceu uma aquarela colorida de Amelia Peláez, um empetecado Portocarrero e, já na área de refeições, chamou sua atenção uma marina muito empastelada e com muita luz, cuja autoria não conseguiu identificar.

— Deixaram coisas que também valem muito. Se vinham para roubar...

— Vai ver que tiveram de sair às pressas, não sei – concordou o tenente-coronel Palacios.

— Afinal, como será que aquele sacana se apossou de todas essas obras? E como conseguiu morar neste apartamento?

— Das obras, a filha sabe alguma coisa, mas principalmente o neto. Creio que ele também é pintor... E o apartamento ele ganhou em 1972. O primeiro dono morreu, o resto da família tinha ido embora de Cuba, e assim seu amigo chegou aqui...

— A mesma história de sempre. Um prêmio pelos serviços prestados – concluiu Conde. – Enquanto repartiam entre eles o que era bom, para nós pediam mais sacrifícios, mais pureza... Essa história me deixa doente, Manolo, me faz mal...

— Não faça tanta crítica... Qualquer dia vou ser obrigado a te prender, Conde.

— Ou me mandar aos companheiros aguerridos de uma brigada de resposta rápida para me enfiar numa manifestação de repúdio.

— Isso seria melhor. — Manolo foi obrigado a sorrir. Não conseguia lutar contra a língua de seu ex-superior.

No meio do primeiro espaço da sala ficava a mesa de centro, de pés de madeira e tampo grosso de mármore, sob a qual permanecia a mancha de sangue seco. Um pano verde, cor de centro cirúrgico, cobria uma área próxima, entre duas poltronas de assentos e espaldares de palhinha. Tomando as precauções necessárias, Manolo ergueu o pano, que, para alívio de Conde, não escondia os dedos e o pênis trucidados.

— Esta é a marca do escorregão. Está provado que foram os sapatos de Quevedo. Está vendo? O traço indica que, quando ele perdeu o equilíbrio, o pé foi para a frente e, é óbvio, o resto do corpo foi para trás.

Conde assentiu.

— Se você recua de repente, pode acontecer isso... Mas também se alguém te empurra... Consigo encaixar a história do roubo numa hipótese. O problema é a mutilação... E você me falou de quatro quadros, mas aqui estão faltando dois.

— Os outros estavam no escritório. Venha. Segundo a filha, eram os preferidos do falecido.

— Sabe que o sujeito se pretendia poeta?

— Me disseram alguma coisa — comentou Manolo. — Bom ou ruim?

— Não tenho ideia... Devia ser muito ruim. Mas, de todo modo, eu não leria nada dele nem amarrado.

Conde seguiu o oficial por um corredor que levava a dois quartos, nos quais só deu uma olhada e viu que estavam em ordem, com as camas perfeitamente arrumadas, para chegar ao cômodo de uns seis metros por seis, onde fora montado um generoso escritório.

O centro do cômodo era ocupado pela escrivaninha, um móvel escuro, sólido, talvez de estilo identificável, coberto por um vidro. Sobre a mesa, um computador, com o monitor e o teclado.

— O assassino esteve aqui — advertiu Manolo.

A parede do fundo tinha outro painel de vidro através do qual se avistava a avenida e o muro do Malecón correndo para o oeste, rumo à desembocadura do rio Almendares. Uma das paredes laterais era ocupada por uma estante de livros, entre os quais Conde vislumbrou alguns interessantes, em meio a muitos volumes de obras de Marx, Lênin, Che Guevara. Stálin...! Na parede oposta, dois espaços vazios, como sombras desbotadas, denunciavam a ausência das obras que tinham sido tiradas. Um pouco além ainda havia dois abstratos construtivistas e sem assinatura e, perto do painel de vidro, como encurralado, um desenho de um pintor cubano do qual os meios oficiais falavam muito. A obra era dedicada "Ao amigo Reynaldo Quevedo" e datada de 1990, quando já fazia anos que o Abominável vivia longe do poder. Que cara esse pintor, pensou Conde. Seria possível algum artista ser tão amigo de Quevedo para lhe dar de presente uma obra sua?

Quando deu a volta à mesa de trabalho, Conde viu que as gavetas tinham sido tiradas e reviradas no chão, onde havia papéis, blocos de anotação, clipes, lápis, esferográficas.

— Estavam procurando alguma coisa aqui... Dinheiro? – perguntou Conde.

— Pode ser. Mas ele não guardava o dinheiro aqui.

— O que mais levaram, então?

— Não sabemos. O neto e a senhora Aurora devem fazer um inventário, mas não podíamos soltá-los aqui dentro enquanto os peritos não terminassem. À primeira vista não parece faltar mais nada. Não revistaram os quartos...

— Será que tinha dinheiro, joias? Se ele se apossou de todas essas obras, pode ter pilhado outras coisas... Lembra-se do Buda de ouro de Miguel Forcade? Do quadro de Matisse de Gómez de la Peña? Aqueles espertalhões saqueavam tudo, ao passo que para nós vendiam sapatos de plástico e pediam mais sacrifícios...

— Lembro. Mas já te disse que parece que não levaram mais nada, a não ser que falte algo que ele guardava nessas gavetas que revistaram. Quem administrava o dinheiro gordo era o neto, acho que ele se chama Omar. Não, Osmar...

— E onde estão a filha e os outros?

— Neste momento, no cemitério. No enterro. Por isso pedi que você viesse agora, para podermos ficar sossegados. Amanhã vamos deixá-los entrar – afirmou o policial.

— Que dinheiro o neto administrava?

— O das obras que eles vendiam... Não sei quais nem por quanto. Isso também temos de averiguar. Talvez alguém que tenha comprado algum quadro saiba das outras peças que ele tinha.

— Sim. – Conde fez um longo silêncio.

Olhou para a faixa escura do asfalto e para o manto do mar. Seus neurônios policiais tinham começado a funcionar. Sabia que precisava controlar seus prejulgamentos, suas premonições, suas inspirações e desenvolver primeiro a rotina da investigação. Estabelecer pautas, encontrar motivos, comparar informações.

Nesse momento lembrou-se de seu chefe na época em que tinha sido tenente, o major Antonio Rangel, que havia meses não visitava. Pobre velho.

– E como foram levados os quadros?

– Levaram as telas. Deixaram as molduras vazias na cozinha.

– Imagino que vocês tenham coletado digitais.

– Sim, estão sendo comparadas com as da família e as de Aurora... Mas as molduras vazias foram limpadas. Nas coisas que estavam nas gavetas, se já as revistaram, pode haver alguma digital... O pessoal do laboratório está cuidando disso.

– Ahá... Vamos ver, Manolo, para poder te dizer alguma coisa, preciso de todos os relatórios forenses.

– Claro. Mas vai precisar lê-los em meu gabinete. Não posso te dar cópias. Você não é mais policial. Sabe como funciona tudo isso.

– Eu sabia, antes – disse Conde, satisfeito com o modo como empregara o tempo depois de deixar seu ofício de policial. Aqueles conhecimentos pertenciam a outras épocas, talvez a outras vidas.

– Mas, por ora, o que você acha que aconteceu aqui?

Conde fez que não com a cabeça.

– Como quer que eu ache alguma coisa, Manolo? Até há pouco pensei que Quevedo tivesse morrido num acidente lamentável e...

– Antes você achava alguma coisa imediatamente. Tinha esse faro...

– E isso te irritava muito, está lembrado? – Manolo assentiu, sorriu. A nostalgia dos velhos tempos. – Agora a única coisa que sei é que tudo parece indicar que mataram um sujeito que, com toda a certeza, era um filho da puta com certificado de qualidade. Um sujeito que tinha coisas valiosas, mas não carregaram todas. E o mutilaram, com gana. Por isso tendo a acreditar que não o mataram para roubar. Mataram pelo que ele tinha sido e continuava sendo: um grande filho da puta. Quer mesmo que eu averigue mais alguma coisa ou já vai me levar para casa para eu começar a escrever?

Conde fez as contas: dali a três horas precisava se apresentar no novo trabalho, o mais bem remunerado e alimentado que tinha depois de muito tempo. E, sem pensar demais, pediu a Manolo que, em vez de levá-lo para casa, o deixasse perto de seu amigo Carlos. Era um bom modo de empregar o tempo. Um modo bastante usado, mas nunca desgastado.

– Já vai contar para ele o que te pedi? – reclamou Manolo.

– Não posso?

— Não deveria — sussurrou o oficial, sem muita vontade de polemizar. O cansaço dos dias de tensão que vivera, a ameaça de jornadas de dezesseis horas mais intensas ainda e, para coroar, um crime escabroso e cruel acumulavam-se em seu organismo. E Manolo já não era criança. — Tem gente lá em cima — o policial apontou para o céu — que se interessou pelo caso. E pediu que o crime não fosse divulgado.

— O sujeito ainda era querido. Estranho isso. Gente como Quevedo costuma ser aversiva. Não, acho que estão escondendo para não dar o exemplo... Já imaginou se as pessoas derem de matar os filhos da puta? Uma hecatombe...

— Ai, Conde... Imagino... — admitiu e olhou alguma coisa no celular. — Bem, estão me dizendo que amanhã vão te dar os relatórios forenses em meu gabinete da Central. E às onze a filha de Quevedo vai te esperar no apartamento... Irene, ela se chama Irene. O neto também vai estar lá. Mando um carro te pegar às nove...

— Ok, compadre. Nos falamos. Vou ver o que encontro e te digo. Mas fico por aqui, tudo bem?

— Tudo bem — disse o policial, e apertaram-se as mãos.

Quando Conde saiu do carro na avenida de Santa Catalina, teve oportunidade de testemunhar uma das manobras automobilísticas de seu antigo subordinado. Uma virada em U a sessenta quilômetros por hora, com direito a pneus cantando.

Conde subiu as duas quadras que o separavam da casa de seu amigo Carlos. No trajeto notou que sua respiração se agitava por causa da ladeira, mas que também dentro dele algo se mobilizara: uma ansiedade áspera, invasiva, a mesma que em seu tempo de investigador costumava dominá-lo quando buscava uma verdade. E, sem conseguir evitar, sentiu-se reconfortado — não pelo fato de ainda ser capaz de sentir e pensar como um policial, mas porque tal recuperação de necessidades ratificava que ele ainda não era sucata. As interrogações ainda o provocavam, ao passo que as ladeiras o sufocavam.

No alpendre de entrada, Carlos e Candito Vermelho conversavam. Carlos na cadeira de rodas de sua longa provação, o Vermelho com seu *look* de homem formal, adotado desde sua conversão ao protestantismo e ascensão ao pastorado. Ou ao pastoreio? Não, é que ele era pastor de uma igreja protestante e costumava vestir camisas brancas de mangas longas abotoadas até o pescoço.

Sem esperá-lo chegar, Carlos o agrediu com os projéteis de sua carência.

— Veja quem está aí, Vermelho... O sumido... Agora que ele é rico...

— Não enche o saco, Magro — disse Conde e, ao passar ao lado do amigo, tocou-lhe a cabeça. Conde pensou se seria possível que o crânio dele também tivesse engordado, como o resto do corpo inerte. — E aí, Vermelho?

– Vou indo, Conde – respondeu Candito, quando se apertaram as mãos. – Dando um passeio com o parente... E que história é essa de você estar rico?

Conde suspirou enquanto se acomodava na mureta que separava o alpendre do jardim, sempre abandonado.

– Idiotice desse aí... Yoyi me ofereceu um trabalho no restaurante que ele tem agora. Ficar de olho nos movimentos estranhos... E ele me paga dez *fulas** por noite.

– Trezentos dólares por mês! – exclamou Carlos. – Minha pensão é de vinte... E sabe o que esse aí me disse, Vermelho? Que ia economizar... E é verdade, olha como ele chega, de mãos vazias.

– Magro, comecei ontem, e hoje é que vou ganhar as primeiras dez pilas... Não enche, velho. E onde está tua mãe?

– Lá atrás. Ia passar um café... Acho que ela te fareja de longe – protestou Carlos.

– Não é para achar, ela me fareja mesmo..., mas eu vim para contar uma coisa espantosa, espantosa...

Carlos e Candito aguentaram o silêncio dramático iniciado por Conde: eles o conheciam muito bem e sabiam de todas as suas artimanhas retóricas.

– Manolo acabou de me deixar lá embaixo e...

– Não, não... – Carlos não aguentou. – Coisas da polícia?

– Pois é... Manolo me pediu uma mãozinha. Um morto... e que morto!

– Fala de uma vez, Conde. – Desta vez, foi Candito que não resistiu. – O que aconteceu?

– Pois aconteceu que mataram um grande filho da puta... Reynaldo Quevedo.

Carlos franziu o cenho.

– Reynaldo Quevedo...? É Quevedo, aquele Quevedo?

– O próprio. O Nefando. Ou o Abominável...

– E quem é esse senhor abominável? – indagou Candito, perdido em sua ignorância programada.

– Senhor coisa nenhuma, Vermelho..., um filho da puta que se dedicou durante anos a esmagar pessoas neste país. Um censor, um repressor...

– Eu achava que fazia anos que esse sujeito tinha se mudado para o inferno – confessou o Magro.

– Muita gente achava, mas ele estava vivo e faceiro, até que alguém se cansou disso...

---

* Em Cuba, um dos muitos jargões para "dólar". (N. T.)

– Alguém o matou?

– Parece que sim, é quase certo. Talvez para roubá-lo..., porque, sabem de uma coisa? Pois Quevedo vivia como um príncipe das obras de arte que ele vendia. Inclusive algumas eram vendidas em Miami... As obras de arte que, não sei como, tomou dos próprios artistas que ele detonou. Senhor coisa nenhuma, Vermelho, um verme... Quevedo foi um grande calhorda, isso sim, e que ele não descanse em paz.

– Não blasfeme, Conde – repreendeu-o Candito.

– O santo aqui é você, Vermelho... Eu sou o herege.

Nessa hora, Josefina apareceu na porta. Ia carregando a pequena bandeja com três xícaras fumegantes e seus noventa anos, lúcidos e ativos.

Conde aproximou-se dela, pegou a bandeja e depois lhe deu um beijo na testa.

– Como vai, mocinha?

– Vou indo... e às vezes até paro. E é o que basta – e a anciã sorriu. – Bom, Carlos já te contou do Coelho?

Conde olhou para Josefina, depois levou os olhos até Carlos e em seguida até Candito.

– O que está acontecendo? – exigiu, enquanto aproximava a bandeja favorecida dos outros dois homens para que pegassem suas xícaras.

– Ele telefonou para Candito agora de manhã – sussurrou Carlos.

– Ah, por isso você estava aqui, Vermelho... E por que ligou para você? E por que vocês não me ligaram?

– Não sei bem por que ele ligou para mim – admitiu Candito. – Vai ver que você lhe bota medo, Conde, e que Carlos, bem, Carlos se preocupa com todos nós, você sabe.

– Ele continua em Miami, não é? – Conde quis confirmar.

– Continua lá... – afirmou Josefina.

– Sente-se, Jose, vai – pediu Conde, e a anciã negou com a cabeça.

– Vou preparar o almoço... Você fica?

– Não, não posso, tenho trabalho. Já estou indo..., mas..., como sou masoquista..., o que vai ter hoje?

– Um cozido de grão-de-bico... Com tudo... Chouriço asturiano, morcela, pés de porco, uns pedaços de lombo... Até batatas eu tenho!

Só de ouvir o que o invencível engenho culinário da anciã preparava, Conde sentiu um alerta salival e estomacal.

– Nãooo... Você conseguiu batatas...! Velha, você pode me guardar um pouquinho e eu passo amanhã? Não sei a que horas, mas passo...

— Guardo, guardo, claro... Amanhã o guisado vai estar melhor ainda. Assim, bem apurado... Vou passá-lo na frigideira e regar com um pouco de azeite de oliva extravirgem...

— Ai, ai...! Extravirgem? Italiano ou grego?

— Que nada. De Jaén. O melhor. Foi o que veio neste mês pela caderneta — rematou e voltou ao lugar da casa no qual exercia suas rotinas de magia e se empenhava em satisfazer os poucos gostos que ainda restavam ao filho, preso havia quarenta anos a uma lamentável cadeira de rodas.

— Obrigado, Jose, você é a melhor e mais completa — falou Conde, quase gritando, e se voltou para Carlos. — Escuta, Magro, agora a velha pirou de vez... Extravirgem de Jaén pela caderneta de abastecimento?

Carlos sorriu.

— Porra, Conde, você sempre cai na dela... Onde foi que você viu esse extravirgem neste país?

— Que safada essa senhora da quarta idade — disse ele, que também sorriu. — E o que o Coelho queria de tão misterioso?

— Seu café vai esfriar — avisou Candito.

— Não importa. Vai, desembucha.

— Queria o que você sabe, Conde..., que o ajudássemos a decidir... se ele fica lá ou se volta para cá. A autorização cubana vence em duas semanas. Se ele não voltar antes, já é considerado desertor e não poderá voltar até sabe-se lá quando.

Sim, La Dulce Vida. Era indispensável ver para crer e, depois de crer, era preciso pensar muito para tentar entender. Aquele lugar ficava em Havana, na mesma Havana em que viviam outros dois milhões de pessoas afundadas em diferentes graus de angústia sem saberem que oito, dez mil, quando muito vinte mil habitantes da cidade gastavam suas noites em locais glamorosos, caros, divertidos, sem sombra de palavras de ordem ideológicas? Ou com apenas uma palavra de ordem: desfrutar a doce vida ou, dizendo em bom havanês, *gozar la papeleta**.

Decididamente, alguma coisa estava começando a mudar e estava ali, como um germe no ambiente. Ou era o próprio ambiente: visível, até mesmo palpável, em estado sólido.

Do canto do salão em que se instalara, Conde voltava a observar o panorama de La Dulce Vida e, para ele, as contas não batiam. A fauna que lotava o

---

*   Divertir-se muito, esbaldar-se. (N. T.)

balcão, ocupava as mesas ou perambulava pelos diversos espaços do local não se parecia com a que via todo dia nas ruas de seu bairro ou de outras regiões da cidade. Conde separava os evidentes estrangeiros, a maioria deles vindos do norte agitado e brutal, dos outros frequentadores que, com certa dificuldade, ele conseguia identificar como compatriotas, e a proporção reiteradamente dava meio a meio.

Desde a noite anterior, a de sua estreia como vigilante anônimo do local, Conde começara a se perguntar quem poderiam ser aqueles cubanos que gastavam seu tempo num lugar onde cada drinque custava uns cinco dólares, os pratos, uns dez ou mais, e pediam um drinque atrás do outro, um prato na sequência do outro (inclusive bandejas com flores de presunto serrano, tábuas de queijos franceses, polvos na brasa e borboletas de lagosta, mais perto dos vinte que dos dez dólares). Yoyi, que não lhe tinha confessado de onde saíam aquelas iguarias impensáveis no arquipélago cubano, em compensação tinha comentado, isso sim, que o consumo médio por cliente era por volta de quarenta pesos cubanos convertíveis, mais ou menos equiparáveis a um dólar por peso. E Conde não achou mau, de jeito nenhum.

O problema era que no mesmo país em que agora havia estabelecimentos como La Dulce Vida (e havia alguns), a maioria dos salários mensais não chegava nem a cinquenta pesos convertíveis, que aquelas aves endógenas e noturnas destroçavam sem se alterar numa sessão de diversão..., à qual podia seguir-se outra e mais outra noite de esbanjamento. Alguma coisa ia mal no notório reino da Dinamarca. Ou alguma coisa estava começando a funcionar bem. Pelo menos para alguns dinamarqueses. Intrigante era saber até quando.

— Veja, Conde, a coisa é assim — explicara seu amigo Yoyi na primeira noite de trabalho, no canto escolhido por Conde, e depois de convidá-lo para um infame mojito infantil: um drinque com todos os ingredientes do coquetel, mas órfão de álcool, como exigira seu empregador. — Nesses estabelecimentos você pode mirar dois alvos: os que rapinam algum dinheiro ou os que têm muito... Pode ser que convenha montar um restaurante de dez pesos por pessoa e encher a barriga dessa gente de arroz, feijão e cerveja. Ou você decide subir mais, como aqui, com um bom cardápio de restaurante, coquetéis decentes e vinhos mais ou menos, e os clientes são como estes, que gastam até cem dólares sem pestanejar.

— E quem são esses que não pestanejam, parceiro?

— Isso é tarefa sua, *man*. Você está aqui para pôr essa gente sob a lupa do Sherlock Holmes.

Dos nacionais reunidos, Conde separou as damas de companhia dos estrangeiros (era uma denominação mais amável para aquelas moças, muito jovens e lindíssimas, de todas as cores, desde o preto mais íntegro até o branco mais imaculado) e os "agregados", amigos ou colegas dos forâneos. Entre esses aglutinados, Conde já identificara: uma jornalista dos espaços mais oficiais da televisão, que tinha carregado até o marido, o qual engolia lagosta como um tubarão sanguinário; um professor universitário de filosofia marxista que praticava com paixão religiosa o culto ao uísque; um escritor muito prestigiado que, no entanto, já não escrevia, mas comia e bebia como se nunca o tivesse feito; e, como cereja do bolo, um dirigente juvenil muito aficionado aos discursos e, como se via, à charcutaria ibérica. Mas, efetuada a primeira demarcação, ainda lhe restava uma boa metade da metade do pessoal apartado.

Dos espécimes restantes, logo ele soube, vários eram amigos do Homem Invisível. O personagem costumava chegar pelas dez da noite, sempre com sua puta a tiracolo (descartáveis, Conde comprovaria) e com alguns de seus parceiros, entre os quais havia outros Invisíveis menores, filhos de papais poderosos e até criadores de palavras de ordem.

O resultado da subtração já era vinte. Quem eram, então, aqueles cubanos lascivos capazes de tais dispêndios? Entre eles decerto contavam-se os *reguetoneros* opulentos que tinham até guarda-costas, além de outros empreendedores (assim denominavam a si mesmos) como o próprio Yoyi, hábeis inventores que se moviam às margens de uma legalidade muito estreita, e também alguns afortunados com famílias generosas no estrangeiro e... os três ou quatro exemplares com maior probabilidade de serem o objetivo do conteúdo de seu trabalho.

Desses personagens duvidosos, reincidentes nas duas primeiras noites de inspeção visual, o Pombo destacara três, assíduos frequentadores. Um deles – um loiro, de olhos claros e cara de anjinho, conhecido como Fabito – era, Yoyi não tinha dúvida, um dos que lidavam com coisas estranhas na cidade. Onde? Como? Um sequaz do Homem Invisível já lhe tinha telefonado para contar, avisando-lhe que nem pensasse em trazer alguma coisa às luzes do La Dulce Vida. E o tal Fabito tinha jurado que só ia lá para se divertir e até tentara fazê-los acreditar que agora não estava mexendo com nada. Os outros dois, um que fora visto no segundo dia de trabalho (era chamado de Grillo) e outro observado na primeira noite, eram os frequentadores suspeitos, com a ressalva genérica de que o outro era *outra*, feminina, embora com mais cara e gestos de macho que um estivador do porto.

– Seu nome é Antonia, mas gosta de ser chamada de Toña Negra – comentou o Pombo.

– Vai ver que é porque cantava boleros, não?

Já avançada a jornada, Conde resolveu que talvez devesse fazer-se notar um pouco mais. Advertir para prevenir. Embora duvidasse de que sua cara e sua quase provecta idade inspirassem algum receio. Entretanto, de cigarro em riste, caminhou por todo o local, deu algumas paradas, olhou para todos os lados como se não procurasse nada e procurasse tudo, achando que aquele era um bom modo de ganhar a vida, até um pouco entediante. E que o melhor para ele seria o tédio persistir e as coisas não se complicarem.

Talvez o fastio que o tenha levado a pensar na conversa daquela tarde na casa de Carlos, a respeito da ligação do Coelho pedindo ajuda. Já fazia quase dois anos que o amigo, junto com a mulher, tinha enfim conseguido viajar para os Estados Unidos para visitar a filha, que morava em Miami desde que terminara o curso universitário em Cuba. O que tinha sido planejado como uma permanência prolongada foi sendo adiado, e os dois anos de ausência permitidos pelas leis migratórias cubanas venceriam em breve. Ao longo daqueles meses, o Coelho mantivera contato frequente com eles, em especial com Carlos, sempre conciliador. E o que de início era uma dúvida em algum momento se transformou em possibilidade: o Coelho sentia-se bem perto da filha e dos netos que haviam nascido nos Estados Unidos. Inclusive, graças a uma gestão do velho amigo Andrés, ele ganhava uma grana como auxiliar de um compatriota jardineiro e limpador de piscinas, decerto muito mais dinheiro do que recebia como historiador aposentado em Cuba. E Conde estava começando a incubar a certeza de que o amigo não voltaria. E, embora não ousasse dizê-lo, pensava que seria o melhor para ele e a família. O que o Coelho deixava em Cuba? Deixava sua história, sessenta anos de sua vida, alguns amigos com os quais havia compartilhado tantas glórias e misérias, e uma casa combalida. O que obteria em Miami? A proximidade da família e alguns amigos como o médico Andrés, menos problemas para comer e mais espaço para se queixar e... muito pouco mais, porém *um pouco* que poderia ser angustiante, pois incluía, entre outras coisas, carregar o fardo da nostalgia e da derrota. A questão estava em calcular quanto pesava para o amigo cada um desses fardos.

Conde sabia que não tinha o direito de influenciar as decisões de ninguém. Outros poderes já tinham influenciado bastante – não, pior ainda, tinham ordenado, moldado e decidido bastante a respeito de suas vidas – para que, num momento em que já estavam mais perto do desfecho que do início de alguma coisa, alguém ainda os pressionasse em questões pessoais. Conde perderia a proximidade de um amigo íntimo, mais um amigo íntimo. Seria mais uma mutilação para anotar em seu livro de débitos e créditos, no qual os débitos estavam ganhando com muita vantagem. E prometeu a si mesmo calar a boca, não interferir, não encher o saco, deixar o Coelho fazer com a vida o que achasse melhor e… E Tamara? Será que Tamara voltaria de sua viagem iminente à Itália onde sentiria a atração desses mesmos ímãs familiares que abalavam o Coelho? E então? Ficariam sozinhos, todos eles, distantes, uns dentro, outros fora, secando alguns por esgotamento e outros por superexposição à nostalgia e ao alheamento? Esse talvez fosse um resumo possível do percurso de uma geração escondida: esfumar-se, com todas as dores e muito poucas glórias. Caralho. E o mais terrível: enquanto fazia aquelas contas adversas, por causa de sua nova responsabilidade como vigilante, Conde não podia recorrer ao alívio de emborcar quatro ou cinco copos de rum e alentar o bater de asas do esquecimento. Momentâneo, mas esquecimento.

Às três da madrugada, quando apenas permaneciam meio descabelados no balcão o Homem Invisível, sua putinha muito bêbada e vários de seus amigos e sequazes, Conde fechou as cortinas do estabelecimento. Quando saiu à rua, onde o esperava o carro que Yoyi pusera a sua disposição para voltar para casa, o ex-policial se deu conta de que, a noite toda, não havia pensado nem uma vez no falecido Reynaldo Quevedo.

O valor das palavras

A delegacia de polícia do cruzamento das ruas Paula e Compostela localizava-se no epicentro do mundo da droga, da prostituição e do jogo da cidade. Um núcleo fervilhante onde ardia, como o coração perverso de uma sociedade doente, a chamada "zona de tolerância", na qual o governo interventor estadunidense de 1898, em seu afã civilizatório e que diziam moralizante da praça ocupada, pretendera confinar casas e dependências dedicadas ao amor alugado e, por tabela, todos os vícios que sempre florescem à volta.

Destacado havia pouco para aquele centro da ordem e prestes a receber a responsabilidade de participar da investigação do violentíssimo assassinato da prostituta Margarita Alcántara, bastara eu percorrer as ruas escusas de minha área de influência policial para constatar a pobreza aviltante em que vivia a maioria dos habitantes (brancos e negros, cubanos e forâneos, proletários e lúmpens, marginais e marginalizados), as relações despóticas e violentas sob as quais viviam as prostitutas, e para adquirir, em poucas semanas, uma compreensão mais cabal da cidade a que chegara e suspeitar que meu novo destino implicava, na realidade, uma sentença mal disfarçada de ascensão.

Também, e muito cedo, depois de ouvir alguns de meus colegas, compreendi quais eram as regras do jogo estabelecidas naquele lupanar urbano e os benefícios implicados em lá exercer nosso ofício. A Lei, conforme entendi, estava escrita em uns livros que ninguém lia, e o agente da ordem era quem decidia o que se podia e o que não se podia fazer e, sobretudo, quem podia e quem não podia fazer. E muito cedo também aprendi, sem precisar de mais explicações, que, entre os que podiam fazer, quem mais podia no distrito de San Isidro não era sequer o chefe provincial da polícia, mas um jovem político chamado Alberto Yarini y Ponce de León.

Por mais que tenha pensado, confesso-me incapaz de definir em que momento ouvi pela primeira vez o nome Alberto Yarini. Com toda a certeza deve ter chegado a mim acompanhado da crônica de alguma de suas muitas façanhas, um prontuário em que se misturavam ações, gestos, atitudes de todo tipo, episódios exagerados de esbanjamentos, abusos e generosidades, relatos de duelos até o primeiro sangue, revelações de conquistas das mulheres mais apetecíveis, inúmeras histórias que de modo nenhum poderiam caber em seus vinte e tantos anos de vida e que, entretanto, muitas vezes pareciam ser verídicas. Em todo caso, a multidão de episódios que, às vezes para o bem, às vezes para o mal, estavam ligados ao nome de Yarini contribuía para alimentar uma lenda viva extraordinária, uma avassaladora imagem, sem limites para sua ascensão.

Talvez seja compreensível que, diferentemente de tantos outros jovens, um homem como o que eu era naquele momento não fosse atraído pela figura de Yarini: definitivamente fanfarrão e prepotente, excessivamente exultante e desgovernado para os cânones éticos do provinciano que ainda acreditava em coisas demais.

O que lembro em detalhes, isso sim, é que algumas semanas antes de minha transferência para a delegacia de polícia da rua Paula e de minha primeira estada no El Cosmopolita, começara a circular em Havana a crônica em vários capítulos do mais recente escândalo (de proporções internacionais, dizia-se; de possíveis consequências diplomáticas, especulava-se) protagonizado pelo jovem naquele mesmo café, onde, desde que se produzira o ocorrido, sua figura era inclusive mais venerada.

De acordo com os jornais mais sérios que eu tinha lido, na tarde de 8 de setembro Yarini entrara no El Cosmopolita na companhia de três veteranos do Exército Libertador: o senador Plana, o coronel Silva e o general oriental Florencio Salcedo, recém-chegado a Havana para uma reunião do novo Partido dos Conservadores, ao qual Yarini se filiara. Os homens vinham da missa celebrada no santuário da Virgem de Regla, pois era dia de sua festa, e, ao terminar o rito, Yarini estendera o convite para tomar uns sorvetes ou uns tragos. Claro, no El Cosmopolita.

A certa distância da mesa em que Yarini e seus correligionários se instalaram, mas numa localização que permitia ouvir a conversa, dois homens, vestidos com elegância e que se comunicavam em inglês, dialogavam e, com certa petulância e desconforto, observavam ininterruptamente a mesa ocupada pelo jovem e por seus amigos. A razão de seus comentários, conforme se soube depois, não era os cubanos falarem em voz alta, como costumavam fazer, nem o fato de todos os que entravam no local cumprimentarem outros frequentadores com vozes ou gestos mais ou menos exagerados. O motivo de seu incômodo era a cor da pele do general Salcedo, preta como carvão.

Em algum momento, Yarini, já irritado com os comentários dos anglófonos, lançara a eles um olhar duro e insistente, convidando-os a se conter. Mas a conversa dos homens continuava, repisando o mesmo assunto: a presença desagradável de um negro no café, para eles inclusive inadmissível, uma permissividade que revelava claramente o estado de barbárie que imperava na ilha, tão diferente do sistema férreo e civilizado de seu país de origem, onde um negro não poderia ter entrado num lugar assim nem como garçom. Limpa-botas ou encarregado do banheiro, se tanto.

Em algum momento Yarini se desculpara com os companheiros de tertúlia – acrescentavam as crônicas –, dirigira-se à mesa dos estrangeiros e lhes falara em voz baixa, fazendo jus a sua educação e sua classe. Segundo esses jornais, tanto os de vocação liberal como os conservadores, e até os de tendências anarquistas (por uma vez todos concordes em suas leituras de um acontecimento), Yarini disse aos forasteiros inconformados que havia estudado vários anos em colégios privados da Nova Inglaterra e entendia o que eles estavam falando. Acrescentou que, se a presença de um homem negro no lugar os incomodava, eram livres para ir embora. Caso contrário, deveriam abster-se de fazer comentários: quem não iria embora era aquele homem negro, pois ele mesmo o convidara e, só por isso, deveriam respeitá-lo. E mais, continuou ele, inclusive baixando o tom de voz: na verdade tinham de respeitá-lo porque aquele *nigger*, como eles diziam, era um general do Exército Libertador cubano, um herói do país, ele já quase sussurrava, quando um dos estrangeiros se pôs de pé e, num espanhol compreensível, gritou que ele dizia o que queria e um negro era um negro ainda que fosse... E nesse instante desencadeou-se o cataclismo.

O homem que tinha gritado era Graville Roland Tostecuel, encarregado de negócios da embaixada estadunidense em Havana; e seu companheiro de diálogo e mesa era o embaixador interino, G. Corner Tarler. Sempre segundo esses jornais havaneses, e os comentários ouvidos de meus colegas de corporação, a avalanche de socos que o jovem Alberto Yarini y Ponce de León começou a desferir, depois da explosão do estadunidense, provocou a fratura da mandíbula de Tostecuel e diversas lacerações no rosto de Corner Tarler.

Acusado de agressão e lesões, Yarini estava então à espera do julgamento. Mas desde o primeiro momento todos os jornais indagavam mais ou menos com as mesmas palavras: "Mesmo sob a pressão do Departamento de Estado estadunidense, nenhum juiz cubano condenará sequer a uma multa o jovem político e representante da Câmara Alberto Yarini por ter respondido a uma ofensa e defendido a honra pátria?". Como sói acontecer, quando nos convém somos mais nacionalistas e orgulhosos que qualquer um.

Apenas duas semanas antes de entrar no concorrido café El Cosmopolita (e cometer o atentado ao bom gosto de olhar a lista de preços), eu estava postado numa esquina do Paseo del Prado, junto com vários colegas do corpo policial convocados pela chefatura provincial. O ponto de controle fora levantado a poucos metros do Tribunal Correcional de Primeira Instância, prevendo as desordens públicas que se temia que pudessem ocorrer ali. E foi naquele lugar e naquele dia que vi pela primeira vez Alberto Yarini, o homem do qual todos falavam na cidade.

Entre as numerosas informações que deram continuidade ao desenvolvimento daquela epopeia, também li que Alberto Yarini aprendera a arte da equitação nas pistas de treinamento do hipódromo de Boston, onde os jovens das classes altas da cidade estadunidense praticavam a cavalgada em seus magníficos animais. Lá o estudante cubano se adestrara nas manhas da relação com o animal para obter dele seus melhores passos e aprendera a combinar soltura com firmeza, comodidade com elegância, naturalidade com classe, a fim de dar a imagem de um domínio fluente do exercício graças à melhor comunicação entre o homem e seu corcel, afirmava o cronista.

Na manhã da audiência no Tribunal havanês, vestido com um leve dril-100 e com seu delicado panamá na cabeça, Alberto Yarini mostrara aquela habilidade de ginete montado no lombo de seu alazão hispano-árabe, um animal que valia uma fortuna, e devia-se também fazer menção à sela mexicana com que estava arreado. E isso eu não li nem me contaram, pois, junto com meus companheiros de agremiação, naquela manhã eu vira o jovem Yarini aproximar-se a passo de marcha pelo caminho do Paseo del Prado, como se participasse de uma exibição hípica ou de um desfile triunfal, avançando entre transeuntes que paravam para vê-lo passar, homens e mulheres que evoluíram dos sussurros de admiração aos vivas à pátria.

Diante do Tribunal, todos conscientes de que o espetáculo teria o efeito buscado, vários amigos do acusado já o esperavam, entre os quais havia homens de todas as raças e procedências sociais. Alguns eram seus correligionários políticos, vários outros eram seus colegas de negócios e amigos de San Isidro, mas à frente de todos aparecia seu advogado do caso, ninguém mais ninguém menos que o doutor Federico Morales Valcárcel, um dos homens mais ricos da cidade e, além disso, presidente da Câmara de Comércio de Havana e das Américas e vice-presidente da Assembleia Nacional do novo Partido dos Conservadores, em que o acusado militava.

Talvez por acaso, talvez porque estivesse escrito em meu destino, uns dias depois daquele espetáculo eu acabaria sentado a uma mesa do El Cosmopolita e receberia o convite do jovem do qual todos sabíamos as atividades que exercia e, sobretudo, até onde iam suas influências, conforme demonstrara ao chegar como acusado ao Tribunal Correcional e, poucos minutos depois, saindo do edifício entre aclamações e abraços, com a causa por agressão rejeitada e apenas multado por "desordem pública". Ele também sabia até onde podia chegar, porque naquela manhã diante do Tribunal eu ouvira pela primeira vez a inquietante reivindicação de alguns admiradores seus:

– Yarini presidente!

Dia de Finados, 2 de novembro de 1909. Registrem a data, pois tem muitas conotações.

De manhã cedo, assim que saí do cômodo do terraço do prédio da esquina das ruas Acosta e Compostela no qual estava alojado, segui rumo ao local onde tomava meus cafés da manhã e dei com a notícia do acontecimento do qual todos falavam no bairro: perto dos terrenos destinados à nova Delegacia Central tinham aparecido os restos de uma mulher mutilada, cortada em pedaços. Isso é coisa de *ñáñigos** ou de marido ciumento, e, se é uma puta, certamente foi o cafetão para quem ela trabalhava, já especulavam as línguas viperinas sempre ativas.

Enquanto tomava meu café com leite, no qual molhava as fatias de pão com manteiga, fui ouvindo os comentários mais desencontrados e quase sempre tétricos sobre o achado daquela manhã e tomei uma decisão: em vez de me dirigir à sede da delegacia da rua Paula, veria com meus próprios olhos o que havia de verdade no falatório das pessoas.

Embora os crimes, inclusive os assassinatos, não fossem raros naquela região da cidade, com frequência resultavam de brigas, duelos, ajustes de contas avalizados por assinaturas tão evidentes que não exigiam investigação, só o procedimento necessário para estabelecer o processo judicial. Fulano matou Sicrano por isso, Beltrano matou Fulaninha por aquilo, dizia-se, porque todos conheciam a vítima, o algoz e até as razões do crime.

---

* Membro da sociedade secreta afro-cubana Abakuá, originalmente formada apenas por homens negros. (N. T.)

Mas, com a morte da mulher esquartejada, desde o primeiro momento abriram-se várias interrogações que levariam a caminhos escabrosos.

Ao chegar ao lugar do achado macabro, depois de atravessar a turba de curiosos sempre ávidos de desgraças, consegui me aproximar e me identificar para um dos policiais que barravam a passagem até o fragmento da velha muralha de defesa onde tinham sido encontrados os quatro sacos de juta com os quatro retalhos da mulher. E, ao me aproximar um pouco mais, vi que eram o capitão Ezequiel Fonseca e o legista Anacleto Torres que dirigiam a operação.

Apesar de minha pouca experiência em tais procedimentos e sabendo que estava me metendo onde não tinha sido chamado, antes de me aproximar dos investigadores que conversavam e fumavam seus charutos encostados nos restos da muralha, me detive para observar o local. À primeira vista ficava muito claro que o lugar do achado não fora a "cena do crime", como creio que se começava a dizer entre os investigadores de polícia. Ou será que aprendi essa expressão depois? Então me aproximei dos únicos pedaços visíveis do corpo, que apareciam fora de um saco, e a visão de um braço e parte do peito de uma mulher me provocou uma náusea que quase não consegui conter. Não era meu primeiro encontro com uma morte violenta, mas, no caso, era terrivelmente cruenta. Músculos trucidados, veias e artérias dilaceradas, moscas já em pleno banquete e o fedor da decomposição em andamento. Cobrindo o nariz com o lenço, me acocorei e consegui tirar umas primeiras conclusões: os sacos de juta quase não tinham manchas de sangue, portanto os pedaços decerto já estavam bastante dessangrados quando foram embalados; não se viam vestígios de que os fardos tivessem sido arrastados, indícios de que tivessem sido transportados por algum veículo e depois carregados no ombro e jogados naquele lugar. Essa operação, complicada e demorada, só poderia ter sido realizada de madrugada, num momento em que também me parecia propício para ter lançado o cadáver no mar, se fosse para complicar sua descoberta e identificação, pensei na hora.

O saco aberto, que fora revirado por algum vagabundo e onde foram descobertos o braço esquerdo e parte do tronco da mulher, mostrava a ferocidade dos talhos, feitos com facão ou machadinha de açougueiro. Como evidência digna de atenção, anotei além disso o mau cheiro que já exalavam as carnes em decomposição e calculei que a morte da infeliz devia ter ocorrido pelo menos três ou quatro dias antes.

— Não creio que a autópsia vá revelar muito, capitão, mas sempre revela alguma coisa – ouvi Torres reclamar para o oficial de polícia, quando se aproximavam do lugar onde eu fazia meu exame. O legista era um asturiano de uns cinquenta anos, dono de uma magreza pálida e doentia, típica dos tuberculosos.

– E com que porra vou trabalhar enquanto isso? – lamentou-se por sua vez o capitão Fonseca, sujeito robusto, de cerca de quarenta anos, quase calvo, com uma boca muito vermelha da qual pendia o grosso lábio inferior, como uma colher, característica a que devia seu apelido. Na corporação policial todos sabiam da incompetência de Fonseca, ou "Colher", e também de sua venalidade e voracidade.

– A primeira coisa seria identificar a vítima… Saber de onde surgiu…

– Não me diga, Torres… O que eu faço? Penduro a cabeça no Parque Central para ver quem a conhece? Ou publico uma foto na imprensa assim, como a deixaram? Se estivéssemos na Europa e houvesse registro das impressões digitais…

– Desculpe, capitão, tenho uma ideia – atrevi-me a dizer quando os investigadores já estavam bem perto.

Fonseca e Torres se voltaram, com uma interrogação nos olhares.

– E quem é o senhor? O que está fazendo aqui? – quase ladrou o capitão.

– Sou o tenente Saborit, da delegacia das ruas Paula e Compostela. Sou o novato.

– Da delegacia das putas – lançou Fonseca, e quando ele riu vi entrar e sair a colher de seu beiço pendurado.

– Sim, estou lá há dois meses. – E tentei esboçar um sorriso.

– E qual é sua ideia, jovem? – interveio o legista Torres.

– É uma mulher, eu diria que jovem, de uns trinta anos, quando muito… – comecei pelo que era evidente.

– Entre vinte e trinta, sim. – O médico me apoiou.

– Do que está falando, tenente? – pressionou-me Fonseca. – Não venha me dizer o que já sei…

– Essa mulher jovem, encontrada nesta região, tem uma pequena tatuagem sobre o seio esquerdo…, estão vendo? – E apontei para o fragmento de pele fora da embalagem.

Então o legista tirou o pincenê que guardava no bolso do jaleco e inclinou-se sobre o pedaço do cadáver que eu indicava, a parte do corpo que parecia ter sido a nascente de um seio volumoso.

– Caralho, estou ficando cego – exclamou ele à parte. – Pensei que fosse terra… Está vendo como a autópsia é necessária, Fonseca? Sempre aparece alguma coisa…

– Uma puta? – indagou o capitão, também concentrado na pequena marca azul gravada entre o ombro e o seio esquerdo da esquartejada.

— Parece uma lua crescente — comentei. — Sim, capitão, pelo que sei, essa é uma marca comum entre as putas.

As feições do capitão Fonseca, que foram se endurecendo à medida que eu avançava minhas análises, de repente se distenderam e seu rosto esboçou um sorriso, que acentuou sua aparência de palhaço.

— Ainda bem — disse ele, então.

— Ainda bem o quê, capitão?

— Isto. — E Colher indicou o pedaço de corpo visível. — Que é uma puta. Tiro um peso de cima de mim... Já imaginaram se fosse uma moça de sociedade? Despedaçada...? Mas uma puta morta não interessa a ninguém. Que alívio.

O legista Torres assentiu, e eu neguei com a cabeça. Ele ouvira o que eu ouvira. Mesmo assim, me atrevi:

— Mas, bem, pelo menos interessa saber quem é e, de preferência, quem a matou... E mais, se é uma puta..., deve estar registrada. E, se está registrada, quem melhor conhece o corpo dessas mulheres são os médicos do dispensário. Vocês poderiam começar por lá, acho eu, com o maior respeito, meu capitão. Puta e tudo...

Já se sabe que, mesmo quando a pessoa não se dispõe ou até recue, as coisas acontecem porque têm de acontecer, e eu sabia, entre outros, do dado da tatuagem e da possibilidade de identificá-la, porque, em minha necessária prospecção da região tórrida da cidade onde eu exerceria meu trabalho, várias semanas antes eu tivera a ideia providencial de começar a conhecê-la fazendo uma visita ao Dispensário Especial de Havana. A instituição sanitária, localizada num andar alto no cruzamento das ruas Paula e Picota, tinha sido fomentada pelos interventores estadunidenses em 1899, diante da epidemia de doenças venéreas que assolava uma cidade insalubre que se desafogava com o exercício do sexo. Desde seu estabelecimento, o dispensário era dirigido pelo médico cubano Fernando Mora e tinha a missão pública de garantir a saúde das chamadas mulheres da vida. De acordo com as regulamentações provinciais estabelecidas pelo governo militar estadunidense, as prostitutas registradas (em número muitíssimo menor que as ativas) deviam passar duas vezes por semana e, à custa das próprias mulheres, submeter-se a uma revisão no centro, onde diariamente os três médicos que lá trabalhavam examinavam entre vinte e cinco e cinquenta mulheres por hora, durante as quatro horas de consultas muito breves. Enfim, se havia alguém que conhecia todas as putas de San Isidro, eram os médicos do dispensário.

E algumas horas depois, convocados pelo necrotério, o doutor Mora e seu auxiliar, o ginecologista Bencomo, identificavam a mulher trucidada como Margarita Alcántara, conhecida como Margó e apelidada de Peituda, natural das ilhas Canárias, vinte e dois anos de idade, registrada como praticante do ofício havia um ano e meio. E os médicos ofereceram a primeira pista segura para realizar uma investigação sobre seu assassinato: a mulher fora uma das prostitutas importadas pelo *souteneur** francês Louis Lotot para o prostíbulo de seu compatriota Raoul Finet..., de quem a tinha tirado alguns meses antes o cafetão cubano Fernando Panels, codinome Don Nando, gerente do exclusivo bordel em que trabalhava a esquartejada dos peitos grandes. Um bordel que, todos no bairro sabiam, era propriedade de Alberto Yarini.

Cartazes, bandeiras, alto-falantes, trombetas e tambores. Promessas de um presente digno, um futuro melhor, menos corrupção e mais empregos, mais escolas, mais comida e também, de imediato, muita aguardente grátis, dança e rumba até a noite. Ambiente de festança, diversão e gozo, válvula de escape para tantas frustrações.

Debruçado no guarda-corpo da varanda de meu alojamento, pude ver o desfile da multidão hipnotizada que avançava a passo de conga atrás do negro trompetista, como os famosos ratos de Hamelin. Pessoas que sabiam pouquíssimo de política e muito de promessas não cumpridas, mas entendiam o necessário sobre o dinheiro válido e sonante que alguém lhes poria nas mãos como pagamento por seu entusiasmo. Por ora, bebiam no bico da garrafa o rum barato que os testas de ferro dos caciques sempre faziam circular entre a multidão, as garrafas que seriam sugadas até a inconsciência dos últimos gritos, dando vivas aos benfeitores, tanto faz se do Partido Liberal ou do Partido Conservador, se dos tírios ou dos troianos. Era a massa dos miseráveis, dos cegos com olhos, dos mudos com língua. As hordas dos que nunca tiveram nem o poder ilusório de decidir, bem ou mal, quem os governará e, uma vez no governo, se empenhará em lhes espremer o suor e o sangue até as últimas gotas.

Precisando penetrar tanto quanto me fosse possível o cenário humano em que realizava meu trabalho como agente da ordem, até então desordem, desci as escadas para seguir o avanço da serpente humana que se fora reunindo na região

---

* Em francês, proxeneta. (N. T.)

do Muelle de Caballería*, ao lado da velha igreja e da alameda Paula. Entre duas árvores, sobre uma plataforma rústica de madeira, estendia-se a faixa, escrita a mão, com sinais que a metade analfabeta da multidão não poderia nem precisaria decifrar: "Viva os conservadores de Havana", consegui ler.

Criado alguns anos antes, depois da fraude eleitoral de 1905 e da segunda intervenção estadunidense de 1906, o conclave fundador dos conservadores pusera à frente do partido o pensador Enrique José Varona como garantia de pureza, honestidade, princípios éticos e patrióticos. Seria o partido da *cubanía*** profanada, do resgate da honra da pátria, dos bons costumes e do espírito de progresso, segundo proclamavam. E muita gente acreditou na história. Ou não, mas nesta ilha tropical fustigada pelo sol, na qual o cinismo se tornou modo de vida – e não dizer o que realmente se pensa, uma prática depurada –, isso nunca foi muito importante.

Do lugar em que consegui me acomodar, na calçada da alameda, vi chegar o primeiro orador que subia no palanque. Reconheci Domingo Valladares, jovem político em ascensão, presidente do Comitê Conservador de Marte, bairro vizinho. Valladares proferiu, então, a arenga de sempre, culpou os liberais por todos os males e as corrupções possíveis, prometeu tudo o que podia prometer e, esgotada a cota de suas palavras de ordem também muito desgastadas, passou a palavra ao líder da região, recepcionado com vivas e aplausos estrondosos.

Daquela vez o jovem Alberto Yarini estava vestido de preto, com colete, casaco e gravata borboleta. Como sempre, trazia na cabeça um de seus caros chapéus-panamá. Sorria e deslumbrava a multidão de homens e mulheres, brancos, negros e mestiços, estivadores e comerciantes, lúmpens e proxenetas, entre os quais não faltava um grupo de mulheres da vida, muito fácil de identificar por seu vozerio desenfreado. Enfim, lá havia mais pobres que ricos, se bem que de imediato tive a certeza de que todos os convocados acreditavam nele e até gostariam de ser como ele e por isso o aplaudiam, até antes de começar seu discurso que, disse a mim mesmo, com certeza estaria cheio de mais lugares-comuns e das promessas ocas que desde sempre nossa classe política costuma alardear.

– Correligionários – enfim clamou Alberto Yarini da beira do palanque, projetando sua voz sobre a multidão. – Nosso triste presente se alça impiedosamente

---

* Doca da Cavalaria. (N. T.)
** Termo intraduzível, não dicionarizado em espanhol. O poeta cubano Miguel Barner define-o por contraste com *cubanidad*: "*Cubanidad* é a qualidade do cubano, *cubanía* é a vocação de ser cubano".

para nos lançar na cara que lutamos, nos esforçamos e sangramos em vão durante décadas de guerra pela independência e pela dignidade... E por isso lhes pergunto: este país que temos é o país com que sonhamos?

    O orador fez uma pausa e percorreu com o olhar os rostos entorpecidos dos manifestantes, como se pretendesse obter uma resposta improvável. Talvez entre aquelas fisionomias estupidificadas pela miséria, pela marginalização e pelos álcoois ingeridos o pregador político procurasse descobrir olhos diferentes, com mais capacidade de compreensão que de fastio, olhos únicos que devolvessem alguma reação inteligente à insólita interrogação que lançara. E, no momento em que o olhar de Alberto Yarini encontrou o meu, deteve-se no meu, pensei ou percebi que eu estava num espaço estranho, fora de tempo e de lugar. E, enquanto eu era agredido pelo magnetismo de um olhar, minha expressão de assombro deve ter se multiplicado quando o político, sem desviar a vista e como se estivesse se dirigindo só a mim, continuou sua fala:

    – Sim, compatriotas... A geração dos cubanos que nos precederam e que foram tão grandes na hora do sacrifício poderá nos ver com pavor e lástima e perguntar-se, angustiada, se é este o resultado de sua obra, de sua luta. – E nesse momento o jovem mudou seu olhar, abriu os braços para a multidão e imediatamente clamou: – Agora as palavras não têm valor; as palavras não servem para nada. Nossos maiores pensadores falam em vão. Os discursos tristes e coléricos de nossos patriotas soam como um ruído sem sentido. Porque não somos mais que uma feitoria colonial, obrigada a trabalhar e dar sua colheita e seu fruto, vigiada por soldados estrangeiros que têm até o direito legal de intervir e de nos governar. Estamos envilecidos, como uma mísera tropa de mercenários. Um sopro de dissolução desagregou todas as energias criadoras da alma nacional. Os interventores se vão, mas não importa... Voltarão quando quiserem... Somos a sombra de um povo, o devaneio de uma democracia, o anseio de uma liberdade. Para que, pois, as palavras, se não há quem as ouça? Esqueçamos as palavras e arrebatemos nossos direitos.

    E o orador ergueu os punhos para o céu, enquanto se ouviam entre a multidão os primeiros vivas (certamente comprados), aos quais se seguiram outros, outros e outros (as prostitutas guinchavam), muitos talvez sem saber muito bem a razão do entusiasmo, mas com uma convicção transformada em palavra de ordem.

    – Viva Yarini! Yarini na Câmara! Viva o Partido Conservador!

    Na tribuna, Alberto Yarini, já conhecido entre as pessoas da região como o Galo de San Isidro, sorriu como tão bem sabia fazer e deslumbrou a multidão que, mesmo sem entender muito seu discurso, o idolatrava, por motivos que logo eu conheceria em primeira mão. E foi então que se pôs ao lado dele um homem de sua idade, bem-vestido como ele, que ergueu um braço do orador e gritou:

– Yarini presidente, pô!

E da multidão inflamada brotou um alarido magnífico.

– Yarini presidente!

No palanque, Yarini sorria sempre. A seu lado, segurando-lhe o braço, também sorria seu amigo Fernando Panels, codinome Don Nando, dono de um bilhar famoso e gerente de um bordel de luxo.

E hoje sei que, se me senti alarmado com o que estava vendo, ouvindo e pensando, é porque tive a certeza de que diante de mim estava a imagem possível de meu país: o país no qual, como Yarini acabara de proclamar, as palavras tinham perdido o valor, já não serviam para nada, porque um homem como aquele jovem bem podia chegar a ser seu presidente.

Muita gente não pensa nisso nem uma vez sequer em toda a maldita vida. Ou porque não se importa, ou porque não tem cérebro para isso, ou porque sua própria vida (quase sempre uma vida de merda) não o permite, por muitas razões. Quando muito, as pessoas chegam a pensar que tiveram boa ou má ou nenhuma sorte, como se apenas se tratasse de uma loteria, de uma conjuntura ou de uma fatalidade inevitáveis. Às vezes, quando muito, ousam se questionar: por que eu? Por que comigo?

O fato é que um dos exercícios mais complexos, repleto de estranhas interrogações, é a tentativa de estabelecer como se constrói a vida de um homem. Tentar entender por que motivos ou decisões alguém acaba sendo o que é quando nunca pensou em chegar a ser o que acabaria sendo, quais foram as causas, as descobertas, os encontros, os acasos, quais foram as reviravoltas imprevistas que encaminharam ou desviaram uma existência, todas essas questões talvez revelem quanto é imprevisível o fato de viver, inclusive a maneira de morrer de uma pessoa.

Perdão. Se estou introduzindo nesta história uma vulgar descarga de filosofia barata, quase de boteco e cheia de lugares-comuns, não é por me atrever a pensar que sou capaz de chegar a qualquer conclusão mais ou menos definitiva a respeito. Neste momento, só estou anotando algumas certezas, bastante elementares, porque faz tempo que tenho obsessão por tentar entender como cheguei a ser o que fui – na realidade o que sou – e se o fato de ter uma consciência mais clara de determinados atos e de suas consequências teria alterado o essencial de minha vida. Mais ainda: se não ter tido certos encontros teria me levado a outros caminhos, talvez até a linha reta cheia de sucessos anódinos das vidas simples.

Com minha evidente imperícia, sigo na tentativa de explicar como Alberto Yarini fez sua vida e, sobretudo, como mudou a minha até me colocar, na noite de 21 de novembro de 1910, diante do homem no qual, sem pensar duas vezes, dei um tiro de misericórdia.

3

Sêmen no reto...?

Quem fora, realmente, Reynaldo Quevedo? Apenas e sempre um censor impiedoso, um repressor sem remorsos, um militante devorador de existências que agia em nome da pureza ideológica exigida pela construção do mundo melhor? Como teria assimilado sua própria marginalização ele, que fora um marginalizador? De que maneira teria assumido sua derrota histórica um crente, como ele, nas leis inexoráveis destacadas pelo materialismo histórico? Teria sentido vergonha por ter uma velhice desafogada graças às obras dos próprios artistas que humilhou ou será que seu cinismo o blindava contra aquele tipo de sentimento? O fato de ter sido um filho da puta rematado devia-se a conjunturas de uma época ou correspondia a uma condição humana cuja existência e capacidade de manifestação não tinham data de vencimento? Será que Quevedo pertencia à estirpe dos homens que se tornam torturadores, carrascos, sicários, obedientes e esmerados esbirros convencidos de que o fim justifica os meios porque trabalham para um presente de ordem e um futuro luminoso enquanto arrancam unhas com a mesma frieza com que Reynaldo Quevedo tentava extirpar condutas consideradas impróprias, lacerando a vida de suas vítimas?

Desde que acordou de manhã, denunciando a falta de horas de sono e com a presença dos habituais enferrujamentos ósseos próprios de sua idade, Mario Conde sentiu a avalanche incontrolável dessas e de outras perguntas adiadas, todas relacionadas à personalidade e à vida do falecido Reynaldo Quevedo, em cujas respostas, conforme pressentiu, podiam estar tanto as razões da vida como as da morte do Abominável. A revisão, pouco depois, do expediente forense atualizado na noite anterior contribuiu para reforçar, multiplicando-a em muito, a pertinência da indagação que perseguia o ex-policial, ainda que muitos resultados se subvertessem, de imediato, por causa da súbita alteração de vários fatores e até levantassem outras interrogações. Desde o início Quevedo teria sido apenas um lamentável reprimido que no fim de seu caminho e nas trevas de sua marginalização encontrara sua plenitude, sua libertação?

Porque, de acordo com os peritos da Central de Investigações Criminais, o morto trazia, em diferentes partes do corpo, restos de DNA de duas pessoas, ambas do sexo masculino. O de um desses homens apareceu como escamas de epiderme debaixo de uma unha do indicador direito, um dos dedos cortados... O do outro, como sêmen no reto.

– Que porra quer dizer isso, Flor de Morto? Sêmen no reto?

– Imenso presentinho, Conde! – dissera o veterano legista, ainda em função na Central. Pelo visto os anos tinham aplacado suas explosões, pois não reagiu como costumava diante do apelido pelo qual Conde gostava de chamá-lo desde os tempos em que tinham sido colegas. – Vamos ver... A história do sêmen foi uma penetração com ejaculação...

– Então o velho era...? Não, não posso acreditar...

– Pois acredite..., a não ser que o tenham obrigado, com uma faca no pescoço, a receber *per angostam viam* um pinto, aliás, cor de canela. O sêmen pertence a um mestiço. Eu diria que mais negro que branco, com algumas gotas de asiático...

– Isso também aparece no DNA?

– E mais..., porém vou continuar com o outro homem: é branco de pele, tem uns cinquenta anos ou mais, de acordo com o que nos diz o tecido encontrado debaixo da unha do indicador cortado, o que me faz pensar, supor, estimar... que foi esse homem que empurrou o morto, quando ainda não era morto, que assim, antes de cair para trás, teve algum contato com seu atacante e o arranhou.

Conde assentiu, enquanto processava a informação.

– Então, pode-se afirmar que o empurraram.

– Pela forma e força do golpe..., noventa e nove por cento de chance – garantiu o legista.

– E digitais?

– De umas seis pessoas, incluindo a filha e o neto de Quevedo e a senhora que trabalhava lá. Essas já foram cotejadas. Com as outras, estão trabalhando, embora haja superfícies sem sinais. Como as molduras dos quadros, por exemplo.

– E, como aqui não diz nada, suponho que a faca com que o processaram estava limpa, não?

— De impressões, sim. De sangue, não. Foi com essa faca que lhe cortaram o pênis.

— E os três dedos?

— Pela forma dos cortes, quase certo que foi com uma tesoura de podar. Ou um alicate grande.

— Que não apareceu.

— Que não apareceu – confirmou o técnico.

Conde voltou a assentir, continuar processando e sugeriu:

— Ok. Em síntese... Temos várias pistas que, por enquanto, não esclarecem muito, e sobretudo temos o DNA dos pressupostos assassinos... Dois homens, uma penetração e um empurrão... Os dois estariam juntos ou um teria vindo primeiro e o outro depois? Foi sodomizado à força ou o fez por vontade própria? E por que porra o mutilaram e deixaram os restos ali? Pegaram uma faca da cozinha, mas e a tesoura de podar? No apartamento não há jardim...

O legista olhou-o nos olhos.

— Sou um cientista, Conde de Merda... Não um babalaô – sentenciou ele, já disposto a voltar a suas dependências, levando o informe forense, sem deixar de resmungar. – Suas sínteses são uma porcaria... Agora, sim, a gloriosa Polícia Nacional Revolucionária se fodeu... Mas, mas... é preciso ter muita gana para usar o bilau para meter teu pau num velho de oitenta anos com o cu parecendo um jambo de tanta hemorroida... E vai ver que até lhe dar beijinhos na boca meio torta... Nunca se endireitou completamente por causa do derrame que sofreu.

Às onze da manhã, já da altura vertiginosa do vigésimo quinto andar da torre de El Vedado, Mario Conde pensava nas últimas palavras do legista e novamente observava o mar, agora com calma, enquanto acumulava mais perguntas e tentava encaixar num esquema lógico as informações que tinha. Quevedo homossexual? Um ou dois assassinos? Mas o bendito esquema insistia em não se organizar. A voz de Aurora, a empregada com cara de empregada que lhe abrira a porta cinco minutos antes, tirou-o das divagações.

— Bem... companheiro – chamou-o a mulher, e Conde se virou. Ao lado da empregada agora estavam na sala quem deviam ser a filha e o neto de Reynaldo Quevedo.

— Sim – disse Conde, e adiantou-se até eles. – Muito prazer, Mario Conde.

— Muito prazer – respondeu a mulher, loira tingida, de cerca de cinquenta anos, ainda bem vividos e muito decotados. – Sou Irene, filha de... – E apertaram-se as mãos. – Ele é Osmar, meu filho...

Conde, que teria preferido concentrar-se na gostosona, teve de se aplicar em examinar Osmar enquanto lhe estendia a mão. O jovem, por sua vez, nem se abalou diante do gesto do visitante, e Conde anotou mentalmente: Osmar parecia decidido a atuar conforme exigiam sua indumentária e seus movimentos faciais.

Osmar devia estar pelos vinte e tantos anos avançados. Seu cabelo, também tingido, num tom mais platinado que o da mãe, formava cachos desordenados que lhe conferiam certa aparência leonina. Tinha uma argola em cada orelha, e seus olhos brilhavam, delineados pelo rímel. Vestia uma bata branca que Conde não foi capaz de classificar como túnica, vestido de grávida, fantasia de Cristo ou roupa de fantasma. O conjunto era um verdadeiro alarido que se completava com um movimento labial que, na ilha de Cuba e em seus *cayos* adjacentes, só um gay muito convicto e muito confesso ousava fazer.

– E você é o quê? – soltou Osmar, e reafirmou sua atuação.

– Bem... – hesitou Conde e, sem mais pensar, lançou-se no vazio. – Antes fui um cidadão vestido de policial. Agora já não sou policial... Mas é como se fosse.

– Não estou entendendo – murmurou Irene.

– Fui policial e estou ajudando os policiais na investigação... Mais ou menos.

– Por que os policiais sumiram? – perguntou Osmar, sorrindo. – Os últimos eram importados de lá. – E apontou para onde supunha que ficasse o oriente da ilha.

– Vem Obama, vêm os Rolling Stones... e eles são escassos. Vamos nos sentar? – Conde indicou as poltronas em torno da mesa de centro sobre a qual Quevedo tinha caído, de cujo perímetro já tinham sido apagados os traços do crime.

– Não, não, é melhor irmos para lá – precipitou-se Irene, indicando a sala de refeições.

– Meu Deus – lançou Osmar. – Eu nunca teria imaginado que neste país haveria falta até de policiais... Agora, sim, estamos na miséria absoluta.

Na mesa, Osmar ocupou uma cabeceira, as duas mulheres uma das laterais, e Conde se acomodou de frente para elas.

– O que o senhor precisa saber? – dispôs-se Irene.

– Muita coisa..., mas devo começar pelo princípio. E o princípio é que está descartado que tenha sido acidente. Sinto muito... Tudo indica que Quevedo foi empurrado... E, pelo que sabemos, ele recebeu duas visitas, dois homens, e pode ser que os dois estivessem juntos ou então um chegou primeiro e o assassino depois – informou ele, embora no momento tenha omitido os detalhes escabrosos do sêmen e dos restos de pele no dedo cortado. – A esses dois homens Quevedo tinha dado chaves ou os deixou entrar, pois não há evidências de que tenham forçado alguma das duas únicas portas de acesso ao apartamento, a principal e a de serviço... Então, quem poderiam ser esses dois homens que presumivelmente Quevedo conhecia?

Os envolvidos se entreolharam. Os olhares passaram a bola para Aurora.

– Quase ninguém entra aqui. Estou falando de visitas – começou Aurora e fez uma pausa. Estava abalada, e Conde teve receio de que sua voz se arrebentasse. A empregada aparentava ter uns sessenta anos ou mais, mas sua pele cor de canela mantinha-se notavelmente lisa e ela era dona de uns olhos esverdeados ainda atraentes e naquele momento mais brilhantes, talvez por causa do surgimento de secreções lacrimais. Conde não pôde evitar dizer a si mesmo que, quando jovem, devia ter sido uma mulata espetacular, embora ele tivesse a impressão de ver em seu rosto marcas de tristeza ou amargura, ou talvez só de dor. – E muito menos ele distribuiu chaves da casa... Quase ninguém visitava Reynaldo, eu já disse. E, quando vinha, sei lá, um encanador ou um eletricista, era sempre quando eu estava aqui. Chego às oito e saio mais ou menos às duas, depois do almoço, quando ele se deitava para fazer a sesta... E eu deixava preparada a cafeteira, para o café da tarde, e o lanche que ele comia à noite – contou a mulher, claramente desejando ser útil e, ao mesmo tempo, deixar evidente o cumprimento de seu trabalho.

– Desde quando trabalha aqui, Aurora?

– Há mais de vinte anos...

A mulher suspirou. Pelo tempo dedicado ao trabalho doméstico e pela maneira de falar, desenvolvera certa aparência servil. Conde teve compaixão por Aurora e mais desprezo por Quevedo, militante que entoava o hino da Internacional. Quanto pagaria para sua proletária pessoal? E o que fazia com o mais-valor?

– Ele não esperava ninguém? Não tinha alguma pendência com alguém?

– Não que eu saiba – disse Aurora, que olhou para Osmar.

O rapaz sentiu-se solicitado.

– Era eu quem mais o visitava. Minha mãe estava meio brigada com ele... – começou Osmar, e Conde teve a tentação de indagar sobre a relação de Irene com o pai, mas optou por esperar. – Eu tirava os quadros que ele queria vender quando precisava de dinheiro. Uma pensão, bem, você sabe, não dá nem para... E isso que às vezes ele recebia presentes. Dos amigos de antes...

Conde pigarreou.

– Como você fazia para vendê-los? Desde quando fazia isso?

Osmar pensou por um instante e trocou um olhar com a mãe.

– O pai de Osmar... – interveio Irene e suspirou. – Meu ex o ajudou no início.

– Quando foi esse início? Onde está seu ex-marido?

– Eles começaram a vender alguns quadros nos anos 1990, na época do Período Especial. O senhor sabe, não havia nada e... meu pai resolveu vender algumas coisas. Então falou com Marcel, o pai de Osmar..., que tinha sido da Segurança.
– Da Segurança? – quis saber Conde, presumindo desnecessária a explicação: em Cuba há apenas uma Segurança, e é a do Estado, a polícia secreta, o G2. A coisa estava ficando interessante.
– Sim, bem, da Segurança.
– E onde está... Marcel? Marcel do quê?
– Marcel Robaina. E está em Miami – respondeu Osmar. – Desertou e foi embora... Aliás, com dois quadros do meu avô. Dois óleos de Cundo Bermúdez.
– De Cundo Bermúdez! – Conde deixou escapar seu assombro.

Não eram muitos em Cuba os que tinham obras daquele mestre da vanguarda cubana, exilado nos primeiros anos da década de 1960 e, pelo que ele sabia, bem cotado no mercado. Se a lista de propriedades de Quevedo continuasse aumentando, ele chegou a ter mais quadros que o Museu Nacional.

– Sim... Duas obras dos anos 1950. Uma espécie de díptico: uma negra com violão e uma orquestra de negros – explicou Osmar.

Conde sentiu que estava entrando em terreno minado. Em torno da vida e da morte de Reynaldo Quevedo possivelmente gravitaram mais turbulências do que ele calculara.

– Desertou da Segurança... E lá ele vendeu essas peças?
– Sim, mas... nunca mandou o dinheiro – interveio Irene.
– Que contato vocês tinham com... Marcel? – Conde seguiu o caminho de uma inspiração e sentiu-se gratificado com a resposta de Osmar.
– Ultimamente quase nenhum..., até que ele apareceu por aqui, há dois meses.
– E deixaram que ele entrasse em Cuba?
– Deixaram, sim. – Irene voltou à carga. – A mãe dele estava muito mal... Não sei como ele fez, mas permitiram que entrasse.
– E?
– Minha mãe não quis vê-lo. – Osmar entrou na arena. – Eu o vi..., mas o que meu pai tem a ver com tudo o que aconteceu? Ele voltou para Miami faz uns quinze dias.
– E ele esteve aqui? Veio ver Quevedo?
– Sim, duas ou três vezes – apontou Osmar.
– Sozinho ou com mais alguém?
– Creio que sozinho – confirmou Osmar. – Sim, sempre vinha sozinho ou comigo...

Conde assentiu e preferiu estacionar aquele carro, pois Marcel não devia ter o dom da ubiquidade. Era necessário mover veículos mais promissores.

– Onde Quevedo obteve todas essas obras?

Irene decidiu que era sua vez novamente.

– Meu pai quis ser pintor, era um pouco poeta, gostava de arte... e, como tinha muitas relações, foi conseguindo coisas. Algumas depois se tornaram valiosas.

– Ele as comprava? – Conde quis se fazer de inocente. Aquelas obras sempre tinham sido valiosas, e Quevedo não era um potentado atraído pela arte.

– Algumas... – atreveu-se a dizer a mulher, sem evitar que a mentira lhe provocasse um rubor que lhe coloriu o rosto e até a nascente dos seios. Conde esteve prestes a ter outro ataque de compaixão, mas não se permitiu.

– Vocês sabem o que Quevedo fez com muitos desses pintores? – perguntou ele e apontou a parede onde ainda havia algumas obras penduradas.

– Nós todos sabemos – começou Osmar. – Sabemos que fodeu com muita gente e que foi implacável. Mas o que não se diz é que meu avô fez o que fez porque mandaram. Meu avô foi um soldado... Isso ninguém quer dizer. Fizeram uma gritaria há alguns anos, disseram horrores do meu avô e não tiveram a coragem de dizer que ele obedecia a quem obedecia... Sempre jogam toda a merda em cima dele, como se tivesse sido o único culpado.

– Pode ser que você tenha razão. Não, creio que tem – admitiu Conde, perguntando a si mesmo a que gritaria o jovem se referia, e resolveu atacar sem piedade. – O que você está dizendo me lembra o nazista Eichmann. Para se desresponsabilizar, ele falava que obedecia e que matar judeus era apenas seu trabalho... Dito isso, vocês devem saber que muita dessa gente que ele reprimiu podia lhe desejar o pior, não é verdade? No entanto não creio que alguém tenha vindo se vingar e roubá-lo. Não agora. Já são todos velhos. Bem, alguns têm filhos ou netos como você, Osmar... E tem gente que não esquece essas coisas.

– Mas o que fizeram com Quevedo...? – atreveu-se a interferir Aurora. Parecia ser a mais afetada. – Ai, pelo amor de Deus...

– O que preciso agora é que me façam uma lista das obras que havia na casa, incluindo as que foram roubadas – continuou Conde. – E que me digam algo importante... Além das obras de arte, que outras coisas de valor estariam aqui? Coisas que Quevedo possa ter acumulado. Não sei quais, mas valiosas... Ou dinheiro.

– Valiosas... Só os quadros, que eu saiba – disse Irene e olhou para o filho e para a empregada.

– Sim, os quadros... – confirmou Osmar. – Um pouco de dinheiro, mas ainda está onde ele guardava. O outro dinheiro está no banco. Eu mexo nessa conta.

Conde dirigiu o olhar para Aurora, que voltara a seu silêncio enlutado. A mulher esfregava as mãos e baixou os olhos para falar.

– Não havia mais nada, que eu saiba – disse ela, e Conde teve certeza de que a mulher estava mentindo, mas de que estava dizendo a verdade quando acrescentou: – Agora lembrei..., há cerca de um mês um homem veio ver o companheiro Quevedo. O homem que pintou esse quadro. Sei disso porque o homem, um velho, disse e gritou coisas horríveis para Quevedo...

Osmar, Irene e Conde, com o olhar, seguiram a direção apontada pelo indicador de Aurora: na melhor parede da sala de refeições reinava uma marinha luminosa, como queimada pelo sol do trópico. Uma imagem empastada com pinceladas muito grossas, que atraíra Conde já à primeira vista. Na borda inferior da tela, aproximando-se e forçando a vista, Conde finalmente conseguiu distinguir a assinatura de Sindo Capote.

Ainda estava vivo, Gumersindo Capote?

Fazia muitos anos que Sindo Capote morava numa casa encantada, a poucos quarteirões da torre de Reynaldo Quevedo, também de frente para o Malecón. Certa vez, havia mais de vinte anos, Conde visitara Capote acompanhando seu amigo Alberto Marqués e percorrera aquela mansão com ameias, torrinhas e janelas triangulares que o ex-policial sempre achara mais adequada a contos de horror nórdicos que a uma calçada marítima tropical. Porque o dramaturgo e o pintor tinham mantido durante anos uma amizade que, no início da década de 1960, quando ambos desfrutavam dos ares revolucionários benéficos e libertadores do momento, concretizara-se a criação, por parte de Capote, dos cenários de uma das peças teatrais exaltantes montadas por Marqués. Foram tempos de glória e ousadia estética, de anseios criativos e audácias formais, um período de liberdade que, alguns anos depois, se esfumaria para dar lugar a uma passagem dolorosa por uma marginalização que poucos suportaram com a inteireza do teatrólogo. Sindo Capote não suportara do mesmo modo.

A morte de Marqués, apenas três anos antes, em seus longos oitenta anos, agora privava Conde de uma fonte muito abundante de informações que lhe teriam sido da maior utilidade para penetrar nas tramas de um passado que se tinham alterado no presente com o assassinato do abominável Quevedo. O investigador voluntário sabia que deveria aferrar-se ao que houvesse e, já sentindo alvoraçarem-se sua curiosidade e seu faro policiais, sem pensar demais devorou os setecentos metros que separavam o arranha-céu modernista da casa com ares de castelo ou chalé de João e Maria, onde ele supunha que Sindo Capote ainda morasse, pelo visto premiado com a imortalidade física, depois de lhe terem roubado a artística. Por algum lado ele tinha de começar.

Uma mulher de uns cinquenta anos, quase uma réplica da filha de Quevedo, inclusive o busto generoso, abriu a porta. Seria a data do carnaval das gostosonas peitudas?

– Boa tarde – disse Conde, nadando contra a corrente que o arrastava para a contemplação sempre satisfatória de um bom par de tetas.

– Boas... Diga lá.

– Poderia falar com Sindo Capote?

– Da parte de quem?

– De um amigo de Marqués.

– Marqués não morreu?

– Vai ver que só se fez de morto.

A mulher sorriu e negou com a cabeça. Tinha um sorriso bom, melhor que o de sua sósia Irene Quevedo.

– Aquele era capaz de tudo.

– Com certeza.

– Entre – disse a mulher e lhe abriu passagem até a sala. – E para que você quer ver o Paizinho?

– Ah, ele é seu pai. – E ela assentiu. – Preciso vê-lo por causa de Reynaldo Quevedo.

A fisionomia da mulher se transformou.

– Mas aquele sacana não morreu um dia desses? Morreu de verdade?

Conde pensou um instante na resposta e resolveu ir em frente.

– Não..., aquele sacana foi morto. E de verdade, sim.

– Foi morto? Mas disseram... quem o matou?

– É isso que estou tentando averiguar...

– Pelo amor de Deus... Espere, vou chamar o Paizinho.

A gostosa – também tinha uma bunda boa, verdade seja dita – sumiu casa adentro e Conde resolveu se sentar. Pela reação da mulher, o investigador teve a impressão de que não lhe passara pela cabeça a possibilidade de que o pai estivesse envolvido na morte de Quevedo.

Conde observou à volta. Os móveis da sala mostravam uma longa decrepitude e só uma poltrona cheia de almofadas e uma cadeira de rodas reluzente pareciam confortáveis. Mas para o visitante foi patético constatar que nas paredes da sala só havia pôsteres de velhos calendários, todos carcomidos pelo salitre agressivo ao qual a casa estava exposta. Capote não tinha obras dos colegas nem sequer obras suas? Ou será que as protegia da intempérie abrasiva do litoral? Em todo caso, entre o mundo alto e luminoso de Quevedo, com obras de artes plásticas nas paredes, lustres Tiffany e móveis de estilo, e aquele calabouço medieval de Capote decorado apenas com fotos desbotadas, havia um abismo de possibilidades materializadas e exibidas.

Apoiando-se numa bengala, seguido pela filha, o ancião chegou à sala. Ele deslizava os pés, sem deixar de olhar para o chão, como se andasse num campo minado que não era mais que a evidência de seus muitos anos. Estava vestido com a informalidade que sempre o caracterizara – sandálias de couro, sem meias, bermuda cáqui, camiseta sem gola –, com um asseio que aliviou Conde. Era possível que Sindo Capote não tivesse conseguido fazer dinheiro com sua obra, ou o tivesse dilapidado, mas, ao que parecia, tinha a sorte de viver uma velhice digna (se é que há alguma dignidade na velhice).

– Então alguém matou a barata – disse o ancião, antes de ocupar a poltrona com duas almofadas que a filha aproximara dele. – De repente me parece que cheguei até aqui só para receber essa notícia. Ele não morreu, foi morto!

Conde assentiu. A voz de Sindo Capote era muito mais jovem que seu físico.

– Posso fazer um café para vocês? – ofereceu a filha, depois de acomodar o velho.

– Não, Luly, café coisa nenhuma... Traga rum, porra, é preciso comemorar. Mataram aquele filho da puta!

A quase ninguém distinguiam com uma intimação individual para se apresentar no gabinete de Reynaldo Quevedo. Quando você era convocado para entrar em seu covil, considerava como um reconhecimento honroso: você era tão importante ou tão mau que precisava de atenção pessoal, embora, antes de entrar, já soubesse que estava condenado, independentemente de qual fosse a acusação. Quevedo resumia o poder, todo o poder, Júpiter que trovejava e esmagava, sem necessidade de julgamento, sem possibilidade de defesa.

Em sua maioria, os condenados, como aconteceu com Marqués, eram julgados publicamente, num teatro ou num salão cheio de outros acusados e de promotores. Humilhação multiplicada... Outros eram sancionados sem que ninguém sequer se dignasse a ler as causas de sua sentença: você era estigmatizado e de imediato, sem explicações, mas com rigor... De um dia para outro, te deixavam sem trabalho, sem poder encenar nem publicar nada, sem que falassem de você, ninguém mais te dirigia a palavra. Quase como se você não existisse... Eu, não. Antes de desaparecer, coube-me ir àquele gabinete de Quevedo, pela rua Calzada, perto do teatro Hubert de Blanck, sabe onde é...? Durante anos não consegui passar por aquele lugar, até deixei de ir ao teatro. Estar perto dali me deixava doente. Ou me dava medo, o que é pior.

Pela boca do próprio Quevedo, naquele dia eu soube que meus pecados tinham sido ações como pintar uma série de abstratos para uma exposição, oito telas de tamanho grande, que me pediram para uns gabinetes do governo e, é óbvio, não chegaram a nenhum gabinete do governo. Depois, Quevedo me fez lembrar que eu tivera a ideia desatinada de vender uma de minhas peças para um diplomata europeu, não importava qual, e havia cobrado, não importava quanto, o que, aliás, foi uma merda, quase nada... Esse quadro, para dar mais temperatura às coisas, era um nu masculino muito velado, algo parecido com o que Servando fazia, conforme pedira aquele embaixador... Um quadro decididamente pornográfico e bicha, Quevedo afirmou. E, para fechar meu prontuário, havia o fato de eu ter sido amigo de outros que já eram considerados inimigos: Guillermito Cabrera Infante, Bebo Padilla, Carlos Franchi, gente assim, que eu conhecia fazia vinte ou trinta anos. E ter trabalhado com Marqués e ser amigo de Recio! Muito ou pouco delito? Hoje qualquer um dá risada disso, mas em 1971 ninguém ria. Quase todo mundo chorava. E com razão. As pessoas choram quando sentem dor, quando têm medo...

Quevedo disse que minha atitude nunca tinha sido das melhores. Minha atitude. Não é que eu tivesse feito alguma coisa, mas era como se não tivesse feito, e isso podia ser até pior. Para limpar o mundo intelectual de más influências, era preciso eliminar os impuros. Os bichas, as sapatões e os crentes, os indecisos e os inconformados, os existencialistas tropicais, os trotskistas dissimulados, os que não entendiam as dimensões do processo histórico, a ferocidade da luta de classes, ele me disse. Não me surpreendeu muito com essa informação, porque todos esses impedimentos, obviamente, estavam anotados nos manuais da política cultural do stalinismo e da arte proletária. Puro Jdánov, puro Agitprop. Nada foi inventado aqui, sabe? E, se é fato que não nos mandaram para congelar num *gulag* da Sibéria, entre outras coisas porque aqui não temos Sibérias, de muitos de nós tiraram a dignidade, fizeram com que nos sentíssemos culpados e até nos impeliram a que, se quiséssemos nos redimir de culpas, renegássemos a nós mesmos... Veja: nunca vou me esquecer de ter visto um escritor gay e uma poeta lésbica, que todos nós sabíamos o que eram, pelos quais as flechas tinham passado perto, que resolveram passear por Havana de mãos dadas e a todo momento se davam um beijo na boca, quanto mais salivoso e público, melhor. Que medo tinham aqueles infelizes..., que, aliás, agora falam como se nada daquilo tivesse acontecido... E o que dizer da poeta amiga minha, coitada, aquela ficou louca e, embora fosse católica, não aguentou mais e se suicidou. E, se você gosta de ler, embora seja policial, talvez tenha lido os contos proletários de outro escritor que passaram pela máquina de moer, e o que deixaram sobrar dele foi um infeliz que precisava se congraçar escrevendo as porcarias que escreveu... E, se você quiser, eu continuo...

Bem, naquela tarde em que ele me intimou a comparecer a seu gabinete foi a única vez, até há muito pouco tempo, que estive diante de Quevedo. E foi suficiente. Dei-me conta de que aquele homem era, sobretudo, um sádico, um doente. Alguém que se divertia martirizando quem podia martirizar, e fomos muitos os mártires de sua cruzada. Ele canalizava sua mediocridade, seu ódio, e creio que até suas repressões, esmagando as pessoas a torto e a direito, porque exercer o poder sobre os outros, sabe, é como descarregar adrenalina ou cheirar uma fileira de coca: te ergue, te liberta, te dá a satisfação de sentir-se superior.

Sua conversa comigo durou ao todo uns vinte minutos, nos quais foi o único que falou. Teve a ousadia de dizer que confiava em que eu reconhecesse meus erros, os retificasse e superasse. Só queriam me dar uma lição para que eu assumisse minhas fraquezas ideológicas e a possibilidade de me redimir. A revolução, ele me disse, porque falava no plural e em nome da revolução, era generosa e eles tinham a fórmula da minha salvação... E por fim chegou ao cerne da questão... Sabiam que eu era um homem honesto, filho de uma família humilde e só andava meio confuso, e por isso tinham certeza de que era possível contar comigo. Era muito fácil me salvar. Era só falar com um companheiro que ele me indicaria e, de vez em quando, reunir-me com ele e contar do que meus amigos artistas falavam, o que diziam do que estava acontecendo, quais eram suas atitudes, o que pensavam dos dirigentes... Quevedo estava propondo que eu vigiasse meus colegas e depois os dedurasse.

Até aquele momento eu não tinha falado, com muita razão estava me cagando de medo, mas aquela reviravolta do diálogo me surpreendeu. Eu esperava um castigo, não uma alternativa. Estava preparado para ser condenado, não para me salvar transformando-me num miserável, e então me suicidei. Porque lhe disse a única coisa que me saiu da boca naquele encontro. Disse que não, eles que fizessem comigo o que quisessem, mas eu não ia me transformar num dedo-duro.

Creio que Quevedo até sorriu ao me ouvir. Estou dizendo creio porque, enquanto ele falava e eu caía no fosso dos condenados, senti a vista nublar, as têmporas latejarem, pensei que fosse morrer ali mesmo. Morrer de medo. Quantas vezes já pronunciei a palavra "medo"?

Saí do gabinete de Quevedo com um papel que eu deveria apresentar num lugar onde se restauravam obras, onde deveria trabalhar a partir de então, onde trabalhei durante dez anos. Comecei varrendo o galpão e podando o jardim. Também saí com a recomendação de que não podia expor nem vender minhas obras, muito menos tirar alguma delas do país. E com a advertência de que nossa conversa tinha sido confidencial, questão de segurança, e qualquer comentário meu a respeito seria considerado ato contrarrevolucionário. Como eu poderia imaginar, ele me disse, e desta vez, sim, eu o vi sorrir, outros amigos meus que tinham passado por seu gabinete tinham sido muito mais inteligentes e conscientes do momento histórico difícil e aceitado a proposta que eu estava rechaçando. Graças àqueles bons revolucionários decididos a se emendar, eles ficavam sabendo de tudo, de tudo.

E vivi dez anos de ostracismo. Não tive a força de Marqués, que continuou escrevendo. Deixei de pintar. E, quando voltei a tentar, quinze anos depois, tinha perdido "a mão". Eles a tinham amputado, na verdade. Sindo Capote estava vivo, no entanto o fato é que estava morto, aniquilado como artista… Mas não como pessoa, pois ainda me restavam coisas para ver, e agora estou vendo coisas. Como dizia aquele homem que comentava jogos de beisebol: a partida guardou suas melhores emoções para o fim. Não é mesmo?

Bem, vamos ao que interessa… Há cerca de dois meses um jovem veio me procurar. Um sujeito meio esquisito, ou eu o enxerguei esquisito, embora talvez não seja, talvez apenas seja jovem. Tinha o cabelo tingido, uma cabeleira assim, desgrenhada, com argolas penduradas nas orelhas, olhos pintados e vestia uma bata branca como… como a dos budistas? Mais ou menos. Disse que precisava de um favor e me pagaria duzentos dólares se eu o ajudasse. Duzentos dólares? Ele precisava que eu autenticasse dois óleos meus, e me mostrou no telefone as fotos dos dois quadros…, da série dos oito abstratos com elementos construtivistas que eu tinha pintado em 1969 para um gabinete do governo e dos quais nunca voltei a saber nada, pelos quais nunca me pagaram nada… E disse que aqueles dois quadros estavam na casa de Reynaldo Quevedo. Na casa de Quevedo! Eram propriedade de Quevedo! O homem os tinha comprado numa exposição, segundo o jovem, e Quevedo também tinha uns certificados de compra… Uma compra feita numa exposição que nunca se realizou, umas obras que nunca foram vendidas. Veja as coisas que eles faziam… A impunidade. Sabe Deus quantas barbaridades mais eles fizeram.

Você imagina o que pensei? Não, claro que não pode imaginar. Minha primeira reação foi dizer ao rapaz que eu não podia ajudá-lo a autenticar duas obras minhas que uns filhos da puta tinham roubado e pedir que ele fosse embora. Mas fiquei pensando. Pensando muito. E, depois de pensar, cheguei a uma única conclusão: se Quevedo tinha ficado com aquelas duas obras, sabe Deus se tinha outras daquela série e obras de outros pintores com cuja vida ele também fodeu. Que catástrofe... Averiguei onde ele morava e, como é aqui ao lado, pedi à minha filha Luly que me levasse para vê-lo.

Fomos em minha cadeira de rodas, subimos pelo elevador e batemos na porta. Uma mulher abriu, e pedi para falar com Quevedo... da parte de Sindo Capote. Depois de perguntar, a mulher me fez entrar, e pedi a Luly que me esperasse fora. E vi as obras que Quevedo tinha lá, nas paredes de sua casa... Uma de minhas marinhas... Então tive com ele a conversa mais estranha de minha vida, muito mais que a do gabinete, quarenta e cinco anos atrás... Uma conversa da qual não vou te contar nada, compadre..., nem que me ponha no cavalete de tortura e apesar de você ter vindo me dar uma boa notícia. Alguém finalmente esmagou a barata e... Aliás, você está aqui porque sou suspeito de tê-lo matado? Sinto te decepcionar, mas eu não o matei, estou mais fodido do que ele estava. Embora, confesso, eu tivesse muitas razões para fazê-lo e para lhe cortar não só três dedos, mas a mão inteira, como fizeram comigo... Você não acha...? Luly, me dá mais rum, porra, é preciso continuar comemorando.

O céu, de repente encoberto, podia estar preparando um temporal de primavera, mais próprio de maio que daqueles dias de março, mas não havia razão para estranhar: ultimamente, tudo, inclusive a natureza, parecia fora do eixo. Conde também se sentia fora do eixo. Por isso resolveu aproveitar a ausência do sol e, depois de se despedir de Sindo Capote e de sua filha bem provida, atravessou a avenida do Malecón e foi sentar-se no muro que tinha o mérito de ser o banco público mais comprido do mundo. E o melhor, pensou Conde, ao depositar a bunda no concreto, passar as pernas por cima do parapeito e deixá-las suspensas sobre os arrecifes nos quais se quebravam umas ondas, por sorte sem ímpeto. Acendeu um cigarro, olhou para o mar, sempre misterioso, e desatou a pensar.

Em que história estranha estava se metendo? Que fedores postergados seriam provocados ao se revolver um túmulo pelo visto encistado e que só podia ser um monte de detritos malcheirosos? A conversa com o pintor castrado em seu momento de glória alertava-o de que estava penetrando num território diferente do que já conhecia, sem dúvida muito mais escuso. Por seu amigo Marqués e por outros depoimentos ouvidos e até lidos, soubera dos sofrimentos das vítimas, mas agora estava entrando no universo até mais tenebroso, o círculo dos vitimários, aqueles que raramente exibem suas motivações e estratégias ou, quando o fazem, se disfarçam também de vítimas da obediência devida. Os culpados são outros, os tempos eram outros, fazíamos o que nos pediam, eles dizem quando intimados a dizer alguma coisa.

E que porra fora aquela tentativa, havia uns dez anos, de recuperar Quevedo e outros de sua laia e que, segundo Capote, desencadeara uma guerra de baixa intensidade na qual se disparavam e-mails? Seria aquela a gritaria de que Osmar havia falado? Porque antes de Conde se despedir, já um pouco embriagado pelos dois jubilosos e merecidos copos de *añejo** ingeridos, Sindo Capote lhe falara da tentativa nada disfarçada de uma revitalização de Quevedo e outros repressores de sua categoria, uma recuperação de suas pessoas, ignorando seu passado cruel, como se nunca tivesse sido deles. Aquela agressão à história desencadeara a fúria de dezenas de artistas que, em suas mensagens lançadas no ciberespaço, clamavam para que não se permitisse tal maquiagem ou até varredura de uma memória ferida, jamais curada por completo. O resgate da imagem dos repressores seria um sinal do resgate de seus métodos? O simples fato de pensar nisso podia provocar pavor.

Devia indagar sobre aquele processo, Conde dizia a si mesmo, lamentando ter hesitado em comentar com Capote que, além de uma de suas conhecidas marinhas, dois de seus quadros abstratos (talvez os que Osmar fotografara) ainda estavam pendurados nas paredes do escritório de Quevedo, lugar a que o pintor não tivera acesso. Tentava imaginar a maneira como se tinham produzido aqueles confiscos quando gritos de júbilo o tiraram de seu ensimesmamento. O glorioso Impala 1958, de modelo conversível, deslocava-se em marcha lenta pela avenida. Levava três mulheres e dois homens, guarnecidos de chapéus, *pamelas*** e cervejas, pessoas em pleno gozo da excursão que o motorista do veículo lhes oferecia. As peles brancas, já avermelhadas pelo sol do trópico, os trajes e a bebedeira exultante os identificavam: eram turistas, turistas estadunidenses, os estadunidenses que voltavam à ilha para serem testemunhas de como se organizava a existência naquele parque temático do socialismo real onde seus avós haviam passado dias de rum, música e sexo nos muitos cabarés, cassinos, bares e prostíbulos da cidade

---

* Refere-se ao *ron añejo*, rum envelhecido por pelo menos quatro anos em barris de carvalho, tradicionalmente antigos barris de envelhecimento de *bourbon*. (N. T.)
** Chapéu de palha, de copa baixa e aba larga. (N. T.)

aberta, pecaminosa, depois perdida graças a uma incompreensível, para eles, reviravolta da história. Agora estavam voltando, e seus dólares valiam mais que nunca, podiam comprar quase tudo, inclusive a alegria de fazer aquele passeio de Habana Vieja até a região dos bares desaparecidos da praia de Marianao e do extinto Coney Island, rodando num *antique* pelas pistas espetaculares da Quinta Avenida e do Malecón, em outros tempos conhecida como avenida do Golfo.

Com o interesse absorvido pela passagem dos turistas, Conde não soube em que momento, sem ele perceber, tinha-se acomodado no muro a uns metros dele aquele sujeito decididamente excêntrico, muito mais jovem que ele, de terno, camisa de colarinho e gravata, com um chapéu de palhinha como ninguém mais no mundo usava, e que também observava a passagem do automóvel, profundamente concentrado. Mario Conde sentiu, então, que estava vivendo um estranho *déjà-vu*, um elo fatal da história que lhe provocou uma nítida tristeza. Tinham nadado tanto e durante muito tempo para morrerem na mesma praia, porém mais exauridos, mais cansados e engolindo uma água mais turva?

Conde resolveu por aquele dia baixar a cortina de suas atividades de policial investigador, pois seu corpo estava exigindo alimento, sono e que ele se despojasse do mau humor que o acompanhava. Seus mais de sessenta anos já pesavam para um organismo sujeito a múltiplos e tão prolongados maus-tratos: álcool, vigílias, nicotina e alcatrão, jejuns mal resolvidos. No fim das contas, não podia se queixar, pois a máquina ainda estava funcionando com eficiência aceitável. O pessimismo histórico, em compensação, pesava como um fardo sempre crescente.

Ao chegar a seu bairro, caminhou como o clássico cão de Pavlov até a *fonda* clandestina de Chico Manco e comprou uma marmita completa, a mais abundante e mais bem-feita da região: *arroz congrí**, um bife de porco, um pedaço de mandioca e três rodelas de tomate. Vinte e cinco pesos ou um *fula*. Já em casa – observou o imóvel com olho crítico: estava reclamando uma boa limpeza, que seu proprietário ia adiando sempre de novo –, cumprimentou Lixeira II com um prato prodigioso das sobras trazidas do La Dulce Vida. O cão, apesar da evidente velhice, devorou o banquete em minutos, para depois dirigir-se ao sofá em que, passando o focinho de um lado ao outro, por um lado e pelo outro, costumava realizar aquele ato higiênico. Lixeira II não gostava de banho, mas isto ele fazia: depois de comer, precisava ficar com o focinho resplandecente.

---

* Prato típico cubano à base de arroz, feijão-vermelho e muitos temperos. (N. T.)

— Bem se vê que não é você que lava esses estofados, cachorro safado — o homem advertiu, e o cão, já meio surdo, sempre displicente, nem se abalou.

Conde, então, despejou o conteúdo da marmita num prato e, competindo com a voracidade de seu animal de estimação, engoliu sem piedade. Com o último bocado, sentiu seus olhos se fecharem. Previdente, executou três operações indispensáveis para garantir o melhor repouso: a fim de acalmar suas ansiedades, acertou o despertador para duas horas mais tarde; depois desligou o telefone, que sempre tocava quando era menos desejável; e voltou a urinar, espremendo até as últimas gotas acumuladas em sua bexiga. De todas as ações executadas, essa era a verdadeira regra de ouro: sempre mijar antes de dormir. Quase arrastando os pés, caiu na cama, sem intenção de abrir um livro. Fechou os olhos, cobriu a cabeça e mal sentiu a abordagem de Lixeira II, disposto a acompanhá-lo na cama na viagem ao reino de Morfeu, como diz o vulgo.

Três horas depois, de banho tomado e bem perfumado — borrifou-se com a colônia de Colônia, a verdadeira, que sua cunhada Aymara lhe dera de presente de fim de ano —, dispôs-se a ir à casa de Tamara e dar fim a uma ausência de dois dias... e tomar o café que sua despensa raquítica lhe tinha negado e que nem amarrado tomaria em algum quiosque da rua. Antes de sair, sem saber por que razão, tinha se aproximado da máquina de escrever, abandonada havia vários dias no cômodo dos livros — impossível chamar de biblioteca um tal acúmulo de papel impresso — para ler as últimas linhas datilografadas: falavam da decência, de um homem chamado Arturo Saborit que se considerou uma pessoa decente. Alguém ainda se interessava pela decência, em ser uma pessoa decente?, perguntou a si mesmo e arrancou o papel do rolo, disposto a rasgá-lo, mas um alerta de seus instintos o deteve: Arturo Saborit podia ou queria lhe dizer alguma coisa, não só sobre a decência. Com cuidado, pôs a folha de papel debaixo da máquina de escrever e leu o pequeno cartaz grudado na parede, diante da mesa de trabalho, onde havia uma advertência: "Escrever nunca foi fácil", conforme dissera alguém que entendia do assunto. Não, não é fácil, Conde disse a si mesmo e finalmente foi para a rua.

— Escuta, o que você faz nesse trabalho de agora? — repreendeu-o Tamara, assim que o viu, sem deixar de sorrir. — Barbeado, perfumado, de camisa passada...

— Isso se chama porte e aparência... Ou fotopresença, como dizia um professor da universidade que nos enchia muito o saco com isso... É que tenho contato com a fina flor de Havana, garota.

Conde beijou-lhe os lábios e acariciou-lhe o pescoço. Controlou-se e não desceu a mão até seus seios. Não queria despertar falsas expectativas. Bem sabia que, para um melhor rendimento, precisava de pelo menos setenta e duas horas de abstinência. Ou com meio Sildenafilo o ciclo se abreviava. E teve inveja das mulheres: para elas tudo era mais fácil, não é?

Tamara acompanhou-o até a cozinha, onde Conde preparou a cafeteira italiana, com pó de café italiano – Kimbo, torra italiana, enviado pela onipresente e generosa Aymara –, e viu Tamara acomodar-se na mesinha de serviço. Tamara, sua mulher, transformada na avó de um italiano. Como sempre acontecia – cada vez menos –, lembrou-se daqueles tempos de sonhos em que tanto desejara ir à Itália para ver arte, percorrer cidades míticas, comer pizza de verdade e saborear *grappa*.

– Você esteve hoje com o morto do Manolo? – perguntou Tamara.

– Sim, a manhã toda. Vou sabendo de algumas coisas.

– O que, por exemplo?

– Por exemplo que os filhos da puta são insondáveis, insaciáveis... – E contou para Tamara a maneira como Reynaldo Quevedo se apossara das obras de alguns pintores cubanos e como vivia delas.

– Que vergonha! – disse Tamara, enquanto recebia a xícara cheirosa que Conde lhe oferecia, e ele entendeu que agora só lhe restava entrar no terreno mais crítico em que sua vida se movia naqueles dias.

– E você? O que resolveu? – perguntou ele, sentindo-se mesquinho: pensou que a melhor resposta seria saber que tinham negado o visto à mulher, que não havia aviões, qualquer solução que impedisse a partida e a solidão.

– Peguei o seguro-saúde. Amanhã vou tratar do passaporte e do visto. Não sei se vou já ou se espero a vinda de Obama... Vai ser um evento e tanto, e eu gostaria de vê-lo de perto.

Conde assentiu vagamente. Os dias passavam, os prazos se esgotavam, em alguns dias todo o mundo estaria em Cuba, desde os Rolling Stones e Barack Obama até aquelas loucas que mostravam os peitos, mas Tamara, não. Havia vistos, seguros e até aviões... Uns dias depois, os que vinham teriam ido embora, mas Tamara ainda não voltaria. Voltaria? Conde não queria insistir no assunto. Sabia a resposta da mulher: claro, ela voltaria. Porque, apesar dos pesares, havia gente que voltava. Sempre há e haverá de tudo na vinha do Senhor.

Quando entrou no La Dulce Vida, Manolo já o esperava, debruçado no canto do balcão reservado para Conde. Diante do oficial de polícia, agora com traje civil, uma cerveja embaçava o vidro do copo.

– Estou te esperando há quinze minutos – recriminou o ex-companheiro.

— Não reclame, Manolo, você está até tomando cerveja. Lembra quando para tomar uma lager era preciso ir a um bar clandestino?

— Lembro... e que você aprontou uma esculhambação em um que Candito tinha...

— Olha que passamos por coisas incríveis neste nosso paiseco... E, aliás, não era você que nunca tomava?

— É que Yoyi me convidou... Sabe quanto custa esta cerveja aqui?

— Três *fulas*.

— Setenta e cinco pesos cubanos... Mais do que ganho em dois dias..., e isso porque aumentaram o salário dos policiais.

— Este é o mundo real de agora, compadre – disse Conde, filosófico, ao que Manolo reagiu.

— Pois o mundo está muito fodido... Olha toda essa gente. – E apontou para o salão, bem povoado, mas ainda sem a multidão que o lotaria até as onze da noite. – Não sei como, mas eles vivem melhor que eu.

Conde assentiu. Não tinha a noite para voltar ao mesmo assunto: as razões da derrota. Manolo, por sua vez, terminou a cerveja e, sem avisar o companheiro, levantou a mão. Outra.

— Ficou louco, Manolete... Bem, para essa sou eu que te convido. Mas só para esta.

— Obrigada, que generoso...

— Vou ver se consigo passá-la como gasto de representação. Digo que recebi uma visita de Controle e Ajuda por parte dos Texas Rangers... O que você acha?

— Eu não acho nada... Então vai, diz aí, o que você averiguou?

— Alguma coisa. Não sei se pouco ou muito. Coisinhas interessantes. Mas preciso de mais tempo... Agora vou te cobrar o favor que estou fazendo e a cerveja que você vai tomar.

— Eu já estava estranhando... Desembucha.

— Preciso que me diga o que vocês sabem de uns personagens que perambulam por aí. Uma negrona machona que todo mundo conhece como Toña Negra. Um loiro conhecido por Fabito, o nome dele é Fabio Iznaga. Um mulato magro, com cara de grilo, que chamam de Grilo e que, veja só, se chama Alexkemer Grillo. Quer que anote os nomes?

Manolo negou. Tocou na testa, ele lembraria, e se serviu da cerveja que o garçom abriu.

— Alexkemer... Era essa a informação da qual você me falou? Me fez vir aqui para isso?

– Não, mas estou aproveitando para te explorar... O que mais preciso é saber tudo o que for possível sobre o ex-genro de Quevedo... Marcel Robaina... Adiantando: ex-agente da Segurança, desertou e vive em Miami..., mas deixam que ele entre em Cuba e, tenho certeza, que tire coisas de Cuba também... Obras de arte, por exemplo. E tenho um pressentimento com respeito a esse sujeito...

– É teu suspeito?

– Não, ele não está em Cuba. Foi embora há duas semanas. Mas talvez tenha alguma relação com a morte de Quevedo, não sei qual.

Manolo tomou um gole grande de cerveja e depois olhou para Conde.

– Não, meu irmão, se não é teu suspeito, é melhor eu não me meter nisso... – disse ele. – Não vou me queimar, e isso está parecendo uma fogueira. Basta a morte de Quevedo, que já está bem quente...

Conde concordou.

– Eu te entendo. Mas então procura outro que faça a investigação.

Manolo tomou mais um gole e olhou de novo para Conde.

– Não seja safado, compadre.

– Não seja pentelho, compadre – retribuiu o outro.

– Que maldição, Conde..., não sei como pode me passar pela cabeça te procurar para essas coisas. Se eu errar, ou se você errar, vão me incinerar.

O ex-policial sorriu.

– Lembra as jornadas de prevenção de incêndios? Um incêndio sempre pode ser evitado... Pois às vezes não, Manolo, às vezes não. Olha, é que esse sujeito... eu tenho um pressentimento.

O açougueiro de San Isidro

Muito cedo eu teria a confirmação de que, em San Isidro, todos os caminhos levavam a Alberto Yarini. E a comprovação de que cruzar o próprio caminho com o do cacique do bairro da prostituição e do vício, o homem cujos acólitos já aclamavam como presidenciável e chamavam pelo apelido muito viril de Galo de San Isidro, podia ser uma sorte ou a origem da tua desgraça.

O assassinato e o esquartejamento da insular Margarita Alcántara, embora sendo uma prostituta, ou talvez por isso mesmo, despertou a morbidez da cidade de uma maneira que acabaria escapando dos precários cálculos do capitão Fonseca, um tubarão e eterno praticante da lei do menor esforço. Os jornais da cidade, ávidos de escândalos e sangue, começaram a publicar reportagens em que se magnificava o crime, comparando-o inclusive aos do famoso londrino estripador de meretrizes, e batizavam o assassino nacional, quase com orgulho pátrio, de Açougueiro de San Isidro. Assim, um acontecimento que, sem o detalhe do desmembramento, teria passado como mais um dos crimes passionais ou de punição cometidos na cidade (apenas a morte de uma puta, conforme sentenciou o impiedoso Colher) transformou-se em alguns dias num grito de alarme que comoveu muita gente num país propenso aos romances e, sobretudo, abalou as buliçosas colegas da falecida, a maioria delas amontoadas no bairro de tolerância. O achado, semanas depois, de um segundo corpo de mulher, também trucidado, desencadearia o terror.

Alguns jornais diários (de repente quase esquecidos da proximidade do cometa Halley) tinham aproveitado a crueldade do assassinato de Margarita Alcántara para destilar seu veneno e reforçar rancores brutais. Sem provas de nenhum tipo, vários periódicos praticamente acusavam algum membro da sociedade secreta dos negros *ñáñigos* de ter cometido um crime ritual, como se aqueles homens passassem a vida trucidando mulheres e crianças. Com aquela teoria impensada só se conseguiam exacerbar sentimentos racistas que se foram erigindo na cidade e em todo o país desde que um grupo de veteranos e líderes pretos tinha começado a reclamar direitos postergados pela República e decidido, inclusive, formar um partido de negros e mulatos inconformes. O monstro voraz do medo do negro, tão pesado na história nacional, recebia novo alimento, e pôr mais lenha na fogueira podia provocar incêndios imprevisíveis.

Para fazer justiça, algo que não se podia negar ao capitão Fonseca era a argúcia de seu olfato de açougueiro. Naquele ambiente enervado, sua proverbial venalidade se impôs a seu limitado senso do dever quando acreditou encontrar no assassinato uma mina de ouro: dinheiro certo e até uma promoção, talvez. Só precisava vender às pessoas uma imagem de policial responsável e apresentar-lhes a figura de um bom culpado, conforme decerto pensava, sem se importar muito se realmente seu suspeito era o culpado... Por isso, vestiu a pele de servidor eficiente, deteve e prendeu no correcional os dois proxenetas relacionados com a falecida: o francês Raoul Finet e o cubano Fernando Panels, Don Nando. De acordo com as teorias que (por um bom suborno) o policial obteve da imprensa criminal, tudo indicava que Margó Peituda tinha sido vítima de uma disputa entre dois homens, uma divergência muito mais abrangente, pois remetia às já conhecidas brigas pelo domínio do negócio da prostituição e pela propriedade do território de San Isidro entre o bando dos *apaches* franceses e o dos *guayabitos* cubanos, como eram conhecidos os proxenetas de uma e de outra origem, cuja rivalidade comercial era de conhecimento público.

Sem soltar aquela presa, Fonseca decidiu que cairia bem para seu público encarcerar, também, quase como gratificação para o crescendo dramático, o moreno Segundo Sánchez Terán. Conhecido como Americano, Terán era um negro gigantesco, líder do jogo *abakuá** do bairro, com antecedentes por furto, briga e lesões, algumas das quais tinham sido provocadas num choque sangrento entre duas "terras" de *ñáñigos*, suas células de iniciados, que disputavam o valioso controle do sindicato dos estivadores do porto.

Por curiosidade natural e depois motivado por minha responsabilidade profissional, eu estava bastante a par de certos avanços da criminalística, graças à leitura de Lombroso e de alguns textos sobre as análises de pistas e evidências, e logo percebi que os procedimentos do capitão Fonseca, longe de ajudar, entorpeciam

---

* Loja da fraternidade dos *ñáñigos*, já mencionados. (N. T.)

uma investigação que deveria resolver-se como um processo. Deter e interrogar três suspeitos de um mesmo crime, todos com possíveis motivações diferentes, não fazia mais que turvar as águas do inquérito. Enquanto isso, e nesse ponto Colher tinha razão, alimentava-se a morbidez e continuava-se falando do crime.

O fato de ter propiciado a identificação e a filiação da vítima me permitiu permanecer nos arredores da investigação e, entre outros privilégios, o de ser testemunha dos interrogatórios dos dois cafetões suspeitos, apesar de ambos terem apresentado álibis fechados, de fácil comprovação, que os eximiam de serem autores materiais do crime..., mas, certamente, não de serem seus potenciais instigadores. Inclusive presenciei a primeira interpelação do negro Terán, na qual ele argumentou que no dia definido como sendo o do crime (27 de outubro) e até dois dias depois estivera em Matanzas, numa cerimônia de iniciação de vários colegas, evento do qual participou junto com outros vinte e seis indivíduos de um "jogo" da seita dos *abakuás*, como eles chamam as lojas de sua confraria.

Convencido de que aquele era um caminho sem saída, resolvi ignorar Fonseca e, por simples senso de justiça, realizar minha própria pesquisa e ver aonde ela me levaria. Assim, voltei à estaca zero, comecei pelo princípio e considerei que, de todo modo, a melhor maneira de fazê-lo seria entrevistar as colegas mais próximas da falecida: conhecer a vítima poderia ajudar a cercar o algoz, pensei.

Como eu já sabia, no momento em que morreu Margarita Alcántara trabalhava numa das casas gerenciadas por Nando Panels, na rua Picota, entre a Luz e a Acosta, em frente à oficina de fundição do bairro de San Isidro. Naquele estabelecimento, um dos mais bem montados da cidade, trabalhavam até dez mulheres, e lá se ofereciam comidas, bebidas e espaços reservados para reuniões de negócios (de qualquer negócio). O lugar contava inclusive com um porteiro, um sistema moderníssimo de reservas por telefone e tinha sido decorado com cortinas escuras drapeadas e mobília de estilo para lhe dar um ar europeu *belle époque*. E muito cedo constatei, além do mais, que Don Fernando Panels era apenas o testa de ferro encarregado de mostrar a cara pelo verdadeiro dono do bordel, o invasivo Alberto Yarini.

No dia previamente combinado, quando me apresentei como oficial de polícia no prostíbulo, o porteiro me fez entrar na sala principal do estabelecimento, deserto àquela hora da manhã, e pediu que esperasse ali para ser atendido. Imediatamente fui tomado pelo assombro e me pus a examinar à vontade o cenário: sofás macios de adamascado marrom, mesas com tampos de mármore, cadeiras com altos espaldares de palha, um pequeno balcão de madeira escura que fazia as vezes de bar, luminárias vitrais coloridas, um lustre aranha pendurado no alto botaréu do teto de onde também pendiam dois ventiladores reluzentes, modernos, recém-importados, de hélices metálicas. Tudo limpo, brilhante, como se ao transpor o umbral do lugar eu tivesse saltado da rua Picota, buliçosa e às vezes até fétida, sempre cheia de vendedores e transeuntes, de excrementos de cavalos de tiro e das vacas dos leiteiros que percorriam o bairro, e de repente tivesse caído num lugar de Montmartre, ou melhor, de Nice, cidade modelo com a qual cada vez mais se comparava a parte nobre de Havana.

O homem que me recebeu era Jaime Panels, irmão mais novo de Don Nando. Sem dar tempo para que eu conseguisse me recompor completamente de meus deslumbramentos, o jovem Panels me levou até um espaço mais privado, de onde, pelo visto, se gerenciavam as atividades do estabelecimento. Quando nos acomodamos em duas poltronas bem macias, ainda cheirando a couro, o anfitrião me ofereceu um drinque, que recusei, e depois um café, que resolvi aceitar e que foi solicitado a uma criada negra, de uniforme austero..., que depois eu saberia ser na verdade *um negro*, vestido e maquiado como mulher, que se chamava Bruno e era conhecido por Brunilda... Naquele lugar, constatei desde então, cada detalhe era pesado aos miligramas, e me perguntei quanto custaria ali o serviço de uma prostituta e, de passagem, onde estariam enfiadas as oficiantes, invisíveis até aquele momento.

— Bem, senhor Panels, deve imaginar por que lhes pedi um encontro — comecei, depois de tomar o café e limpar a garganta, ainda sob efeito da impressão que o local me causara. — O caso é que eu gostaria de saber se é possível...

Às minhas costas produziu-se naquele instante uma mudança de luz, e detive meu discurso para virar a cabeça.

— Aqui tudo é possível.

Lá estava o homem: vestia novamente um dril-100 branco, estava sem chapéu e, como quase sempre, exibia a perfeição de sua dentição. Ao lado do jovem, reconheci o renomado advogado Federico Morales Valcárcel. O que poderia estar fazendo num prostíbulo aquele potentado? Alguns instantes depois, entrou aquele que eu identificaria como o acompanhante mais assíduo de Yarini, talvez uma espécie de guarda-costas, chamado José Basterrechea, ou Pepito, para todos os efeitos.

— Não o vi mais no El Cosmopolita, meu senhor — acrescentou Yarini. — E vejo que é porque está muito ocupado.

Conforme exigia o procedimento mais elementar, me levantei, talvez com mais celeridade que a exigida pela cortesia. A presença de Alberto Yarini a meu lado provocara uma comoção, e, por isso, ao sair do local, ainda levei horas fazendo a mim mesmo as perguntas de praxe: seria possível que o próprio Yarini, seu poderoso defensor e até seu assessor estivessem me esperando? Por que aquela entrada espetacular de um homem que não precisava de cerimônias para abalroar os outros mortais? Tinha preparado tudo? Ou será que eu me acreditava tão importante para merecer tanta atenção?

Apertei a mão que o cacique do bairro me estendia e, imediatamente, a do advogado e de Pepito Basterrechea.

— Como está, senhor Yarini?

— Diria que estou bem. Sempre estou bem. Embora pudesse estar melhor — filosofou o jovem. — Apresento-lhe meu bom amigo Federico Morales, apesar de que já deve conhecê-lo... Todo mundo o conhece...! E meu amigo Pepito Basterrechea... Mas sente-se, por favor, e aceite o drinque que Jaime vai nos oferecer agora.

Jaime Panels, que por sua vez já estava em pé, murmurou alguma coisa e logo saiu do recinto. Yarini, com um gesto, convidou-me a retomar meu assento e foi acomodar-se no que antes o caçula dos Panels ocupara, enquanto Morales se recostava no sofá, também de couro reluzente, encostado à parede. Pepito, por sua vez, continuou em pé.

— Pois bem... O que gostaria de saber, oficial?

Naquele instante, descobri que toda a segurança que geralmente me acompanhava, em boa medida sustentada pela suposta autoridade do distintivo de policial que me amparava, tinha se esfumado. Senti que diante de mim havia um poder verdadeiro não só pelo que o jovem representava, mas pela aura que, sem dúvida, sua figura e sua personalidade exalavam. E, se é que eu precisava de mais pressão para me sentir desarmado, lá estava o olhar de águia do magnata Federico Morales, que, entre suas glórias, ostentava a de ser, como todos sabiam, não só um dos homens mais ricos da cidade, como também um dos políticos mais próximos do caudilho García Menocal, o general de quem já se falava como futuro presidente do país.

— Tenente Saborit — consegui me apresentar, finalmente. — Arturo Saborit... E vim por causa de Margarita Alcántara..., a esquartejada.

— Claro... Pobre Margó, picada em pedaços... — disse Yarini, quase num sussurro. — Bem, começando pelo início, tenente Saborit. Aqui entre nós devo lhe dizer que seu capitão, o tubarão Fonseca, está fazendo tudo errado. Para começar, faltou-nos ao respeito, faltou-me ao respeito. Pelo visto, ele pensa que sua patente o torna invulnerável, mas não é verdade, não é verdade... Federico já apresentou um recurso e Nando logo vai apresentar outro.

O advogado assentiu e acrescentou seu comentário.

– Vamos ter de dar um aperto no imbecil do Fonseca.

Naquele instante, Jaime Panels entrou no recinto, seguido de Brunilda, carregando uma bandeja na qual tilintavam quatro copos de cristal lavrado, uma garrafa e um balde de gelo combinando. Tentei aproveitar o momento de pausa para ver se entendia o que estava acontecendo e para onde se encaminhava a recém-proferida argumentação de Yarini sobre respeitos e vulnerabilidades. E tive a inquietante certeza de que estava entrando em terreno perigoso, povoado de gigantes, e de que deveria andar com pés de chumbo para não ser esmagado.

– Obrigado, Bruni, obrigado, Jaime – disse Yarini quando a bandeja foi colocada na mesa baixa diante dele, e o jovem Panels e Brunilda se evaporaram. Então o cacique serviu o destilado nos copos e me apontou o balde de gelo. – É o extrasseco Bacardí. O melhor que se produz em Cuba. Meu amigo Don Emilio Bacardí me manda de Santiago... Sirva-se de gelo, se quiser.

– Sem gelo, obrigado – eu respondi e registrei o dado. Não só Federico Morales estava na lista de amigos de Alberto Yarini, como também Emilio Bacardí, o personagem mais poderoso da capital oriental da ilha.

– Ainda bem... Vi gente que põe gelo e até aqueles refrigerantes pretos que vêm do norte no conhaque, no rum e no uísque. Coisas de estadunidense...! Ou de bichinha. – E sorriu, enquanto entregava a dose ao advogado e depois a Pepito. – Saúde – disse ele, levantando o copo e tomando um gole mínimo. Ao imitá-lo, senti a cálida carícia do envelhecido mais exclusivo que se produzia no país e que, é óbvio, eu estava provando pela primeira vez. – Pois eu ia dizendo... Os mais interessados em saber quem fez essa coisa horrível com Margó somos nós, sou eu, e vou saber. Situações assim não são boas para o negócio e, para começar, tenha presente que nem os franceses nem nós somos tão estúpidos a ponto de contaminar o ambiente com um ato tão brutal... A não ser que um dos franceses seja um louco sádico. Porque nenhum cubano do negócio, por mais louco que seja, ousaria me prejudicar dessa maneira, e pode ter a certeza de que meu amigo Nando Panels jamais o permitiria e muito menos o faria com as próprias mãos. Nando é um homem de negócios. E é *meu* amigo – disse e deixou cair o peso da inflexão no possessivo. – Explicado?

– Então o senhor acha...?

– Acho o que acabei de lhe dizer – me interrompeu Yarini, disposto a concluir seu discurso –, e também acho que devem esquecer os *ñáñigos*. Eu os conheço bem. Muitos deles são meus amigos. O Americano Terán é *meu amigo*. Trabalhamos juntos no porto e na política, mantendo este bairro o mais tranquilo possível... até onde é necessário. Tudo o que durante anos se disse dos negros *ñáñigos*, e que agora se repete mais que nunca, é uma forma de difamá-los, de criminalizá-los. É verdade que às vezes são violentos, porém não mais que qualquer um nesta cidade. Em sua maioria, são homens íntegros, garanto. E o Americano Terán, repito, também é *meu* amigo.

Eu não precisava ser um gênio para captar a mensagem que Yarini acentuava. Quantos amigos ele tinha? A melhor resposta a essa pergunta eu obteria apenas uns meses depois.

– E por onde seria preciso investigar? – perguntei finalmente e, ao me ver retribuído com o sorriso de Yarini, tive a confirmação de que entendera perfeitamente as razões daquele discurso e da atenção especial com que alguém como Alberto Yarini me brindava. Entretanto, quem me respondeu agora foi o advogado Morales.

– O assassino deve ser alguém com motivos muito especiais para fazer o que fez.

– É o que digo – interferiu Basterrechea. – Qualquer um dá umas porradas numa puta, mas...

– Pode ser que seja um louco, mas não acreditamos – continuou o advogado, depois de fulminar Pepito com o olhar. – É um desequilibrado, um homem muito cruel, mas que pensa no que faz. Não é um amador, de acordo?

– Sim, acho que sim – ousei opinar, e Yarini me presenteou com mais um sorriso.

Morales também sorriu e entrou na conversa:

– Por isso acho que o senhor veio aqui porque queria falar com as moças, ver o que elas sabem... E isso está muito certo, é lógico. Creio que Alberto estará de acordo e que elas estarão dispostas a lhe oferecer a ajuda necessária e...

Yarini levantou o indicador da mão esquerda, e Morales se interrompeu.

– E estou pensando que, para ganhar tempo, deveria fazê-lo com duas delas de cada vez. Com tranquilidade e discrição. E me atreverei a lhe preparar essas entrevistas, e espero que se sinta muito satisfeito com o tratamento que receberá... E que não lhe passe pela cabeça consultar um cardápio dentro desta casa. Não é de bom-tom – disse ele e sorriu mais uma vez.

Se ainda me restasse dúvida, tive certeza de que o jovem tenente, provinciano, tão íntegro quanto lhe permitia ser o ambiente em que morava e trabalhava, a pessoa decente que até aquele momento eu era, estava caindo numa armadilha sem fundo quando naquela manhã dei o segundo ou o terceiro, ou talvez já o penúltimo passo na direção de meu destino. Embora aquele movimento, pouco depois executado entre os braços e as pernas de duas contundentes e experimentadas trabalhadoras do prazer, tenha sido para mim um verdadeiro passeio pela glória. Amém.

Os havaneses o aproveitavam como se tivesse caído do céu e sempre tivesse estado ali, à disposição deles. Entretanto, até poucos anos antes o chamado Caminho do Norte era apenas um aterro rochoso, muitas vezes respingado e até inundado pelas ondas, uma trilha miserável que saía da cidade velha rumo às fontes da Chorrera, na desembocadura do rio Almendares, no oeste da cidade.

O milagre da transformação do velho Caminho do Norte em avenida do Golfo ocorrera em poucos anos, impulsionado pelos interventores estadunidenses, os mesmos que se haviam metido na nossa guerra com a Espanha quando tudo indicava que estava ganha por nós. Precisando de infraestruturas modernas para o que seria seu protetorado, em pouco tempo os interventores transformaram o antigo caminho real numa avenida exuberante, pela qual agora corriam os veículos que, aumentando sua quantidade a cada dia, chegavam à cidade. Uma cidade que, por obras e desperdícios de riqueza como aqueles, aspirava a se proclamar a Nice da América.

Da mureta do Malecón, eu podia desfrutar de uma perspectiva magnífica da urbe e do mar, enquanto diante de meus olhos se realizava o desfile ostentatório diário dos carros que, provenientes do Campo de Marte, desciam pelo Paseo del Prado e se dirigiam pela avenida até o parque erigido em memória do general Maceo. Ainda preso a certos ressaibos provincianos, eu me deleitava com a passagem dos conversíveis, carregados de mulheres bonitas, de turistas do norte ávidos de sol, rum, música e sexo, gulosos consumidores dos benefícios que inundavam uma cidade em que homens e mulheres já saíam em grupo e se beijavam no rosto. É o *american style*, diziam, é o novo século, diziam.

Com os pés pendurados sobre os arrecifes contra os quais naquela tarde quebravam-se ondas mansas, tentei pôr ordem em meus pensamentos em turbilhão. Agora sentia que o fato de o próprio Alberto Yarini ter-me estimulado a desenvolver a investigação sobre a morte de Margarita Alcántara impelia-me ainda mais em meu propósito, dava-me um alento a mais que, não posso negar, deixava-me bastante satisfeito. De repente, a minha curiosidade pessoal e meu senso de dever profissional acrescentara-se uma exigência que, apesar do modo rude pelo qual se manifestara, absolutamente não me desviava de meu objetivo. Entretanto, será que eu não estava vendendo minha alma ao diabo?, também me perguntava, de certo modo incomodado comigo mesmo e com meu júbilo e alarmado com meu comportamento com as duas mulheres do ofício com as quais, eu tinha de reconhecer, me esbaldara como nunca antes na vida (não muito treinada em tais lances, devo admitir, mas favorecida pela potência própria da juventude).

Àquela altura já era de conhecimento público que o irrefreável capitão Fonseca, pressionado pelos advogados, vira-se obrigado a soltar seus primeiros suspeitos, e agora continuava dando o que pareciam tiros no escuro que, na verdade, só serviam para alimentar sua voracidade e reforçar seu protagonismo. O certo era que nem o capitão nem eu tínhamos conseguido enveredar por algum caminho promissor na pesquisa.

As várias conversas mantidas com as colegas da falecida pouco me haviam ajudado na busca de razões, pistas, provas fiáveis. No entanto, os resultados da autópsia, aos quais finalmente eu tivera acesso, apenas confirmavam o que já sabíamos, embora de imediato acrescentassem cores muito mais escuras ao episódio. Segundo o doutor Torres, a mulher fora esquartejada a machadadas, a primeira delas recebida em vida e que lhe arrancou um braço. Talvez a segunda tenha sido a que a decapitou. O legista concluiu, além do mais, que a mulher praticara uma felação e engolira parte do sêmen do agressor e, antes ou depois de morta, fizera sexo vaginal e anal com o mesmo homem. Tais indícios, é óbvio, não implicavam necessariamente um estupro nem indicavam uma relação direta do assassinato com o ofício da assassinada. Em contrapartida, a informação referendava, de fato, que o assassino claramente devia ser um sujeito violento, um sádico com uma força tal que lhe permitira realizar várias das mutilações com uma só machadada, talvez se deleitando com o sofrimento de sua vítima... E a última informação dada pelo legista transformara o crime em duplo homicídio: a esquartejada Margó carregava nas entranhas uma criatura, já com três meses de gestação. Um estado do qual, até então, ninguém soubera ou falara e que, por alguma razão, o capitão Fonseca havia demorado para divulgar a seus clientes da imprensa.

Até onde eu conseguira saber, Margarita Alcántara havia saído (muito contente, segundo o que me disseram) no meio da manhã de 25 de outubro do prostíbulo da rua Picota com o propósito de comprar um chapéu no estabelecimento da galega Elena López, modista que tinha uma loja na rua Aguacate, número 80. O dinheiro para a compra devia-se a uma generosa gorjeta que, dois dias antes, e por ser o dia de seu onomástico, recebera de um fiel cliente seu, Don Francisco Barroso, o próspero fabricante de toldos com oficinas e escritórios na rua Compostela, perto dali. Don Nando Panels, que administrava inclusive as gorjetas de suas assalariadas, na ocasião permitira que ela ficasse com o dinheiro e até a animara a comprar o chapéu que a infeliz mulher tanto desejava. Na esquina das ruas Picota e Compostela, Margarita havia cumprimentado o espanhol Ricardo Suárez, dono de vários prostíbulos e também do café onde o madrileno estava sentado naquele 25 de outubro, como em todas as manhãs, esvaziando a garrafa de conhaque que abria depois do café da manhã. Com ele estava sua mulher, puta também, uma parisiense conhecida como a Apache, que não cumprimentou Margarita porque, ela confessou, Margarita se dava ares de superioridade desde que começara a trabalhar com Yarini e gabava-se de fazer melhor que ninguém a chupada francesa: aquela peituda peidava mais alto que o cu e ela não a suportava.

Ninguém podia garantir o rumo que Margarita Alcántara seguira a partir daquele momento. Ninguém a tinha visto tomar um transporte na avenida del Puerto ou na avenida do Ejido, artérias por onde circulavam mais veículos. Ninguém sabia se, ao sair, seu propósito tinha sido, realmente, comprar um chapéu. O fato comprovado era que a mulher nunca chegara à loja da rua Aguacate. Por volta das dez da manhã do dia 25 de outubro, Margarita tinha sumido num espaço de doze, catorze quarteirões, todos cheios de estabelecimentos comerciais, veículos de diferentes tipos e em plena luz do dia. Sua morte, entretanto, fora atestada como tendo ocorrido no dia 27 de outubro, ao passo que o encontro do cadáver ocorrera ao amanhecer de 2 de novembro, Dia de Finados. A celebração de mortos teria algum significado no episódio? Onde a mulher estivera nos dois primeiros dias, e seu cadáver esquartejado nos outros quatro dias anteriores a seu aparecimento? Em que lugar e momento seu caminho havia se cruzado com o de seu futuro assassino? Era alguém que ela conhecia ou um estranho? Ou teria sido na verdade um encontro combinado por algum outro motivo e dissimulado sob o pretexto da procura de um chapéu? Sua gravidez teria alguma relação com o crime? Como era possível que os médicos do dispensário não tivessem detectado sua gravidez? Por que o assassino havia demorado quatro dias para se desfazer do cadáver e escolhido a região das muralhas e não o mar próximo, onde talvez as partes do corpo, convenientemente lastreadas, nunca tivessem sido encontradas? O criminoso quisera brincar com a polícia, exibir seu talento, dar conotação mística à descoberta do corpo trucidado? E, sobretudo, por que aquela brutalidade, aquela sanha?

Minhas perguntas sem resposta se acumulavam e me atormentavam, e sobre meu ânimo pesava, além do mais, a relação encetada com o avassalador Alberto Yarini, aquele ímã poderoso do qual, em alguns momentos, eu sabia que deveria me afastar, mas do qual, como todos na cidade, eu começava a querer me aproximar, talvez chamado pela pressão das fraquezas humanas: a vaidade, o orgulho, os brilhos do poder, a droga da fama. Para ser alguém em Havana. Ainda que o caminho fosse via Yarini.

Talvez este seja o momento de estabelecer as condições que, conforme pude concluir, permitiam a Alberto Yarini exibir o melhor sorriso de Havana, aquele que tanto me impressionou e, em algum momento, me desarmou. Ou, pela maneira como ele sabia empregá-lo, me enfeitiçou.

Antes de tudo, deveria registrar a condição genética: filho de pais bem alimentados e ele mesmo sempre bem nutrido, sua estrutura óssea era firme e resistente, inclusive, é claro, sua dentição. Depois entraria em conta a conjuntura mais favorável, a que eu poderia qualificar de razão odontológica: é que seu pai, Cirilo José Aniceto Yarini, era o mais reconhecido especialista da ilha nas ciências odontológicas, fundador da Sociedade de Odontologia de Cuba e catedrático titular da Escola de Cirurgia Dentária da Universidade de Havana. E era o famoso doutor que se tinha encarregado pessoalmente da saúde bucal e da correção dentária de seus descendentes, Alberto e Cirilo II, o qual, aliás e como se deve saber, exercia a mesma profissão que o progenitor, com igual prestígio. Para completar, creio que seria preciso lembrar a condição espiritual esquiva mas tão decisiva: porque o jovem Alberto, nascido e criado em berço de ouro, com parentela aristocrática e estudos nas melhores escolas cubanas e *colleges* estadunidenses, era praticante acirrado da iconoclastia e sentia-se satisfeito com a vida, sobretudo com *sua* vida, e, conforme dizia, sabia vivê-la. Por isso, até o anunciado fim do mundo que angustiava tantos de nós para ele parecia uma piada (um gracejo de mau gosto, na verdade), e também por isso, com insistência provocativa, seu rosto se iluminava com um sorriso que (por todas as condições apontadas) era o mais perfeito da cidade.

Entretanto, na sequência daquele sorriso proverbial e deslumbrante, minha proximidade com Yarini me permitiria descobrir outras muitas qualidades e capacidades daquele homem, umas admiráveis, outras menos admissíveis, às quais eu não soube ou não pude me opor e que, como forças do destino, me arrastariam até o mais profundo das escuridões e das luzes do jovem aristocrata e proxeneta e acabariam por transformar um policial que pretendia ser um homem decente em um homicida.

Apenas alguns meses depois de minha chegada à cálida delegacia de polícia das ruas Paula e Compostela, eu já tinha a percepção de que começava a desviar minha provinciana capacidade de assombro e, com ela, alguns de meus credos sociais. Para começar, muitas ações e atitudes que até havia pouco eu considerava exageradas, extraordinárias, insólitas, inclusive ofensivas à moral por seus níveis de perversão ou desfaçatez, passaram a ser assumidas por mim como os mais corriqueiros comportamentos cotidianos entre os quais viviam os moradores da cidade e, de maneira bem intensa e dolorosa, os habitantes do velho bairro de San Isidro.

O pior para minha consciência – como cheguei a pensar em alguns momentos, com os últimos laivos de um assombro cada vez mais exaurido – era que muitas daquelas atitudes que considerava criticáveis eu começava não só a entender como até a justificar. Porque as degradações de muitas pessoas deviam-se ao simples fato de que tinham de viver, às vezes apenas sobreviver, e para isso eram obrigadas a prescindir de certos escrúpulos morais. Ou de todos eles. Sabe-se que a miséria engendra miseráveis, concluí, impelido por aquela minha maldita mania de estar sempre pensando e até lendo.

A investigação do assassinato de Margarita Alcántara me abrira de par em par muitas portas dessa compreensão diferente de meu entorno. A sondagem que fui fazendo entre as prostitutas próximas da falecida, inclusive entre algumas que só souberam da existência da vítima a partir do crime terrível, revelaram-me a profundidade do aviltamento humano implicado em seu modo de ganhar o sustento, sua maneira de viver. Garantir a subsistência vendendo o corpo e entregando carícias era por si só indigno e ofensivo, porém o mais lamentável fora constatar que quase todas aquelas mulheres, pobres, na maioria analfabetas, desde nascer despojadas da menor possibilidade de escolha, tinham chegado àquelas práticas por fome e sabendo que o caminho que tomavam nunca teria um fim sequer consolador: sua vida útil duraria tanto quanto seus peitos e suas vaginas suportassem e depois seriam descartadas, como bagaços exauridos. Nenhuma se tornara puta por vocação ou por amor, como afirmavam muitos homens: eram putas por necessidade ou, mais desolador ainda, por medo. Eram seres lastimáveis, escravizadas de seu tempo histórico e da necessidade vital de levar um pouco de comida à boca. Alguém podia condená-las eticamente só por quererem viver?

Graças às colegas próximas de Margó Peituda, consegui reunir alguns dados que, acreditei, poderiam me fazer chegar perto da identidade do assassino açougueiro, mas, sobretudo, da personalidade da falecida. Assim fiquei sabendo que a pobre mulher tinha comentado com duas delas, a mulata Serafina e a

Esmeralda Canhota (uma jovem que, apesar de manca, era dona de tal beleza que, só de vê-la, eu tinha palpitações), que um de seus clientes, um homem que Margó garantia estar apaixonado por ela, tinha prometido tirá-la daquele lugar e levá-la para morar com ele. Sem problemas econômicos, morariam numa casa própria, fora da cidade, disse ela, ou talvez no campo. Inclusive o apaixonado a fez sonhar com a possibilidade de voltar a Tenerife, de onde Margarita chegou três anos antes, impelida pela miséria, e para onde enviava, sempre que conseguia, algum dinheiro para a mãe. Mas Margó, diziam, sempre fora muito discreta com suas coisas e, por causa dessa qualidade, e o acréscimo decisivo do banquete erótico oferecido por seus seios prodigiosos e por sua habilidade felatória, Don Nando a comprara do *apache* Finet para empregá-la em seu melhor bordel. Ao que parece, o trato fora uma transação escusa que o *apache* francês havia considerado um roubo por parte do *guayabito* cubano, que, para pressioná-lo, contava com o apoio de seu sócio comercial, Alberto Yarini. E, também por sua discrição, Margó não entregara outras pistas da identidade do apaixonado (verdadeiro ou inventado pela pobre mulher?), embora sempre tenha negado que se tratasse de seu freguês mais generoso e persistente, o senhor Francisco Barroso. Entretanto, ao ficarem sabendo da gravidez da assassinada, concluíram que o Cliente Apaixonado, conforme começamos a chamá-lo, devia ser o gestor do engravidamento. Lógico, não?

Não havendo registros comerciais dos serviços sexuais no bordel de Don Nando, vi-me obrigado a espremer memórias, inclusive as dos irmãos Panels, até conseguir estabelecer uma lista de outros cinco candidatos ao *status* de Cliente Apaixonado. Dois comerciantes espanhóis, um militar da fortaleza de La Cabaña, um mulato músico e, para maior morbidez e tensão, Domingo Valadares, o jovem presidente do Comitê Conservador do bairro de Marte, correligionário político próximo de Alberto Yarini.

A primeira questão mobilizada pelas informações coletadas era a de entender a reação macabra que poderia ter impelido algum daqueles homens (se é que fora algum deles) a executar a mulher da maneira como fizera. Ciúmes ou despeito poderiam ter provocado um arroubo de ira resolvido do modo mais comum e rápido. Uma surra e pronto: umas porradas, conforme bem dissera Basterrechea, que, inclusive, poderiam provocar a morte, como acontecera outras vezes. Embora tal reação, no caso de Margarita Alcántara, implicasse um risco bem conhecido na zona de tolerância: Yarini não permitia que nenhuma das mulheres de sua esfera de influência fosse maltratada por ninguém. Talvez porque prejudicasse o negócio, talvez porque permitir um dano a suas propriedades arranhasse seu prestígio, talvez porque Yarini avisara e todos deviam saber: suas mulheres só ele próprio podia castigar. E em algum momento não pude deixar de me perguntar: será que ele a castigara? Um exemplo, uma lição colossal dada a uma possível dissidente? Porque uma das muitas coisas que eu soubera era que aquele jovem de modos refinados era dono de um caráter imprevisível e que, obviamente, ele podia contar com *amigos* capazes de lhe fazer qualquer favor em pagamento dos muitos favores de todo tipo que ele distribuía.

Em muito pouco tempo, consegui estabelecer que, nos dias do crime, o mulato músico estava com sua orquestra em turnê em Santiago de Cuba e que o militar ficara um mês de cama depois de uma intoxicação por ciguatera, que causa, entre outros efeitos, a queda de todo o cabelo. Dos dois comerciantes espanhóis, um era um galego de setenta anos que – conforme confessou quando o entrevistei – já não engravidava, pois o fato era que seu pau já não subia: pagava Margó só para que ela o deixasse chupar seus peitos. O outro comerciante, o taberneiro Juan Albín, era um madrileno mal-encarado, de quarenta anos, e podia ter alguns bilhetes naquela rifa, embora de imediato eu não tenha me inclinado a considerá-lo: mais que falar, o homem ladrava, e sua reputação de avarento o antecedia. Albín nunca teria prometido nada à puta, com a qual se desafogava mais por saúde e necessidade que por prazer... Restava, então, Domingo Valladares, o colega de partido de Alberto Yarini. E será que eu devia descartar o abastado senhor Francisco Barroso, ornamentado pela fama de devasso?

À medida que minha investigação avançava, fui percebendo cada vez mais que estava entrando num território pantanoso, uma daquelas situações arrepiantes de um romance de Emilio Salgari que eu lera na adolescência: aquela selva escura em cujos lodaçais os homens desaparecem tragados pela terra.

4

E pensar que o tinham apelidado de Miki Cara de Boneca porque era o sujeito mais bonito do pré-universitário de La Víbora. Cabelos de azeviche e dócil; olhos mouriscos, profundos, premiados com cílios longos, femininos; dentição saudável adornando uma boca de lábios grossos e vermelhos; corpo bem constituído, alentado pelos rigores da ginástica. Os outros o invejavam encarniçada e justificadamente: porque todas as meninas queriam ser namoradas de Miki, tão lindo, aquele paquerador que inclusive escrevia poesias, sabia muito inglês e entendia as letras das canções de que elas gostavam.

Conde agora o contemplava e, com muita dificuldade, encontrava Miki, que perdera os atributos do mítico Cara de Boneca de seus tempos áureos. Do cabelo bem preto restavam alguns fios intercalados, mais parecendo sujos que descorados, que ele deixava crescer numa patética tentativa de cobrir o crânio deserto, pontilhado de manchas escuras, como cagadelas de moscas. Os olhos, assediados por carnosidades vermelhas, pareciam os de uma serpente, porque os cílios tinham sumido para sempre desde que o homem fora submetido a radiações curativas. E o pior era a boca: a arcada dentária superior, claramente postiça, alinhava dentes cavalares de tamanho maior que o adequado e a arcada superior já mostrava um véu escuro de nicotina, cafeína e talvez até de pouca relação com a escova. O rosto, no conjunto, mais parecia uma batata-doce mal cultivada que a oval perfeita que fora outrora.

Ver Miki tinha pelo menos uma compensação: quando pudesse, Conde se olharia num espelho para constatar que não, ele não estava tão devastado.

— Você vai ver os Rolling, não é? – quis saber Miki assim que foram trocados os cumprimentos regulamentares em que ambos mentiram à pergunta de praxe, afirmando estar muito bem.

– Claro que não. Iria contra meus princípios – lançou Conde.

– Que princípios, cara?

– Os meus. Tanto faz.

– Pois essa eu não vou perder. Antes tarde que nunca… *Peace and love…! Power to the people…!* Porra, incrível, você. Com certeza o Magro também quer ir. Vou telefonar para ele. Porra, Conde, você é um idiota.

– De nascença – ratificou o outro.

Por insistência de Miki, tinham marcado encontro num café privado, aberto havia pouco na rua G, um daqueles estabelecimentos emergentes onde tudo reluzia e um simples café espresso custava mais do que um médico ganhava por dia. Com esses preços e esses salários, como as pessoas viviam, porra?, Conde voltou a se perguntar, já arrependido de ter aceitado pôr os pés num lugar em que, além de tudo, era proibido fumar e onde, espantado, o ex-policial viu vários jovens lanchando com a maior naturalidade algumas das delicatessens oferecidas. Não, ele não podia deixar de indagar: de onde essa gente tira dinheiro?

– Está escrevendo alguma coisa? – perguntou Conde, tentando ser amável com o velho colega de escola e esquecer seus planos desatinados de fazer economia.

Dos poemas de juventude engendrados nos dias do curso pré-universitário, Miki passara para a literatura com aspirações ainda quando Reynaldo Quevedo e seus sequazes exerciam seu poder. O jovem escritor muito cedo soubera interpretar os códigos imperantes e lançara-se na redação de contos protagonizados por combatentes heroicos, milicianos também heroicos, operários com consciência de classe, obviamente heroicos. E sua estreia literária fora muito bem recebida, inclusive premiada. Com seu segundo livro, um romance sobre a campanha de alfabetização (também heroica), chegou-se a falar dele como uma das promessas da literatura cubana, e Miki viveu seu momento de glória e, logo se saberia, sua mumificação. Porque Miki, mais que talento para escrever, tinha a capacidade plástica para que fizessem dele o que queriam ou esperavam de um jovem escritor de seu tempo. Porém, nos mais de trinta anos transcorridos desde a publicação de seu romance celebrado e logo esquecido (graças a convênios socialistas foi traduzido para quatro idiomas do *far east* europeu), Miki só havia publicado dois livros dos quais ninguém falou porque ninguém os leu (Conde os lera, sim, só faltava essa), embora lhe permitissem continuar vivendo como escritor, continuar se apresentando como escritor, inclusive num cargo oficial, até que ficou evidente que ninguém se importava em sustentar um escritor como Miki Cara de Boneca, que já não tinha nem o encanto de sua cara bonita.

— Já nem tento – confessou Miki, depois de extrapolar: tinha pedido um cappuccino! Conde, que não ousara olhar o cardápio, calculou que o bendito cappuccino devia custar três vezes mais que o simples café ao qual se tinha restringido. – Estou mais seco que charuto velho. Ou não... às vezes acho que posso...

— E o problema da próstata? – Conde entrou em terreno mais escabroso. As últimas vezes em que vira Miki tinha sido no hospital em que lhe extraíram a próstata cancerosa.

— Continua sob controle... Parece que me livrei... E sabe de uma coisa? Pois desde a operação meu pinto não sobe mais. Por sorte trepei feito louco desde os quinze anos... Porque agora, Conde, só mijo. E o teu ainda sobe?

Conde sorriu.

— E o que você tem a ver com isso, Miki?

— Porra, Conde, quem já não consegue fazer subir gostaria que com os outros acontecesse a mesma coisa, não é?

— Não seja sacana, compadre.

— O teu sobe ou não?

Conde olhou para os lados, como se o público estivesse esperando sua resposta.

— Sim..., bem, não como antes – acabou confessando. – Mas funciona – e não falou do meio Sildenafil a que ele recorria de vez em quando.

— A vida é do caralho, parceiro... agora falamos mais de dores e remédios que de qualquer outra coisa. Ser velho é uma reverendíssima cagástrofe, Conde.

A moça que os atendia, muito bonita e bem-dotada, serviu-lhes o pedido e Miki provou seu cappuccino, enquanto Conde, concentrado na garupa da garçonete, tomava um gole do seu espresso.

— Como está teu cappuccino, Miki?

— Tremenda merda. E teu café?

— A mesma coisa... Puta que me pariu.

— *Sorry* – desculpou-se Miki e se concentrou em sua bebida.

Então Conde criou coragem.

— Eu, sim, estou escrevendo... Ou tentando.

— Sobre o quê?

— Não sei bem. É sobre Yarini, o cafetão. Yarini sempre me pareceu um sujeito meio estranho, difícil de definir. E sobre um policial que mata um homem.

— Parece bom. E de onde tirou essa história, compadre?

— De lugar nenhum, tive a ideia de escrever isso porque há algum tempo comprei uns livros velhos dos filhos do teu colega X e dentro vieram uns papéis escritos por esse policial que disse que foi amigo de Yarini... Não sei o que é verdade ou mentira, mas parece verdade. Esse policial parece que foi uma pessoa decente. E anda me perseguindo.

– Como assim, te perseguindo?

– Às vezes até aparece para mim em alguns lugares. Sonho com ele...

– Sim, dizem que isso acontece com alguns escritores... Comigo nunca aconteceu, na verdade... E é importante o sujeito ser decente?

– Acho que sim... A decência é importante, não é?

– Tudo bem... E quantas páginas você já tem escritas?

– Umas cinquenta ou sessenta... O problema é que estou com a história meio travada, não sei... Está dando trabalho saber quem era de fato Yarini.

– Um filho da puta que vivia das mulheres... Porra, cara, que inveja você me dá...! Está escrevendo e até trepa... Mas sabe de uma coisa..., ainda olho para as mulheres e as vejo nuas... A garçonete, olha só, você vê o que eu vejo? Está depilada.

Conde sorriu. Depois de tanto invejar a sorte de Miki com as meninas do pré-universitário, no fim do caminho era Miki que o invejava, inclusive porque estava escrevendo. Ou tentando. Que desastre, pensou. E não teve outro remédio senão olhar para a funcionária. Estaria mesmo depilada?

– Bem, vamos ao que nos trouxe aqui – propôs Conde, já com vontade de sair para a rua e acender um cigarro. – Me conta.

– Então – Miki engrenou –, o caso que aconteceu com Quevedo e os outros safados foi há uns quinze anos. De repente começaram a mostrá-los na televisão, a dizer como tinham sido e eram bons, quase uns santos, e as pessoas explodiram. Um mandou um e-mail para o outro, o outro para mais cinco e a onda foi se formando. Pessoas que aqueles caras foderam e pessoas que vieram depois, mas que eles também foderam por causa da merda que deixaram no ambiente. E alguns começaram a atirar com todos os canhões. Como nunca...

– O que diziam?

– Que era inadmissível tirar aqueles cadáveres da tumba e não falar do que tinham feito em sua época. Não dizer quanta gente eles censuraram, reprimiram, foderam com a vida. Os que morreram aviltados, os que nunca voltaram a ser o que tinham sido. Não terem reconhecido o buraco que cavaram na cultura do país com suas limpezas ideológicas. Tanta gente se meteu na briga e a coisa esquentou tanto que tiveram de fazer reuniões para jurar que aquilo não tinha sido um plano de resgate, ou uma volta ao quinquênio cinzento ou à década obscura dos 1970, como começaram a dizer.

– E como não fiquei sabendo de nada disso?

– Ninguém que não estivesse envolvido ficou sabendo. Houve algumas declarações públicas, com as mesmas palavras de ordem, mas quem não sabia do que se tratava não entendia por quê. Porém sem se desculpar... Tudo aconteceu entre os que escreviam e recebiam os e-mails. Aqui fora, como diz o tango, o mundo continuava caminhando como se nada tivesse acontecido.

– E o que aconteceu depois?

– O que tinha de acontecer... Nada. Porra nenhuma, não aconteceu nada. As pessoas protestaram, gritaram e depois tudo foi esfriando, até que o fogo apagou.

– Como sempre.

– Mais ou menos – admitiu Miki. – Porque acho que alguma coisa aconteceu, sim: ficou claro que as pessoas já não têm tanto medo como antes. Um pouco menos de medo...

Conde assentiu. Falar de medos maiores e menores, mas permanentes, provocava-lhe uma tristeza pesada. Marqués falara muito de medos, Sindo Capote lhe falava de medos, Miki de mais temores. Não, não era justo que alguém tivesse mais medos que os inevitáveis: de dor, de solidão, de morte, essas angústias inerentes à existência. De leões ou de rãs. Os outros medos lhe pareciam uma aberração social, uma forma de degradação humana.

– E o que diziam de Quevedo?

– Diziam de tudo. Houve um que até o acusou de ter matado Virgilio Piñera de marginalização. Outros se lembraram de teu amigo Marqués e sua condenação. Foram buscar a história da poeta Natalia Poblet, que se suicidou. Eu a conheci, sabia...? Coitada. E remexeram mais coisas... As pessoas vomitaram tudo o que tinham dentro de si. Foi como um exorcismo, uma catarse corporativa. Mas os tiros permaneceram à altura de Quevedo e seus cupinchas. Falou-se das marionetes, não de quem as movia.

Conde assentiu e se lembrou da alegação de Osmar. Entendia perfeitamente.

– Bem, o problema é que Quevedo não morreu, alguém o matou.

Miki fez a maior cara de surpresa, e Conde viu nela o lampejo do rapaz que ele conhecera havia quase cinquenta anos, antes de ele transitar pelo oportunismo, pelo arrivismo, pelo cinismo, pelo sem-conflitismo e outros ismos degradantes.

– É verdade? Mas como?

Conde disse a si mesmo que, afinal de contas, ele já não era policial e podia falar. E, mesmo sabendo que era inútil, fez Miki prometer que não contaria a história de que tinham matado, sodomizado e mutilado o temido Reynaldo Quevedo.

– Então..., então o velho que martirizava os bichas era bicha?

– Pois parece que sim – ratificou Conde.

Miki levou a mão à testa para expressar seu espanto.

– Caralho... sempre ouvi dizer que ele acossava mulheres. Que as chantageava e... Olha, Conde, se você me pagar outro café conto uma coisa que nunca contei para ninguém.

– Porra, Miki...

– É uma história ótima – disse Miki, fazendo sinal para a jovem garçonete. – Moça, me traz outro cappuccino. Mas bem-feito, porque esse estava uma porcaria... Vou dizer uma coisa, estive na Itália e sei o que é um cappuccino de verdade...

– Você vai me levar à ruína.

– Tranquilo, mas ouve essa... E também jura que não vai contar para ninguém. O poder tem braços longos...

– Com a mão sobre este cardápio – disse Conde, e colocou a palma sobre o cardápio de sua ruína. – Juro. Vai, conta...

– Lembra que em 1984, depois que publiquei meu romance, me mandaram numa viagem pelos países socialistas? Você sabe como era aquilo. Iam me agenciar edições em russo, romeno, búlgaro... Fui primeiro à União Soviética e me trataram como o tsar. Bem, não como o tsar, porque dele cortaram o pescoço... Depois a Praga, que me encantou, e encerrei o percurso em Sófia. E quem você acha que me recebeu na Bulgária, hein? Pois foi Reynaldo Quevedo em pessoa... Fazia três ou quatro anos que o tinham feito descer do cavalo, quando decidiram mudar um pouco a política, e para tirá-lo de circulação deram-lhe o prêmio de mandá-lo como adido cultural para a Bulgária, aonde pouca gente ia e com que ninguém se importava muito.

– Eu me importava com a Bulgária. De lá vinham umas latas ótimas de frango à jardineira e repolho recheado... e aquele vinho, lembro que o chamavam de Pancho o Bravo ou Satanás, porque a gente bebia um copo e se achava o Super-homem.

– Caralho, como você se lembra dessas coisas, Conde? Bom, tanto faz. O homem me esperou em Sófia, que aliás de bonito só tem o nome..., então Quevedo me esperou, me levou a passear em Varna, a reuniões na irmã União de Artistas Búlgaros, me apresentou camaradas escritores que me diziam *Bulgaria hermana Cuba!*, tudo muito socialista, muito *kitsch*, como diz Kundera... E um dia me perguntou se eu queria investir bem as levas que me tinham dado... Você sabe, a moeda búlgara.

– Nunca suspeite de minha ignorância, Miki – reforçou-o Conde.

– *Sorry*... Bem, o caso é que através da União de Artistas ele conseguiu uma autorização especial e me levou a uma loja para dirigentes e generais búlgaros onde vendiam, por centavos, um monte de mercadorias, bastante boas, que não havia em outras lojas... Coisas de comer, como caviar vermelho, embutidos e vodcas e uísques de verdade. Mas sobretudo sapatos iugoslavos, camisas polonesas mais ou menos bonitas, jeans tchecos, perfumes búlgaros, coisas assim, e carregamos duas malas de mercadorias, inclusive uns conjuntos de calcinhas húngaras que vinham numas caixinhas com três peças de cores diferentes. Quando perguntei por que sua insistência em que eu levasse as calcinhas, ele me disse que depois explicaria...

– Não vai me dizer que Quevedo usava calcinhas húngaras!

– Não sei se usava, mas sei para que usava... Porque quando fomos a Varna, no mar Negro, nos sentamos num café perto da costa e, conforme ele me pediu que fizesse, pus duas caixinhas de calcinhas na mesa... Quinze minutos depois apareceram duas búlgaras... búlgaras com B maiúsculo, de burro. Duas mulheres incríveis, belíssimas, que não se pareciam com as camaradas camponesas desgastadas e marcadas de varíola que eu vira até então por todos os lados. E sabe o que nos perguntaram? Se queríamos provar o melhor iogurte da Bulgária...! Enfim, duas putas búlgaras que te faziam revisão completa por um pacotinho de calcinhas húngaras coloridas... Foi a única vez que transei com uma puta, Conde, mas o fato é que valeu a pena e saiu barato.

– E Quevedo?

– Usou minha segunda caixinha e também transou com a búlgara dele... E me confessou que todas as vezes que ia a Varna fazia isso. O sujeito explorava as pobres irmãs búlgaras em nome do internacionalismo proletário.

– Que sujeito! Como aquele homem podia foder com a vida das pessoas daqui e depois sair fazendo isso por aí, a reboque do socialismo que dizia defender?

– Se Quevedo tivesse feito só coisas como essa...! Aliás, no mesmo café de Varna havia dois militares búlgaros, coronéis ou algo assim, com suas calcinhas em cima da mesa. Quevedo me disse que na Bulgária chamavam esses acordos de "intercâmbio de presentes".

Conde não pôde deixar de sorrir. Tudo o que Miki contava era tão amargo que ou você ria, ou se enforcava. Ou matava e retalhava um sujeito como Reynaldo Quevedo se tivesse arrebentado sua vida e, algum dia, se dava um tiro.

Osmar tinha mudado a cor da roupa. Do branco passara a um violeta pálido. O feitio, no entanto, continuava o mesmo, e Conde se perguntou quem seria o modista que o vestia.

– O que está olhando? – reagiu o jovem.

– Nada, nada... – gaguejou Conde.

– Crie coragem e vista-se assim. É o mais adequado neste país de merda, com o calor que sempre faz. E, além do mais, não gasto em cuecas – acrescentou, sorriu, e Conde se perguntou que sentido teria a última explicação. Porque, sim, sabe-se o que uma mulher pretende quando diz que está sem nada por baixo, mas...

Carregando as informações oferecidas por Miki Cara de Boneca e a dor de ter gastado sete pesos convertíveis, Conde percorrera o trecho entre o café e o edifício onde Quevedo havia morado e morrido, para cumprir o compromisso marcado com Osmar.

Enquanto atravessava as velhas ruas de El Vedado, povoadas de contundentes palacetes e mansões construídos havia várias décadas, pensou no que teria sentido o tenente Arturo Saborit, um século atrás, ao percorrer o bairro emergente da burguesia cubana, "com suas ruas largas, retas, bonitas, sombreadas pela ramagem bem disposta de esbeltos álamos; com abundantes fios de telégrafos, telefones, cabos, brancas lâmpadas de luz elétrica, um lugar que revela os benefícios da urbanização moderna", segundo constatou um cronista da época que, em seus atuais afãs literários, o ex-policial havia lido poucos dias antes. Toda a prosperidade e o fausto ali expostos, o ritual de exibicionismo e esbanjamento, podiam chegar a extremos como o de importar areias do Nilo para dar cor às fachadas, mármores italianos para pisos e banheiros, encomendar os estuques a operários da casa Dominique e os vitrais ao ateliê do mestre René Jules Lalique, como se fez para o palácio construído para Catalina Lasa, em frente ao qual Conde passou em sua caminhada. Assombro e êxtase estético diante de tanta beleza? Ou raiva e dor ao constatar as distâncias siderais que separavam El Vedado das colmeias urbanas dos bairros sempre preteridos de San Isidro e El Arsenal, onde Saborit exercera seu trabalho? Conde pensou que as duas reações eram válidas, baseavam-se justamente em seu antagonismo. Porque o dramático era que, um século e tantas coisas depois, ainda houvesse gente vivendo confinada em San Isidro e em muitos outros lugares miseráveis da ilha, inclusive em bairros insalubres como o assentamento de San Miguel del Padrón, que ele próprio percorrera, com dor e assombro, alguns anos antes. Enquanto isso, regiões da cidade como El Vedado, por onde agora ele caminhava, voltavam a ser prestigiadas pelo dinheiro de ricos novos, muito menos ricos que os de outros tempos e mais afinados com os brilhos sintéticos de Miami que com os resplendores sofisticados de Paris. Os novos-ricos socialistas e os estrangeiros integrados que com seu dinheiro faziam renascer as velhas mansões aristocráticas, protegendo-as com grades cada vez mais altas, muros mais impenetráveis, câmaras de vigilância. Maquiando suas propriedades com pinturas, madeiras e plásticos mais deslumbrantes: uma estranha relação social entre fausto e pobreza que Conde, inclusive, achava mais contrastante no presente que a mesquinha trama social urdida nos tempos turbulentos em que se concretizara a dramática proximidade entre Alberto Yarini e Arturo Saborit.

O purpúreo Osmar convidou-o a entrar na sala de refeições do apartamento, em cuja mesa estavam dispostos alguns papéis e um computador portátil com a tela iluminada. Quando se acomodaram, Aurora veio da cozinha trazendo uma pequena bandeja com um copo no qual brilhava um líquido denso que Conde identificou como suco de mamão.

— Como vai o senhor? — cumprimentou a mulher, deixando a bandeja ao alcance de Conde.

— Muito bem, Aurora, obrigada. E a senhora?

A empregada suspirou.

— Confusa..., não sei o que vou fazer da vida. Sinto muita falta dele, sabe?

Conde tomou um gole do suco; para ele, tinha gosto de glória.

— Gostava muito dele, não é? — atreveu-se a perguntar.

— Sim... Rey era um pão.

Conde assentiu. Sabe-se que as verdades absolutas não existem. O Nefando podia ter seu lado terno.

— Ficou sabendo de alguma coisa? — interferiu Osmar, que sorrira com a afirmação panificadora da empregada, talvez inadequada num país em que todo mundo falava horrores da qualidade do pão.

— Nada decisivo. Estou fazendo tudo o que posso — admitiu Conde. — Por isso estou aqui... Aliás, eu ia deixando passar. Aqui vocês têm tesoura de podar? Como não têm jardim... Ou um alicate grande.

Osmar arqueou as sobrancelhas, como se não tivesse entendido. Aurora, em contrapartida, assentiu.

— Sim... Havia um alicate grande por aqui... Foi deixado por um eletricista que certa vez veio fazer um trabalho, e o homem nunca voltou para buscá-lo. Mas faz muito tempo que não vejo esse alicate.

— Onde o guardavam?

— Numa caixa de ferramentas que há debaixo da pia de lavar louça. Coisas que estão ali desde que o carro foi vendido.

Conde registrou a venda do carro de Quevedo. Mais dinheiro.

— Bem, vamos falar do que roubaram...

— Com licença — disse Aurora e foi para a cozinha levando sua discrição.

– Pode verificar as ferramentas, Aurora? Pode ser que o alicate esteja lá. Se estiver, me diga, mas não toque nele... – pediu Conde, concentrando-se em Osmar.

– Ok, vamos ver a história do roubo – aceitou o rapaz, que localizou alguma coisa na tela do computador, depois revisou alguns dos papéis e por fim assentiu. – Ahá..., como sabe, roubaram duas telas de Servando Cabrera, uns nus masculinos. Também uma cabeça de Martí, de Raúl Martínez, um óleo. E uma pintura de Raúl Milián, um abstrato muito raro, por causa do formato maior que o habitual num Milián e porque a maior parte de seu trabalho ele fez sobre papel, quase sempre aquarelas.

– Uma pequena fortuna – atreveu-se Conde.

– Pois menor do que se pode imaginar. Todos esses quadros são de pintores importantes, são obras muito boas, mas o mercado não se importa com isso. Porém veja os preços das cagadas de Damien Hirst... Cento e noventa e oito milhões de dólares por uma peça!

– Caralho! – Conde não conseguiu deixar de exclamar, ainda dolorido com a barbaridade dos sete pesos convertíveis gastos de manhã. – E por quanto você calculou que poderiam ser vendidas as peças que levaram?

– O quadro mais caro poderia ser o Martí de Raúl Martínez..., entre dez e quinze mil dólares. Os nus de Servando, que é a parte mais valorizada de sua obra, se bem vendidos seria por dez mil cada um... E o Milián, uma verdadeira joia, por ser raro e pela qualidade, quando muito uns cinco mil, não mais que isso...

– Mais ou menos quarenta, quarenta e cinco mil – calculou Conde. – Bem, não são duzentos milhões, mas não é pouca coisa.

– Não, claro que não – admitiu Osmar. – Mas deixaram outros quadros que podem valer mais ou menos a mesma coisa. Essa marinha de Sindo Capote pode estar pelos dez mil. Não existem muitas obras dele e o preço...

– Não há muitos Capotes porque seu avô fodeu com a vida desse homem. Você sabia disso, não é?

– Sim. Sei o que meu avô fez, já lhe disse isso. Mas lembre que meu avô era mandado.

– Não esqueci, claro que não.

Osmar organizou os papéis, voltou a ler uma lista impressa e olhou para Conde.

– Depois que meu pai levou os dois quadros de Cundo Bermúdez, meu avô vendeu dezesseis obras. As menos importantes que ele tinha. Por mil, dois mil dólares, algumas por mais... Porque as que foram roubadas e as que continuam aqui eram suas preferidas. Sobretudo a cabeça de Martí e essa marinha de Capote.

Alguma coisa essa paisagem lhe dizia: ele se sentava e a olhava... Não, essas coisas não queria vender, porque ele...

Conde não conseguiu se conter.

— Desculpe, Osmar, mas preciso dizer: seu avô era um sacana. Ou como você me explica o fato de ele ter todas essas pinturas? Ele fodeu esses artistas, fodeu muito. Fez sabe Deus que trapaças para ficar com os quadros. Permitiram que seu avô fizesse essas coisas e ele, além de aproveitar sua impunidade, gostava de fazê-las.

— Então o senhor acha que o mataram pelo que ele fez há quarenta anos e não para lhe roubar os quadros? Que por isso fizeram com ele tudo o que fizeram?

Conde se demorou. Tirou um cigarro do bolso da camisa, mostrou-o para Osmar, e este assentiu. Acendeu-o e tragou toda a fumaça que pôde.

— Não sei. É que há muito mais coisas. Bem complicadinhas também.

— Mais coisas complicadinhas?

— Agora que sua mãe não está aqui, vou dizer mais uma coisa que a polícia averiguou e te fazer mais duas ou três perguntas difíceis...

A expressão de segurança, de certa prepotência, de Osmar foi-se diluindo.

— Vamos lá — murmurou.

— Quevedo tinha sêmen no reto. De um homem mais ou menos jovem. Negro ou mulato. O que pode me dizer disso?

Osmar baixou a tela do computador. Levou a mão à boca e ao nariz.

— Esse... mulato... Foi quem o matou? Foi ele?

— Não necessariamente — explicou Conde. — Há outra evidência mais importante. Numa unha ele tinha restos de pele de outro homem. Branco. De uns cinquenta anos. A unha do indicador que lhe cortaram.

Os olhos do homem estavam umedecidos. Estava abalado com o que ouvia, e Conde teve esperança de finalmente encontrar um fio para puxar.

— Pelo amor de Deus — sussurrou Osmar, e Conde o deixou assimilar o significado da informação. — O mulato pode ser Victorino... Foi meu namorado, bem, namorado é modo de dizer... É um sacana... Um gigolô. Fiquei com ele só uns dois ou três meses.

— Victorino do quê? Ele vive disso? De fazer sexo com os homens?

Osmar assentiu e voltou a abrir um parêntese de silêncio. Nesse momento, Conde teve a impressão de que uma sombra se movera no espaço contíguo da cozinha. Aurora os estava ouvindo? Aurora sabia? Aurora reapareceu, enxugando as mãos no avental que usava.

— Não, o alicate não está na caixa. Por que está interessado no alicate?

– Não, por nada – Conde preferiu dizer. Então o assassino deixara a faca e levara o alicate. Por quê? – Obrigado, Aurora.

A mulher voltou para a cozinha e Conde olhou de novo para Osmar.

– Victorino Almeida – disse finalmente o rapaz. – Vive de qualquer coisa. Também se prostitui com estrangeiros ou com velhos, como meu avô. É um abutre... – acrescentou, em voz mais baixa.

– Seu avô o conheceu por você?

Osmar assentiu.

– Victorino é terrível. Não sei se meu avô sempre foi... Bem, como eu. Sempre pensei o contrário, que tinha sido um mulherengo. Não sei como, mas ele começou a encontrar Victorino e lhe pagava.

– Quer dizer que seu avô o deixava entrar aqui.

– Sim, mas... – E para continuar seu raciocínio, o rapaz voltou a baixar a voz. – Victorino é um imoral, bem, ele não sabe o que é moral. Mas não creio que seja capaz de matar alguém. Menos ainda meu avô. É que meu avô era como sua galinha dos ovos de ouro, não é?

– Mas os quadros... Era muito mais dinheiro do que podia entrar de uma tacada só... Um dinheiro que podia mudar a vida dele... Vamos ver. Há outro homem, como eu te disse. Será que Victorino o trouxe para um negócio com os quadros, por exemplo?

– Não sei, não creio. Meu avô não teria vendido nada sem contar comigo.

Na cozinha produziu-se outro movimento dissimulado, quase imperceptível, e os alarmes atilados de Conde o avisaram. Não teve mais dúvidas, Aurora os ouvia. Só por curiosidade? Talvez devesse averiguar, pensou.

– Quando há sexo no meio, as pessoas fazem coisas estranhas. Você sabe... Talvez Victorino o tenha manipulado e convencido, não sei...

– Pode ser, pode ser.

– Vamos tentar averiguar. Onde posso localizar Victorino Almeida? Por acaso tem alguma foto dele?

Nada podia ser por acaso. Os caminhos da literatura e da vida têm a caprichosa tentação de se cruzarem e, com suas fricções, desnudar essências inquietantes, às vezes reveladoras. Parado diante da antiga arcada do hotel Inglaterra, perguntou-se quantos dos que passavam pelo que fora a famosa Acera del Louvre, que perdera tudo, até o nome, quantos dos que perambulavam pelos vestíbulos do hotel Inglaterra e de seu vizinho, hotel Telégrafo, ambos restaurados, quantos dos passeantes aturdidos, ignorantes e perdidos teriam alguma ideia do que existira ali. Justo naquele lugar estivera o café El Cosmopolita, o mais famoso e distinto da cidade elegante da *belle époque*, lugar onde se deram tantos encontros memoráveis, onde tantas vidas definiram ou mudaram seus rumos. Muito poucos deviam importar-se com um dado que não afetava suas existências, sobretudo que não as melhorava num tempo desgastante no qual as pessoas tinham necessidade de alívios presentes mais que de lembranças passadas, extintas, de uma cidade que sonhara em ser a Nice da América e começava a parecer a Beirute bombardeada.

Agora o ex-policial observava a paisagem: o Parque Central com seu Martí sempre preocupado, que tinha razão em sentir-se assim; adiante o velho cine Payret, a pomposa Sociedad Asturiana e a compacta Manzana de Gómez, bem à frente; o Paseo del Prado e a Esquina del Pecado, à esquerda; o Gran Teatro del Centro Gallego, o Capitólio e o Parque de la Fraternidad, à direita. E depois empenhava-se em localizar e definir a humanidade que naquele momento percorria aqueles espaços historiados da cidade, seres que se revelaram próximos pelo anseio de sobrevivência e ao mesmo tempo distantes pelo desprezo que tinham por uma memória difusa que ele se empenhava em cultivar. Pessoas aturdidas que se deslocavam como formigas, pensou, à procura de alguma coisa, pensou, para levar a fim de suavizar a vida. E pensou, é óbvio de novo, num tal Arturo Saborit, naquela mesma arcada, enquanto era capturado por um sorriso que mudaria sua vida.

Conde repeliu as persistentes divagações históricas e literárias. Precisava concentrar-se, atentar, observar, buscar no presente e, com sua habilidade enferrujada e destreinada, não conseguiu saber se ainda seria capaz de encontrar alguma coisa. Bem sabia, e havia anos aquela região tornara-se o couto de caça furtiva mais explorado da cidade. Ali, como na selva, os iniciados se comunicavam por códigos, para ele indecifráveis, que pelo visto tinham chaves universais, porque cubanos e estrangeiros, havaneses e provincianos, iniciantes e profissionais, jovens em flor e velhos deteriorados haviam praticado naquelas imediações e por décadas a caçada sexual com benefício muito frequente. Carnal e econômico.

Encontrava-se tão absorto em sua espreita que deu um pulo quando sentiu a mão em seu ombro.

— Ei, o que houve?

— Porra, Manolo, você vai me matar do coração!

— Não enche o saco, Conde... Vamos lá, o que foi?

Então procurou no bolso da camisa, onde também guardava o maço de cigarros, a foto que tinha dobrado: Osmar e Victorino numa praia, sorridentes na imagem.

— O dono do sêmen pode ser este. E costuma andar por esta região. É um prostituto. Um gigolô. Bem, entre outras coisas.

— E não há um endereço nem nada?

— Osmar não tem, talvez vocês, sim. Victorino Almeida. Segundo Osmar, morava com a mãe, até que ela o expulsou de casa... Mas, se você puser alguém para vigiar por aqui, é quase certo que vão localizá-lo. Bem, se não for quem matou Quevedo e carregou os quadros. Se vai ganhar quarenta mil dólares, não deveria estar agora procurando vinte, não é?

— Então você acha que não foi esse tal Victorino?

— Osmar não acha. Eu não tenho ideia, por isso creio que seria bom conversar com ele, apertá-lo um pouco... Um assassino que limpa todas as pistas não deveria deixar um rastro tão importante como sêmen. Ou nem lhe passou pela cabeça... E, aliás, vocês avisaram a Alfândega que aqueles quadros estão por aí e...?

— Claro, Conde. Não, não vai ser fácil tirá-los de Cuba.

— Perfeito... Já vou indo, preciso trabalhar nesta noite. Você está me explorando, Manolo, porra. Até quando vai durar isso?

— Não sabe quanto te agradeço, compadre.

— Mostre agora essa gratidão e pelo menos me leve até a casa de Tamara para tomar um banho.

— Ok, ok, vou pôr alguém nisso. Vamos rever as anotações. Victorino Almeida? Conde assentiu.

— E você encontrou alguma coisa de Marcel Robaina?

— Conto no caminho — sugeriu Palacios. — Assim ganhamos tempo. Estamos a mil... O que eu quero é que todos os que vêm passem logo por aqui e vão para o caralho... — lamentou-se o tenente-coronel Palacios e resmungou: — Espera, primeiro me deixa armar a busca de Victorino. Um gigolô!

Manolo fez algumas ligações pelo celular, entregou a foto de Victorino ao chefe de segurança do hotel Inglaterra para que um de seus subordinados a pegasse e depois apontou para Conde o carro estacionado em frente ao hotel Telégrafo.

Já iam pela avenida de Monte, buscando o caminho mais curto até o refúgio alternativo de Conde, quando Manolo se dispôs a falar.

— O tal Marcel Robaina em que você está interessado... para tua informação: nunca foi da Segurança do Estado.

Conde teve um sobressalto.

— Mas foi a mulher que me disse...

— Pois era um farsante. Trabalhava como vendedor para uma empresa militar, daquelas que vendiam coisas boas e baratas para os oficiais. Uma mina de ouro...

Deve ter sido algum posto que o sogro conseguiu com alguns deseus contatos. E parece que Marcel, aproveitando-se do fato de ter alguns amigos na Segurança, fazia-se passar por agente. Um infiltrado... O companheiro Néstor... Com essa história, extorquiu várias pessoas e trapaceou outras com aquele negócio da venda do ouro e o dinheiro que nos anos 1980 os da Segurança de verdade faziam. Sabe, os mesmos que depois caíram por causa do tráfico de drogas. Por uma pista que se levantou em algum momento, a polícia andava atrás de Marcel, mas o sujeito farejou e por isso foi embora para Miami, em 1992. Roubou uma lancha e, já viu, de passagem carregou uns quadros do sogro.

– Que história mais bonita... Escuta, Manolo, se alguém tinha de saber que o sujeito era um farsante, esse alguém era o sogro, não? Se não, como ia lhe dar seus quadros?

– Isso já não vamos saber... E provavelmente tampouco saberemos se ele roubou aqueles quadros de Quevedo ou se Quevedo lhe deu os quadros para que ele os vendesse, como depois foi dando outros, durante todos esses anos, conforme você me disse.

– Ou com aqueles quadros Quevedo pagou alguma coisa que lhe devia... Não são duas obras baratas. Cundo Bermúdez sempre se vendeu bem.

Conde balançava a cabeça e tentava encaixar as informações que reunia no esquema desconjuntado que fora esboçando.

– Eu nunca tinha ouvido falar nesse pintor – admitiu Manolo.

– Normal. Ele se foi e o apagaram do mapa, como todos os que se foram, não é...? Mas parece lógico que Quevedo e Marcel estivessem de acordo. Quevedo lhe deu esses quadros e depois lhe mandou outros... E depois disse que Marcel lhe tinha roubado aquelas duas peças. Porque, quando Marcel foi embora, Osmar era uma criança... Então, enquanto isso, quem conduziu o negócio dos quadros que tiraram? A filha de Quevedo? De fato, quantos quadros foram tirados?

– Creio que você terá de falar mais sério com a mãe de Osmar, a filha de Quevedo.

– Irene... A peituda...

– Isso, Irene. Ou com Marcel... se o encontrarmos.

Conde riu.

– Você vai me mandar para Miami, para buscá-lo?

E dessa vez foi Manolo que riu.

– Não brinca... De novo, para tua informação... Até onde sabemos, Marcel ainda está em Cuba. Entrou em 12 de fevereiro... e não saiu. A menos que tenha voltado a roubar uma lancha, como em 1992.

– Caralho! – exclamou Conde. Embora ainda não conseguisse assumir, aquela história que teimava em desafiar seus velhos instintos policiais o estava entusiasmando mais que o aconselhável. – O filho acredita que ele foi embora há dias... E como esse personagem conseguiu autorização para entrar de novo em Cuba?

– Um visto humanitário. Sua mãe estava muito mal. Bem, morreu há quinze dias, e logo depois ele começou a dizer que ia embora, parece que era esse o compromisso. Ah, e claro, Quevedo tinha intercedido para que lhe concedessem o visto. Sim, eu já te disse que o velho ainda tinha bons amigos.

– E onde será que esse sujeito está enfiado? Já estão procurando por ele?

– Os da imigração o estão procurando, mas, imagine, eles também estão enlouquecidos com o entra e sai de gente nestes dias. O caso é que não há nem rastro do homem, e há vários dias ninguém sabe dele. Parece que a irmã também acreditava que ele já estivesse em Miami. Você acha que devemos dar o alarme? Que Marcel tem alguma relação com o assassinato de Quevedo?

– Acredito que sim, Manolo... Sabe Deus..., ponha as barbas de molho e dê o grito de alarme – disse ele e imediatamente retrucou: – Porra, com tantos nós entre eles... Não, não seria estranho que Marcel tivesse despachado Quevedo.

O policial assentiu.

– Pensei nisso quando soube da história dele..., mas eu diria que não. O DNA da unha de Quevedo não deve ser o de Marcel. A menos que Osmar não seja filho de Marcel...

O carro dirigido pelo tenente-coronel Palacios já percorria a avenida de Santa Catalina, rumo à casa de Tamara. E Conde teve, então, uma dolorosa premonição. Justo debaixo do mamilo esquerdo. Uma das boas.

– Manolo, lembra quando viemos juntos pela primeira vez à casa de Tamara?

– Claro, quando seu marido, Rafael Morín, tinha se perdido. Naquela época, não tínhamos testes de DNA, e na Central havia apenas um computador. A pré-história...

– E será que você ainda se lembra de uma coisa que eu te disse? Eu disse que em Cuba ninguém se perde. E continuo dizendo, Manolo... – afirmou ele, enfático, e levou à mão à base do mamilo esquerdo. – Ai, porra..., não sei por que, mas neste instante estou achando que Marcel Robaina também foi morto!

Havia prenúncios de que a noite de sábado seria bastante animada no La Dulce Vida. Desde as oito da noite, todas as mesas estavam ocupadas, o balcão lotado, e vários pretendentes perambulavam do lado de fora, esperando por um espaço para se banhar no mar da diversão, da *bachata**, do gozo e do glamour que, a partir das dez, receberia o reforço da banda de Kelvis Ochoa – espetáculo cobrado à parte.

Encolhido em seu canto, tomando seu mojito de mentira, Mario Conde tentava obter um controle visual do local, que, para as jornadas mais concorridas, contratava um par de guarda-costas extras, a fim de que ninguém fizesse confusão. Tinha constatado que também estavam lá, como clientes fiéis e habituais que se tornaram, o loiro Fabito e Toña Negra, cada um de seu lado, ambos já identificados com fitas vermelhas no pulso como consumidores de tudo o que fosse consumível na noite, inclusive a música ao vivo. Seria verdade que aqueles dois personagens tinham seus negócios em outros lugares e só iam ao La Dulce Vida para relaxar no melhor ambiente da cidade? Conde achava lógico: a regra de ouro diz que não se caga onde se come e dorme.

O currículo que Manolo lhe fornecera de Fabito era muito conciso, mas o de Toña Negra era um primor. A moça tinha se graduado no Pedagógico Superior**, na especialidade de espanhol e literatura, mas nunca tinha exercido. Os do Departamento Antidrogas tinham sérias suspeitas de que ela mantinha alguma ligação com o movimento de comprimidos na cidade, mas nunca conseguiram surpreendê-la. Sabiam que seu negócio clandestino público (clandestino público?) era a venda de roupas e artigos que uma rede de viajantes dirigida por ela (as famosas mulas, que também podiam ser mulos) trazia de Miami, do Panamá, do México, do Equador e até do Haiti. Haiti alimentando e vestindo Cuba...! *Cosas veredes, Sancho****... Depois, com esses produtos, abastecia várias das butiques e lojas de ferragens que foram aparecendo numa cidade em que quem tinha dinheiro podia comprar quase tudo o que desejava, quem tinha menos, o que mais necessitava. Para os endinheirados, inclusive com preferência de marcas. Por isso, cada bagagem trazida pelas mulas de Toña era observada com lupa pelos alfandegários, mas nos envios controlados por ela nunca haviam encontrado nada mais complicado que um par de vibradores, pelo visto especialmente encomendados por alguma (ou algum) necessitada diante da escassez nacional de bananas e pepinos. E o negócio de Toña mantinha-se imaculado, porque os do Antidrogas tinham exigido que, com ela, se esticasse a corda.

---

* Gênero musical e dança com origem nos anos 1960 na República Dominicana. (N. T.)
** Também conhecido por Instituto Pedagógico Superior, que é instituição superior de formação para os docentes da educação básica. (N. T.)
*** Fala atribuída a Dom Quixote dirigida a seu escudeiro Sancho, expressando perplexidade diante de algo inusitado. (N. T.)

Enquanto isso, Toña, lésbica declarada e militante, utilizava seu poder econômico para manter uma vida sexual ativa, variada e, obviamente, promíscua. Não se sabia se tinha par estável. Morava num apartamento muito bem montado, do outro lado do rio, à beira da Quinta Avenida, comprado havia dois anos nem se sabia por quanto.

Conclusões de Conde: todo mundo sabia que Toña Negra manejava muito dinheiro, talvez obtido às margens da legalidade ou para além, ainda que em território visível. Mas ali estava a mulherona, gozando a vida como se nada estivesse acontecendo, enroscada numa preciosidade loira de dezoito anos, exibindo seu estilo caminhoneira acentuado pelo corte de cabelo raspado nos parietais e coroado por um coque samurai, tão primoroso quanto os de Toshiro Mifune, o mais bravo entre os bravos de Kurosawa. E Conde teve mais uma de suas premonições, emanada de sua experiência policial: Toña Negra não era um de seus objetivos, mas, por via das dúvidas, não a perderia de vista. Estava sendo pago para isso. O que fizesse fora de seu território já era incumbência de outros.

Às dez e meia, quando finalmente chegou o Homem Invisível com seu séquito, terminaram de arrumar o salão principal do local para que tivesse início a apresentação de Kelvis com seu grupo. Antes, cada um dos que permaneciam no bar restaurante pagara a taxa estabelecida: dez pesos convertíveis, uns doze dólares por pessoa, que forneciam uma fita ou uma espécie de insígnia vermelha, presa no peito ou amarrada no pulso, e um mojito de verdade. E, com os acordes de afinação da banda, Conde resolveu pedir refúgio no escritório do Pombo, sabendo quão inútil seria sua vigilância enquanto durasse o espetáculo.

Como Yoyi não estava pelas redondezas, Conde fechou a porta e resolveu aproveitar a solidão e o nível de ruído aceitável para digitar o número de Tamara no telefone do escritório.

– Sou eu – disse ele quando a mulher levantou o fone.

– Já vi que você passou por aqui hoje. Escuta, e essa música...? – perguntou ela.

– É Kelvis, está se apresentando hoje.

– E onde você está?

– No escritório de Yoyi.

– Ai, e não vai ver Kelvis...? Eu não perderia. Adoro Kelvis.

– Eu nem tanto. Ele não se penteia. Embora esteja ficando careca, é bom que você saiba...

– Da próxima vez que ele tocar, você tem de me levar, Mario, sem desculpas.

– Ok, ok... E onde você estava quando passei na sua casa?

– Fui ao cabeleireiro... Estava dando um tempo até a viagem, mas o cabelo branco já estava aparecendo. E aproveitei para fazer um corte – explicou ela, num ritmo lento, intencional, que para Conde foi difícil aceitar plenamente, porque lhe veio à mente o cabelo raspado de Toña Negra.

– E como ficou? – conseguiu se recompor.

– Corri para você me ver, mas quando cheguei já tinha ido. Para você me dizer se ficou bom.

Conde suspirou e sentiu-se reconfortado. Havia alguém, existia Tamara, preocupada em se mostrar para ele. E ele ainda se queixava da vida. Pobre Miki Cara de Boneca.

– E hoje não sei a que horas vou terminar aqui.

– Bom, amanhã é domingo e...

Ele fez as contas. Estava há dias fazendo jornada dupla, de detetive e de vigilante. Com seu trabalho noturno, ganhava a vida mais ou menos bem, mas o diurno, puro trabalho voluntário socialista, o absorvera de maneira inesperada. O combinado era ajudar Manolo numa investigação, só que, no caso, era Manolo que o estava ajudando. O assassinato do Abominável Quevedo ia se enredando, e seu palpite de que o desaparecimento de Marcel Robaina poderia se complicar e, além disso, ter relação com a morte do ancião punha lenha na fogueira. Manolo teria de alocar algum de seus homens para participar da investigação, os dois concluíram, e então Conde poderia voltar a um trabalho menos tenso de auxiliar.

– Sim... Domingo...

– Amanhã tenho o dia todo – desafiou-o ela.

Conde sorriu. Não, não podia queixar-se da vida.

– E eu também... Podemos fazer, bem, você sabe o quê, e estava pensando..., não, depois te convido para almoçar fora. Porra, fazia uns trinta anos que eu não podia dizer isso. Convido você para almoçar..., você e o Magro, aqui no La Dulce Vida. Sua despedida...

– Ai, Mario, agora você está delirando.

– Verdade, estou dizendo...

– É muito caro, rapaz.

– Ao meio-dia é mais barato... E com certeza Yoyi me faz fiado... por causa de meu salário. Pode ser até que me dê um desconto de funcionário...

– Você está muito louco...

– Não, estou superlúcido. Porra, Tamara, só de pensar volto a me sentir pessoa. Neste país, até isso às vezes é difícil. Vamos nos sentir pessoas... E vamos comer como pessoas, como as cem pessoas que agora estão dançando com Kelvis. Mesmo que depois voltemos à miséria.

A felicidade?

Porque não consegue deixar de fazê-lo, Mario Conde pergunta-se o que é, quanto dura, qual é sua consistência real, enquanto observa o rosto ainda bonito e harmonioso de Tamara, seu cabelo brilhante cor de acaju recém-tingido, o corte ousado que, para satisfação de Conde, soube preservar a mecha impertinente que lhe cai como uma asa abatida sobre o olho direito, aquela amêndoa úmida, para que ela volte a erguê-la com o gesto elegante que sabe fazer. É a mesma e bela mulher com quem, duas horas antes, teve um encontro sexual que, repetido, conhecido, crepuscular, nem por isso foi menos satisfatório, ao contrário: foi mais prazeroso porque acrescentou um grão de areia à altura de uma montanha construída com esmero e que, com o novo aporte, cresceu um pouco mais.

Mais tarde, estuda a expressão de prazer que inunda a fisionomia de seu amigo, o Magro Carlos, recém-barbeado e muito perfumado para a ocasião, homem cujos prazeres se limitaram por tantos anos, mas que, por sabedoria mental ou capacidade pragmática de adaptação do corpo, sabe desfrutar os ainda desfrutáveis com plenitude e intensidade invejáveis.

Comer bem, algo tão elementar como comer bem, e ainda mais em companhia dos velhos amigos, enche Mario Conde de uma satisfação quase infantil, exultante. Depois examina a mesa, os pratos servidos com esmero e gerúndica abundância (saboreando!), cheirando a delícias apreciadas pelo paladar, temperos alentados pela cálida fluidez de um vinho extraído de uvas riojanas que complementa cada bocado como o melhor companheiro. Sim: saboreando, conforme o alentou o cozinheiro barroco.

Percorre o local com o olhar, o ambiente tranquilo àquela hora do meio do dia, e vê Yoyi Pombo, seu amigo, colega, às vezes inclusive chefe, um leão urbano dos equívocos tempos em curso que, entretanto, imerso na luta diária e sem quartel em que vive, é capaz de expressar solidariedade, carinho, de compartilhar até seu pão... e seus vinhos, como os que abriu por sua conta, serviu nas taças e acomodou na mesa da qual Conde, sentindo-se pessoa, sendo pessoa, observa-o executar sua cansativa tarefa de empresário de sucesso.

Tudo muito mundano, elementar e efêmero? Talvez. Sexo, comida, conforto, companhia, dinheiro, inclusive belezas físicas perecíveis, ainda constatáveis. É essa a vida real ou apenas um meandro propício por meio do qual é possível escapar, durante alguns minutos, talvez horas, das tensões da luta, dos fardos do passado, das expectativas difusas de futuro? É o presente perfeito e, por isso, feliz?

Vários anos atrás, seu amigo, o chinês Juan Chion, oferecera-lhe uma definição do estado de felicidade. Era uma tarde vaporosa, quando tomavam o forte licor de arroz que o asiático costumava fermentar, e desde aquele dia Conde preservara suas palavras como um princípio da verdade, algo firme num mundo em que tantas verdades desmoronavam. Segundo o ancião, na época já octogenário, seu compatriota Lao Tzu, ou seja, o Velho, desfiara sua sabedoria ao estabelecer algumas condições elementares: "Se estás deprimido, estás vivendo no passado. Se estás ansioso, estás vivendo no futuro. Se estás em paz, estás vivendo no presente". E naquele instante, exato e que ele sabe fugaz, Conde está vivendo no presente, e o hedonismo com que desfruta do momento de trégua – obrigado, Epicuro, você também sabia disso – lança-o na felicidade.

A constatação de que faz parte de uma corrente na qual seu elo mostra que outros precisam dele para se manter à tona o reconforta. E por isso nega-se a pensar em todas as agressões que aquele território encantado podia receber de suas circunstâncias, seu tempo e seu espaço histórico e vital. O cálculo alarmante de que estava devorando duas semanas ou mais de seu salário, a iminência de distâncias anunciadas e regressos indecisos, as memórias lacerantes do passado e as frágeis perspectivas do futuro, inclusive as ameaças da velhice e da morte. Sobram razões e motivos para estragar a felicidade do momento, mas Conde nega-se a abrir as portas para eles.

Comem, bebem, riem, estão eufóricos, e Carlos pede a Yoyi que ponha música dos Rolling Stones para ir praticando, e Conde concorda e canta com ele...: "*Cause I try and I try and I try and I try/ I can't get no, I can't get no...*", e depois pedem "Proud Mary", seu hino de luta, e invocam Andrés, o Coelho, Dulcita, Aymara: os ausentes; Candito, mais perto que eles de Deus e do céu; a velha Josefina, não a esqueceram e sua provisão de iguarias já está reservada, também cortesia do Pombo. E Conde e o Magro, sempre em sua cadeira de rodas de homem afetado por uma guerra, se abraçam, se beijam, se querem como irmãos, e Conde depois beija Tamara como só beijaria a mulher mais sua, o ser no qual penetra e se perde, e se obriga a desfrutar a evidência de sentir-se em paz com o mundo e consigo mesmo, porque descobre que é feliz, sim. Será um milagre, será mundano, será efêmero e, com toda a certeza, qualquer tentativa de reeditá-lo se esfumará em alguns anos, quando o Magro, Josefina ou Lixeira II morrerem; em algumas semanas, quando Tamara se for para longe; em alguns dias, quando voltar a ter fome e nenhum dinheiro para aplacá-la; ou até em apenas algumas horas, quando, na noite de domingo, Manolo o alarmar com notícias de que localizaram Victorino Almeida e, para estragar mais as coisas e ratificar a validade de suas premonições, além de tudo lhe dirá que encontraram Marcel Robaina. Na verdade, o cadáver putrefato e também mutilado de Marcel Robaina. Porque o mundo é terrível, mesmo. Mas, caralho, Mario Conde, deixe de encher o saco e pare de matutar: o importante é sua tarde de domingo ter sido uma permanência amável e merecida no território esquivo da felicidade.

A selva escura

Surpreendeu-me. Respondera à minha solicitação com a mensagem de que me esperava no dia seguinte, ao meio-dia e meia em ponto, e eu estava convidado a almoçar em *sua* casa. Porque, embora Alberto Yarini possuísse várias propriedades no bairro, a da rua Paula, número 96, era, sem dúvida, a preferida: *sua* casa.

Todos no bairro sabiam que a distinta família dos Yarini y Ponce de León ocupava uma das vivendas aristocráticas construídas nos anos finais do século anterior na rua Galiano, avenida comercial da cidade nova que ultrapassara os limites amuralhados da vila colonial. Na vivenda ampla e luminosa da Galiano havia nascido seu irmão Cirilo II e, três anos depois, em 5 de fevereiro de 1882, o caçula Alberto Manuel Francisco.

Como boa casa familiar cubana, na mansão somavam-se as gerações da casta em afável promiscuidade. Lá Alberto fora criado como menino burguês, aristocrata e ilustrado, sob a tutela do pai, odontologista famoso com cátedra universitária e uma impressionante biblioteca pessoal. Lá desfrutara dos mimos da mãe, Emilia Ponce de León y Ponce de León, aristocrata historiada, de linhagem blindada pelos quatro cantos. De Emilia, conhecida na família como Mimi, dizia-se que era uma notável pianista que, talvez na Europa, onde as mulheres estavam cada vez mais liberadas, pudesse ter feito carreira como concertista. Em seu brilhante Steinway de cauda, Mimi costumava executar peças de Mozart e Beethoven, porém, com mais frequência, as danças de nosso grande compatriota Ignacio Cervantes ou sua peça preferida do mestre cubano, a melancólica *Epifanía habanera*, que ela geralmente interpretava em saraus e aniversários familiares que convocavam irmãos, tios, primos-irmãos, primos de segundo grau e até de terceiro, padrinhos, genros, noras.

Na residência filial, Alberto também desfrutara da presença de sua excêntrica (meio louca, diziam) avó materna, *doña* Montserrate Ponce de León y Heredero, chamada pelos próximos de Montse e conhecida por todos na cidade como a Marquesa, embora fosse impossível estabelecer a origem de um brasão nobiliário que a mulher não precisava exibir para comportar-se como tal, como Marquesa. Dessa avó iconoclasta o menino Alberto herdara, entre outras veleidades, a paixão pelo hipismo, que ele aperfeiçoaria durante sua temporada nos Estados Unidos.

Eu soube, além disso, pela boca do próprio Yarini, que naquela casa, em que se pretendiam insuflar altos padrões morais e sociais nos descendentes do clã, Cirilo II e Alberto tinham crescido aprendendo a se expressar e escrever em quatro línguas – o espanhol do país, o inglês do futuro, o francês da cultura e o italiano dos ancestrais Yarini –, a tocar algum instrumento musical – o jovem Cirilo o violino, Alberto o piano da mãe – e as habilidades sempre necessárias do bem-vestir, do bem-comer, do bem-falar.

Inclusive em seus tempos de maior atividade política, comercial e mundana (a inclinação que rendia ao jovem as maiores repreensões paternas), quando já tinha as próprias moradas dedicadas ao negócio, Alberto com frequência se deixava atrair pela acolhedora mansão familiar, na qual mantinha um quarto. Quando chegava fora dos horários de refeições, mas em boa hora para tomar o café, em geral o jovem se acomodava ao lado da querida avó na sacada que dava para a avenida (o café servido junto com os bolos de goiaba ou coco recém-saídos do forno da padaria da Maison Française de Félix Potin) para usufruir da brisa marinha. Ali costumava comentar com a Marquesa quem eram os novos-ricos, os políticos venais e as pretensiosas figurinhas endividadas até o último centavo que, com intenção exibicionista, viam aproximar-se da recém-inaugurada loja de departamentos Almacenes El Encanto, único lugar de Havana onde era possível comprar artigos de Louis Vuitton e de outros estilistas e fabricantes franceses e italianos.

Em contrapartida, aos domingos, Alberto Yarini nunca faltava aos almoços com o clássico arroz com frango guarnecido de tiras de pimentões vermelhos e a sopa de miúdos temperada com suco de limão que Mimi servia para os moradores da vivenda e os parentes convidados, que podiam ser mais de uma dúzia. Depois do almoço, em geral tardio, nunca renunciava à sesta.

A essa casa familiar o jovem Alberto havia retornado quando, por sua conta, resolvera interromper – ao pai dissera que só ia adiar – os estudos de direito iniciados em Boston. Alegara como motivo a intenção de participar dos atos festivos que se seguiriam à proclamação da República – e de fato participou deles com tanto fervor que se distinguiu entre os generais e coronéis do Exército

Libertador que se tornaram políticos republicanos. No ambiente equívoco do momento, Alberto Yarini participou de encontros de reafirmação nacionalista e, ao mesmo tempo, desfrutou de farras com seus amigos de infância, meninos ricos que se apropriaram da Acera del Louvre, os janotas que, havia alguns anos, eram conhecidos assim: os rapazes da Acera del Louvre.

Entre todos aqueles jovens provenientes de linhagens abastadas, logo Alberto também se distinguiu por seus sucessos amatórios. Sua figura física, seus modos, sua experiência de vida na Nova Inglaterra e sua desenvoltura o distinguiam, e ele teve mais namoradas e mulheres que ninguém, e, para segurá-lo, algumas dessas amantes que se apaixonavam por ele começaram a sustentá-lo com presentes e dinheiro. Foi então que o instinto comercial de Yarini fez o resto: primeiro uma, depois duas, ele prostituiu algumas daquelas amantes e, em cinco anos, já contava com um harém de doze mulheres trabalhando no mercado havanês do sexo.

Graças a seu êxito fulminante no negócio muito próspero, quando o conheci Yarini já tinha várias casas de encontro, cômodos mais modestos e até bordéis montados com todo o luxo, como o da rua Picota, onde ocorrera nossa primeira conversa longa. Além disso, tinha várias casas compradas por nada, agora arrendadas a outros proxenetas, com benefícios notáveis. Enquanto isso, ele fixara sua residência oficial na casa da rua Paula, número 96, onde convivia com suas melhores e mais caras prostitutas – às que dava atenção personalizada – e onde, todos os dias, almoçava-se uma sopa de miúdos de frango. A casa a que fui convocado quando me vi obrigado a consultar Yarini sobre o prosseguimento de umas pesquisas que se complicavam e, debatendo-me em dúvidas, lhe pedi um encontro. Ou terei ido até lá por outras razões?

O casarão da rua Paula, 96, era uma típica construção burguesa e havanesa do século XIX, talvez pretensiosa demais para aquela região agora desvalorizada da cidade.

Com um botaréu altíssimo e janelões generosos com grades debruçadas sobre a rua, do espaço da sala e da saleta que faziam de vestíbulo e área social, a construção se abria para o interior do imóvel através de um corredor que, de um lado, dava para os quatro quartos e os dois banheiros intercalados (já equipados com bacias sanitárias) e, do outro, para o pátio interno amplo, sombreado e ventilado, onde cresciam arequeiras, buganvílias e rosas crioulas e, em gaiolas como pequenos pagodes orientais, canários, tomeguines e tordos-imitadores lançavam seus trinados. No fundo, mais uma vez ocupando toda a largura da construção, ficava a sala de refeições, iluminada, com uma mesa comprida e vitrines para cristais e porcelanas, ligada à cozinha revestida de azulejos portugueses.

O proprietário ocupava o primeiro quarto, conforme fiquei sabendo. Os três outros, cada um com duas camas de solteiro, eram os recintos das mulheres mais estimadas da equipe, que viviam e dormiam na casa, mas trabalhavam em outras dependências compradas pelo proxeneta, como as duas residências da vizinha rua de San Isidro. A casa da rua Paula, 96, sua casa, era o refúgio de Yarini e equipe mais seleta, e a ela só tinham acesso, como visitas e nunca como clientes, os amigos, correligionários e colaboradores mais próximos do cacique. E agora eu fora contemplado com essa possibilidade.

Olhei pela última vez o relógio pendurado na corrente e, exatamente quando mostrava doze e trinta, levantei algumas vezes a aldrava da porta da rua Paula, 96. O próprio Yarini, vestido com um roupão visivelmente de seda, foi quem me abriu a porta, me deu as boas-vindas e elogiou minha pontualidade.

— Porra, que bom...! Ser pontual neste país é costume raro — comentou sorrindo e me conduziu à saleta, onde reinava um reluzente piano de cauda e que era ocupada, além disso, por quatro cadeiras confortáveis, numa das quais se balançava Pepito Basterrechea, o homem que dizia a todos ser um dos melhores amigos de Yarini, ao passo que as más línguas o reduziam a uma espécie de guarda-costas e parasita do proxeneta. Eu já sabia que Basterrechea devia ser um sujeito perigoso: quatro anos antes tinha sido alvo de uma investigação por homicídio que, de repente, se encerrara por falta de provas.

Trocados os cumprimentos, Yarini me convidou a me refrescar com uma limonada que transpirava numa jarra de cristal colocada na mesinha de centro. Enquanto bebíamos e fumávamos, entabulamos um diálogo sobre amenidades: as condições do tempo (muito quente para ser dezembro), os novos modelos de Ford recém-importados (Yarini preferia continuar cavalgando seu cavalo hispano-árabe) ou o jogo de beisebol do dia anterior, entre o time Almendares e os visitantes Tigres de Detroit (ganho pelos crioulos graças a mais uma atuação memorável como *pitcher* do moreno José de la Caridad Méndez, já apelidado Diamante Negro). Cauteloso, sentindo-me fora de contexto, incerto quanto à pertinência de minha decisão, participei de maneira concisa dos diálogos e me armei de paciência para esperar que o anfitrião desse início à conversa que me levara a seu refúgio particular.

Às doze e quarenta e cinco, marcadas no relógio de pêndulo da sala, a empregada negra (essa feminina, mesmo), é óbvio que uniformizada, aproximou-se de Yarini e informou ao cavalheiro que o almoço estava pronto.

Atrás do anfitrião, Pepito Basterrechea e eu avançamos pelo corredor até os confins da casa. Antes de entrar na sala de refeições, numa pequena pia embutida no pátio interno no muro divisório da propriedade, Yarini lavou as mãos e esperou que nós, os convidados, o imitássemos, enquanto a empregada nos oferecia toalhinhas de linho para enxugá-las. Ao terminar, senti que minhas mãos cheiravam a flor de laranjeira.

E, a partir daquele instante, assisti a um espetáculo que, pretensioso, pensei que tinham montado para me impressionar, mas depois saberia que se tratava de um ritual cotidiano inalterável na sala de refeições da morada de um cafetão: atrás de suas cadeiras, diante da mesa posta com pratos, talheres, taças, copos e guardanapos, cinco mulheres esperavam a chegada do varão e de seus convidados. Uma loira, duas morenas, uma mulata e uma negra. Nenhuma com mais de vinte e cinco anos. Todas penteadas, perfumadas, bem-vestidas. Todas bonitas e, pelo visto, saudáveis.

Yarini foi puxando as cadeiras uma a uma, para que as mulheres se sentassem, e cada uma sussurrou "obrigada, Don Alberto", ao que ele respondeu assentindo com a cabeça. Depois indicou a nós, cavalheiros, os lugares que nos cabiam e, por fim, na única cabeceira posta da mesa, o dono da casa se acomodou. Por que Yarini fazia tudo aquilo? Uns meses depois, eu teria a resposta: Yarini fazia suas putas se sentirem pessoas, consideradas e protegidas por ele, e, para recompensá-lo, elas o idolatravam. Qualquer uma delas seria capaz até de matar por ele.

O primeiro prato consistiu numa sopa de miúdos de frango, que Yarini elogiou.

– Aqui o primeiro prato sempre é sopa – informou-me e sorriu. – Algumas moças não gostam muito, mas não admito recusas.

As mulheres assentiram e sorriram. Pouco depois eu conheceria a história de Esmeralda Canhota e da sopa, o episódio que custara à belíssima mulher o desterro da rua Paula, 96, e a perda dos privilégios que a possibilidade de viver perto de Yarini implicava. Pouco afeiçoada aos caldos, cansada da mesma entrada em todo almoço, a Canhota (talvez porque se soubesse lindíssima e muito solicitada) tentara uma rebelião contra o prato que detestava e o fizera sorvendo ruidosamente as primeiras colheradas. Dizia-se que Yarini a olhara, e a jovem, em ousado desafio, voltara a sorver a colherada seguinte. O homem, ainda sentado, afastara então o prato da mulher e, depois de se limpar com o guardanapo de linho, se levantara e se aproximara da rebelde. Sem pronunciar palavra, Yarini erguera o prato com a sopa quente esfregando-o no rosto da inconformada, enquanto com a outra mão segurava-lhe firme a cabeça. E, finalmente, proclamara a sentença:

— Para quem não quer caldo, duas vasilhas.

E a obrigara a engolir duas porções de sopa, o único alimento a que a Canhota tivera acesso em toda a semana seguinte, a última em que desfrutara da graça de morar na casa da rua Paula, 96, antes de ser deportada para o bordel de Picota, o lugar em que sua recusa da sopa a colocara no caminho do que seria seu destino... e o meu.

O almoço daquele dia foi animado e familiar, com a conversa conduzida sobretudo por Yarini e seu amigo Basterrechea, pois eu me sentia vencido pela admiração e pelo estupor que provocava em mim o contato com um mundo insólito. Ainda convencido de que assistia a uma montagem, aquele acesso ao ninho pessoal de um homem do qual toda a cidade falava impelia-me a reiteradamente questionar por que eu estava ali: por respeito, por senso de dever, por curiosidade ou por já estar sob a influência de seu proverbial magnetismo?

Como parecia estar de bom humor, Yarini sorriu quase o tempo todo, conduzindo a conversa, e não deixei de considerar notável que mulheres geralmente analfabetas e vulgares, dadas por sua profissão à desfaçatez, só interferissem quando solicitadas e que de modo nenhum se conversasse sobre assuntos comerciais. Em dado momento, Yarini propôs o tema da proximidade do cometa Halley, e falou-se do que cada um dos comensais gostaria de fazer se fosse ratificado o fim do mundo. Uma das mulheres, a mulata Rosa, até chorou, como se a sentença fosse iminente. Basterrechea só foi capaz de se imaginar bêbado, entre braços e pernas de duas ou três mulheres, ao passo que Yarini pensava em receber o meteoro na cobertura de sua casa, nu ("se bem que de chapéu na cabeça", especificou), e gritar para ele que fosse à puta que pariu.

— E o senhor, tenente? – interrogou-me o anfitrião.

— Não sei..., talvez eu reze, como a senhorita – e apontei para a loira, chamada Elena Morales –, mas creio que vou, sobretudo, lamentar o que me ficou por fazer. Nada muito original, na verdade.

— Pois enquanto o cometa não chega, faça algumas dessas coisas para que não fiquem pendentes – aconselhou-me Yarini e, como não podia deixar de ser, sorriu com sua dentição perfeita.

Ao terminar a sobremesa, Pepito Basterrechea desculpou-se, precisava ir embora. Tinha assuntos para resolver, e Alberto o dispensou. O anfitrião então autorizou as mulheres a se retirarem e pediu à empregada que nos trouxesse o café à mesa, pois precisava conversar com o senhor Saborit. E percebi que tinha chegado a hora.

Já sozinhos, depois de tomarmos o café e acendermos os charutos de praxe, Yarini tomou a palavra.

– Don Nando me disse que você tem umas ideias…
Assenti.
– Algumas ideias e alguns problemas. Pessoas que estão me causando problemas…
– Quem está te causando problemas?
– O capitão Fonseca.
– Que problemas?
– Não me entenda mal, Don Alberto. Não estou me queixando…, é que ele não me deixa trabalhar. Põe tudo a perder. Não posso pedir ajuda a ninguém para investigar melhor porque, quando fica sabendo o que estou fazendo, qualquer avanço, ele vaza para a imprensa e já não é a mesma coisa… Assim não dá…

Yarini assentiu ao ouvir minha reclamação.

– Por que acha que Fonseca faz isso? Só para ganhar alguns pesos, para aparecer nos jornais ou porque é um imbecil? Ou será por outra coisa?

A última pergunta de Yarini acionou uma campainha de alarme em meu cérebro. Outra coisa? O que podia ser essa outra coisa?

– Não sei, Don Alberto, não sei. O dinheiro e a imbecilidade são coisas certas… – eu disse e também sorri.

– Vamos dar um jeito no Fonseca… E o que mais?

Precisei dar um tempo antes de entrar na verdadeira razão que me levara até lá. Agora lamentava ter mencionado meus conflitos com Fonseca. Embora Colher fosse um corrupto filho de uma grande puta, no fim das contas ele era um colega. Mas, apesar de minha intenção de resistir, Yarini tinha uma força que me desarmava.

– É que… duas pessoas tinham uma relação especial com a falecida Margó. O senhor Barroso e…

– Mingo Valladares – soltou Yarini, olhando-me nos olhos.

– Não é que eu suspeite, mas…

Yarini suspirou.

– Vamos lá, Saborit – começou ele, que logo se deteve. Talvez estivesse se dando alguns instantes para organizar os pensamentos. – Barroso é um pedaço de carne com olhos. Não o vejo matando ninguém e muito menos da maneira como acabaram com a pobre Margó. Mas nós, seres humanos, somos insondáveis… Pelo menos é isso que dizem os que sabem. Já leu Freud, tenente?

– Não…, quem é?

– Um loqueiro judeu, austríaco. Pronuncia-se assim, "Froid", mas se escreve "Freud".

– Ah, sim, li alguma coisa... Mas como o senhor disse "Froid". – Com certeza enrubesci pelo tamanho de minha ignorância.

– Bem, o homem tem umas teorias estranhas. Revolucionárias, como se diz agora... Uma delas ele chama de a existência de uma sexualidade infantil perversa... e alguma coisa mais. O caso é que, por meio do sexo, dos sonhos e dos traumas da infância, "Froid" tenta explicar muitas coisas, coisas perversas, como diz sua teoria... O que eu quis dizer é que Barroso pode parecer um bom homem e, na realidade, ser um maníaco. E com isso não pretendo sugerir nada, meu caro, só que ninguém sabe onde há um monstro.

– Vou falar com ele. Eu já tinha decidido – corroborei. – Mas Valladares... Yarini olhou para a brasa de seu charuto. Parecia absorto.

– Alegro-me por ter vindo falar comigo, Saborit. Foi uma deferência de sua parte. E por isso vou te dizer algumas coisas que espero que fiquem entre nós. Posso?

– Claro, senhor Alberto. Claro...

– E outro pedido... Estamos nos tornando amigos, melhor nos tratarmos por você e prescindirmos do senhor... Me chame de Alberto. Para você, sou Alberto – afirmou, sorriu, me amoleceu.

– Se o cometa não chegar e foder com todos nós, claro – disse-me Yarini ao nos despedirmos.

O cometa. No terraço do edifício do cruzamento da rua Compostela com a Acosta, onde tinham me alugado um lugar modesto, mas muito bem ventilado, com banheiro próprio, embora sem privada, sentei-me de novo para observar o céu sem nuvens, carregado de muitas estrelas. Procurei na abóbada escura o trono de Cassiopeia e, por fim, consegui localizá-lo, marcando o Norte: os astrólogos tinham avisado que sobre a cadeira dessa constelação, muitos séculos atrás identificada por Tolomeu, surgiria o cometa em seu trajeto recorrente em busca da Terra, aonde chegaria como a bola de fogo celeste, prevista e descrita detalhadamente pelo apóstolo João, no Apocalipse.

Procurava respostas observando o céu porque não tinha lugar melhor para descarregá-las? Ao sair de minha primeira visita à casa da rua Paula, eu carregava mais um fardo de perguntas por demais inquietantes, além de doses pungentes de perplexidade e, devia admitir, também de medo. Quem era de fato Alberto Yarini, porra? O que aquele homem pretendia da vida, de sua vida? Até onde era um manipulador, um farsante num roteiro real, mas com cenário produzido por ele mesmo, e até onde era um homem sincero que acreditava num projeto? Era a emanação de uma deformidade grotesca, síntese de uma realidade descomedida? Era um iluminado ou apenas um demente com delírios de grandeza, que lia psiquiatras judeus? Onde colocá-lo, como defini-lo, caralho? E, sobretudo, por que o personagem mais admirado, conhecido, controverso e temido de Havana abria a caixa de suas expectativas e ambições diante de mim, um simples policial? Com suas palavras e deferências, estaria tentando erguer uma cortina de fumaça para esconder alguma coisa? E, por cima, por baixo e dos lados de todas essas questões, erguia-se uma certeza: Alberto Yarini era um homem sem dúvida atraente, diria que viciante, e por isso decisivamente perigoso...

Para começar a me alarmar do modo mais contundente, o líder dos proxenetas tinha confessado a mim que pretendia, antes de completar quarenta anos, tornar-se presidente da República. Nada mais nada menos que isso. Tinha mais de dez anos para atingir sua meta, entretanto, observando o andamento das coisas no país, talvez pudesse conseguir antes, dissera ele, sorrindo.

Como se tudo estivesse organizado de antemão, o homem então me revelou sua estratégia. Os primeiros passos naquele caminho ascendente já tinham sido dados: no período dedicado às atividades do jogo e da prostituição, ele acumulara uma fortuna com uma rapidez muito difícil em outras atividades. Porém, precisava de mais, e um de seus planos era tirar do negócio os cafetões franceses, que ainda tinham as melhores meretrizes e os locais mais refinados, os que davam mais dinheiro. No entanto, em seus cinco anos de atividade comercial (no ramo da prostituição, via-se como empresário esforçado; no do jogo, como um fiscal de atividades das quais cobrava multas ou benefícios), sobretudo havia feito nome, não importava com que condições morais a reboque, pois, num país doente de corrupção, esquecimento e desregramento, conforme desejavam os que o controlavam, conforme o moldaram os que decidiam, suas maneiras de ganhar dinheiro não importavam muito. Na verdade, só contava o dinheiro e o que se podia comprar com ele num lugar em que tudo estava à venda, onde quem podia medrava com o que se pusesse a seu alcance. E, por isso, tinha a seu favor não só ter sido eleito representante da Câmara (e aqui tinha trocado seu traje de proxeneta pelo de político apaixonado), como também o fato de os velhos próceres, convencidos de sua capacidade de liderança, o procurarem, o cortejarem. Com o apoio dos pesos pesados do Partido Conservador, logo – se o cometa não foder com todos nós, observara pela primeira vez – pensava em lançar-se no encalço da prefeitura de Havana como vice do general Fernando Freyre de Andrade, herói de guerra, uma das figuras públicas de mais imaculado prestígio no país, que, assim funcionavam as coisas, estava encantado de ter como companhia política um personagem que não escondia seus interesses e negócios.

Por que um homem como ele, membro de uma família de linhagem e ao mesmo tempo gigolô de putas, queria ligar seu destino a uma carreira tão duvidosa e fortuita como a política? Por dinheiro, se tinha tudo o que queria? Por poder, se já era poderoso? Por fama, se era popular entre os de cima, os do meio, os de baixo? Ou pensava de fato em mudar alguma coisa, em dar um valor às palavras?

Yarini começou a me responder quando prosseguiu sua argumentação e disse que queria, sim, ter influência política, capacidade de decisão real, porque aquele país contaminado, descentrado, impreciso que chamavam de Cuba clamava por uma sacudida, quase uma refundação, para recuperar o orgulho nacional, falou olhando-me nos olhos e sem sorrir. E, como encantador de serpentes que era, me convenceu: Yarini acreditava no que dizia. E por isso pensei: Yarini era muito mais intenso e complexo do que muita gente pensava.

– Não é preciso ser muito inteligente para enxergar... – continuou ele. – Transformaram-nos num país de ladrões, oportunistas e ladinos, alguém tem de fazer alguma coisa. Os estadunidenses nos tratam como se fôssemos todos negros selvagens e brancos ignorantes, enquanto compram barato o país. Os espanhóis já não mandam em nós com seus governadores do prédio dos capitães gerais, mas decidem muitas coisas porque têm o controle de quase todos os negócios. Os franceses querem nos tirar até as putas. Os chineses da Califórnia e os italianos controlam as drogas, a pornografia e parte do jogo. Nossos políticos tratam os negros como delinquentes e os pobres como escória. Todo mundo rouba e lucra. E depois temos de ouvi-los contar suas lorotas lá de seus novos palácios em El Vedado, onde dão o que agora se chama *parties* e saraus: somos um país próspero, estamos estabelecendo uma democracia, devemos nos sacrificar agora por um futuro melhor, vamos erguer aqui a Nice da América, o farol das Antilhas... E isso é dito por qualquer imbecil que alguém, possivelmente outro imbecil, colocou em seu cargo para ele foder com os outros.

"A classe política doméstica dá vergonha – continuou ele, com uma paixão que parecia sincera. – Você deve ter lido que o atual prefeito de Havana lançou uma campanha para padronizar os bonés dos motoristas de veículos urbanos. Com tantos problemas que nós temos, não parece brincadeira a preocupação de nosso prefeito, enquanto os choferes dos senadores e representantes, com seus bonés de qualquer cor e dirigindo os veículos pagos pelo Estado, ou seja, por nós, cidadãos, levam esses histriões com suas amantes para comprar peles de arminho nos Almacenes El Encanto? E o que você me diz do secretário da

Agricultura, que sugere que se semeiem cacau nos acostamentos das estradas e café nos arredores da cidade para que as pessoas possam tomar chocolate e café baratos? Por que não posso aspirar a ser presidente e fazer um pouco melhor que esses farsantes filhos da puta? Só porque a prostituição é suja? E a política desses ilustres por acaso é mais limpa?

– Posso fazer – disse, bufou, atirou contra a parede o charuto meio fumado –, porque, além de inteligência, me sobra vontade. Mas sobretudo, Saborit, porque tenho o que é preciso ter. Tenho os maiores colhões de toda Havana...

Enquanto o ouvia desfiar suas razões e certezas, eu sentia que minha estupefação ia se transformando em respeito, e o respeito, em admiração. Satisfazia-me a deferência do homem que me distinguia fazendo-me partícipe de tais reflexões. Mas, em meio a meu aturdimento, consegui perceber o descomedimento de Yarini apropriar-se de minha mente tal como se estabelecera nas mentes de tanta gente, de tantas maneiras. E creio que será fácil compreender por que me senti alentado em meus propósitos quando, antes de me despedir, aquele homem que quase sempre sorria, ao me apertar a mão, pedia-me, com o que parecia ser uma humilde reivindicação, que não parasse minha investigação: suplicava que eu descobrisse a verdade mesmo que a revelação fosse escandalosa.

Yarini estaria me empurrando, me ordenando? A resposta não estava no firmamento onde apareceria o cometa empenhado em foder todos nós. Estava na terra, diante de mim.

Quando o procurei, o senhor José Barroso me disse que teria muito prazer em me receber no escritório de seu próspero estabelecimento de fabricação de toldos, barracas e lonas enceradas na rua da Amargura. Por razões óbvias, não me recebia em sua casa.

Conforme Yarini havia sugerido, antes de continuar a investigação eu tinha me encontrado com o conhecido e muito bem informado jornalista Carrión, também seu amigo pessoal. Nosso encontro fora na Moderna Poesía, a maior e mais bem abastecida livraria e papelaria da cidade, aonde Carrión fora em busca de algumas novidades editoriais chegadas da Espanha e eu à procura de algum livro de ou sobre Freud, tendo o cuidado de pronunciar "Froid".

Pelo que Carrión comentou comigo, Barroso não era farsante, como tantos outros. Durante a guerra tinha combatido nos campos de batalha e passado fome. Suas patentes ele conquistara de verdade. Mas seu ponto fraco estava no fato de que nunca tivera energia para renunciar a certos prazeres: Barroso adorava as "meninas" e a boa vida. E, como qualquer outro de sua tribo (como meu tio Amargó, também herói de guerra), deixava-se alimentar pelas sinecuras que sugava da República (Barroso abastecia com os produtos de sua fábrica todas as demandas do Estado), sem parar para pensar se o que fazia era bom ou ruim (era o que todos faziam), se estava de acordo com os princípios austeros da revolução pela qual lutara. Barroso achava essa satisfação de *playboy* a coisa mais natural do mundo, mas nem por isso deixava de ser uma boa pessoa, um homem decente, disse ele, dos melhores daquela laia, conforme garantiu o bem informado e muitas vezes recalcitrante gazetista (logo muito conhecido como romancista), cuja pena envenenada o levara a se bater em vários duelos.

Nos escritórios do estabelecimento encontrei-me com um homem volumoso, que me estendeu a mão peluda que funcionava como trituradora enquanto sorria com seu rosto largo de camponês sagaz, cujo aspecto rústico os anos vividos em Havana e a fortuna acumulada não tinham apagado. Largo, forte, sanguíneo, seu rosto e seus modos revelavam uma simplicidade, um rude otimismo..., que se esfumou quando começou a falar da morte de Margarita Alcántara, agravada pela informação que lhe dei para iniciar o diálogo.

– Margarita estava grávida de quase três meses.

– Pobre mulher – disse o homenzarrão e deu-se alguns segundos para assimilar a notícia. – Margó era boa pessoa. Não merecia a vida que levava e menos ainda a morte que teve. Eu a gratificava com gorjetas e presentes, inclusive a incentivava a deixar aquela vida, porém sabendo que uma vez que você entra nesse mundo não é fácil sair.

– Por quê? – resolvi me fazer de bobo.

– Porque você não tem outra coisa de que viver, claro. Mas, sobretudo, porque os gigolôs não vão permitir enquanto você render ganhos. Essas mulheres são como escravizadas.

– Inclusive as que trabalham para Yarini?

– Sobretudo as que trabalham para Yarini – afirmou Barroso. – Oficial, não se deixe enganar por aquela cara de anjo, por aquela lábia de orador de tribunas e aquele sorriso... Ele conseguiu fazê-las acreditar que, por estarem perto dele, são melhores, que, por terem alguma oportunidade de se deitar com ele, são especiais. Algumas são de fato apaixonadas por ele e, assim, ele as controla melhor. Yarini é o homem mais manipulador que já conheci. Mas, sobretudo, um enganador de homens e mulheres... Debaixo daquele dril-100 branco e por trás de seu sorriso esconde-se um demônio. E, já que é esse o assunto, deixe-me dizer uma coisa... Se Don Nando ou Yarini tivessem sabido que Margó queria deixá-los, não duvido de que a tivessem castigado. Com muita dureza... Entretanto, para ser justo, também devo dizer, porque conheço os dois, que não seriam tão selvagens a ponto de fazer algo assim ou de mandar fazê-lo.

– E os franceses?

– Os *apaches* são cruéis, mais que os cubanos, porém mais frios, menos passionais. Porque são homens de negócios. E um crime assim não é bom para o negócio.

– Ela nunca lhe falou de um cliente que prometia torná-la sua mulher?

– Não..., mas na cama há homens que dizem muitas coisas. Mesmo que a mulher seja uma puta. Nós, homens, somos muito mais fracos do que parecemos. O que nos salva é termos o poder, o dinheiro, ditarmos as leis escritas e as não escritas..., com isso temos as mulheres, as usamos, as arreamos e montamos nelas, como nos cavalos.

– Disseram-me que o senhor é um homem sábio...

Barroso finalmente riu, dando uma sonora gargalhada.

– Gentileza de quem disse isso.

– E, por causa dessa sabedoria, pergunto: o que pode significar um assassinato como o de Margarita Alcántara?

O abnegado patriota que se tornou comerciante voraz assentiu, estava pensando.

– Todas as coisas que os jornais dizem dos *ñáñigos* e de todos os negros são infundadas, bastante perigosas, aliás, porque muita gente acredita, quer acreditar... Dos cafetões já disse o que penso. Enfim, creio que esse cliente misterioso pode ter alguns bilhetes nessa rifa..., mas nessa carnificina há algo que me escapa. Minha suposta sabedoria não chega a tanto, jovem tenente.

Domingos Valladares, por sua vez, mostrou ser o que devia ser: mais um político, um completo farsante. Carrión o tinha retratado: quando muito jovem tinha se alistado no Exército Libertador, onde chegou a ter patente de capitão (mais por sua profissão de contador que por méritos militares), e era fato que fora próximo de alguns dos grandes patriotas e estivera entre os que se opuseram à Emenda Platt, que restringia a soberania do país.

Como boa parte da média burguesia comercial, desde o fim da guerra Valladares conseguira multiplicar seu capital. O jovem o fizera especulando com a moeda espanhola e depois com a malversação dos bens do Estado, graças a suas relações e a partir de seu posto governamental. Tinha sido mais um dos oficiais sem escrúpulos do Exército Libertador cubano que, numa posição de privilégio, embolsaram boa parte do crédito concedido pelos Estados Unidos para o pagamento de haveres aos veteranos das contendas independentistas. Mingo Valladares era a prova viva de que o fato de o indivíduo ter sido um valente na guerra (embora não fosse esse seu caso), e que por isso lhe dessem a categoria de herói, não garantia que ele fosse uma boa pessoa, menos ainda um homem honrado, e não se dedicasse depois a sugar como um carrapato insaciável o país pelo qual lutara em outros tempos. E o pior é que tudo aquilo era *vox populi*, pois as qualidades do personagem eram mais ou menos conhecidas até pelos cães da cidade. E mesmo assim votavam nele? Que desastre.

Valladares encontrou-me no El Moderno Cubano, uma sorveteria e doceria antiga que se reciclara com equipamentos novos e eficientes. Aberta no número 51 da rua Obispo, anunciava ter a maior variedade de sabores de sorvetes na cidade e era especializada em *biscuit glacé*. Por alguma razão, o político adorava despachar numa das mesas do local.

Depois de uma xícara de café fumegante, com um charuto não aceso entre os dedos, sem se pôr em pé nem me estender a mão, o cacique político do bairro de Marte, com má vontade, ofereceu-me um assento.

— Eu o estou recebendo porque Alberto me pediu — avisou, sem responder a meu cumprimento.

Parecia evidente que, para alguém como ele, um tenente da polícia perguntador era apenas uma mosca sacal disposta a perturbá-lo. E também que, apesar de seu histórico patriótico, o jovem Yarini exercia sobre ele uma evidente autoridade.

— É que seu nome apareceu na investigação que estou fazendo. Margarita Alcántara.

— Você também quer dinheiro? Já não dei o suficiente àquele sacana do Fonseca beiço de colher para que me deixasse em paz?

Irritado, Valladares afastou a xícara de café vazia. E resolvi não me render. Eu não era Fonseca, disse a mim mesmo.

— Por que Fonseca o procurou?

— Por causa do falatório das pessoas. Aqui bisbilhoteiro dá como beldroega...

— Acontece que o senhor era cliente fixo da morta — reforcei minha intenção.

— Da viva, o senhor quer dizer. Não pratico necrofilia... Transar com uma puta é delito? Pois meia Havana estaria na cadeia...

— Que relação tinha com ela?

Valladares acabou sorrindo.

— Tenente..., tenente? — eu assenti. — Nunca foi a um bordel? Minha relação era de cliente e pronto. Pagava, mijava e ia embora.

— E do que falavam?

– Não falávamos. Não se fala de boca cheia. – E sorriu pela criatividade. – Margó chupava como ninguém em Havana.

– O senhor nunca lhe prometeu nada? Tirá-la do negócio? Montar casa para ela?

Mingo Valladares me encarou com olhar desafiante.

– Do que está falando? Não sabe quem eu sou? Não sabe que sou casado? Sabe quais são os sobrenomes da minha mulher...?

– Eu sei, senhor... É que havia um cliente que prometia coisas desse tipo a Margarita Alcántara.

– Pois não era eu.

– E não sabia que Margó estava grávida?

Pela primeira vez, o político sentiu o golpe. Demorou alguns segundos para assimilá-lo e se recompor.

– Não sabia... Não... De quem?

– Seria bom saber. Se é que é possível saber. Estou aqui também por isso.

Valladares olhou o charuto que tinha entre os dedos, como se só então descobrisse sua existência.

– Margó era especial... Não só pelos peitos que tinha, coitada. Sabia fazer as coisas na cama. Tinha esse dom. Conseguia mais clientes que todas as outras. Nando Panels sabia disso, por isso a tirou dos franceses. Não seria de estranhar que alguém estivesse apaixonado por ela, que lhe propusesse coisas... Eu não fui, garanto. Mas entendo que outro o tenha feito... Rapaz, por que não faz como o capitão Fonseca, tira um pouco de dinheiro de toda essa confusão e não enche mais se metendo na vida de gente como eu? Você pode ser o policial que quiser, até tem o apoio de Yarini, mas há coisas em que é melhor não mexer. Podem explodir. Está entendendo?

Mingo Valladares inclinou-se para trás e enfiou a mão num dos bolsos. Estava procurando dinheiro para me dar? Negando com a cabeça, tentei seguir o raciocínio do político e tive certeza de que o homem, dotado de certos poderes, estava me ameaçando e se propunha a me comprar do modo mais grosseiro. E, apesar disso, me atrevi a responder:

– Não, não estou entendendo – levantei-me e saí.

Depois de duas semanas de investigação, em que falei com muitas pessoas e tive três encontros – cada vez mais próximos – com Alberto Yarini, fui obrigado a reconhecer que estava de mãos vazias num beco sem saída. E comecei a sentir os mais nítidos efeitos de meu fracasso: estava falhando com a infeliz trucidada, da qual conseguira montar um retrato quase amável, razão pela qual seu assassinato começou a me afetar de modo mais pessoal. Além disso, eu começava a sentir que estava decepcionando Alberto Yarini, homem forte que me distinguia com sua proximidade, me intimava a encontrar o culpado e, definitivamente, a fazer o que eu ainda pretendia fazer: justiça.

Enquanto isso, nos jornais já quase não se falava do crime. O mal-estar desencadeado pelo esquartejamento da mulher fora substituído pelos animados escândalos cotidianos provocados pelas corruptelas de políticos e funcionários do governo, como se isso fosse novidade no país.

Já o capitão Fonseca parecia desesperado com o rumo incerto da investigação e, cada vez com menos sorte, tentava alentar as expectativas, alimentar a besta da qual ele mesmo se sustentava. Depois de dar todas as mordidas, aquela vaca ameaçava não lhe dar mais leite, e era preciso procurar outra teta para chupar, esse devia ser seu raciocínio (em alguns meses saberia quanta razão eu tinha em pensar dessa maneira). Mas, por enquanto, ele continuava ordenhando, disposto a extrair as últimas gotas de benefício.

Uma coisa me chamava a atenção naqueles movimentos e paradas: depois de liberar o tal Raoul Finet, Fonseca havia deixado à margem de suas pesquisas os proxenetas franceses, e deduzi que devia haver razão para sua atitude. Como todos no bairro sabiam, Finet era sócio comercial de Émile Laville, o marselhês registrado como proprietário do chamado Clube dos Franceses, próspero estabelecimento de bebidas e jogo localizado na rua Habana, e era, também, muito próximo de Louis Lotot, que na época estava fora de Cuba, mas, conforme se sabia muito bem, funcionava como líder dos proxenetas franceses. Logo: os *apaches* deviam ter pagado ao inspetor para que os deixasse em paz. Será que eu devia romper aquele círculo de cumplicidades e procurar alguma coisa por aquele lado? E imediatamente me questionei: devia fazê-lo sem Yarini? Fiquei alarmado com minha própria dúvida.

Tomado pelo desânimo, solicitado por meus outros trabalhos, acabei por estacionar minha pesquisa, pelo menos a coloquei em segundo lugar como interesse. Porque, cumprindo uma ordem do momento, devida à ocorrência ou à má experiência de algum chefão, tive de dedicar meus esforços a perseguir e multar trapaceiros nos muitos lugares de apostas proibidas existentes na minha área.

Aqueles lugares de jogo eram verdadeiros antros do vício, em que se trama o crime, se concebem os roubos e cresce o hábito da vagabundagem. E brotavam como erva daninha em qualquer canto da cidade. Minha tarefa, eu já sabia antes de empreendê-la, não tinha perspectivas de êxito: porque até as guerras terminam, mas aquela luta não tinha fim.

A morte de Margarita Alcántara parecia ter caído no esquecimento, e tudo indicava que passaria a ser mais uma das tragédias sem solução acumuladas nas delegacias e nos tribunais do país.

E, entre o desânimo no trabalho e meu ânimo juvenil, fui me tornando frequentador habitual do prostíbulo da rua Picota e cliente fixo de Esmeralda Canhota, a mulher contundente que fora expulsa do harém íntimo de Yarini por não ser apreciadora de sopa.

O cometa Halley aproximava-se de nós, e a inquietação crescia. O fim do ano 1909 também se aproximava, e a loucura crescia. Nada parecia importante, nada era levado a sério, ninguém planejava a vida no longo prazo. A cidade enlouquecia, se divertia, se pervertia. O delírio continuava em marcha ascendente. A cada noite havia dezenas de bailes organizados em locais públicos e em casas particulares. As mulheres jovens saíam sozinhas e se vestiam cada vez com menos roupa. Uma loja de confecções importadas inaugurava suas vitrines com modelos vivas. As casas de ópio do Bairro Chinês chegaram a ter filas para ingressar em seus salões e conseguir um cachimbo. O cineteatro Zazá já não oferecia apenas filmes pornográficos, mas também atuações ao vivo, e a mais apreciada era a do trio lésbico Fé, Esperança e Caridade. O primeiro luminoso colocado em Havana, chapado no flanco de um edifício, representava uma rã verde que de vez em quando pulava numa poça d'água, também verde, enquanto o anúncio piscava: "A água pura cria rãs. Beba gim La campana". Quem se importava, naquela bagunça, em conhecer o autor do assassinato e esquartejamento de uma puta? Eu sabia quem: Alberto Yarini. Mas o que eu ainda não tinha condições de comprovar era a razão daquele interesse.

Embora eu não seja capaz de me lembrar da primeira vez em que ouvi falar de Alberto Yarini, talvez porque todo mundo na cidade falasse dele, em contrapartida creio, sim, que consigo precisar a primeira notícia que tive da existência de alguém chamado Louis Lotot; mas, sobretudo e com absoluta certeza, lembro a primeira vez que vi diante de mim o enigmático e obscuro líder dos *apaches* franceses, o homem que tanta importância teria em minha vida.

Depois de nosso almoço na casa da rua Paula, 96, eu tivera vários encontros com Yarini, alguns deles casuais, numa rua qualquer do bairro em que cada um de nós fazia seu trabalho (eu trabalhava a pé, Yarini quase sempre estava cavalgando seu belo hispano-árabe ou passeando com seus enormes cães labradores), e outras duas ou três ocasiões fui convocado por ele para nos vermos em algum dos lugares públicos que frequentava em função de suas campanhas políticas, movimento que se intensificava à medida que o fim do ano se aproximava. Porque, embora a ameaça cósmica, no bairro, na cidade, no país e no mundo, tivesse levado muita gente a perder a noção de um futuro possível, Alberto Yarini se comportava como se já soubesse que o cometa Halley não passaria um grande susto e a vida não se deteria, e ele tinha essa vida por vir planejada e se empenhava em lhe dar forma – mais ainda, em aproveitar-se dela. Porque, se havia uma coisa de que não se podia acusar o político proxeneta, era de ser um sujeito indolente. Além disso, e muito cedo eu saberia: tanto se preocupava com o futuro que tinha suas maneiras de remexer nele.

Naquela manhã, já perto do Natal de 1909, quando eu tomava a xícara de café com que encerrava meus cafés da manhã no bar que ficava no térreo de meu alojamento, Alberto Yarini entrou no local seguido por seu quase inseparável Pepito Basterrechea. Passava um pouco das oito e, por ser um dia bastante fresco, quase frio, Yarini estava de terno escuro, inclusive com colete, e tinha trocado o panamá por um chapéu de feltro com aba larga.

Com mais familiaridade do que eu achava pertinente, Yarini me cumprimentou e, sem pedir licença, acomodou-se à mesa e, sem tirar o chapéu, como se estivesse com pressa, pediu café para ele e para seu amigo Pepito.

– Muito trabalho? – perguntou-me de imediato, ao que lhe expliquei alguma coisa de minhas empreitadas em perseguição de locais clandestinos de jogo e apostas, muitas vezes fáceis de localizar por causa das brigas que geralmente se armavam neles. O pior era que um dia fechávamos dois pontos e no dia seguinte nasciam quatro, às vezes até com a vênia de algum chefe de polícia.

– E depois vem alguém e diz para você não ser tão chato... Enfim, se o mundo vai acabar – expliquei.

Yarini assentiu.

– O dinheiro fácil nos perverteu – disse ele e acrescentou: – O problema, Saborit, é que, se até os líderes da épica libertadora que seriam os espelhos da virtude republicana se corromperam, então não deve haver nada mais perverso que o dinheiro e as finanças, e nada mais ameaçador para a dignidade nacional que as muitas oportunidades de ganhá-lo com todas as trapaças que inventamos.

– Não estamos num comício, Alberto – brincou ou protestou Basterrechea, sorrindo para o amigo ou patrão.

Yarini olhou para ele e também sorriu.

– É verdade, é verdade, como sou chato... – admitiu ele, como arrependido, e me encarou. – Porque não sei como soaria num comício se eu dissesse que aqui meu amigo Pepito tem duas das doze coletorias concedidas a seu protetor, um senador da República e ilustre pai da pátria, figura insigne do Partido Liberal. No total, trezentos pesos por mês, mais cem que lhe pagam para gastos eventuais... O senador, aliás, que alardeia seu título de advogado, não sabe escrever, e Pepito tem, entre outras missões, a de corrigir seus erros de ortografia.

– Tudo bem, chega, Alberto – atrevera-se a protestar o outro. Embora em Cuba os que viviam como Pepito, poucos se dignavam a admiti-lo. – O que está acontecendo com você hoje?

Yarini não respondeu e voltou a me encarar.

– Conseguiu adiantar alguma coisa? – perguntou-me, e não era preciso ele esclarecer a que estava se referindo. O assunto do assassinato de Margó era recorrente em nossas conversas.

– Pouco, Alberto. Eles não me dão tempo. Fonseca é que continua vasculhando as coisas, mas não chega a lugar nenhum.

Yarini virou o rosto para os muros do velho convento dos franciscanos que se erguia do outro lado da rua, arrematado pelo chamado Arco de Belén, sob o qual corria a rua Compostela.

– Tenho um pressentimento, Saborit... Margó não vai ser a única...

– O que você acha? Que vão matar outra puta?

– Pois é. Acho que, se você ou o imbecil do Fonseca não fizerem alguma coisa, vão esquartejar outra, como Margó.

– Por que acha isso?

– Porque sonhei – disse-me, e sua expressão revelava a seriedade com que estava abordando o assunto. – E não sei se é uma graça ou uma maldição, mas meus sonhos se cumprem... Pepito sabe disso...

Yarini, então, me propôs que o acompanhasse. Naquela manhã ele podia me mostrar um meandro da cidade do qual ninguém falava, do qual ninguém se ocupava. E, mordido pela curiosidade, sem nada melhor para fazer, resolvi acompanhá-lo.

Naquele dia eu soube que, uma vez por mês, Yarini fazia aquele trabalho peculiar que não ousei qualificar de proselitismo político. A origem de seu ato podia estar em outra esfera social ou humana, talvez um estranho meio-termo entre a caridade, a compaixão e até um possível sentimento de culpa. E voltei a comprovar que não era fácil a tarefa de tentar compreender quem era na verdade

Alberto Yarini y Ponce de León, e algumas das razões pelas quais aquele manipulador gerava uma atração poderosa, eu diria quase um vício, e a veneração de tanta gente humilde do bairro.

Abandonamos o café e, descendo pela rua Compostela rumo ao mar, entramos num cortiço instalado no que havia sido uma casa burguesa, das mais antigas e modestas da região. Daquilo que possivelmente fora um pátio interior, tinha-se acesso a uma série de cubículos, mais que quartos, que se sucediam até o fundo do edifício. Creio ter contado doze, no total. E fiquei sabendo que em cada um daqueles espaços viviam uma ou duas mulheres, todas com aparência de ter mais de sessenta anos, na maioria negras e mulatas, mulheres que em sua já longínqua juventude tinham exercido a prostituição e que, inúteis para o ofício, sem outras habilidades ou possibilidades para ganhar a vida, tinham encontrado refúgio naquela espécie de asilo que, fazia três anos e sem alarde, Yarini sustentava.

Talvez porque o benfeitor tivesse anunciado sua visita, ao transpormos o umbral e entrarmos no corredor as mulheres começaram a sair a seu encontro, e Yarini foi recebendo nas mãos, nos braços, nas faces os beijos de seres desgastados que, para a ocasião, haviam lavado o chão do corredor e vestiam o que possivelmente eram seus melhores trapos. A cerimônia, ao contrário do habitual num país como o nosso e com tal concentração de mulheres no lugar, desenrolou-se quase em silêncio, alterado apenas pelas bênçãos que as prostitutas descartadas ofereciam ao homem que não tinha asco de seus beijos, às vezes de bocas desdentadas, o benfeitor que as salvara da miséria extrema e garantira um teto para elas.

Recebendo demonstrações de gratidão, Yarini avançou pelo corredor até o último cubículo, enquanto Pepito e eu o seguíamos. O quarto do fundo, pelo visto, era um pouco mais amplo que os outros, pois tinha duas dependências: uma pequena sala com uma prateleira sobre a qual havia um fogareiro a carvão e, no que devia ser o limite do edifício com a propriedade seguinte, um quarto com uma cama perfeitamente arrumada. Encostada numa das paredes do primeiro recinto, sobre um pedestal de madeira em forma de concha, erguia-se a efígie de uma Nossa Senhora da Caridade do Cobre, a virgem mais venerada pelos cubanos, coberta com um manto azul em que brilhavam centenas, milhares de lantejoulas amarelas. Nessa mesma parede, mas sobre uma pequena mesa e bem debaixo da virgem, estava disposta uma vasilha de porcelana, em que repousavam os atributos de Oxum (pedras polidas, aros de cobre, uma tiara espanhola), a deusa da fertilidade, do amor, da beleza e da felicidade, a versão ioruba da Caridade.

No centro da salinha, atrás de uma mesa, uma mulher negra esperava, toda vestida de branco, com um turbante também branco na cabeça, um bastão entre as mãos e um rosto em que se acumulavam muitas dezenas de anos, tantas que não ousei calculá-las.

Depois eu saberia que aquela negra, Inmaculada Pinilla, nascera escravizada num engenho nos arredores de Havana e, por sua notável beleza, ainda adolescente fora vendida a um dos dirigentes de prostíbulos da capital. Mas no bairro afirmava-se também que Inmaculada Pinilla tinha comprovados poderes de adivinhação ou previsão do futuro através do espírito de um guerreiro africano ancestral que a possuía no transe das consultas. E naquela manhã eu soube, além do mais, que ela era algo como a matrona ou administradora do asilo, pois sabia ler e escrever, e, mais notável, era a luz sob a qual, a partir de seus sonhos, Yarini espreitava o futuro.

Ao entrar no quarto, depois de receber na face e nas mãos os beijos da negra velhíssima, Alberto Yarini avançou até a parede em que estavam as imagens religiosas católica e ioruba, complementares para muitos, antagônicas para muitos outros, e, depois de tirar o chapéu e persignar-se olhando para a Virgem cristã, o jovem ajoelhou-se diante da representação da deusa africana e saudou-a fazendo soar um sininho de cobre que pegara da mesa sobre a qual estava a vasilha cheia de atributos.

Com um gesto da mão, propondo um convite que implicava ao mesmo tempo uma ordem, Yarini assinalou para Pepito e para mim que cumprimentássemos as divindades, e assim fizemos. Quanto a mim, foi a primeira vez que me prosternei diante de uma imagem pagã, e o fiz mais por compromisso que por ter alguma fé em tais crenças, que na época eu considerava primitivas. Será que o refinado Yarini acreditava nelas?

Antes de sentarmos à mesa, Yarini pegou um envelope no bolso interior de seu casaco e deslizou para dentro de uma abertura que havia no pedestal que sustentava a imagem da Caridad del Cobre. Era o dinheiro que todo mês, e sempre com as próprias mãos, ele deixava ali para a subsistência de suas protegidas. Só então Yarini me apresentou à anciã, e apertei-lhe a mão, que parecia a de um cadáver embora conservasse um vigor inesperado.

— Mas Inmaculada tem outros dons, além de prever o futuro — disse, então, o jovem, que apontou para a prateleira onde estava o fogareiro a carvão. — Faz o melhor arroz-doce que se come nesta cidade.

— Exagerado como sempre — protestou a mulher e sorriu com suas gengivas vazias.

— Bem, o segundo melhor — admitiu Yarini, e ele, sim, mostrou seu sorriso resplandecente. — O melhor é o de minha mãe. — E inclinou-se para beijar a testa da mulher.

Eram quase dez horas quando deixamos o cortiço, e comentei com Yarini que precisava me apresentar na delegacia de polícia, mas ele insistiu que o acompanhasse a outro encontro marcado para aquela manhã, e não tive força para recusar.

Sem me dizer aonde íamos, ainda elogiando as capacidades divinatórias de Inmaculada Pinilla e sua habilidade para interpretar sonhos, Yarini nos fez andar vários quarteirões até chegar à altura da rua Habana, e então fiquei sabendo que nosso encontro daquele dia, tão cedo, na hora do café da manhã, não tinha sido nem um pouco fortuito. Yarini sabia onde me localizar, tinha me apanhado e me arrastado o tempo todo com ele com o propósito de chegar em minha companhia ao Clube dos Franceses de Émile Laville.

Apesar de ter sido designado para a delegacia de polícia do bairro havia pouco tempo, por meu caráter e minha persistência eu desenvolvera certo prestígio de oficial eficiente e honrado. Devo admitir que essa consideração não era muito difícil de obter entre tanto bandido, corrupto, indolente, aproveitador que havia na corporação. O fato, entretanto, era que meu prestígio já se transformara, era mais de fachada que resultado de uma honradez constante, pois, entre outras prebendas, por ordem do próprio Yarini, eu recebia os serviços de Esmeralda Canhota sem ter de pagar as tarifas correspondentes. "Seu dinheiro aqui não tem valor", me disseram. "Ordens de Don Alberto Yarini", explicaram. E não tive forças para renunciar a meu vício. Mas se sabe que na vida poucas coisas são gratuitas. Sempre, por tudo, paga-se um preço, e naquela manhã, sem dizer palavra ou mexer um dedo, eu cumpriria parte da retribuição que se esperava de mim.

O Clube dos Franceses ocupava uma esquina das ruas Habana e Paula. Estava instalado no que fora uma antiga taberna espanhola e estendia-se pelo térreo do edifício, abrangendo as arcadas, protegidas do sol e do calor por toldos listrados que faziam deslizar até as calçadas as cores da bandeira francesa. Todo o espaço formava um amplo salão, ao que se tentara dar uma aparência parisiense, com as mesas de pés de ferro fundido e tampos redondos de mármore claro, com lugar para duas, quatro e até seis pessoas. Uma longa bancada de madeira escura fazia as vezes de balcão, junto ao qual havia banquetas individuais. Atrás do balcão, numa estante de vidro, exposição de uma enorme variedade de licores das mais diversas espécies e origens: uísques da Escócia e da Irlanda, *bourbon* dos Estados Unidos, champanhe e elixires da França, vinhos da Espanha, da Itália, da França, runs de Cuba, vodcas da Finlândia e da Rússia, cordiais, *brandies,* xerez, porto e o perigoso absinto. Num canto do local, num mostruário também de vidro, estavam à venda os melhores havanas do país, todos identificados por seus selos elegantes, com capas delicadas, orgulhosos de seu prestígio mais que merecido.

No andar superior, uma área cujo acesso era restrito aos sócios do clube, havia mesas de jogo, bilhar, alvos para dardos e até um par de quartos propícios para desafogar ardores, embora os prostíbulos em que trabalhavam as mulheres controladas pelos *apaches* franceses – muitas delas francesas, mas havia italianas, espanholas, cubanas, é claro, e até russas e polonesas – funcionassem em outros locais próximos. Não havia dúvida de que, com ampla experiência no negócio, os franceses o tinham montado muito melhor que os cubanos e até haviam dado um ar de elegância ao comércio sujo que exerciam.

Para fazer as coisas funcionarem melhor, havia uma ordem expressa de meu superior municipal, o coronel Osorio, que proibira à polícia qualquer intervenção punitiva contra o Clube dos Franceses, onde todos nós sabíamos que se praticava o jogo e se distribuíam drogas. Não é preciso dizer que os franceses pagavam por essa proteção ao chefe de polícia, o homem que em meus primeiros dias sob suas ordens me falara pela primeira vez de Louis Lotot, com uma advertência expressa: "E tome nota", disse-me, "se no seu trabalho, por alguma razão, algum dia você topar com o nome do francês Louis Lotot, passe reto, como se não o tivesse ouvido. Esse homem é assunto meu. Entendido?".

Seguindo os passos de Yarini, Pepito e eu entramos no salão do Clube e avançamos até uma mesa em torno da qual já tinham se acomodado três homens que logo eu saberia serem Émile Laville, o italiano Cesare Boggio e o fleumático Louis Lotot, que por fim eu via pela primeira vez e que tanta relação teria com meu futuro. De modo que já creio ser oportuno dizer algumas palavras sobre esse personagem peculiar.

Louis Lotot, às vezes chamado Letot, na realidade era Louis Hansen e devia ter então por volta de trinta e tantos anos. Dizia-se que tinha entrado no ramo em Toulouse, sua cidade natal, onde fizera algum capital, com o qual chegara a Cuba uns cinco ou seis anos antes de nosso encontro. Era um sujeito de modos refinados, muito bem-apessoado, e se vestia com aquela elegância natural que alguns homens conseguem mostrar. Seu aspecto mais parecia de um empresário que de um proxeneta. Graças a sua inteligência e suas ligações no ramo, funcionava como uma espécie de líder dos *apaches* franceses, pois, além de possuir vários dos melhores prostíbulos da zona de tolerância, também se encarregava de abastecer os outros. Mais ou menos duas vezes por ano, Lotot viajava para a França e voltava com um lote de seis ou sete mulheres, sempre jovens e bonitas, a fim de manter, renovar e ampliar a atividade. Era casado com uma tal Janine Fontaine (o nome verdadeiro dela era Eugénie Santerre e era apenas sua concubina), conhecida como Mimi, uma loira de grandes olhos azuis e corpo sólido, instalada com ele em sua casa da rua Jesús María, número 42, embora, como bom proxeneta, Lotot também a prostituísse na casa da San Isidro, 66... No momento certo, vocês verão por que estou dando todos esses detalhes.

Assim que nos viram avançar a seu encontro, os europeus puseram-se de pé, Lotot primeiro. Depois de trocar cumprimentos com Pepito e Yarini, este me apresentou, e não tive dúvida de que ele fazia questão de que os outros soubessem de minha condição de tenente da polícia local, de minha categoria inclusive superior de correligionário político – não sei por que disse uma coisa que não era verdade – e, sobretudo, de "amigo próximo" – assim me qualificou, então tive a confirmação de qual era meu papel naquele encontro.

Talvez em sinal de respeito e seriedade para com seus hóspedes e a conversa que teriam, os *apaches* só estavam tomando café, embora, ao nos sentarmos, Laville nos tenha oferecido qualquer uma das bebidas do bar.

– Obrigado, mas também tomaremos café... E uma garrafa daquela água com gás que só vocês têm.

– Perrier – assentiu Lotot, e Laville fez o pedido.

Enquanto chegavam as bebidas, falou-se do tempo, como se fosse importante: a temperatura fresca daqueles dias invernais fazia de Havana um lugar mais agradável, concordaram. Em silêncio, de meu lugar na mesa, um pouco mais retirado que os outros cinco homens, já assumido meu papel no processo em curso, estudei o panorama e me detive na figura de Lotot.

Naquela manhã, o líder dos proxenetas franceses vestia-se com a elegância que lhe era habitual. Com gravata-borboleta no pescoço e abotoaduras de ouro no punho das mangas de uma camisa azul-celeste, seu terno escuro mostrava um corte excelente. O homem tinha feições muito regulares e, embora sorrisse com frequência e falasse num espanhol em que os erres se alongavam com suavidade, a dureza que notei em seu olhar era alarmante. Intimidante, eu diria.

Uma vez tomados a água mineral e os cafés, Yarini entrou no assunto que nos reunia.

– Lotot, tenho por certo que trouxe mais mulheres da França.

– Pois é, Don Alberto. Voltei há pouco com mercadoria de primeira qualidade.

– E me disseram que você e seus amigos aumentaram os preços – continuou Yarini.

– O produto merece. E levando em conta que nosso mercado é livre... – Lotot sorriu.

– Mas sempre houve acordos – lembrou Yarini.

– Alguns dos quais nunca aceitei, Don Alberto. E há outros que você também não respeita muito. Por exemplo, quando seu sócio, Don Nando, levou Margó...

– Comprou, se bem não lembro.

– Obrigou Finet a mal vendê-la – replicou Lotot. – Com seu apoio, é óbvio.

Agora foi Yarini que sorriu. Tive a certeza de que, apesar das cortesias, dos tons comedidos, ali se desenrolava uma competição de forças, mais que um diálogo mercantil.

Todos no bairro sabiam que fazia anos que os maiores benefícios do negócio da prostituição eram obtidos pelos habilíssimos *souteneurs* franceses, mas que, sobretudo a partir da entrada ciclônica de Yarini no mercado, os cubanos tinham ganhado importantes espaços físicos e econômicos, o que já havia gerado tensões entre os concorrentes. Yarini, com habilidade, se fizera com apoios políticos e acordos comerciais que tinham incrementado a presença e os ganhos dos cubanos. Negócios como o do controle administrativo da Clínica de Higiene, a aquisição de casas e pavilhões de cômodos que depois se alugavam como prostíbulos, o aliciamento de mulheres de maior qualidade física e inclusive intelectual, graças ao empobrecimento de milhares de famílias durante os anos cruéis da guerra, haviam contribuído para que Yarini e seus amigos ampliassem as capacidades mercantis de um comércio que ultrapassava os limites da zona de tolerância, como todos sabiam. Essa ascensão dos cubanos quase provocava, no momento, um empate técnico na supremacia do negócio, sendo que os franceses lutavam para mantê-la, e os cubanos faziam força para assumi-la.

Lotot aproveitara a pausa para acender um de seus cigarros franceses e suspirou antes de continuar.

– Sou um homem de negócios, Don Alberto. E fazer negócios significa assinar acordos, implica fazer pactos e, assim, procurar que as partes tenham o maior lucro possível. E o problema é que vocês, os cubanos, querem nos asfixiar.

– Tem razão em tudo, Lotot, menos na questão da asfixia. O que pretendo é uma melhor distribuição dos territórios....

– E estão nos lançando ao mar. Temos de nos defender.

— Entretanto, matando mulheres que antes trabalharam para vocês e agora trabalham para nós, vocês não estão se defendendo, mas nos atacando... – disse Yarini, agora sério.

Lotot manteve-se alguns segundos em silêncio, fumando, e o gigante italiano Boggio achou que tinha chegado sua hora.

— Está nos acusando da morte de Margó?

— Ainda não. Mas sei que não foi nenhum dos cubanos que o fez. Nenhum deles ousaria meter-se dessa maneira em algo que me afeta pessoalmente.

Boggio ia replicar, mas Lotot o deteve com um gesto.

— Esse é um assunto sensível, Don Alberto. E posso garantir que também não foi nenhum dos nossos. Aquele capitão Fonseca bem sabe. E, se tua gente não se atreve a fazer nada por conta própria, sem contar com você, tampouco os meus fazem alguma coisa importante sem minha autorização. Posso garantir que não tivemos nada a ver com a morte de Margó. Dou minha palavra de honra.

Yarini olhou nos olhos de Lotot, depois observou Boggio e, por fim, Laville, para voltar a encarar Lotot.

— Você estava na França...

— Certo. Mas, repito, posso te dar minha palavra.

— Aceito tua palavra – disse finalmente o cubano, levantando-se. Todos o imitamos. Por cima da mesa, Yarini e Lotot apertaram-se as mãos, como testemunho de uma aprovação.

— E espero que você também aceite que nos defendamos como pudermos – disse Lotot. — Mas te garanto jogo limpo. Um jogo comercial.

— Que inclui comprarmos algumas mulheres de você? – quis saber Yarini.

— Depende da mulher – admitiu Lotot. — E do que pagarem... Neste lote eu trouxe algo muito especial, que ainda não lancei no mercado..., você vai ver. E desde já aviso que não está à venda.

— E você a lançaria para mim? Gostaria de provar uma coisa tão especial.

Lotot sorriu, ao mesmo tempo que negava.

— Até poderia. Mas você teria de pagar bem. O que é bom sai caro. E é um produto que está quase sem uso e...

— Estou disposto a pagar... – interrompeu-o Yarini. — E como se chama essa joia da sua coroa, Lotot?

— É a irmã mais nova de Mimi, muito mais bonita que Mimi... Chama-se Bertha Fontaine. Carinhosamente a chamamos de La Petite Bertha.

5

Assim que calçou as botas de borracha que lhe forneceram e entrou no que mentalmente batizara como o Império da Merda, Mario Conde teve a falsa impressão de chegar a um cenário arrumado para a realização de um evento esportivo noturno ou a rodagem de um filme. Oito lâmpadas halógenas, distribuídas com esmero, projetavam luz sobre o retângulo levemente rebaixado e delimitado por faixas amarelas. Um fosso para gladiadores. O ruído do gerador que alimentava as luminárias devorava qualquer outro som. E o mau cheiro da decomposição orgânica e dos vapores de várias combustões em curso a duzentos metros agrediam impiedosamente até um olfato tão atrofiado como o dele. O normal, em se tratando do aterro sanitário municipal anexo às vias do anel da cidade.

Dentro do quadrilátero iluminado, ele distinguiu as figuras de magro-gordo de Manuel Palacios (ombros sempre estreitos, ventre cada vez mais proeminente), do legista Flor de Morto, com sua bata verde-cirúrgica cobrindo-o até o meio da perna, e do homem mais jovem, mulato, corpulento, uniformizado, que reconheceu como sendo o tenente Miguel Duque, a estrela rutilante entre os investigadores da Central, o policial informático com quem Conde já tivera alguns atritos urticantes. À beira do cenário, numa semipenumbra, três figuras de fantasmas ou cosmonautas, empacotados numa espécie de preservativos brancos assépticos, pareciam esperar a ordem para penetrar (nunca dito com maior propriedade) a linha de demarcação e começar seu espetáculo.

Ao vê-lo chegar, Manolo levantou um braço para indicar ao policial que vigiava o perímetro que o deixasse passar, e Conde transpôs a faixa perimetral para se aproximar do centro do ringue, onde estava o derrotado: boca para cima, nu, o corpo de quem devia ter sido em vida Marcel Robaina, também conhecido como companheiro ou agente Néstor, sujo de imundícies e premiado com um vazio escuro no púbis que, de imediato, avisava da castração. Como fizeram com o ex-sogro, também do falso agente de segurança tinham decepado o pênis e talvez alguma coisa mais.

— Puta que pariu... Que premonitor o meu! – disse Conde a uns passos do trio.

— O quê? – indagou Flor de Morto, em voz alta, para sobrepor-se ao zumbido do gerador elétrico.

— O aparelho de captar premonições, compadre – esclareceu Conde, no mesmo tom, e se tocou embaixo do mamilo esquerdo. Depois estendeu a mão aos três homens. – Não sei por que imaginei que isso tinha acontecido... Há quanto tempo está do lado de lá?

— Pelo menos há uma semana – começou o legista. – Mas vamos...

— Saberemos mais quando for feita a autópsia. – Conde completou o raciocínio. – Quem o encontrou?

Duque, que desde o início olhara para Conde como se ele fosse uma das moscas que pairavam sobre o cadáver, achou conveniente intervir.

— Um catador... daqueles que remexem o lixo. Pelas três da tarde. A foto do morto foi divulgada pela Imigração e por nós, de modo que os agentes da Territorial logo o reconheceram. De toda forma, é preciso fazer a identificação oficial.

— Há quanto tempo deve estar aqui?

— Eu diria que há pelo menos dois dias – opinou o velho legista. – Já havia urubus rondando.

Conde coçou o cocuruto, onde já não lhe restava muito cabelo.

— Onde o puseram enquanto isso? São mais uns cinco dias...

Observando onde punha os pés, Manolo avançou dois passos até Conde e apoiou a mão em seu ombro. Conde soube a que vinha e o outro o confirmou:

— Parceiro, a coisa complicou. A partir de agora, o tenente Duque vai cuidar disso. Não foi fácil, mas me deixaram designá-lo para o caso. Já são dois mortos. Os dois mutilados. Quase certamente pelo mesmo assassino. Pode ser uma série... E você tinha me pedido ajuda – terminou Manolo, em tom de justificativa. – Eu estava pondo o tenente a par do que você foi averiguando. Preciso que trabalhem juntos, pelo menos alguns dias, ou até que se resolva essa história. Sem criar caso...

Conde tinha tirado um cigarro enquanto o ex-colega falava e demorou alguns segundos para acendê-lo.

— Por mim, não tem problema – disse, finalmente. – Não é melhor eu ir para casa?

— Você está mais por dentro, Conde, por favor – pediu Manolo.

– Aqui você não pode fumar – repreendeu-o Duque.

– Já temos problemas – acrescentou Conde.

Manolo suspirou e olhou para o subordinado.

– Porra, Duque, não começa! Isto é um lixão, compadre! Você tem de trabalhar com Conde e pronto. É uma ordem. E a outra é que os dois não me aporrinhem a vida! Estou transbordando com tudo o que vem caindo em cima de mim e agora mais essa... um assassino em série? Em Cuba?

Duque assentiu, mas se afastou do grupo para se colocar diante do cadáver e lhe dedicar toda a atenção.

– Enquanto forem dois, não creio que seja uma série, Manolo – ponderou Conde, que evitou jogar lenha na fogueira. Amolecia-lhe o coração ver a expressão de angústia do tenente-coronel Palacios, o cansaço acumulado obscurecia suas feições. – Mas parece lógico que estão vinculados. Quando vivos se relacionavam... Agora seria bom saber se neste fizeram o trabalho antes que pudesse ir para Miami ou se ele tinha ficado em Cuba quando já devia ter ido embora e estava metido em alguma coisa tão estranha que... olha como terminou. E, aliás, o sujeito era cidadão estadunidense?

A contragosto, Duque teve de se dirigir a Conde.

– Sim..., agora era estadunidense – informou o tenente.

Manolo bufou.

– Era só o que nos faltava... Vamos esperar até amanhã para fazer a identificação oficial com a família. E depois veremos como vamos lidar com a embaixada. Um estadunidense morto dois dias antes de Obama chegar! Caceta...

– E, por falar nisso, o pênis apareceu? – indagou Conde.

– Até agora, não – interveio o legista. – Vamos trazer os cães farejadores. Neste lugar, não é fácil. Cheiros demais.

– Conde – interveio Manolo –, você acha que essas castrações podem significar algo específico?

Conde meditou por uns segundos.

– As mutilações têm significados em muitas culturas. E as castrações mais ainda, é óbvio... Mas me deixe averiguar antes de falar bobagem. Isso não acontece todos os dias... E há alguma outra marca?

– Até agora, não... Como ele está completamente nu... – O legista entrou no diálogo.

– Não, veja, ele está com uma faixa daquelas que se amarram no pulso – observou Conde. – E algum indício de como o trouxeram até aqui? – continuou indagando.

— Aqui está cheio de marcas. De caminhões, de tratores, de escavadeiras, de pessoas que remexem o lixo — dignou-se a responder Miguel Duque.

— De algum jeito o trouxeram, com certeza à noite e... por que jogá-lo aqui? Quer dizer alguma coisa? O lixo no lixão? O Império da Merda...

Manolo assentiu.

— Não tinha pensado nisso. Pode ser... Dois mortos, dois com o pênis cortado... Isso indica alguma coisa. E o lixo, talvez...

— Isso de retalhar as pessoas quem faz é a máfia russa — interveio Flor de Morto. — Vi num filme... São piores que a Cosa Nostra siciliana, a Camorra e a Yakuza juntos.

— Então o caso está resolvido — admitiu Conde. — Prendemos todos os russos que há em Cuba e ameaçamos cortar o pinto deles se não falarem... Se quiserem, posso dar o endereço de um russo que conheço. Aliás, ele é babalaô.

— Um babalaô russo? — interessou-se o legista.

— Que além do mais é judeu... e boa gente. Para mim ele está louco. Dizem que anda por aí fazendo massagem nas pessoas...

— Já chega, porra! — rugiu Manolo. — Parem de brincar... Que máfia russa, babalaôs judeus, o caralho! Grande bosta!

Conde sorriu, apagou o cigarro na sola do sapato e, mesmo sabendo que não tinha sentido, ficou com a guimba na mão.

— Vou fazer o levantamento do cadáver — anunciou Duque.

O tenente-coronel Palacios assentiu, e o tenente fez um gesto para os três preservativos eretos.

— Manolo, e Victorino? — Conde mudou de assunto.

— Nós o guardamos. Para você e o Duque lidarem com ele. Mas apareceu isto e... Quer ir agora?

— Não, minha nossa... Agora vocês têm de me levar para o trabalho. Não posso perdê-lo, Manolo. Olha que já estou devendo o salário de dez dias.

— De dez dias? Que porra você fez com esse dinheiro, Conde?

Mario Conde sorriu.

— Comprei uma passagem... Não, três passagens, e Tamara, Carlos e eu fomos para a Felicidade.

Manolo resmungou. De que maluquice Conde estava falando?

— Nem quero saber... — E reclamou em voz mais alta: — Vem cá, Duque.

— Diga, major.

— Vou explicar de novo. Você está à frente dessa história. Conde vai trabalhar junto, mas é você que manda. Ouviu, Conde? É o Duque que manda...

Tenente, agora faça o levantamento do cadáver e veja se aparece o pedaço que falta. Ligue para a Central e peça uma preventiva de setenta e duas horas para deter Victorino Almeida. Com dois mortos no meio do caminho, ninguém vai protestar. Amanhã mande buscar Conde... às dez, Conde? Às dez. E os dois juntos vão interrogar Victorino. Ah, e encarregue-se da identificação oficial do cadáver... E a partir daí vocês vão dividir o trabalho, mas coordenado pelo tenente. Continua me ouvindo, Mario Conde? E faça um resumo detalhado para o Duque do que você está sabendo e pensando. Vou ver com as Relações Exteriores o que está sendo resolvido com a embaixada dos Estados Unidos. Então deixo de participar disso tanto quanto puder. Em dois dias Obama chega e... Está claro para os dois? – subiu mais o tom, e os envolvidos assentiram. – Que bom. E agora, antes de ir embora, Conde, pelo que você já sabe..., qual é seu palpite?

Conde suspirou, olhou para onde os técnicos começavam o levantamento do cadáver e sentiu que voltava a ser policial, porque aqueles desafios e as sensações que lhe provocavam eram o que mais gostava em seu antigo trabalho. Gostava é só modo de dizer, claro.

– Nada especial, Manolo... Se for de fato um assassino em série, vamos saber logo... ou nunca. Mas lamento dizer que seria preciso outro cadáver. De modo que vamos nos preparar para essa eventualidade ou para outra mais complicada: a de que sejam dois assassinos e um tenha imitado o outro... Isso aconteceu outras vezes. Sobre as mutilações, é melhor eu ainda não especular... O que acho, até agora, é que aqui há dois ou três motivos possíveis. Um, algum negócio que acabou mal. Ao que parece, um negócio com muito dinheiro. Se Marcel era um trapaceiro e Quevedo tinha coisas valiosas, como os quadros e talvez algo mais, há razões de sobra. Dois, bem, uma vingança, um ajuste de contas, não sei... alguma coisa que vem lá de trás e por alguma razão explodiu agora... E isso nós sabemos, os dois mortos eram uns sacanas. E, pelo que estamos vendo, o assassino, e continuo acreditando que seja um, tinha muita raiva deles e deve ser alguém traumatizado, bem desequilibrado.

– Um louco, quer dizer?

– Pode ser. Mas um louco que não parece louco...

– Você vê mais motivos?

– Não sei se é de considerar, mas a herança de Quevedo é importante.

– Os quadros que ele deixou? – perguntou Manolo.

– Sim..., mas sobretudo as paredes em que esses quadros estão pendurados... Eu estava pensando nisso e perguntei a Yoyi, ele sabe de todos os negócios e me disse que um apartamento como o de Quevedo pode valer, aqui em Cuba, mais de meio milhão de dólares.

– Puta que pariu! – exclamou Flor de Morto. – É um motivo muito grande e robusto.

Manolo assentiu e voltou a bufar.

– Precisamos considerar isso, é óbvio. E agora?

– E agora vamos esperar pela autópsia – começou Conde –, vamos ver o que Victorino nos diz, depois teremos de falar de novo, e muito, com a filha e o neto de Quevedo. Rapazes como Osmar estão quase todos pensando em sair de Cuba, e com meio milhão dá muito mais vontade de ir embora... Só tenho certeza de que aqui remexeram a merda e por isso está fedendo como este lugar... Ah, por via das dúvidas, há uma quarta opção, claro: a máfia russa!

Noite de domingo. Mais festa e farra. Havana se diverte. Tragam bebida, mais comida. Obama vem aí, cavalheiros!, gritou alguém. E, com Obama, um monte de estrangeiros com dólares, a moeda do inimigo da qual as pessoas tanto gostam, que resolve tantos problemas. Vamos abrir negócios, vamos dar a volta ao mundo, e talvez até suspendam o bloqueio e, com isso, vamos sair de uma vez por todas do subdesenvolvimento e até do Terceiro Mundo. Havana está louca, Havana está sonhando.

De seu canto de vigilância, Conde observa o ambiente e não tem como não se sentir um extraterrestre. Isso é ser velho? Velho, pobre e pessimista, poderia ser a resposta, porque suas premonições não o deixam em paz. Vê o que está acontecendo e pensa que é só um parêntese entre um tempo escuro e outro sombrio.

Mas, para passar o tempo e colocar-se em sintonia com a época, resolve pensar nas coisas que faria com meio milhão de dólares. Depois dos primeiros gastos – rum, comida, livros, uma passagem para a Itália (ida e volta, declara; em primeira classe, esclarece) –, restam mais de quatrocentos e oitenta mil dólares e já está com dor de cabeça. Para os mortos de fome, até ter muito dinheiro é complicado.

Fazia algum tempo que passava noites de sono escabroso. Como sempre, ao se deitar precisava ler até perceber a modorra anestesiante, mas ocasionalmente sua visão se exauria antes de atingir o estado de relaxamento que se abriria para o repouso e, quando pegava no sono, uma hora depois voltava à vigília e só conseguia recuperar um sono que ia e vinha aos trancos. Mas naquela noite aproveitara as cinco horas de descanso com sono profundo, sem mijadas perturbadoras, desfrutara sem sobressaltos até o último minuto. Talvez porque a noite de vigília no trabalho no La Dulce Vida tivesse sido árdua, depois de um dia tão agitado. O repouso do guerreiro, não é?

Conde já tinha tomado seu café e alimentado Lixeira II quando o próprio policial que controlava o perímetro da zona onde aparecera o cadáver de Marcel Robaina passou para buscá-lo, às nove e meia. O fardado devia ter, se tanto, vinte anos, faltavam-lhe uns dezoito quilos para parecer policial e tinha uma cara de camponês que despertava ternura, mais que respeito. De onde os tiravam?

– E há quanto tempo você é policial? – Conde começou a interrogá-lo quando se puseram em marcha.

– Há três meses. Eu me formei num curso rápido – disse ele, com certo orgulho.

– Cursos rápidos de policial. Estamos bem. E de onde você é?

– De lá, do Guaso – disse ele, referindo-se à região mais oriental da ilha. – Do campo mesmo...

– Você gosta de Havana?

O jovem sorriu.

– Claro, homem... Isto é La Poma, a capital de todos os cubanos. Como tem coisas!

– Que coisas...? – Conde se interessou.

– Tudo, amigo, tudo. – E sorriu.

Coitado, disse Conde para si mesmo: não tem noção.

O oficial de guarda da Central o fez entrar na sala de Miguel Duque. O tenente estava lendo umas folhas impressas e, depois de cumprimentar Conde e lhe oferecer assento, informou, estendendo os papéis.

– A autópsia preliminar... Quer café?

– Vocês têm café?

– Sim..., graças a Obama, acho.

– Pois que venha Obama... e o café.

– Vou buscar. Leia isso... Já dei uma olhada na base de dados para ver se encontrava alguma referência, conexão, alguma coisa...

– Na minha época, não tínhamos isso. E também resolvíamos os casos. Ou não...

– Agora é diferente. Tudo é diferente. – O Duque tinha razão e Conde reconheceu. Precisava se comportar, senão aquilo seria um desastre. O que importava, caralho, que Duque fosse maníaco por computadores enquanto ele se declarava incapaz de mexer até num celular? Ser analfabeto informático não implicava um mérito, disse a si mesmo. Ou será que no fundo sua reação era fruto da inveja gerada por sua ignorância de habitante do século XX infiltrado no XXI?

Assim que ficou sozinho, concentrou-se na leitura. Fora a papelada médica de sempre e do que já se sabe, um único elemento parecia discordante no informe forense. Mas extremamente discordante e intrigante: Marcel Robaina morrera de um infarto agudo do miocárdio que lhe despedaçara o coração. Literalmente, observava Flor de Morto. E o assustador vinha em seguida: a mutilação fora feita antes de ele morrer e talvez tivesse sido a causa do ataque cardíaco, provocado pelo medo e pela dor. O pênis fora cortado pela raiz com uma faca comum, não muito bem afiada. Na base do crânio havia uma contusão forte, provocada por um golpe desferido com um objeto contundente, e havia outro golpe na têmpora, mas não provocado por queda. Nos pulsos e nos tornozelos do morto observavam-se marcas de ataduras e, na face anterior dos joelhos, havia lacerações compatíveis com um pedaço de madeira ou metal de lados retangulares, com o qual, sugeria o legista, podiam ter-lhe mantido as pernas abertas para realizar a operação nada cirúrgica de extração genital. Como dados talvez reveladores, incluía o fato de que o estômago do homem estava vazio e o organismo mostrava sintomas de desidratação. Ou seja, estava havia mais de vinte e quatro horas, antes da morte, sem ingerir água nem alimentos. Uma forma muito efetiva de tortura. E, como única evidência, momentaneamente pouco útil, os do laboratório tinham conseguido levantar duas marcas parciais estampadas na faixa colorida que o morto tinha num dos pulsos.

Conde pensava no horror das horas finais de Marcel Robaina e nas diferenças inquietantes entre as duas mortes que estavam sendo pesquisadas (uma acidental, outra bem tramada, cruel e prolongada), quando Duque voltou com um copo com café pela metade.

— Está bom e acabou de ser coado – informou o oficial, enquanto lhe estendia o recipiente. – Mas vou lhe pedir que não fume.

— Não vou fumar – aceitou Conde e provou o café. Porra, estava bom mesmo. Melhor que o que tomara dois dias antes por um preço exorbitante.

— O que acha disso? – Duque apontou para o informe.

— Macabro. Premeditado. Cruel... E que Marcel se adiantou e não precisaram matá-lo.

— Plural...? Acha que são dois assassinos?

— Não..., usei a conjugação verbal sem pensar... Marcel foi mutilado por um só. Se fossem dois, não teria sido necessário colocar-lhe uma trava entre as pernas... Mas, bem, pode ser...

– Pode ser o quê?

– Que também haja uma mulher... Aquele idiota se deixou cair na esparrela de uma mulher e...

– E o que mais?

– Bem, é provável que haja duas pessoas metidas nisso. Uma mulher é quem o atrai. Um homem, quem o golpeia e depois carrega o cadáver e o joga no lixão... E qualquer um dos dois o mutila. E Quevedo, que não deixava ninguém entrar em sua casa, talvez tenha confiado numa mulher..., e ela tenha deixado seu cupincha entrar. Marcel foi torturado, mutilado e morreu. Dois dias depois, Quevedo foi morto, ou se matou, e depois foi mutilado, e de bônus teve três dedos cortados. Marcel foi torturado porque talvez quisessem lhe extrair alguma informação. Ou talvez tenha sido apenas uma terrível vingança, com muita vontade de fazê-lo sofrer... Mas estavam dispostos a matá-lo, é óbvio. Com Quevedo inverte-se a ordem, talvez porque tenha morrido com a queda, mas a castração é como uma assinatura, para deixar claro quem o fez. Ou um ritual... E, não, não pode ser um imitador, porque o cadáver de Marcel estava escondido em algum lugar, e não parece possível que mais alguém soubesse da mutilação... Além do assassino, claro. Com Quevedo, depois chegam ao extremo e lhe cortam até o dedo que tinha um resto de pele de outra pessoa, embora não o levem... Cada vez me parece mais evidente que foi algo preparado, por alguém com muita gana de fazê-lo, embora haja dados que não se encaixem, como aqueles dedos cortados...

– E então...? – atento, Duque tentou saber alguma coisa.

Conde ficou alguns instantes em silêncio.

– Então volto atrás... Não é fácil juntar duas pessoas para fazer algo assim, com esse nível de crueldade ou sadismo. Não, é um assassino só, e tem de ser um homem.

– Sim... E por onde você acha que devemos começar?

– Vamos começar por Victorino... É a melhor coisa que temos. Ou a única.

– Do que estão me acusando? De que porra estão me acusando? O que estão pensando? O que estão querendo? Não fiz nada, nada!

Conde e Duque, seguindo a encenação planejada, não responderam.

Os interrogadores já ocupavam um dos lados da mesa quando o guarda fez Victorino Almeida entrar no recinto e lhe indicou seu assento diante dos anfitriões, que o deixaram falar, perguntar, tentando não se abalar. Tinham decidido deixar que o ambiente se aquecesse por si só.

Victorino, como eles já sabiam, tinha uns vinte e seis anos, e fazia uns sete ou oito, desde recém-chegado a Havana, vindo de Pinar del Río, que se dedicava à prostituição de amplo espectro. Era um todo-terreno, um estacanovista do pênis e do ânus. Com estrangeiros e com cubanos, com homens e com mulheres, com jovens e com velhos, pela frente, por trás, por cima, por baixo, de dia e de noite, no inverno e no verão. O tempo que não dedicava à profissão devia investir na academia, pois tinha um físico invejável, encimado por uma cabeça bem proporcional e um rosto atraente: pele morena, lábios polpudos, olhos de um verde escuro e vítreo, cabelo crespo formando um afro lanoso, de ovelha.

— Vamos lá, o que vocês querem? — indagou Victorino, ao que os outros finalmente reagiram.

— A verdade, Victorino — disse o tenente Duque.

— Que verdade? Qual?

— Primeiro me deixe responder a outras perguntas suas... Você está aqui porque, como sabe, nós te localizamos na cena de um assassinato, no dia e na hora aproximada em que o crime foi cometido e...

— Eu não fiz nada! Eu...

— Pois deu trabalho te encontrar. Estava escondido?

— Que escondido coisa nenhuma. Sempre estou por aí, vocês não sabem como é...

— Tudo bem. Agora me deixa falar — interrompeu o oficial. — Você esteve com Reynaldo Quevedo no dia em que o mataram. Teve relações sexuais com ele e...

— Eu? Relações...?

— Vai mal, Victorino... Sabemos que sodomizou Quevedo.

— Sodo o quê?

— Que comeu o cu dele, porra...! E ejaculou nele! Temos provas, então para de encher o saco e responde ao que vou perguntar. Ok?

Fazendo seu papel de policial mudo, Conde dedicava-se a observar o jovem, em cujos traços havia notado a presença de um dado que não conseguia decifrar, e por ora deixou a questão de lado. Agora pretendia sobretudo imaginar, entender, assimilar por que alguém pode escolher uma profissão tão degradante como a que Victorino exerce, e espantava-se por compreender que podia chegar a compreendê-lo. Gente daquela especialidade havia ressurgido na ilha durante os anos árduos do chamado Período Especial, os tempos da Crise com maiúscula, quando no país quase faltou ar para respirar. Tinha sido o encerramento de um parêntese de três décadas sem prostituição paga, e seu ressurgimento profissional teve a mesma origem de sempre: a busca de um modo de ganhar a vida e, com sorte, ter acesso a alimentos, roupas e perfumes inatingíveis para o resto dos compatriotas. E, se a sorte se multiplicasse, até concretizar um casamento que levasse o servidor sexual para o estrangeiro e para outra vida, talvez melhor. Em sua maioria, as moças (as *jineteras*) e os rapazes (os *pingueros*) tinham até estudos, bons modos, educação, aparência saudável como a de Victorino, e isso os tornava mais atraentes para alguns europeus degradados, na maioria velhos, acometidos de solidão e alienação, que de repente encontravam um produto de primeira qualidade, bonito, barato e saudável, ocasionalmente refinado, que lhes dava não só sexo real, como também a ilusão de serem especiais, inclusive de serem queridos.

A estratégia funcionava assim: quando se envolviam com esses clientes forâneos, os jovens acompanhantes viviam vários dias em função dos pagantes, dando-lhes uma profunda estimulação sexual e, além disso, acompanhando-os a restaurantes e bares e, se necessário ou desejável, levando-os inclusive à casa de sua família, apresentando-os a pais, avós, filhos quando os tinham, reforçando a crença da singularidade, aumentando o desejo de encontrar o tesouro que lhes era negado em seu mundo. E muitos clientes se apaixonavam, estabeleciam uma relação de proximidade, enviavam dinheiro a suas "namoradas" e voltavam sempre que podiam para se encontrar com sua fonte do maior prazer (aliás, mais barato que nos seus países de origem e, em geral, de melhor qualidade). Centenas de casamentos se forjaram a partir desses procedimentos. Milhares de solitários ou de depravados haviam encontrado satisfação especial entre aqueles jovens prostituídos. E o mais admirável era que os trabalhadores cubanos do sexo (profissionais, parciais ou ocasionais, fêmeas e varões) tinham vivido e viviam sem maiores contradições morais de uma prática pela qual, em meio a outras degradações e muitas carências, não eram marginalizados socialmente, não se transformavam em pragas familiares, e sim, muitas vezes, em bem-sucedidos. A serpente de uma maldição nacional voltara a morder o próprio rabo.

— Vamos lá, qual era a tua com Quevedo? — insistiu o tenente.

Victorino olhou para o teto, suspirou e pareceu convencer-se de que não tinha escolha.

— Eu o conheci por meio de Osmar, neto dele... E um dia, há cerca de um ano, ele me pediu que fosse ajudá-lo a arrumar uns papéis em sua casa... Sem que Osmar ficasse sabendo. Eu fui e... não, já sabia o que o velho queria. Ele me deu uma bebida, conversamos um pouco, e me perguntou quanto eu cobraria por aquilo...

— Você sempre o sodomizava? — quis esclarecer Duque.

— O que ele mais gostava era de me chupar. Por causa das hemorroidas... Mas às vezes me pedia que comesse seu cu. E pagava muito bem, de fato. A única exigência dele era que ninguém soubesse do que fazíamos, por isso eu sempre ia quando ele estava sozinho. Ele me ligava ou eu ligava para ele quando estava duro, sem dinheiro.

Conde estivera prestes a sair de seu papel. Teria gostado de perguntar quanto o Nefando lhe pagava para meter naquele cu hemoirrodoso. E se o rapaz o beijava na boca retorcida pelo derrame. Que estômago. E pensar que às vezes ele se queixava de seus trabalhos.

— E na quarta-feira passada, no dia em que o mataram?

— Tínhamos combinado às quatro da tarde, depois que minha avó fosse embora, Aurora, sabem? A senhora que trabalha na casa dele. Como eu já disse, ele era muito discreto.

Conde deu um leve sorriso: era isso que o rosto de Victorino queria lhe dizer! Seus olhos eram os olhos verdes da senhora Aurora. A revelação colocava o jovem em outro nível no mapa das relações de Quevedo e talvez explicasse a razão pela qual a mulher tinha espionado sua conversa com Osmar dois dias antes. Por isso fez um gesto para Duque, pois seu maior domínio do novo panorama tornava necessária sua intervenção.

— Victorino, você acabou de dizer que conheceu o velho por Osmar..., mas sua avó...

— Sim, por Osmar... E minha avó não sabe de nada. E peço que não lhe digam nada.

— Por quê? Você tem vergonha?

— Um pouco, mas por Quevedo. Ela nem imaginava que o velho era o que era. Era muito grata a ele.

Conde assentiu.

— Então você acredita que ela não sabia do seu caso com Quevedo?

— Não, não sabia. Eu não falei, Quevedo também não. E quando eu ia, ela não estava por perto.

Conde resolveu anotar o dado. Podia ser tão revelador quanto sem importância. Mas, se Aurora sabia de algo, muita coisa podia mudar. Ou não, ele pensou, e resolveu seguir adiante.

— Osmar também não sabia do seu caso com o avô?

— Eu nunca disse... É que não deve ser fácil descobrir que você tem um avô que conta que é um herói e que, no entanto, paga para chupar. — Victorino até sorriu, e Conde confirmou até que ponto o jovem desprezava seu pagador.

Se bem que Quevedo merecia, concluiu ele. – Mas, como eu já disse, o velho mantinha tudo muito escondido.

Conde olhou para o companheiro. Podiam voltar ao roteiro original, apesar de já se ter perdido o possível efeito dramático planejado.

– E o que aconteceu naquela tarde?

– Nada... Bem, o de quase sempre. Eu me despi, deixei que ele me acariciasse, enfiei-lhe o dedo no cu. – E ergueu o indicador e o dedo médio juntos: dois dedos, na verdade – Ele me chupou. Às vezes até engolia minha porra. Dizia que era deliciosa... Pediu que eu metesse, eu meti, ele me pagou e fui embora.

– Mais alguma coisa?

Victorino ficou pensando por uns instantes. Conde estava abalado com a desenvoltura com que o jovem se referia a seus encontros íntimos com Quevedo, a maneira pela qual se entrega sexo por dinheiro. Osmar tinha razão quanto à falta de moralidade do jovem. Embora, sem dúvida, a do morto fosse muito pior.

– Ah, fui ao banheiro lavar as mãos e o pau, claro... E quase tomei banho com aquela colônia que ele usava, espanhola, deliciosa... Máximo Gómez?

Uma colônia do generalíssimo das guerras de independência?, Conde quase deu um pulo.

– O que tem a ver, aí, Máximo Gómez? – quis saber Duque.

– A colônia...

– Álvarez Gómez – interveio novamente o livreiro. – Eu tive uma... É ótima, mesmo – acrescentou e resolveu que deveria continuar na arena. – Vamos lá, Victorino, Quevedo chegou a comentar com você desde quando ele era gay ou bissexual?

– A vida toda...! Mas sempre dentro do armário. Imaginem só, ele tinha sido um dirigente revolucionário, um militar de patente...

– Que destroçou a vida de muitas pessoas porque eram homossexuais, como ele, como você.

– Desses destroços, eu não sei picas...

– Pois foi isso que ele fez... Deixa, não importa... Ou sim... Então, tua avó Aurora não sabia dessas... atividades... do morto?

– Creio que não. Só sei que ela não sabia que eu...

– E Osmar sabia?

– Pode ser que sim, por causa do dinheiro. Parece que Quevedo me disse alguma coisa sobre isso, mas não tenho certeza-certeza.

– Então..., quando você foi embora, Quevedo estava vivo, certo?

– Vivinho e faceiro. E contente – ratificou Victorino.

– Que horas seriam?

– Umas cinco. Comigo era jogo rápido.

– E você não viu chegar ninguém?

– Não..., quase ninguém o visitava... Mas, bem, quando estávamos tomando a dose de boas-vindas, era assim que ele dizia, uma dose de boas-vindas para relaxar, quase sempre uísque, ele me disse alguma coisa, que ia encontrar uma pessoa por causa de um negócio grande que estava em suas mãos e do qual Osmar não podia saber. Não sei se era verdade ou se ele disse isso porque toda hora eu o pressionava, o assustava dizendo que não ia mais lá, para conseguir mais dinheiro, claro. Vocês imaginam o que é chupar um velho daqueles?

– Não, não imagino. Nem quero – rematou Conde. – Ele não disse que negócio era? Um dos quadros?

– Não, não me disse.

– Nem quem era a pessoa?

– Será que... uma mulher?

Conde registrou a dúvida.

– Não lembra?

– Não, realmente. É que em algum momento ele falou de uma mulher, uma mulher que escrevia poesias... A verdade é que eu não fazia muito caso dele... Punha no piloto automático...

Conde moveu mais depressa seu mouse mental e clicou na base de dados: *mulher poeta*. Precisava encontrar um nome depressa e na tela apareceu um, que ouvira mais de uma vez nos últimos dias.

– Natalia Poblet? A que escrevia poesias se chamava assim?

– Não, de fato não sei. – Victorino quase se lamentou, e Conde percebeu que ele não estava mentindo.

– E ele te falou de Marcel, pai de Osmar?

Victorino parou para pensar.

– Que tinha estado em Cuba fazia pouco tempo?

– Sim. E mais alguma coisa?

O jovem voltou a pensar. Conde sabia que a tensão tinha diminuído e que Victorino continuaria soltando informações. Era o melhor momento do interrogatório, talvez pudesse surpreender o rapaz com a guarda baixa, pois a experiência lhe dizia que nenhum interrogado pretende contar tudo. E Victorino podia ser uma mina por explorar. Por isso mudou de tom, procurando transformar o encontro em algo que funcionasse como uma conversa cúmplice.

– Marcel e Quevedo parece que se davam bem – lançou Conde.

– Creio que sobre isso ele não me disse nada... Bem, que Marcel já tinha ido embora para Miami, não é?

– É que Marcel não foi. Ainda estava por aqui. E esse Marcel é um engodo...

– Bem, não sei. Eu já disse que não prestava muita atenção nele.... O negócio era com alguma coisa valiosa, muito valiosa, e... não tinha a ver com Napoleão?

Conde sentiu o choque, mas tentou assimilar. Não olhou para Duque, no entanto supôs que o policial também tivesse recebido a descarga elétrica.

– Com que Napoleão? Um que era amigo de Máximo Gómez?

Victorino estava evidentemente relaxado e sorriu.

– Não compadre, não brinca..., o único Napoleão de verdade... Napoleão Bonaparte. Escuta, tenho ensino médio, não sou analfabeto. Eu queria estudar arquitetura.

– E ele não te disse o que queria vender?

– Não, só que era uma coisa valiosa..., de uns milhares de dólares... ou euros? Não sei. Já disse, quase não prestei atenção. Ele é que sempre bancava o importante comigo. Acho que estava apaixonado por mim...

– Não duvido... E ele disse onde tinha conseguido o objeto? Existem muitas coisas relacionadas a Napoleão, mas não estão jogadas por aí.

– Bem, imagino, não sei... Não, não disse.

– E não falou do museu de Napoleão aqui em Havana?

– Não, certamente não.

– E nada mais? Pensa, Victorino, pensa – estimulou-o Conde.

E Victorino pensou, logo depois negou com a cabeça.

– Não..., não sei mais nada... Já posso ir embora?

Então foi Conde que sorriu e virou a cabeça para Duque. Voltava a lhe passar a batuta.

– Não... – disse o policial –, porque só falamos do primeiro morto... Agora vamos falar do segundo... Marcel Robaina.

La Dolce Dimora. A Doce Morada. E, de repente, a entrada em cena do pênis também ceifado do imperador Napoleão Bonaparte.

Tantas vezes vira a mansão e tantas vezes se deixara deslumbrar por ela, porque era de fato deslumbrante, maravilhosa. Entretanto, o gozo estético sempre vinha acompanhado pela certeza inquietante de que lá estava um dos monumentos mais representativos do descomedimento cubano. Conteúdo e continente entrelaçados numa conjunção insólita e ao mesmo tempo harmoniosa: um palácio florentino do século XVI erguido no século XX em plena cidade de Havana e sob cujo teto repousava uma alucinante coleção de objetos e literatura imperial napoleônicos, inclusive a máscara mortuária do Grande Corso.

Juntos ali, no lugar de um encontro mágico, a história havia convocado um italiano chamado Orestes Ferrara, apático, equívoco e febril, culto e soez, garibaldino, patriota e insaciável, o homem que se pagava o luxo de sua loucura exibicionista contratando os mais procurados e valorizados arquitetos do país para em conjunto conceberem e construírem nos primeiros compassos do século XXI um falso palácio do Renascimento florentino no coração de Havana: arcos e vitrais venezianos, mármores de Carrara, junto a beirais, cornijas, azulejos e pérgolas toscanas combinados com espaços, terraços, pátios e ares subtraídos da arquitetura colonial da ilha. Um verdadeiro alarido eclético.

E sob aquela aberração maravilhosa, graças a uma dessas cambalhotas da história chamada Revolução, havia cinco décadas exibia-se o legado excêntrico de Julio Lobo, o homem mais rico de Cuba, dono de fazendas açucareiras, refinarias, bancos, terras e indústrias, o magnata conhecido como o Rei do Açúcar de Cuba quando o açúcar de Cuba valia ouro e inundava os mercados mundiais: Julio Lobo, multimilionário ilustrado, por décadas empenhado em adquirir e colecionar obras de arte (diz-se que sua pinacoteca abrigou obras de Rafael, de Michelangelo, de Goya e... um Da Vinci!) e, por uma obsessão pessoal, uma infinidade de objetos napoleônicos, chegando a possuir a mais bem abastecida adega particular dedicada ao imperador fora da França. Centenas de peças de vários tipos, milhares de livros, dezenas de quadros e pertences pessoais do próprio Napoleão Bonaparte.

Com a chegada do vendaval revolucionário e a partida previsível do político italiano e do empresário cubano, os bens de ambos tinham sido confiscados pelo novo governo e a coleção napoleônica fora colocada entre as paredes do exuberante palácio florentino, à disposição da nação. Desde então, o recinto deixaria de ser La Dolce Dimora para se transformar no Museu Napoleônico de Havana.

Conde obedecera e nem por um instante sentira-se rebaixado pela incumbência. Miguel Duque, como chefe da investigação, ficava com a parte que parecia mais fértil da parceria e, depois de realizada a identificação formal do cadáver, se encarregaria de falar com Irene Quevedo e seu filho Osmar. Conde, enquanto isso, cumpriria a rotina, sem muitas expectativas nem promessas, de visitar o museu. Uma instituição em que, conforme o tenente constatara em seu computador, não fora denunciada a perda de nada valioso nos últimos anos e, por isso, decerto teria muito pouco a ver com o caso, se é que tinha alguma relação, se é que de fato Napoleão rondava por aquela história repleta de castrações.

E Mario Conde, novamente preparado para o deslumbramento, voltou, depois de anos de ausência, a La Dolce Dimora, que visitara em tantas ocasiões desde os dias distantes em que, na saída de uma de suas primeiras tardes universitárias, transpusera o umbral do palácio dedicado ao culto napoleônico, a estranha morada que ele avistara pela janela da sala de aula em que se agrupavam os cinquenta alunos matriculados no primeiro ano de licenciatura em *sicología* (sem P).

Em tempos mais recentes, o museu permanecera fechado enquanto passava por uma restauração fundamental, tanto do imóvel como dos objetos que entesourava, e, desde sua reabertura, Conde não retornara. Quinze, vinte anos sem entrar ali? Entretanto, mentalmente ele mantinha intactas as plantas do lugar, seus salões e suas escadarias, os quadros de cenas napoleônicas e os retratos do imperador, mas, sobretudo, a imagem de sua joia preferida: um enorme jarrão de porcelana de Sèvres no qual fora desenhado um momento detalhado, abundante, colorido, realista do grande embate de Austerlitz, a batalha dos Três Imperadores.

Sentado diante do jarrão, Conde perdeu a noção do tempo, a pressão dos rigores do mundo em efervescência no qual vivia. Esqueceu inclusive a razão espúria pela qual estava ali, apropriando-se das belezas da criação humana. E teve, então, outra evidência de quantos caminhos de idas presentes e passadas podiam estar confluindo naquele lugar, ao seu redor e em sua mente divagadora: e, como numa revelação, conseguiu ver o coronel do Exército Libertador, Orestes Ferrara, criador de La Dolce Dimora, dirigindo uma sessão da então jovem Câmara de Representantes de Cuba, e, numa das bancadas do hemiciclo improvisado, descobria o deputado Alberto Yarini y Ponce de León, cada vez mais famoso, cheio de ambições políticas, vestido com um dril-100 branco, sorrindo com a melhor dentição da cidade.

– Senhor, vamos fechar daqui a pouco. – A voz da mulher trouxe Conde de volta à realidade. Olhou o relógio e constatou a hora. O tempo tinha se escoado e seu objetivo estava pendente.

– Obrigado... E... posso lhe fazer uma pergunta?

A mulher tinha uns cinquenta anos, era negra, robusta e, também ela, tinha um lindo sorriso.

– Depende..., sobre o museu?

Conde assentiu várias vezes.

– Sim, claro, sobre o museu...

– Vamos lá.

– Quando foi feita a restauração, alguma peça valiosa se perdeu?

A zeladora deixou de sorrir.

– Não que eu saiba... Lógico que não – acrescentou.

– E antes? Não sei, há trinta, quarenta anos.

A mulher parou para pensar. Por fim, falou. O assunto não devia ser cômodo para ela.

– Sempre houve comentários, sabe como é... Parece, e estou dizendo parece, que talvez algum livro da biblioteca que alguém usou e não devolveu, alguma medalha. Mas nada grande, não. Nem valioso, claro – acrescentou ela, e na hora Conde se conformou com o dado.

– Que coisas importantes de Napoleão há em Cuba?

– As importantes estão aqui... A máscara mortuária de Antommarchi é a mais valiosa. O senhor sabe...

– O médico de cabeceira do imperador em Santa Helena..., Francesco Antommarchi, claro. Só que li há algum tempo que talvez não seja a máscara verdadeira.

– Mas é. Com certeza – reafirmou a zeladora, defendendo seu território. – As outras são cópias...

– E o que mais?

– Claro, o monóculo, a casaca do imperador... são certificados como sendo de sua propriedade, sem nenhuma dúvida.

– Que outra coisa valiosa de Napoleão pode haver em Cuba?

– Bem, no Museu de Arte de Matanzas há um busto de Canova e em Cárdenas há uma exposição de medalhas. Fora isso, não sei..., porque toda a coleção de Julio Lobo está aqui. Sua filha María Luisa o confirmou várias vezes.

– Sim, isso já ouvi dizer. María Luisa Lobo de volta a Cuba...

– Ela... era cubana, não é?

– Era, sim. Ela morreu?

– Sim, faz alguns anos.

– E no mundo? O que se procura por aí que pertenceu a Napoleão e está perdido?

– Nem imagine, mil coisas. Algumas autênticas... Por exemplo, falam de várias coisas que foram roubadas no século XIX de um museu de Paris e até suspeitam que algumas tenham vindo para Cuba. Que o pintor Juan Bautista Leclerc as tenha comprado quando estava por lá. Mas isso são romances. De Arsène Lupin.

Conde sorriu e se levantou. Nada a fazer. Entretanto, não considerou sua visita ao museu tempo perdido, pois havia reencontrado uma parte de sua memória, desfrutado de um prazer estético, e agora tinha a impressão de que mal havia tocado a porta de uma morada não tão doce onde poderiam estar escondidas algumas silhuetas ainda difusas.

– Pois, então, fechado por hoje...

E apertou a mão da zeladora, que na hora de retirá-la a reteve.

– Há um historiador..., Eduardo alguma coisa... Ele sabe muito das coisas de Napoleão que chegaram a Cuba.

– Ótimo. Vou localizá-lo... Obrigado – disse Conde, com a mão ainda retida pela zeladora, que então se aproximou do curioso e baixou a voz:

– Sabe da história do pênis de Napoleão que esteve num leilão?

Conde sentiu-se paralisar.

– O pênis de Napoleão, leiloado?

– Sim..., porque, quando o imperador morreu, cortaram seu pênis. E há anos essa coisa anda circulando por aí. Como alma penada.

E Conde não conseguiu evitar.

– Ou como alma "penisada".

Epifania havanesa

O ano 1910 chegou carregado de maus presságios. O pior: o avanço do cometa Halley. Os cálculos mais sérios nos davam apenas uns três meses de margem, embora alguns astrônomos já começassem a falar de um desvio leve e pouco explicável em sua órbita, alguns graus de alteração que talvez nos salvassem do impacto e, inclusive, da varrida também mortífera de sua cauda gasosa. Do mirante de meu terraço, noite após noite estudei o firmamento e sempre encontrei, no mesmo lugar, cada vez mais nítida, a luz que indicava a presença próxima do suposto fim dos tempos.

Enquanto isso, o país vivia um desenfreamento de construções e começavam a chegar a Havana artistas internacionais de renome ao passo que pela cidade já circulavam mais automóveis que em Madri e Barcelona juntas. Mas nesse mesmo país caro e simulador também crescia um furúnculo que algum dia haveria de estourar: a miséria. E essa miséria, que afetava majoritariamente a população negra da ilha, continuava aumentando o tamanho do cometa de insatisfações e pedidos de justiça dos pobres e dos negros cubanos. Muitos deles, inclusive, haviam se somado a grupos de tendência socialista, ou antes anarquista, e em 6 de janeiro, dia da Epifania cristã e data em que nos tempos coloniais era permitido aos velhos cabidos africanos saírem à rua, produziu-se uma ampla manifestação operária que percorreu várias vias do centro da cidade e celebrou seu comício no parque Central, à beira do monumento ao Apóstolo que tivera o sonho de uma república constituída por todos e para o bem de todos e na qual o bem primordial seria o respeito à plena dignidade do homem. Vendo, da Acera del Louvre, aquelas dezenas de manifestantes brancos e negros, tive a tentação de me juntar a eles e clamar, também eu, por um pouco da justiça social na qual ainda acreditava.

Mas, no dia seguinte, nem a notícia dos rumos do Halley, nem os escândalos sobre os terrenos escolhidos para o Palácio Presidencial, nem o carnaval dos negros e muito menos a manifestação de operários radicais e inconformados, "os pobres da terra", como agora se faziam chamar, conseguiram ocupar as manchetes dos jornais mais importantes da capital. Naquela manhã, os jornais puseram-se novamente de acordo para anunciar, com grande destaque, o sucesso que, de algum modo, eu pressentia que se produziria. Que Yarini sonhara que aconteceria.

TERROR EM HAVANA:
VOLTA À CARGA "O AÇOUGUEIRO DE SAN ISIDRO"

O bairro do Arsenal deve seu nome ao edifício que, em tempos de Espanha, foi seu edifício principal, o arsenal de artilharia. Próximo do porto e da velha fortaleza encravada na colina de Atarés, aquele canto da cidade não tivera nem a sorte de San Isidro de abrigar o negócio agitado da prostituição. O Arsenal era um reduto da pobreza aonde ainda não haviam chegado as linhas de energia, e por isso suas noites eram mais cavernosas, mais propícias ao crime. Ou para depositar os resultados de um crime, como os quatro sacos volumosos, manchados de sangue, que na noite de 6 de janeiro foram encontrados na rua Factoría, encostados ao muro do antigo arsenal da colônia.

Assim que amanheceu o dia 7, avisado por um colega meu, fui para o lugar do achado, depois de tomar no caminho um café necessário. É que nunca funcionei sem esse café matinal, mais indispensável depois da intensa noite de agitação que eu tivera entre os braços e as pernas de Esmeralda Canhota. Conforme esperava, a rua Factoría estava abarrotada de curiosos e, quase aos empurrões, abri caminho para chegar aonde dois policiais interceptavam o caminho da turba. De lá, vi o legista Torres, debruçado sobre um dos sacos, e o voraz capitão Fonseca, com seu ar aborrecido de sempre, encostado numa parede, fumando um charuto.

Resmunguei um cumprimento para os investigadores, e ambos me responderam de má vontade. Era evidente que minha presença não lhes era muito grata, em especial ao imbecil do Colher, pois se considerava proprietário único da exploração do escândalo que, com a nova vítima, voltaria a colocá-lo na ribalta jornalística da cidade e mais perto do dinheiro.

Daquela vez os sacos, também de juta, estavam muito mais manchados de sangue e tinham as bocas abertas, pelas quais apareciam partes diversas do corpo de uma pessoa que, evidentemente, também era uma mulher, de pele cor de azeitona, talvez mestiça, jovem, pela textura das carnes visíveis. De um saco saíam o antebraço e a mão esquerda, em cujas unhas havia restos de esmalte muito vermelho, e vi que o dedo indicador tinha a unha quebrada quase rente e que dava para perceber, além disso, a marca de pele mais clara geralmente resultante do uso prolongado de um anel ou aliança. Na calçada em que se achavam os restos esquartejados havia escorrido algum sangue. Diferentemente do que se vira no achado das muralhas, dois meses antes, aqueles sacos estavam jogados um em cima do outro, formando uma espécie de túmulo macabro. E, não sei por que razão, já desde esse primeiro reconhecimento, alguma coisa me pareceu estranha, incongruente, mais que diferente.

Procurei pelos arredores traços que indicassem o modo como o cadáver tinha sido transportado. A rua Factoría mantinha o calçamento antigo, de pedras lisas, de diferentes tamanhos e cores, colocadas na terra acinzentada como formando um grande quebra-cabeças. Constatei que a um metro dos sacos havia uma mancha escura que podia ser de sangue. E nenhuma outra pista delatora.

O doutor Torres por fim se levantou e soltou um lamento que pareceu sair-lhe dos joelhos, obrigados ao esforço da posição agachada que durara vários minutos.

– Caralho, o que está acontecendo neste país? – sussurrou, sem se dirigir a nenhum de nós.

– O que, compadre? Está se impressionando com sangue, agora? – disse Fonseca, sorrindo.

– Não enche, Fonseca, não enche... Esta mulher não tinha vinte anos... Eu diria que ela morreu há umas doze horas, talvez dezoito, não mais que isso – calculou o legista, sem tirar os olhos dos sacos. – Foi transportada numa carroça que parou aí e pingou sangue... Deixaram-na aqui de madrugada... Os cortes que estou vendo são muito semelhantes aos do caso anterior, penso que foram feitos por machadinhas, e em cada saco parece haver as mesmas partes do corpo que nos sacos em que enfiaram a outra vítima.

– Puta também? – perguntou Colher.

– Não perguntei com que ela trabalhava – respondeu Torres, sem esconder a ironia. – Calculo que tinha no máximo uns vinte anos e diria que é cubana. A cor da pele..., talvez tenha se criado no campo e tomado muito sol. Branca cubana, eu diria.

– Ou como Cecilia Valdés, que parecia branca – ousei acrescentar.

– Pode ser... Quando eu examinar os genitais, talvez possa ser mais preciso.

– Porque as que têm sangue negro têm a cona diferente? – Colher voltou à carga.

Torres finalmente olhou para ele. Sua tez, entre pálida e amarelada, entre apergaminhada e doentia, adquiriu certa cor avermelhada.

— E os que têm sangue negro podem ter um beiço de colher como o seu. De modo que não fique dando uma de branco — sentenciou ele e acabou sorrindo. — E veja se dá um jeito de lavar a boca, você está com cheiro de fogareiro a álcool. — Fez um gesto de asco. Era evidente que as relações entre o legista e o oficial tinham piorado nas últimas semanas e que aquele crime estava afetando o perito.

— Não brinque comigo, Anacleto Torres — ameaçou-o Fonseca, atingido pelos comentários do legista.

— Então não venha trabalhar meio bêbado e não se meta nos meus assuntos... Eu estava falando aqui com o tenente Saborit — disse ele, e eu não soube se era verdade ou se era uma maneira de aborrecer Fonseca.

— Pois continue falando com ele — disse o oficial, dando as costas e se afastando de nós, soltando fumaça de seu charuto. Parecia uma locomotiva. — Mas o caso é meu...

Torres o viu se distanciar e voltou-se para mim.

— Vou pedir que façam o levantamento do cadáver. Quero fazer a autópsia logo. Amanhã tenho o informe. Talvez hoje à noite.

Assenti em silêncio. Não era exatamente saudável para mim meter-me no caminho de Fonseca. Entretanto, senti que devia aproveitar a deferência inesperada do legista.

— Doutor, o senhor diria que é o mesmo tipo de crime?

O técnico voltou a observar os sacos, os pedaços de corpo visíveis.

— Diria que é o mesmo e é diferente... Mas, quando fizer meu trabalho, vou saber mais... Ou não — disse e levantou o braço na direção de onde os outros policiais esperavam. Torres estava pedindo que levantassem o cadáver.

— E ela também estava grávida? — ocorreu-me perguntar.

— Não sei, ainda não sei, preciso...

E, então, me atrevi:

— Doutor, posso ir com o senhor para ver a autópsia?

Existe a beleza física? Uma pessoa é mais bela que outra? Sim, a beleza física existe, mas seus graus se nivelam, se diluem, quando olhamos a vida a partir de dentro, conforme pude confirmar com asco e repugnância. Talvez porque tenha sido a primeira autópsia a que assisti. No entanto, posso afirmar que, não por ser a primeira, foi a mais dura de todas. Por isso omito os detalhes e vou aos resultados.

A morta não tinha tatuagens nem cicatrizes que permitissem identificá-la de maneira mais ou menos inequívoca. E Torres verificou que não, a infeliz não estava grávida. No entanto, pelas semelhanças com o crime anterior, os doutores Morales e Bencomo, do dispensário, foram convocados para tentar o reconhecimento. Morales garantiu que não a conhecia. Bencomo, com mais interesse no caso, examinou inclusive os genitais da morta, teve dúvidas e disse que podia ser que algum dia a tivesse visto. Descartava-se, então, situá-la como uma das prostitutas registradas na clínica, sem desprezar a possibilidade de que fosse do ofício: podia ser uma das muitas *fleteras** que trabalhavam por conta própria em algum local clandestino, uma das chamadas *saperías*, o que tornaria mais difícil averiguar sua identidade. Enquanto não se pudesse identificá-la, o legista resolveu denominá-la Morta B e, apesar das reticências de Fonseca, autorizou que se aplicasse o método mais horrível, porém mais rápido, para seu reconhecimento: seria distribuída à imprensa uma foto de seu rosto.

Torres deliberara pela filiação racial mestiça. O velo púbico denunciava a existência de sangue africano na mulher, que em Cuba teria passado por branca. Como Margarita Alcántara, a jovem B fizera sexo vaginal e anal, pelo visto consentido, mas, diferentemente de sua antecessora, devia ter morrido com a primeira machadada.

— Cortaram-lhe a jugular num golpe só. Foi dado por trás. Talvez nem tenha ficado sabendo que ia morrer — comentou Torres, num momento em que ficamos sozinhos. — Mas os outros cortes se parecem muito com os da primeira morta.

— E o que isso pode significar?

— O pior será se tiver sido o mesmo assassino, volto a pensar num homem corpulento, um sujeito sádico que pode continuar matando mulheres, talvez por ter prazer ou por considerar que seja uma missão, não sei. O mais terrível é ter sido morta por um imitador.

— Não estou entendendo, doutor — admiti.

— Por que o assassino da Morta B se ateria ao detalhe de cortá-la exatamente onde mutilaram Margarita Alcántara? Não sei, mas para mim não se encaixa que alguém tão sanguinário possa, ao mesmo tempo, ser tão metódico. E que em cada saco estivessem as mesmas partes do corpo que no outro assassinato... Cuidado demais. Tudo isso quer dizer alguma coisa, significa alguma coisa... E, não sei por que, tenho uma suspeita, uma premonição.

— Do quê, doutor?

---

* Prostituta que trabalha por conta própria, sem vínculo com nenhum proxeneta ou bordel. (N. T.)

– Oxalá eu soubesse... Nada, devem ser bobagens minhas – disse ele e me deu uma palmadinha no ombro. – Ah, e a morta, aliás, estava contaminada por sífilis...

Meu palpite inicial de que havia alguma coisa que não coincidia nos dois crimes com mutilação tornou-se, então, uma questão tão persistente que passou a ser quase uma certeza. Uma certeza passível de criar um problema maior: em vez de um, teríamos de encontrar dois assassinos esquartejadores.

Enquanto a crônica policial dos jornais fazia a festa e lançava a rodo as mais disparatadas e assustadoras teorias sobre o novo crime do Açougueiro de San Isidro (algumas dessas teorias sugeridas pelo próprio capitão Fonseca), a zona de tolerância vivia num estado de agitação e alarme que disparou quando, graças à foto publicada, foi possível ratificar a identidade da vítima e, com ela, começar a conhecer alguma coisa da vida da Morta B.

Quando a assassinaram, Josefina Gómez, conhecida por Finita, tinha apenas dezenove anos. Era natural do povoado de Cárdenas, vizinho da cidade de Matanzas. Tendo chegado à capital havia poucos meses, a moça exercia a prostituição por conta própria, sem vínculo com nenhum bordel ou proxeneta fixo. Sua zona de trabalho eram as imediações do porto, e ela prestava serviços de *fletera* num pequeno cubículo alugado na rua Damas. Graças à ajuda de alguns colegas meus de Matanzas, movidos mais pela morbidez que pela responsabilidade, soubemos que a jovem havia emigrado para a capital depois de ser expulsa da casa paterna por ter mantido relações sexuais pré-matrimoniais, transformando-se numa desonra para a família. Como muitas outras mulheres em condições semelhantes de desproteção, sua única maneira de ganhar o pão fora vender seus atributos físicos e dedicar-se a essa prática em Havana. Josefina tinha sido uma jovem bonita, pelo visto discreta e até bastante bem-educada, razão pela qual outras *fleteras* que tiveram relação com ela não conseguiam explicar por que uma mercadoria daquelas ainda não havia caído nas mãos de algum proxeneta, que, em troca de alguma proteção, a pusesse para produzir em seu benefício. Fora esses dados escassos, pouco mais conseguimos saber sobre a vida da jovem desafortunada.

A confirmação de que as duas mulheres assassinadas com métodos muito similares eram prostitutas esquentou ainda mais o ambiente da zona, como era de esperar. E o esquentou tanto que o coronel Osorio pediu-me que, sem provocar atritos com Fonseca, me esquecesse de jogadores e casas de jogos e também me concentrasse na investigação dos crimes, porque aqueles acontecimentos eram decididamente prejudiciais para os negócios. De maneira muito clara, meu chefe deu a entender que a sorte das mulheres, ainda mais por serem prostitutas, não lhe importava picas: seu problema era que os chefões do bairro estavam exigindo que ele agisse e que fosse detido o responsável por ações que já estavam provocando alterações demais na zona.

Devo dizer que, não sei por que razão, meu primeiro passo como investigador designado foi pedir um novo encontro com Alberto Yarini. Talvez naquele momento eu não tivesse uma boa percepção sobre a origem ou o propósito de minha decisão. Agora sei: eu queria sua aprovação. Queria sua estima. Sondava meu destino e o convocava. Já não via Yarini como um cafetão ou um fanfarrão ou janota, mas como uma referência.

No mesmo dia em que revistei o quarto de Josefina Gómez sem encontrar nada que me orientasse, Yarini enviou Pepito Basterrechea para me dizer que me esperava em sua casa da rua Paula, 96, para um café. Às seis da tarde, marcou.

E às seis da tarde de 10 de janeiro – a três meses exatos da data marcada para a chegada do cometa Halley –, a empregada da casa, depois de me fazer um gesto para que ficasse em silêncio, me fez entrar na sala onde Alberto Yarini, sentado ao piano diante de uma partitura, tocava a melodia entre cálida e melancólica, com indubitável sabor cubano, que eu vinha ouvindo desde antes de bater à porta. Até onde sou capaz de julgar, embora a execução não fosse virtuosística, pelo menos me pareceu adequada – mais ainda, apaixonada.

Ao concluir a peça, o homem deixou as mãos suspensas sobre o teclado, esperando que as cordas terminassem uma prolongada vibração. Então, baixou a tampa e se voltou para me olhar com seu sorriso aberto. Regozijo real ou atuação premeditada?

– É a peça de Ignacio Cervantes de que minha mãe mais gosta... *Epifanía habanera*... Cresci ouvindo-a – contou-me, antes que eu pudesse falar.

– Muito bonita – reconheci.

– É inspirada num canto dos negros para o Dia de Reis... Tocá-la me relaxa... É como se viajasse para outro lugar, sobretudo para outro tempo. – E passou a mão na superfície brilhante do instrumento.

– Melhor? – ousei perguntar, e ele pensou uns instantes na resposta.

– Diferente – disse, por fim. – Quando tudo era mais simples. Meu pai queria que eu seguisse a profissão dele. Minha mãe achava que eu tinha mais aptidão para o piano e a música. Eu disse que queria ser advogado... Disso nada resta.

– Bem, resta que você toca piano.

Yarini assentiu e me indicou a poltrona mais próxima enquanto ele, já de pé, amarrava a faixa do roupão de seda que o cobria e se acomodava na cadeira dura, do outro lado da mesinha sobre a qual, numa bandeja de prata, estavam colocadas as xícaras e a cafeteira de porcelana responsável pelo aroma que reinava na sala.

— Tomamos o café e, se for preciso, falamos depois, enquanto me visto. Quero sair às sete. Com o que está acontecendo com essas mulheres mortas, tenho de dar atenção especial aos negócios.

— Imagino — comentei, e recebi a xícara que o anfitrião me entregou. Foi nesse instante que tive a noção do silêncio em que ficara a casa ao terminar a execução musical. Onde estariam as seis mulheres que moravam ali? Já estariam trabalhando?

— E por onde vai começar, Saborit? — perguntou-me Yarini, tomando um primeiro gole de café.

Eu não esperava por essa pergunta precisa. Na verdade, era eu que me propunha a fazer algumas perguntas. Mas ele se colocava num ângulo da questão a partir do qual me fazia uma advertência expressa: Yarini já sabia qual era minha missão, talvez porque ele mesmo a tivesse promovido através do coronel Osorio. Era evidente que Yarini sempre estava vários passos à minha frente, e eu não tinha outra opção a não ser me adaptar à conjuntura.

— Nesta manhã revistei o quarto onde a moça dormia e trabalhava e não encontrei nada que me desse alguma pista. Só a de que não foi lá que a mataram. Aliás, Fonseca chegou quando eu estava ali e ficou furioso... Depois falei com várias conhecidas e vizinhas dela. Não me trouxeram nada. Ninguém sabe onde ela estava, com quem saiu, desde quando deixaram de vê-la. Até onde sabemos, não tinha cafetão nem espécie alguma de namorado ou amante. Josefina era como um fantasma.

Yarini foi assentindo depois de cada informação minha, como se as pesasse e depois as guardasse, e por fim negou.

— Mas não era um fantasma... — disse e pôs a xícara de café de volta na bandeja. — Por trás dessa mulher devia haver alguém. Nenhuma das que trabalham na zona o faz por sua conta e risco. Aqui tudo o que se move pertence a alguém. E esse alguém que controlava a morta não é nenhum de meus colegas nem dos *apaches* franceses. Pode ter certeza disso.

— Diz isso porque você confia na palavra de Lotot?

— Razoavelmente... Só razoavelmente. E neste caso, sim, confio.

Desta vez, fui eu que assenti.

— Bem, se eu pudesse encontrar esse homem...

– Que também não é um fantasma, mas alguém de carne e osso. Com alguma relação com o bairro, com o negócio, de uma posição que lhe permite estar entre nós e não parecer um estranho. Pense nisso, Saborit, pense nisso. – Yarini se levantou e voltou a sorrir. – Talvez alguém que desperta medo, e por isso ninguém sabe nada. Ninguém se atreve a dizer nada.

– Um político? – lancei no ar.

– Talvez, não o descarte – disse ele e acrescentou: – Ou um policial, como você. Bem, venha comigo para continuar falando. Veja que horas são... Tenho de me vestir agora. Rosa, vem me ajudar!

Yarini gritou de novo o nome da mulher e avançou até a porta que dava acesso aos quartos, já precedido por Rosa, que ao segundo chamado do patrão tinha saído não sei de onde, e o vi entrar no primeiro quarto, já desamarrando o roupão que o cobria. Senti-me tão surpreendido pelo convite que fiquei sentado, sem saber muito bem o que fazer. Por fim, levantei-me e dei dois ou três passos até o umbral daquele corredor interno e tentei projetar a voz:

– Alberto?

– Entre de uma vez, compadre – escutei-o me apressar.

Continuei avançando até dar na porta do quarto e, então, testemunhar um espetáculo muito estranho sobre o qual ainda hoje me interrogo sem me decidir por uma resposta capaz de me convencer totalmente. Será que tinha preparado para mim?

Do umbral vi uma cama de dimensões imperiais sobre a qual estavam colocadas em ordem precisa as diferentes peças de roupa que Yarini vestiria. Aos pés da cama, olhando na direção da porta interna aberta para o que podia ser o banheiro contíguo ao quarto, a mulata Rosa esperava, segurando entre as mãos uma peça de tecido branco que identifiquei como uma cueca. E então o jovem voltou ao quarto e, ao se aproximar de Rosa, vi que ele acabava de despir o roupão, que jogou num canto, e, ao chegar diante da mulher, estava completamente nu. Surpreso, dei um passo atrás, certo de ter cometido uma invasão inadmissível da privacidade do homem, mais ainda quando Yarini segurou o queixo de Rosa para beijá-la nos lábios. Então, sorridente, virou-se para mim e me perguntou:

– Você gostaria de conhecer melhor Rosa? Já sei que você gosta muito da Canhota, mas Rosa...

Com o movimento, vi que o membro de Yarini balançava como se fosse o badalo de um sino. E não é que eu saiba muito sobre proporções de pênis, embora tenha o meu e tenha visto o de alguns cadáveres, mas é que o membro pendurado entre as pernas daquele homem tinha dimensão e grossura exageradas. Um pau daquele calibre também explicava muita coisa.

Os dias passavam, o cometa se aproximava, e minha frustração ia aumentando. Nenhuma de minhas indagações me permitira avançar na busca de evidências esclarecedoras. Percorria o bairro, perguntava, voltava a consultar o doutor Torres sobre meus pensamentos, procurava Yarini com frequência, fazia anotações em meu caderninho e depois cotejava dados e, no fim, continuava no mesmo lugar, com a mesma falta de respostas, quando muito com mais angústia. Era como se, de fato, o criminoso fosse um fantasma. Entretanto, cada vez mais eu tinha a sensação, se não a convicção, de que o assassino devia ser alguém que se deslocava em círculos próximos, inclusive uma pessoa com a habilidade suficiente (ainda hoje me nego a dizer inteligência) para não deixar rastros visíveis. Mas o que complicava essa percepção era a quase certeza, também latente, de que, em vez de um, os assassinos eram dois: um esquartejador original e seu imitador, e essa possibilidade alterava todas as lógicas.

Para minha sorte, minha investigação corria paralela à do capitão Fonseca, e eu a realizava do modo mais discreto possível. Porque, com o passar dos dias, também a imprensa, sempre alimentada por vazamentos, detenções inúteis e trapalhadas de Fonseca e diante da terrível falta de avanços da pesquisa, rebelara-se contra o capitão, e por tabela contra todo o grupo da polícia criminal.

Mas, se a imprensa não me azucrinava, o coronel Osorio o fazia. Porque alguém decerto o pressionava. E, entre o nervosismo gerado pela proximidade do cometa Halley e os assassinatos do Açougueiro, o bairro vivia num desvario caótico, e assim sucediam-se as brigas, os roubos, os assaltos, os suicídios. San Isidro tornava-se ingovernável, adiantando o fim do mundo, nada mais nada menos que o Apocalipse bíblico...

E então acendeu-se uma luz. Minha persistência acendeu uma luz.

Foi bem no dia 10 de fevereiro, um mês depois do assassinato de Josefina Gómez. Naquela manhã, movido por uma espécie de chamado do subconsciente, difícil de definir, voltei ao necrotério para falar mais uma vez com o patologista, a única pessoa a quem podia confiar minhas dúvidas e com quem podia buscar alguma resposta inteligente. Eu arrastava a impressão cada vez mais pungente de que tivera o tempo todo algo diante dos olhos, uma silhueta que não soubera ver, uma pergunta ainda sem resposta que, por minha falta de perspicácia, eu deixara de lado.

Não sei por que, depois de descarregar com o legista minhas frustrações profissionais e pessoais, pedi para rever mais uma vez os informes técnicos das autópsias e, enquanto lia (seria a décima vez que relia aqueles documentos?), senti um soco no peito. Ali havia uma luz, ou melhor, uma escuridão.

– Torres, diga-me uma coisa... Margarita Alcántara, a primeira morta..., em que momento da autópsia você soube que ela estava grávida de três meses?

O legista me pediu que lhe devolvesse os arquivos e procurou a informação.

– Aqui eu digo que estava grávida, mas não digo quando descobri..., e creio, não, tenho certeza de que fiquei sabendo quando lhe examinei os seios e depois observei o ventre e os genitais.

– Antes de olhar dentro do corpo?

– Creio que sim... Ela era muito peituda, mas não de maneira habitual. A gravidez logo se reflete nos seios, nos mamilos... Mas o confirmei com a autópsia, claro.

– Claro, claro... Agora espere – pedi e procurei em meu caderninho de anotações até encontrar a chave que podia me abrir caminhos. – Sim, aqui está... Uma semana antes de ser morta, Margarita passou duas vezes pela revisão da Clínica de Higiene...Se você a tivesse examinado..., teria percebido que estava grávida?

A palidez doentia de Torres se acentuou. O homem engoliu em seco. Sim, a luz nos deslumbrava.

– Qualquer médico..., ainda mais ginecologista, um ginecologista teria notado. O toque vaginal teria evidenciado.

– Segundo os registros, quem a examinou na clínica nas últimas semanas sempre foi o doutor Bencomo... O mesmo Bencomo que identificou o cadáver. Quem, ao examinar Josefina Gómez, nos plantou a dúvida de que tivesse sido morta pelo mesmo assassino também foi ele... E o doutor Anastasio Bencomo não viu o que você viu? A pessoa que a reconheceu como ginecologista não foi capaz de perceber a gravidez?

Dois dias depois daquela inspiração reveladora, feitas outras pesquisas, senti-me em condições de comunicar ao coronel Osorio minhas suspeitas fundamentadas. E, quando o chefe ouviu meus arrazoados, apoiados pelos juízos do doutor Torres, mostrou-se tão convencido que resolveu dirigir a operação pessoalmente. E eu, além de não poder negar, inclusive me alegrei: se errássemos o tiro, as consequências poderiam ser bem desagradáveis. Se acertássemos, não me importava muito que ele ficasse com o mérito. E fato é que, por mais convencido que eu estivesse, faltavam as provas que transformariam a suspeita em certeza.

A estratégia concebida por Osorio consistiu em nos mantermos em silêncio, para o pássaro não sair voando, e darmos um golpe rápido que nos permitisse obter evidências incontestáveis, se é que existiam. E o primeiro passo para consegui-las seria obter o beneplácito do promotor para fazer uma revista na casa do médico. Conforme informei ao coronel, eu conseguira saber que o doutor Bencomo, viúvo havia alguns anos, vivia sozinho com sua mãe, também viúva, num palacete da região de El Cerro. Aquele bairro fora um dos refúgios extramuros da burguesia do fim do século XIX e agora tinha se desvalorizado muito com o apogeu da moderna cidade-jardim de El Vedado. Com quarenta anos, sendo ainda um homem bem-apessoado, o médico não voltara a se casar e, até onde eu sabia, não tinha uma parceira estável ou conhecida. A localização do imóvel – já o tinha estudado da rua –, naquela região alta e afastada da cidade, e a existência de um amplo corredor em cuja extremidade se erguia o galpão de uma garagem criavam as condições para que ali tivesse sido cometido o crime e escondido o cadáver por vários dias.

Na manhã seguinte, depois de obter a ordem do promotor e aproveitando que o médico estava cumprindo seu turno na Clínica de Higiene, fomos até a casa de El Cerro. A equipe de investigação que subiu no Ford de Osorio era integrada pelo próprio coronel, o legista Torres, o sargento Nespería e eu, todos dispostos a encontrar aquela evidência incontestável destinada a ratificar o que parecia cada vez mais indiscutível: que Bencomo tinha relação com o assassinato de Margarita Alcántara ou, pior ainda, que ele mesmo era o assassino.

Quem nos abriu a porta do palacete foi a empregada, uma jovem que na hora me pareceu não ter nem quinze anos e que, ao ouvir quem éramos, começou a tremer. Sem dizer palavra, correu para o interior sombrio da casa, de onde vimos sair a mãe do médico, uma mulher de uns sessenta anos ou mais, ainda sólida, que nos interrogou com impertinência. O coronel aproximou-se dela, mostrou-lhe a ordem de busca e, sem pedir licença, entrou na casa. Osorio exigiu que a senhora e a empregada permanecessem com ele na sala e deu ordem para que Torres, Nespería e eu começássemos a revista.

Tal como havia decidido, dirigi-me imediatamente com meus companheiros ao corredor lateral que levava à garagem. As portas basculantes estavam trancadas com uma corrente passada entre as molduras e da qual pendia um cadeado. Sem pensar duas vezes, com uma barra de ferro que eu vira jogada no corredor, forcei o cadeado e abrimos as portas. Um cheiro concentrado de água sanitária nos golpeou e revelou que não tínhamos errado o tiro: aquele devia ser o alvo. Ali devia ter morrido Margarita Alcántara... A machadinha que encontramos, na qual logo Torres descobriu, debaixo do cabo, restos de sangue da morta, foi a prova definitiva que apresentaria no julgamento por assassinato que, se o cometa permitisse, logo se faria contra o doutor Anastasio Bencomo.

A confissão de Bencomo esclareceu as circunstâncias da morte de Margó, mas deixou pendente uma grande interrogação: seria verdade que ele não tinha assassinado também Josefina Gómez? Seu suposto imitador era, como ele dizia, só um sujeito invejoso de suas habilidades?

Ao coronel Osorio, que a imprensa tirara da obscuridade ou salvara das críticas a seu trabalho para imediatamente transformá-lo numa espécie de benfeitor da cidade, não restara remédio senão permitir que eu participasse dos interrogatórios. Já tinha sido bastante descarada sua apresentação aos jornalistas da crônica policial quando, sem o menor escrúpulo, atribuiu a si ter tido a suspeita de que o doutor Bencomo pudesse ser o Açougueiro de San Isidro, autor dos dois esquartejamentos sanguinolentos. Com minha presença, o coronel pretendia, além do mais, obter a informação que lhe permitisse criar o caso sólido prometido ao promotor, que, aliás, também se vangloriava em público de sua eficiência, sua rapidez e seu compromisso com a justiça. Um circo.

Nos dois primeiros dias depois de sua detenção, Bencomo manteve um mutismo ofendido, acusando-nos inclusive de buscarmos um bode expiatório, como ocorrera com os outros suspeitos detidos por Fonseca. Mas, quando Torres obteve todos os resultados dos exames forenses que revelavam sem nenhuma dúvida a culpa do médico, Bencomo desmoronou. E, em meus anos de policial, nunca voltei a ver confissão como aquela: revelou cada detalhe com um distanciamento e uma frieza que levavam a pensar que o médico estava contando as ações de uma terceira pessoa e não seus próprios atos.

Bencomo fora, de fato, o cliente que prometera uma nova vida a Margarita Alcántara. Só que ele não a visitava no bordel e, inclusive, obtinha os serviços dela de graça. Fazia meses que se encontrava com ela na própria Clínica de Higiene, e o que no primeiro momento fora um abuso de poder logo se transformou numa dependência. Talvez Bencomo até tivesse se apaixonado pela prostituta de cujas habilidades de amante já sabíamos, daí ambos tiveram o descuido que terminou na gravidez. Quando o médico descobriu o estado da mulher, propôs a ela uma interrupção rápida e discreta, mas tinham sido tantas as promessas encadeadas nos meses de relações íntimas com Margó que a infeliz o enfrentou e exigiu o cumprimento de seus compromissos (talvez convencida de sua ascendência por via sexual sobre o homem). Nenhuma das possibilidades que o médico lhe foi propondo serviu para tirá-la de sua resolução: levaria em frente a gravidez e, se ele não assumisse a responsabilidade, não importava, ela disse, mas também avisou que, quando se notasse seu estado, contaria a seus proxenetas quem era o pai da criatura, as coisas que faziam nas dependências da clínica, e Bencomo já poderia imaginar as consequências. Nenhum cafetão gosta que usem suas mulheres sem pagar e menos ainda de que as tirem por vários meses do negócio. Yarini não o perdoaria. O fim da carreira de Bencomo estava anunciado.

O médico decidiu, então, resolver o problema de uma vez por todas. Não foi difícil levar Margó a sua casa, onde a manteve dois dias escondida na garagem, como se fosse o início de uma nova vida. Claro que sua mãe e a empregada estavam a par da presença da mulher no galpão e, depois, saberiam de sua ausência, cuja razão logo se conheceria, embora ele lhes tivesse jurado que a mulher voltara sã e salva para o bordel. Não, ele não tinha culpa do que acontecera. Bencomo lhes tinha contado que Margó estava ali porque ele a protegia de seu proxeneta, homem cruel que ameaçava matá-la e que talvez agora a tivesse castigado por tentar fugir. Por isso todos deveriam manter silêncio, a fim de evitar complicações com o cafetão e com a justiça.

No dia em que Bencomo matou Margarita Alcántara, na verdade ainda não pensava em matá-la. Pelo menos não onde e como a matara: na garagem de seu palacete, a machadadas. Ainda não tinha um plano, mas uma decisão, confessou o médico. Tudo se desencadeara porque naquela noite Margarita exigira aos gritos que ele a tirasse daquela prisão e enfrentasse a situação. O que aquela puta estava pensando? Achava de fato que podia ameaçá-lo? Que ele ia assumi-la e apresentá-la? Um médico e uma puta? Um médico que podia perder a profissão por culpa de uma qualquer?

O doutor disse a Margarita que já tinha alugado uma casa em Arroyo Naranjo para que ela passasse lá o resto da gravidez. Depois, fizeram sexo. Bom sexo, qualificou Bencomo, com aquela sua frieza. Ainda estavam nus quando Bencomo buscou a machadinha, que afiara previamente, e, com o primeiro golpe, arrancou-lhe quase pela raiz o ombro esquerdo e o braço. Com o segundo, ele a decapitou. O resto foi mais fácil. Como médico, sabia onde cortar.

O que Bencomo não sabia era o que fazer com os restos trucidados, e por isso ficaram três dias jogados como sucata num canto da garagem. O assassino demorou todo esse tempo para decidir como se desfazer de uma vez do cadáver. Depois de colocar os restos nos sacos de juta, alugou a carroça puxada pela mula de um verdureiro que tinha uma horta na periferia, na região conhecida como Palatino. Seu propósito era lançar a carga ao mar, mas, ao passar pela zona dos fragmentos das muralhas e ver o lugar deserto, resolveu não correr mais riscos e depositou os sacos onde foram encontrados pelo mendigo. Bencomo estava convencido de que não deixara pistas, pois manipulara o cadáver com luvas; de que ninguém o relacionaria com o crime; de que ninguém se preocuparia muito com a morte de uma puta. E ainda tinha certeza de que tudo teria sido esquecido se não tivesse aparecido o cadáver, também esquartejado, de outra prostituta. Naquele momento, o que fora um crime cruel, mas isolado, e do qual cada vez se falava menos transformou-se em um caso e tanto e reativou as investigações. O que tinha fodido com ele, disse – e com certa razão –, havia sido o homem que, sabia Deus por que motivo, matara Josefina Gómez e o fizera imitando a maneira como ele matara Margarita Alcántara. Porque neste país de invejosos – concluiu o doutor Anastasio Bencomo – até matar bem provoca inveja, e por causa de um invejoso ele estava ali agora, confessando suas culpas, mas negando muito enfaticamente as que, segundo ele, não lhe cabiam.

A isenção de culpa proclamada por Bencomo a respeito da morte de Josefina Gómez não importou a quase ninguém. Dissesse o que dissesse, ele tinha de ser o Açougueiro mata-putas. Por parte da polícia, tínhamos encontrado um assassino e, pelo visto, isso era suficiente. A tensão baixou, e as pessoas respiraram aliviadas. Enquanto isso, a imprensa se nutriu do terrível criminoso até esgotar a história. E, por volta daqueles mesmos dias, a informação cada vez mais autorizada e confiável de que novamente o planeta se salvaria de um choque com o cometa Halley foi o bálsamo que veio acalmar por completo a cidade. Ou alvoroçá-la. Agora havia mais motivos para se divertir, dançar, beber, roubar, jogar e transar.

E 10 de abril daquele incrível 1910, o dia que por longos meses fora anunciado como o último da vida na Terra, foi de diversão na cidade e de festa exclusiva no bordel de luxo de Alberto Yarini e Nando Panels: comemorava-se a despedida do cometa e minha promoção ao cargo de inspetor da Polícia Nacional por meu êxito na descoberta da identidade do Açougueiro de San Isidro.

A ideia do festejo fora da única pessoa que podia ter esse tipo de saída: *meu amigo* Yarini. Porque, conforme ele disse no discurso que proferiu no meio da folia, e cito da maneira mais textual possível:

– O inspetor Arturo Saborit é meu amigo, e todo o mundo neste bairro, nesta cidade, tem de saber o que isso significa. Hoje, quando começamos a contar de novo os dias do mundo, quero lembrar que antes, agora e sempre haverá coisas que são sagradas, que para mim são sagradas. E a palavra "amizade" é uma dessas coisas. Salve, meu amigo Saborit! – gritou, levantou sua taça, apertou minha mão e, sem soltá-la, acrescentou palavras que naquele momento me encheram de orgulho e depois de inquietude: – Sucesso no teu trabalho...! Já te vejo como o chefe de polícia que merecemos!

Naquela noite incrível, da qual agora ninguém se lembra porque o cometa Halley não nos abalroou e o mundo não acabou, dei o penúltimo passo na construção de meu destino. Eu me senti *amigo* de Alberto Yarini, me vi promovido a alturas que jamais havia imaginado... O passo seguinte foi algo como fruto da inércia: a passada que você dá ainda que não queira e, no entanto, precisa dar, pois já não pode parar.

6

Era sua primeira noite de segunda-feira, e a jornada se passou como esperava: uma quantidade controlável de clientes deixou-se levar ao La Dulce Vida, que pareceu um lugar tranquilo depois das rodadas tensas e intensas do fim de semana. Inclusive o Homem Invisível tirou a noite de descanso, e nem ele, nem seu séquito apareceram no lugar. Também não se apresentaram os Suspeitos Habituais, e Conde, com cansaço acumulado, sentiu-se grato pela trégua.

De seu canto preferido, matou o tédio benéfico observando o grupo de estadunidenses, a maioria jovens, vários deles negros (afro-americanos, Conde), talvez atraídos pela visita iminente de seu presidente. Os turistas tinham juntado três mesas, e Conde pensou que só eles já garantiriam a saúde comercial do estabelecimento: engoliam comida, vinho, mojitos e daiquiris como se participassem de uma competição. Entre um gole e um bocado, fumavam havanas de marcas exclusivas de um modo que Conde achou grosseiro: aqueles charutos mereciam uma cremação ritual, não uma incineração folclórica e exibicionista. A ilha relaxava os visitantes, Havana os encantava. Seus dólares os faziam se sentir poderosos. E, de seu parapeito, Conde, porque não conseguia deixar de fazê-lo, tentou calcular por alto o montante de consumação (sem incluir os charutos), estimou dez por cento de gorjeta e acabou sentindo tontura... Com a quantia igual à daquela gorjeta, um cubano normal (não era seu caso) sobrevivia durante vários meses. Estava atestado: seu país, concluiu, eram vários países, e em alguns se vivia melhor que em outros. E com meio milhão de dólares?

O vigia resolveu, então, aproveitar a tranquilidade da jornada e, com umas folhas de papel que tinha pedido para Yoyi, refugiou-se na mesa mais afastada, vazia por ser noite de segunda-feira. A contragosto, sentia-se arrastado pelo correr da investigação, e a imprevista entrada do próprio Napoleão Bonaparte na roda aumentava a atração.

Conforme costumava fazer em seus anos de policial, começou a anotar nomes (abriu a recapitulação com Reynaldo Quevedo e Marcel Robaina) e estabeleceu linhas de relação com palavras-chave: vínculos familiares, comerciais, pessoais. Agora contava, além do mais, com a informação raquítica que lhe fora passada pelo tenente Miguel Duque na conversa que tiveram no fim da tarde, quando Conde já se preparava para sair para o trabalho.

De acordo com o que Duque conseguiu saber durante seu encontro com os parentes (que confirmaram a identidade do morto), ao longo da permanência de Marcel Robaina em Cuba Irene o vira apenas em uma ocasião, justamente na casa de seu pai. Marcel e Quevedo sempre mantiveram uma boa relação, que datava da década de 1970, ela confirmara. Inclusive tinha esclarecido que conhecera o jovem Marcel por intermédio do pai, corroborando que acreditara, por anos, que seu verdadeiro trabalho era como agente da Segurança do Estado e que sua ocupação como trabalhador civil numa empresa militar fosse apenas fachada. Entretanto, na realidade e em perspectiva, agora não podia afirmar se ele havia assumido que era um oficial do corpo de inteligência ou um de seus muitos colaboradores ou informantes. Com Marcel e essas questões, nada podia ser dado como certo: o homem sempre fora um convencido e mitômano consumado, sendo que nem sua mulher podia ter certeza de nenhuma de suas filiações. Quando Marcel fugiu de Cuba, Irene e ele já estavam separados havia muito tempo, por isso mal tiveram contato em todos aqueles anos de distância, e, justamente por acreditar que ele fosse um ex-agente da Segurança, Irene se surpreendera muito ao saber que o homem voltaria para Cuba. Além do mais, explicou, quando se encarregara da venda de algumas obras de arte do pai, sempre o fizera sem a interferência de Marcel e tratara, sobretudo, com diplomatas destinados à ilha.

Osmar, por sua vez, mantinha comunicação com o pai e, desde mais de dez anos antes, quando se ocupara da venda dos quadros do avô, enviava ao pai algumas das obras que Quevedo resolvia vender, numa ordem determinada por preferência: as menos estimadas foram saindo primeiro. Oito obras no total, ele precisou, e acrescentou que o trato incluía quarenta por cento do ganho para o vendedor, e mesmo assim o negócio era favorável, pois Marcel (um leão tosado, segundo o rapaz) em geral conseguia preços melhores que os que se alcançavam na ilha. Osmar sabia, é claro, do estado de saúde precário da avó, mãe de Marcel, e das gestões de viagem do pai, ajudado por algum contato de Quevedo, graças ao qual conseguiu o passaporte cubano validado com a autorização necessária para voltar ao país. Até onde ele sabia, não se falara em aproveitar a visita de Marcel para concretizar a venda de outros quadros, embora não o descartasse. O nível de gastos de Quevedo fora subindo (agora todos conheciam uma das razões dos dispêndios recentes), e, por isso, incrementou-se o ritmo das transações. O jovem havia participado de encontros entre Quevedo e Marcel e falou-se, é claro, da disposição do emigrado para continuar participando como agente de vendas, mas apenas como intenção, sem objetivos pontuais imediatos. Além disso, se o ritmo aumentasse demais, a mina ameaçava se esgotar. E, é óbvio, Osmar não podia afirmar se o avô e o pai tinham tido outras conversas, menos ainda sobre que assuntos.

Para Irene, foi uma marretada na testa a notícia de que o pai era homossexual, mas principalmente a de que pagava ao prostituto Victorino por seus serviços. Um jovem que, para maior humilhação, era neto da senhora Aurora. Osmar, por sua vez, confirmou que sabia e que o envergonhava o fato de Quevedo comprar serviços sexuais e de, pelo visto, ter se apaixonado por Victorino, a julgar por seus gastos. Ao tocar alguma vezes no assunto do dinheiro, o avô lhe avisara que empregava sua grana como bem entendesse. E Osmar o deixou fazer: era preferível que seu servidor fosse Victorino, sobre quem o rapaz podia exercer certo controle, que tinha parentesco com Aurora e que Osmar considerava uma pessoa decente. Ele disse decente? Sim, disse decente, confirmou o tenente Duque. Conde, que algumas semanas antes, obcecado pela palavra "decência", tivera a curiosidade de procurar seus sentidos exatos num de seus dicionários, surpreendeu-se ao corroborar que talvez Osmar tivesse razão, vejam que coisa, considerando-se que a qualidade da decência implicava a "dignidade nos atos e nas palavras, de acordo com o estado ou qualidade da pessoa". Ou seja, podia-se considerar Victorino um gigolô decente por agir de acordo com seu estado e qualidade pessoal de prostituto, não é? Alguém estava errado – ou o dicionário, ou ele –, disse a si mesmo. Ou a bendita decência.

Conforme Conde lhe pedira, Duque perguntara à mãe e ao filho se sabiam da relação do avô com uma poeta chamada Natalia Poblet, que, pelo que sabia agora, tinha se suicidado no fim da década de 1970. Não, não sabiam de nada, disseram. E indagou, ainda – o que para o tenente naquele momento foi excessivo –, sobre a suposta posse por parte de Quevedo de algum objeto relacionado a Napoleão Bonaparte. Assombrados, os parentes também negaram saber de alguma coisa. No fim da conversa, sem que Conde perguntasse, o tenente Duque confessou que sentia os caminhos se fecharem e acrescentou sua conclusão sobre o encontro recente: a seu ver, Irene e Osmar tinham sido sinceros nas declarações.

Conde ainda tinha dúvida a respeito. Alguém estava mentindo. E Aurora? Era imprescindível falar com Aurora.

Enquanto tentava traçar no papel linhas de articulação entre seus personagens, Conde lamentou não ter estado presente na conversa. Havia detalhes e relações que o tenente Duque conhecia pouco e mal, em que sempre haveria o que indagar. Porque, embora considerassem mais viável a possibilidade de os assassinos terem ligação com algum negócio escuso ou malogrado, a sanha e a crueldade que mostravam e a existência de castrações genitais levavam o livreiro a julgar muito considerável alguma conexão com o passado, fosse o de Quevedo repressor, fosse o de Marcel em seu personagem de agente da segurança. Ou ambos. De sujeitos daquele tipo, podia-se esperar qualquer coisa – ruim, é óbvio.

No papel, ficaram cruzados os nomes de Quevedo e Marcel e, em outro nível, os de Irene, Osmar, Victorino e Aurora, com espaço para eventuais acréscimos, entre os quais considerou Sindo Capote e Natalia Poblet, os quais nem sequer anotou, porque lhe pareceu ridículo indicar apenas dois nomes, inclusive o de uma morta, de uma lista que podia incluir dezenas de afetados por Quevedo. Mais embaixo, os virtuais motivos dos assassinatos: obras de arte, vingança, objetos valiosos, sexo escabroso, algum rito meio satânico? Depois, sentindo que a lista era muito raquítica, acrescentou as evidências mais fortes: mutilação, lixão, homossexualidade, chantagens. Ainda que começasse a desconsiderá-la como razão, acrescentou a herança, embora a ferocidade dos crimes tornasse difícil imaginar que Osmar os cometesse, mas não descartasse a possibilidade de que alguém muito descerebrado e criativo os tivesse executado por ele, para usufruir dos benefícios com ele. Já se viram coisas piores... E, embaixo de tudo, juntou interrogações: quais tinham sido, além dos conhecidos – familiares, comerciais, hereditários –, os vínculos entre as duas vítimas?; o motivo dos assassinatos vinha do passado ou fora gerado no presente?; por que um primeiro e o outro depois?; a ordem era lógica ou arbitrária?; onde estivera o cadáver de Marcel por quatro ou cinco dias?; e Napoleão?; e tantos pênis cortados, por quê?

Conde traçou os últimos pontos de interrogação e fechou os olhos para pensar. Não percebia nenhum dos alertas físicos habituais, mesmo sabendo que o rondava mais uma daquelas premonições disparadas nos últimos dias e que serviam para lhe mostrar quanto se envolvera na investigação. Como se fosse novamente um maldito policial. Mas sabia que, como o tenente Duque, ele também estava perdido, sem bússola, sem nada concreto e promissor a que se apegar. E teve um sobressalto quando sentiu a mão que pousava em seu ombro.

– Está dormindo, *man*?

— Porra, Yoyi... Não, estava pensando. Em Napoleão – lançou, para dizer alguma coisa.

Yoyi sorriu, negou com a cabeça (as coisas de Conde) e puxou uma cadeira para sentar-se à mesa.

— O de Waterloo?

— Depois, o de Santa Helena. Sabia que quando ele morreu lhe cortaram o pau?

— Nããããoo... Para quê?

— Não sei, mas, paf, cortaram, e faz pouco tempo andaram vendendo. Há um mercado para essas coisas.

— As pessoas agora compram qualquer merda. Até um pinto velho que nem sequer mija.

— Pois é... E, por falar nisso, você não ouviu falar de ninguém que tenha alguma coisa de Napoleão, que esteja querendo vender ou que pretenda comprar?

Yoyi sorriu.

— Os ovos, por exemplo?

— A pergunta é séria... Não te contei que há outro morto na história de Reynaldo Quevedo. Seu ex-genro. E que também dele cortaram o pinto.

— Porra, Conde! Mas o que é isso?

— E alguém próximo dessa história comentou que ouviu falar na possível venda de alguma coisa relacionada com Napoleão. Alguma coisa que podia valer uma fortuna... E esse valor faz com que seja importante, acho.

Yoyi olhou para o velho colega e amigo. Depois, consultou o relógio. Então levantou a mão para o balcão e, como os jogadores de beisebol, ergueu o indicador e o mindinho: dois.

— Hoje isso aqui está morto... Vou te convidar para tomar uma dose porque parece que você está precisando, depois te levo para casa.

— Acho ótimo. Preciso levar esse tranco e dormir. Talvez sonhar – admitiu Conde, citando Ray Bradbury, e recebeu a dose dupla de *añejo*, com cara de tripla, que o garçom lhe entregou com uma piscadela. Conde e Yoyi bateram os copos.

— Caralho, Conde, cada vez que você se mete numa história dessas as coisas se complicam.

— É verdade, mas não é minha culpa.

— E teu parceiro, Manolo, o que diz disso?

— A única coisa que Manolo quer é que Obama venha e vá para casa do caralho, porque ele não está conseguindo viver. Mas que se foda, isso acontece por ele querer ser policial – sentenciou Conde e, de uma talagada só, tomou o resto da bebida. Aquele *añejo* merecia essas honras. E, se possível, um seguimento.

O toque do telefone tirou-o, num sobressalto, do sono profundo em que caíra depois das quatro da manhã. Sentindo-se desorientado, abriu um olho, viu que mal passava das sete e soube que uma má notícia e um dia de merda o esperavam. Por isso nem sequer esbravejou quando rolou no colchão para esticar a mão e erguer o fone.

– Alô! – quase gritou.

– Conde, sou eu.

Reconheceu imediatamente a voz de Manolo, sem saber se estava aliviado ou com vontade de matar o ex-colega. Não, não podia acreditar que Manolo estivesse ligando àquela hora por alguma coisa relacionada à investigação.

– Escuta, Conde, está me ouvindo?

– Sim, Manolo, vamos lá, compadre, o que aconteceu agora…? Outro morto capado?

– Sim, outro… Não, bem, não… Porra, Conde, é que o Velho morreu.

De seus dez anos de polícia, Mario Conde trabalhara oito como investigador criminal sob as ordens do major Antonio Rangel. Na época já remota em que suas existências se cruzaram, cada vez mais difusa e estranha, Conde tinha cerca de trinta anos, e Rangel se aproximava dos sessenta. Naquele tempo, o chefe da Central de Investigações Criminais costumava vestir umas jaquetas de farda passadas com esmero, cujas mangas sua mulher, María Luisa, ajustara para que o oficial exibisse o volume dos bíceps que Rangel trabalhava em suas frequentes idas à academia. E, apesar de o homem se gabar de sua boa forma física e de naquele tempo o major ser mais jovem que o próprio Mario Conde agora abalado pela notícia dolorosa, seu rebelde insubordinado costumava chamá-lo de o Velho. E o major permitia. Na verdade, permitia-lhe muita coisa porque o chefe de polícia (o melhor do mundo, Conde declararia) sabia que aquele sujeito desalinhado e protestador, heterodoxo e com aspirações exóticas de escrever histórias esquálidas e comoventes como as de seu adorado Salinger, era o investigador criminal mais sagaz e inspirado com que tinha trabalhado e trabalharia. E porque, antes de policial, aquele desastre ambulante era, sobretudo, *um homem*, no estrito sentido ético, supragenérico e cubano da expressão. Uma pessoa decente, em outro bom (melhor) sentido da palavra.

Por isso, embora em muitos comportamentos e preferências Conde e Rangel fossem duas personalidades tão opostas, no essencial compartilhavam princípios e valores e estimavam, acima de tudo, a prática da fidelidade, forma superior de fraternidade. Em seus anos de trabalho em conjunto, Conde e Rangel tiveram uma afinidade profissional satisfatória, que além do mais cimentou uma cumplicidade à prova de explosões atômicas. E a existência dessa relação de amizade (que implicava algo de ligação paternal) e o sólido sentido da lealdade que ambos exerciam foram as razões pelas quais Mario Conde, no fim, apresentara sua renúncia como policial quando o major Antonio Rangel se vira obrigado a antecipar uma aposentadoria concedida como escapatória benéfica a uma injusta, mas certa, expulsão. A causa do castigo: Rangel depositara sua confiança em alguns subordinados, e estes, indignos e corruptos, o traíram.

Depois, enquanto Conde se reciclava na vida como comprador e vendedor de livros usados, Rangel viveu o purgatório de sua marginalização e condenação, sem se conceder o alívio possível de fazer algumas ligações e, com toda a certeza, encontrar um trabalho, inclusive lucrativo, a exemplo de outros oficiais ex-colegas seus que se tornaram gerentes e diretores de empresas bem nutridas das quais costumavam sacar mais lucros que os concorrentes. E, havia sete anos, o purgatório de Rangel se transformara no pior inferno quando um derrame lhe congelara o cérebro e o deixara em estado semivegetativo que lhe impedia a fala, quase todo movimento e até a solução, talvez mais digna, do suicídio.

Ao longo de todos aqueles anos de decadência, o único companheiro de trabalho que mantivera uma proximidade sistemática do antes poderoso Antonio Rangel fora, é claro, Conde. Sempre que podia, ou cada vez que precisava de um conselho policial, o ex-tenente visitava o ex-major em sua casa, no leste da cidade. Para Rangel, que se tornara jardineiro obsessivo, ver o amigo chegar se transformava numa festa. Só porque ele era isso, seu amigo, seu cúmplice. E, desde que o acidente cerebral o prostrara, as aparições periódicas de Conde deviam ser, todos supunham, um dos melhores presentes que o ancião – agora, sim, ele estava velho e, além do mais, fodido – podia receber. Só equiparável às temporadas periódicas de suas duas filhas e seus netos emigrados, família cujos suportes econômicos, enviados do estrangeiro, viabilizaram certa solvência material para os lamentáveis anos finais do Velho, o major Antonio Rangel.

A caminho da funerária, Conde levava consigo duas cargas: a da dor e a do rancor. Mas resolveu engoli-las e não as mostrar a ninguém. Ao chegar, aproximou-se de María Luisa, a eterna companheira do Velho, e só lhe beijou a face e lhe apertou as mãos. Não havia nada a acrescentar. Depois aproximou-se das duas filhas do amigo, repetiu os beijos e sussurrou um "sinto muito". E foi refugiar-se num canto da sala do velório, para ruminar suas penas, lamentar os dois meses que ficara sem visitar o amigo agora morto. Que desastre: nem tinha dinheiro para encomendar uma coroa de flores. Pediria a Tamara, se ela chegasse a tempo para o enterro, depois de suas últimas gestões para a viagem.

Conde detestava visceralmente os velórios. Considerava-os um ato social mórbido pelo qual parentes e enlutados tinham de passar exibindo sua dor publicamente. Já tinha decidido: quando chegasse sua vez, queria que o cremassem e, quem fosse o encarregado, que nem sequer se preocupasse em lançar seus restos ao mar da ilha de que tanto gostava, em cuja orla sempre quisera viver, para lá amar uma mulher e escrever suas histórias esquálidas e comoventes. Que fosse tudo para o caralho, inclusive o mar: que jogassem suas cinzas na privada, sem compaixão. Afinal, estar morto é estar morto, e o resto, à merda o resto.

Duas horas depois, com cara de sofrimento e cansaço, Conde viu aparecer Manolo. Para alívio de todos, estava com roupa civil, talvez por causa de suas missões em curso para garantir a segurança dos complicados visitantes esperados no país naquela mesma tarde. Manolo aproximou-se de María Luisa e das filhas de Rangel, expressou-lhes seus pêsames e, como cão espancado, foi até o canto em que localizou Conde.

– Ainda bem que você pôde vir.

Conde apertou-lhe a mão.

– Eu tinha de vir... Meia hora, mais tempo não posso, mas tinha de vir... E agora vão trazer duas coroas. Uma em meu nome, outra no teu. No jardim onde são feitas, disseram-me que não havia flores. Dizem isso para receber por fora.

– Assim funciona este país, meu irmão.

– Pois armei uma baixaria, disse que ia lhes meter a polícia econômica no jardim, e, bom, vão nos mandar duas coroas de verdade, daquelas que fazem para os dirigentes.

Conde comoveu-se com o gesto do ex-colega.

– Obrigado, Manolo... às vezes você é um pouco sacana comigo, mas é daqueles que não falham.

– Algum dia você duvidou disso?

– Não..., caso contrário eu não entraria nas confusões em que você me mete.

– Somos amigos, Conde.

Conde assentiu.

– Sim, somos amigos... O Velho era meu amigo... E isso quer dizer muito. – Conde fez uma pausa, precisava mudar de rumo para sair de um território que o afetava até as entranhas. – Diga uma coisa, você encontrou os da embaixada estadunidense?

– Hoje de manhã, depois que te liguei... Imagine, os policiais da embaixada estão como nós, pisando em brasa... Nessas condições, a coisa foi mais fácil do que eu pensava: vamos parar tudo até Obama ir embora... Isso nos dá três dias, Conde. Mas é preciso ter alguma coisa para quando eu voltar a encontrá-los para tratar do assunto de Marcel. Três dias...

– Você parece o Velho. Sempre me acelerando...

– É mesmo... Eu lembro... Coitado do Rangel, mas agora está descansando – exclamou Manolo. – Era um bom sujeito.

– O melhor – sentenciou Conde, e a frase lapidar provocou uma pausa na conversa, que Conde aproveitou para acender um cigarro.

– Manolo, há quantos anos você já está na polícia?

– Trinta anos, Conde..., trinta!

– Não acha que são anos demais? Eu fiquei dez e me parece uma vida. Outra vida, ainda bem.

– E o que vou fazer se deixar a polícia? Vender livros velhos, como você? Cuidar do jardim de casa todos os dias, como Rangel? Não sei fazer outra coisa, Conde. E o fato é que gosto de ser policial, você sabe... Somos um mal necessário.

– Sim, por causa dos filhos da puta... Para que eles não façam coisas e depois deixem de pagar pelo que fizeram... E, pense, Manolo... Como policial, se algum dia você tivesse de sair para reprimir pessoas, protestos, o que faria?

Manolo negou. Engoliu em seco.

– Não me pergunte isso... Bem, eu às vezes me pergunto... Isso não é a mesma coisa que investigar crimes. Você sabe, gosto do meu trabalho de investigador. E tomara que nunca me veja nesse dilema... Além do mais, em alguns anos me aposento.

– Um dia Rangel me falou sobre isso... Tinha quinze anos quando um policial de Batista caiu em cima dele a cacetadas... E ele me disse que nunca conseguiria fazer isso. Que antes renunciaria.

– Rangel era assim. Quisera eu ser assim.

– E o que você vai fazer quando se aposentar?

– Ora, não sei... Descansar, não é? Ou cuidar do jardim... Bem, eu não tenho jardim.

– O Velho foi policial por trinta anos. O melhor chefe de polícia do mundo... Nunca foi prepotente. Não perdeu a humanidade. Acreditava na justiça, na decência, era um profissional... E depois o expulsaram, o aposentaram, e ele passou mais trinta anos esperando para morrer, porque não sabia ser outra coisa que não policial... E, desses anos, passou dez no inferno em que foi jogado por aquela embolia... E agora veja: morreu, e o que aconteceu? Aconteceu que aqueles que antes o adulavam, os que foram seus companheiros, agora não lhe mandam nem uma miserável coroa dessas flores malcheirosas. Como se Rangel nunca tivesse existido. Esse foi o pagamento por ele ter sido um bom policial e uma boa pessoa: castigo, marginalização, esquecimento. E, no entanto, Quevedo, que era um torturador e um carrasco, desse continuavam gostando...

– É do caralho – admitiu o outro. – E por que está me dizendo tudo isso, Conde?

– Não sei..., para que você não se iluda. Quando você não serve mais, te cospem como um escarro. E, quando você morre, Manolo...? Sabe de uma coisa? Acho que se o Velho tivesse sido um filho da puta, decerto hoje até lhe fariam homenagens... Não há justiça, Manolo, não há, de modo que nunca espere por ela, parceiro.

O enterro do Velho tinha sido tão patético e desgastante quanto costumam ser essas cerimônias. Intempérie, abandono, a certeza arrasadora da solidão em que ficam os mortos. O cúmulo da abominação, para as concepções mais veementes de Conde, fora o desejo das filhas de Rangel de fazer o cadáver passar pela capela do cemitério, onde um padre veloz, que não conhecera o morto, disse as palavras de praxe com as quais pretendia consolar os parentes e aliviar um transe sem possibilidade de adorno. Falou da vida eterna, da bondade e dos desígnios do Senhor, da paz dos justos e até da ressurreição no dia do Juízo, para depois ler o papel em que havia anotado o nome de Antonio Rangel Miranda e lhe desejar um repouso pacífico. Patranhas, teria sentenciado o Velho. Merda, pensou Conde.

Atrás do féretro, a reduzida comitiva finalmente empreendeu o caminho rumo ao panteão familiar. Conde, que avançava com Tamara pelo braço, em dado momento mostrou para sua mulher o mausoléu da histórica e historiada família dos Ponce de León, fidalgos velhos, chegados à ilha em tempos de conquistas. Junto do panteão, sobre o túmulo vizinho, estavam dispostos vários maços de flores frescas que, Conde comentou com Tamara, quase todos os dias algumas prostitutas e proxenetas cubanos insistiam em depositar na sepultura daquele que muitos deles consideravam seu glorioso protetor: Alberto Yarini y Ponce de León, o Galo de San Isidro. Porque o mito continuava vivo, como imune a tantos esquecimentos. Yarini ainda andava pelas ruas de Havana.

Ao saírem do cemitério, Conde pediu a Tamara que o levasse para sua casa. Precisava ficar sozinho por um tempo, dormir um pouco, tinha trabalho à noite, e Yoyi lhe prometera uma jornada agitada: continuavam chegando estadunidenses, pois naquela tarde o presidente Obama desembarcaria, e a cidade estava transbordando, parecia em pé de guerra.

Depois de tomar um banho, Conde finalmente sentiu o apelo da fome que havia afastado durante os atos fúnebres. Desde a manhã, só tomara café, e o estômago reclamou. Além das sobras para Lixeira II (cujo prato transbordara), na geladeira só havia metade de uma pizza de idade indefinível e um pedaço de cebola que nem ele se lembrava de ter guardado ali. Sem pensar duas vezes, colocou uma frigideira no fogareiro, untou-a com um pouco de gordura e esquentou a pizza com cara de sola de sapato, sobre a qual deixou cair uns anéis de cebola desidratados. Encerrou o almoço com um cigarro e (depois de mijar e desligar o telefone) deixou-se cair na cama, para espantar a tristeza com o benefício do sono.

Ao despertar, já depois das cinco, teve a estranha sensação de não saber onde estava nem que dia era. Foi uma impressão tão forte que até pensou que talvez estivesse morto. Mas lhe chegou uma agressão ao olfato, e ele se perguntou se os mortos sentiam cheiros. Quando virou a cabeça, soube a origem da fetidez: a seu lado, de boca para cima e bunda virada para ele, Lixeira II gemia baixinho em sua letargia canina enquanto soltava pelo escapamento disparos de gás de carne digerida.

— Ei, compadre, vai soltar esses peidos imundos em outro lugar! — disse ele ao animal, sacudindo-o e empurrando-o com o pé.

Assim que voltou a ligar o telefone, ele tocou, como se o estivesse vigiando.

— Alô?
— Conde, é o Duque.
— Ah. O que houve?
— Vou encontrar a irmã de Marcel... Quer ir comigo?

Naquele instante, Conde se deu conta de que durante o dia todo mal tinha pensado nos assassinatos de Quevedo e seu genro. Também não tinha lembrado até então que, àquela hora da tarde, o país inteiro devia estar alvoroçado, todos ligados na chegada do presidente Obama a Cuba. A "visita histórica", como diziam, a presença da qual tantos esperavam tanta coisa. E disse a si mesmo que, como ele pessoalmente não esperava nada, antes de se revolver em suas dores próximas, era melhor dar outras preocupações a seu cérebro.

— Obama já chegou?
— Sim, por quê? — estranhou o tenente Duque.
— É que um amigo meu que mora lá ia me mandar uma carta por ele e...
— Sério, Conde?

— Eu sempre falo sério, Duque. Vai, vem me buscar — disse ele, acrescentando, depressa: — Mas me traz um pouco de café num copo. — E por fim acendeu um cigarro.

Percebia-se a intensidade do momento só de olhar, porque se desejava tornar muito evidente a advertência: estamos aqui. As ruas de Havana pareciam o desfile do carnaval de fantasias da polícia. Patrulhas, caminhões, motos de guardas de trânsito e muitos fardados a pé de diferentes forças e cores (verde-oliva, azul, preto, boinas vermelhas, tropas especiais e outras gamas do espectro) se alternavam e, inclusive sob uma chuva intempestiva, praticamente cobriam cada esquina da cidade.

Lógico: nem todos os dias chegava a Cuba um presidente dos Estados Unidos. Na verdade, nem todos os séculos. E o acontecimento (digamos que seja "histórico") havia disparado, ansiosamente e com alguma razão, as expectativas das pessoas. Se as relações com o belicoso vizinho do norte melhorassem, também deveriam melhorar as coisas para os habitantes da ilha, pensavam muitos. Se as tensões políticas se reduzissem, se os ressentimentos históricos se aliviassem, talvez certos benefícios descessem até a realidade cotidiana, era o que se dizia, se esperava, se desejava. E Obama eliminaria o bloqueio? Alguns, como Yoyi e seus colegas do comércio, já sentiam os efeitos favoráveis da trégua. Outros, com casas confortáveis em lugares favorecidos da cidade, transformavam-nas em pensões e até em galerias de arte; os donos de automóveis clássicos os faziam funcionar como táxis exclusivos, enquanto se multiplicavam os traficantes de charutos cubanos que todos os estadunidenses, inclusive os não fumantes, tinham vontade de um dia experimentar... Só contando com os visitantes do norte — oficialmente não podiam ser considerados turistas, pois, pelas leis de seu próprio embargo, não podiam viajar para a ilha nessa condição — e somando o que gastavam com alojamento, alimentação, passeios e algumas compras, o dinheiro começara a se movimentar. E talvez Obama, com sua passagem pela ilha, aprofundasse a aproximação, era o que muita gente esperava. E o bloqueio?

Mario Conde, talvez por seu pessimismo visceral, talvez por ser demasiado histórico e, para algumas questões, um desconfiado consumado, tinha a sensação de que o país estava apenas tirando umas férias, que em algum momento terminariam e voltaria o rigor no qual vivera mais de cinquenta de seus sessenta anos de existência. A realidade e a experiência lhe avisavam que as relações com os inquilinos de cima sempre tinham sido traumáticas, e, para contextualizar a questão, naquele exato momento havia muitos interesses empenhados na tensão e poucos, com poder real, inclinados à distensão. Uma distensão que tampouco parecia agradar muito ao governo da ilha, pois uma bonança econômica maior, uma dependência menor das pessoas com relação ao Estado todo-poderoso implicaria outro relaxamento: o do controle. E por isso Conde nem se entusiasmava, nem alimentava grandes esperanças. Muitas coisas eram negociáveis, mas entre elas não estava o controle, a indústria nacional que melhor funcionava. Enfim, dava no mesmo Obama vir ou não vir a Cuba, disse a si mesmo, a onda passaria e depois da tempestade viria, no máximo, o mau tempo, concluiu ele, enquanto o carro dirigido pelo tenente Miguel Duque atravessava a parada policial que acontecia em Havana.

— E por onde anda Obama agora?

— Foi passear por Habana Vieja... — respondeu Duque.

Por um instante Conde pensou em outro tenente, Arturo Saborit, e suas andanças, havia cem anos, pelas ruas em que no momento transitava o presidente do norte.

Amarilys Robaina morava na rua San Francisco, na parte velha do bairro de Lawton, região da cidade que Conde conhecia, pois ficava a poucos quarteirões da casa que fora a do teatrólogo Alberto Marqués, cujo espírito inquieto de marginalizado nos tempos de Quevedo sempre atravessava a investigação em curso. Construções pretensiosas, datáveis da década de 1920, de altos botaréus, colunas, grades e portões, guarnecidas de alguns arabescos que, em seu exagero, podiam beirar o mau gosto. Agora, enquanto a deterioração tomava algumas das moradas, outras pareciam rejuvenescer com o benefício de algumas demãos de tinta dotadas do poder mágico de tornar visível o que até então permanecera invisível sob camadas de sujeira e abandono, e era esse o caso da residência familiar dos Robaina.

— Duque..., essa casa é bonita ou feia? — Conde sentiu necessidade de perguntar quando o carro parou no endereço procurado.

— Bom, ela está bem pintada e...

— Mas é bonita ou feia?

Duque voltou a olhar para a edificação. Era uma daquelas que tinham muitas volutas, como bolo de aniversário, e ele se deu por vencido.

— Na verdade, não sei. — E, como não podia deixar de ser, procurou uma justificativa. — Não sou arquiteto.

O que os recém-chegados sabiam era que na casa morava a irmã de Marcel Robaina, Amarilys, com o marido e os dois filhos adolescentes. Com eles tinha morado até morrer, havia duas semanas, a mãe dos Robaina. Também sabiam que daquele lugar, havia uns quarenta anos, Marcel se mudara para as alturas do magnífico apartamento de Reynaldo Quevedo e sua filha Irene. Sabiam inclusive que dali mesmo, vinte e cinco anos antes, Marcel partira em busca da lancha que o levaria até as costas da Flórida. E, para terminar, tinham concluído que justamente dali Marcel voltara a sair, apenas dez dias atrás. O que ninguém sabia ainda era para onde nem por que motivo ele havia iniciado esse último traslado, embora tivessem a certeza de que o fizera para acabar mutilado, morto e abandonado (nessa ordem macabra) no Império da Merda.

Amarilys os esperava e os fez entrar na área do que se considera a sala-saleta daquele estilo de casa cubana: um espaço da largura da construção e de quase dez metros de comprimento, dividido em duas partes por uma coluna lisa de cada lado. A sala, conforme os investigadores verificaram, era o lugar para receber, ao passo que a saleta contígua era o território destinado à televisão, um aparelho de tela plana de umas sessenta polegadas que, por si só, sugeria as condições econômicas da família.

Como não podia deixar de ser, assim que entraram, Conde fez suas primeiras anotações: Amarilys era uma mulher de poucos encantos visíveis e já tinha seus quarenta anos, o que indicava que entre o nascimento de um irmão e outro haviam transcorrido pelo menos vinte anos. Ou um era um antecipado, ou a outra, uma retardatária. Quando falava, a mulher tinha uma voz mais jovem, que se projetava uma oitava acima do necessário. Como se só ordenasse: Boa tarde! Entrem! Sentem-se!

Duque começou por lhe dar os pêsames pela morte de Marcel e da mãe, e ela os recebeu com um simples assentimento.

– Mas precisamos saber mais do seu irmão. A senhora entende – continuou Duque, e ela voltou a assentir. – Quantos dias Marcel ficou com vocês?

A mulher pensou na resposta e falou com uma entonação menos peremptória.

– Ele chegou no dia 23 de março... Fazia dois meses que estava tentando vir, desde que mamãe começou a piorar. Os rins dela estavam quase paralisados, sabem...? Mamãe morreu em 7 de abril, faz treze dias. E Marcel saiu daqui no dia 11, ao meio-dia. E não voltou.

– E vocês não estranharam? – quis saber Duque.

– Um pouco, não muito... Desde que chegou, ele ia e vinha, às vezes voltava para dormir, às vezes não... Ele foi assim a vida toda. Mulherengo, meio estranho, misterioso. Mamãe ficava mal com isso... Antes, quando Marcel morava em Cuba, claro.

– Sim, porque Marcel era agente da segurança, não é?

Amarilys sorriu e negou com a cabeça.

– Quem disse? – soltou novamente em seu tom maior, mas alguma coisa deteve sua fala. – Ele..., companheiro, ele não era da Segurança-Segurança, não é mesmo?

– Não, não era. Mas dizia para as pessoas. – Duque a acalmou. – E as pessoas acreditavam...

– Típico... de Marcel. Era o sujeito mais mentiroso do mundo, pretensioso..., coitado. Às vezes contava que podia ter sido um grande jogador de beisebol, que estava sendo preparado para a equipe nacional, mas que num jogo tinha fraturado o tornozelo e..., mentira dele. Tirava as mentiras do ar...

Conde tentou imaginar como funcionaria a mente de um homem que vive duas ou três vidas em uma. Talvez a inconformidade com uma existência real oca e vulgar o impelisse a criar outra mais atraente, plena, até heroica ou mítica. Ou será que no caso de Marcel tudo se reduzia à vontade de ter poder ou, pior, só exercia as artes mais comuns do trapaceiro?

– Então era um mitômano – sentenciou Duque.

Amarilys assentiu.

– Sabem algo do que aconteceu?

Conde pediu intimamente que Duque não contasse os detalhes escabrosos da tortura que provocara a morte do irmão.

– Estamos avançando – disse o tenente. – Por isso estamos aqui.

Conde respirou aliviado e fez um gesto para o policial. Duque olhou-o por um instante e, por fim, consentiu.

– Amarilys – começou Conde –, sabemos que Marcel viu o filho, Osmar, e o ex-sogro, Quevedo...

– Que também morreu. Que coisa! – gritou ela, de novo.

– Sim, que coisa... E Marcel comentou com a senhora alguma coisa com relação a Quevedo?

– Alguma coisa... Como o quê?

– Não sei..., algum negócio. Eles sempre mantiveram contato. Marcel vendia quadros para o sogro lá em Miami.

– Sim... E Marcel sempre foi, bem, vocês sabem, meio louco, muito irresponsável. Mas, isto sim, sempre que podia mandava dinheiro para mamãe. A televisão... Para pintar a casa...

– Que bom – reconheceu Conde. – E havia mais negócios por fazer?

A mulher voltou a pensar. Cautela ou memória ruim? Conde constataria de imediato que nem uma coisa, nem outra: o fato é que ela se sentia à beira de um abismo.

— Creio que sim... Bem, antes não se falava nisso, era perigoso, mas agora se pode dizer...

— Sim, claro – tranquilizou-a Conde, sem saber ainda a que se referia a mulher, para quem tudo estava "bem".

— É que... É o seguinte, meu marido e eu queremos ir embora. Com meus dois filhos, é óbvio. Queremos ir embora principalmente por eles, os meninos, bem, vocês sabem... E Marcel ia nos tirar de Cuba... Tudo dependia de mamãe, ela estava desenganada, não ia resistir muito mais... Enquanto isso, pintamos a casa, queremos vendê-la para ter esse dinheiro quando chegarmos lá... Mas, antes de fazer qualquer outra coisa, era preciso mais dinheiro. Marcel me disse que, se ele acertasse um negócio grande, não haveria problema... Ah, porque ele também ia levar Osmar para Miami, claro...

Conde não se surpreendeu com a revelação. Eram milhares, talvez milhões os que tinham as mesmas intenções. Ir embora, desaparecer daquelas redondezas. Com tanta gente se mandando: Coelho voltaria? E Tamara? No fim, ele ficaria sozinho na ilha, como um Robinson extemporâneo? Entretanto, para ele não deixou de ser sintomático e simbólico que até o neto de Quevedo, muito bolchevique, tivesse essa aspiração. Decerto contavam-se aos milhares os filhos e netos dos mais fervorosos cabeças ideológicos, transmissores de promessas e militantes de esquerda, que iam embora do paraíso posposto que, com suas palavras de ordem, os pais haviam desenhado no ar. Enquanto isso, outros filhos e netos, como o Homem Invisível, permaneciam, e aqui passavam suas tarrafas e varriam tudo o que estivesse a seu alcance. Até irem embora também.

— Que tipo de negócio? – insistiu Conde.

— Não sei... Lembrem-se de Marcel e seus mistérios.

— Outros quadros?

— Pode ser. Embora Osmar tenha me dito que seu avô não queria vender mais. Para mim, era outra coisa.

— Também relacionada com Quevedo?

— Eu diria que sim. Mas não posso assegurar. Aqui ele encontrou outras pessoas...

Conde respirou. Agora também estava à beira de um abismo.

— Marcel falou de alguma coisa relacionada a Napoleão? Napoleão Bonaparte, claro.

Conde ouviu Duque estalar a língua, mas não olhou para ele. Não lhe importava o que o policial achava. Ele tinha um palpite.

Amarilys voltou a refletir.

— Não sei..., pode ser que seja uma casualidade... Marcel estava lendo uma biografia de Napoleão... Trouxe-a de Miami.

Os sinos tocavam. Ou eram os tambores de guerra dos exércitos do corso?

— E onde está o livro? — Foi Duque que enveredou pelo caminho recém-aberto. Conde sorriu por dentro.

— Não está entre as coisas dele... Eu as juntei ontem mesmo... Talvez o tenha levado ao sair daqui. Ele tinha uma mochila, na qual guardava água e outras coisas...

— Mas não falou de Napoleão com nenhum de vocês, das coisas de Napoleão? — continuou o policial.

— Não, com certeza não.

— Porém, de mais dinheiro, sim... De muito dinheiro?

— Depende! — exclamou Amarilys. — Para mim, cem dólares é muito dinheiro, não é...? Ele falava de muitíssimo... Milhares. Combinamos que, quando mamãe não estivesse mais aqui, poderíamos vender a casa, pois ele nos tiraria de Cuba de algum jeito, e teríamos o dinheiro da venda da casa para começar lá.

Duque olhou para Conde. Tudo parecia indicar que tinham uma pista e que, por enquanto, a fonte de Amarilys tinha secado. E, sem deixar outra saída, decidiu dar a conversa por encerrada.

— Agradecemos muito, Amarilys, o que...

A mulher negou com a cabeça.

— E quando vão nos dar o cadáver?

Duque olhou para Conde, e Conde coçou a orelha, tirando o corpo.

— Logo, é que...

— Amarilys! — interrompeu-o Conde, colocando a voz no registro alto pelo qual a mulher transitava. — Seu irmão era um mulherengo inveterado, não é mesmo?

— Era terrível. E com a história de que era da segurança ou de que trabalhava numa embaixada...

— Vamos ver se aparece uma agulha no palheiro... O nome Natalia Poblet lhe diz alguma coisa?

Amarilys expressou no rosto toda a surpresa provocada pela menção daquele nome, talvez escondido num canto remoto de sua memória.

— Sim..., a que se suicidou... Claro, sei quem era..., porque creio que ela foi mulher do meu irmão. Bem, vocês sabem, se o que ele dizia era verdade.

— Viu só? Obama vai comer numa *paladar*. Deve ser ótima...

— Não o inveje, selvagem, ontem você comeu numa que também é ótima.

Como faltavam duas horas para começar sua noite de trabalho, Conde pedira a Duque que o deixasse perto da casa de seu amigo Carlos. Com a nova responsabilidade de trabalho, perdera a chance de ir até lá com mais frequência e, principalmente, de passar algumas noites grudado a uma daquelas garrafas de rum graças às quais fizera algumas viagens mágicas e misteriosas, como a que o levara, alguns anos atrás, a ver o Diabo.

Antes de se deixarem, Conde e Duque haviam planejado os passos seguintes que a conversa com Amarilys Robaina os convidava a dar. Conde faria algumas ligações para que o ajudassem a encontrar algum conhecedor da existência de objetos napoleônicos em Cuba. Duque, por insistência de Conde, utilizaria seus recursos para localizar alguém próximo da poeta suicida Natalia Poblet, que, como verdadeira alma penada, volta e meia aparecia em suas indagações. Mas o tenente não garantia a rapidez das averiguações: na Central de Investigações Criminais só estava o pessoal indispensável, pois quase todos os oficiais e os técnicos estavam envolvidos na peripécia do momento: o caso Obama em Cuba. Também concordaram que valeria a pena ter uma conversa com Aurora, avó de Victorino e empregada de Quevedo, pois alguma coisa ela podia saber, e eles precisavam saber.

O Magro Carlos e a mãe estavam diante da televisão, seguindo a transmissão da visita do presidente. Viram-no chegar, sob chuva, andar por Habana Vieja, sob chuva, e agora o viam entrar no bairro Centro Habana, já sem chuva. Era lá que a família presidencial almoçaria num restaurante privado. E, assistindo às imagens exibidas pela televisão, Conde sentiu um golpe de vergonha nacional ao comprovar a deterioração ostensiva da rua em que se localizava o restaurante escolhido e também se perguntou se a anciã que, ao ver o personagem chegar, exclamou de sua sacada "mas como é bonito" não seria uma capitã da polícia em traje civil que estava cumprindo uma missão... histórica. Tudo era possível.

— Mas é bonito mesmo — comentou Josefina, sem deixar de balançar a cadeira.

— Porra, Jose, não é para tanto... Veja as orelhas que ele tem...

— Não seja invejoso, Condesito — disse ela e concentrou-se de novo na novela que se desenrolava.

Conde e Carlos saíram para o alpendre. A chuva da tarde tinha parado, e estava começando a escurecer.

— O que você acha dessa história do Obama? — quis saber Carlos.

— Acha que vai acontecer alguma coisa?

— Porra, Conde, não sei, mas precisaria.

— Claro que precisaria. Precisaria muito. Que acontecesse muita coisa... Mas não acredito que vá acontecer mais do que está acontecendo. E a qualquer momento acabou-se, e voltamos para trás.

Carlos sorriu.

— Você não muda, bicho. É mais pessimista que...

— Sou realista, meu irmão. Você vai ver só. Quer apostar? Uma garrafa de rum?

Carlos continuou sorrindo.

— E, falando nisso..., você nunca mais vem armado, compadre – repreendeu o amigo.

— Entre outras coisas, porque estou sem nenhum peso – justificou-se o recém-chegado.

— Mas aquele dia passamos bem.

— Com certeza... A passagem saiu cara, mas o destino era bom.

— De que viagem está falando, selvagem?

— Nada, esquece – propôs Conde, sem vontade de entrar em explicações complicadas sobre a metafísica da felicidade.

— Pois vou te dizer que não é só o Obama que vem.

— Qualquer um sabe disso. É por isso que agora estou dando uma de policial voluntário... Vai chegar meio mundo – concluiu Conde.

— Pois é..., até o Coelho vai chegar.

Conde levou um tranco. O Magro Carlos também não mudava.

— O que está dizendo? Você falou com ele?

— Sim... e o incentivei a vir, já que tinha de vir. Chega em dois dias. E vamos juntos ver os Rolling Stones... Miki também vai, e até Candito. Você não topa, afinal?

— Já te disse que nem amarrado.

— Tudo bem, tudo bem... E você já sabe que hoje Tamara emitiu passagem para ir depois do concerto e que ela vai conosco?

Conde levantou os olhos. Respirou. Baixou os olhos e encarou o amigo, quase seu irmão.

— Que bando de sacanas são vocês todos...! E você é o pior, sacana de merda!

Um mundo novo

Parecia um anjo e revelou-se um demônio.
    Bertha Fontaine, conhecida como La Petite, era uma daquelas mulheres que só de vê-la você perde o fôlego. Não tem sentido tentar descrever o que a natureza criou com tanto esmero, pois as palavras nunca lhe fariam justiça.
    Algumas semanas depois de tê-la trazido da França, Louis Lotot a colocou para trabalhar no melhor de seus bordéis, e a lindíssima Bertha Fontaine entrou no mercado com tarifas especiais. Todos os que puderam pagá-las consideraram seu dinheiro bem empregado: a mulher era, segundo diziam, um produto especial. Os já privilegiados com seu serviço contavam que vê-la nua era um espetáculo único, que depois se transformava em banquete erótico que retribuía em dobro o investimento quando se desfrutava de seus encantos, entregues com a sabedoria do que fora aprendido na escola francesa e graças às capacidades orgânicas com que a natureza a tinha dotado. Com algumas semanas de trabalho, La Petite tornara-se um mito. Ou uma meta.
    No bairro, sabia-se que La Petite era a irmã caçula de Janine, conhecida por Mimi, a mulher oficial de Lotot, também muito bonita e que, apesar de sua suposta condição de esposa legítima, o cafetão fazia prestar serviços no bordel da rua San Isidro, 66. Mas comentava-se também que, desde a chegada de Bertha, as duas irmãs e Lotot viviam como num casamento a três na casa particular do proxeneta, localizada na rua Jesús María, muito perto do bordel de Fufú, o mais reputado entre os que se dedicavam à prostituição masculina.
    A fama de La Petite se fomentara, em boa medida, graças a uma inteligente operação de mercado montada por Lotot e, numa porcentagem também considerável, aos benefícios que as habilidades da mulher pareciam oferecer. Bertha só

recebia três clientes por noite, com hora marcada, e todos os seus serviços eram de tarifa completa: nada de punhetas ou chupadas apressadas. E sua fama cresceu tanto que o próprio Yarini, atiçado pela curiosidade ou talvez tocado em seu orgulho, por fim resolveu confirmar se o produto era mesmo tão extraordinário quanto se dizia. E o Galo de San Isidro o confirmou.

Numa tarde em que estávamos os dois no bordel da rua Picota, depois de minha permanência no quarto de Esmeralda (exercício do qual me tornara, digamos, dependente, pois já não era propriamente um cliente), encontrei-me com Alberto e caímos no assunto da nova rainha do bairro.

Tínhamos nos acomodado na sala de visitas, e Brunilda, o empregado vestido de mulher, nos trouxera uma jarra de suco de laranja recém-espremido. Era muito raro Yarini tomar álcool antes do anoitecer, e sei que às vezes passava dias sem o consumir.

– Ontem fui provar La Petite – disse-me, em certo momento, e sorriu. – Queria saber por mim mesmo...

– E que tal? – perguntei, curioso.

– Você deveria provar. – E fez um gesto como se tivesse tocado numa superfície escaldante.

– Para mim, é complicado, Alberto. Já passo muito tempo vindo aqui...

– Esquece isso, você tem de provar. Falo com Lotot e te reservo uma noite.

– Vale a pena mesmo?

Alberto Yarini voltou a sorrir e acendeu um daqueles cigarros egípcios que às vezes ele fumava.

– Com meus vinte e oito anos, nunca tinha provado nada igual. Quem está dizendo sou eu, que entendo alguma coisa do assunto. Vale a pena. Mas, cuidado, você é um pouco mole – acrescentou. – O que a Canhota faz com você já te deixou meio apaixonado. Quando La Petite te sacudir, então... Sim, vou marcar uma hora para você – disse ele, divertido, generoso, ainda dono absoluto de suas decisões e vontades.

Para alimentar meu ego, cada vez mais Yarini tinha aquelas deferências comigo. Recebia-me em sua casa da rua Paula, permitia-me o uso gratuito dos serviços de suas mulheres (na realidade, eu só usava uma, embora com bastante frequência), convidava-me para seus comícios políticos, levava-me a passeios pela zona, de vez em quando almoçávamos ou lanchávamos em algum estabelecimento da moda, como o café Vista Alegre e El Anón de Prado, ou nos víamos diretamente no El Cosmopolita, onde sempre havia mesa para ele e seus acompanhantes. Além disso, tinha o tato de nunca me dar nenhum presente que pudesse ser ofensivo:

deu-me alguns livros, mas nunca me deu dinheiro, e só em uma ocasião insistiu para entrarmos numa chapelaria da rua Obispo onde me comprou um *jipi** novo (o melhor que tive na vida), pois o meu já estava uma sucata, segundo ele. Com aquele tratamento e nossas conversas, Yarini fazia que eu me sentisse próximo, quase familiar, sem dúvida importante, e nossa relação inclusive chegou a provocar um ou outro comentário, entre jocoso e incômodo, de pessoas muito próximas dele, como seu sócio Nando Panels ou seu grude, Pepito Basterrechea.

E ainda hoje me pergunto o que aquele homem forte viu em mim ou o que esperava de mim, por mais que eu fosse inspetor de polícia, pois Yarini contava com uma legião de poderosos entre suas relações chegadas, pessoas com muita projeção social e política, como os generais Freyre de Andrade e o comandante Miguel Coyula, o prefeito de Santiago Emilio Bacardí ou o potentado Federico Morales. Apostava em meu futuro na polícia para ter um incondicional numa posição importante? Ou nossa proximidade devia-se apenas a uma inescrutável predestinação trágica que logo se concretizaria? Fosse qual fosse a razão que o aproximava de mim, nunca ousei lhe perguntar. E, como era o mais cômodo e satisfatório, deixei-me levar.

Entretanto, inclusive com a existência dessa relação inexplicável, mas intensa, para mim era complicado, ou às vezes impossível, fazer um retrato completo daquele homem. Ainda hoje me é difícil esboçá-lo. Eu tinha a silhueta, uma imagem, à qual sempre faltavam traços. Talvez porque a própria proximidade, que ele fomentara e eu aceitara com orgulho e vaidade, me impedisse de conseguir a perspectiva necessária, por mais que eu tivesse acumulado informações. A essência última de sua personalidade sempre me deixou com interrogações que não encontraram respostas, questões capazes de me convencer de que, na realidade, eu nunca chegara a saber quem era Alberto Yarini, o que ele queria já que parecia ter tudo, o que buscava já que eu acreditava que ele tinha conseguido ou mesmo que alcançaria tudo o que desejava. No entanto, se há uma coisa que posso afirmar sem receio é que Yarini me mostrou que ele era uma explosão da natureza, uma flecha que não se deteria até chegar ao alvo. A menos que alguém a quebrasse. Ou que, por alguma força estranha, Yarini se desviasse, como o cometa Halley, como certos furacões tropicais. E, no momento em que, por um motivo que para mim continua sendo inconcebível (o que me fez novamente

---

* Chapéu de aba estreita, tecido com palha muito fina, originalmente fabricado em Jipijapa e outras povoações do Equador. (N. T.)

duvidar de minha possibilidade de conhecer o homem), a flecha se desviou, o furacão se perdeu. E minha vida com o meteoro.

Não tinha nome, mas todos no bairro o conheciam como La Casa París. Talvez porque numa espécie de biombo colocado na pequena sala de recepção houvesse um espelho, propaganda de um champanhe, no qual se lia "Chez Paris".

Talvez excessivamente pomposo ou abigarrado para o que seria de bom gosto, o prostíbulo mais cotado de Louis Lotot exibia cortinados escuros, móveis estofados de tons marrons, luminárias de pé, suspensas e de mesa do estilo *art nouveau*, então muito na moda, piveteiros em se queimava incenso e alguma coisa com cheiro de almíscar, cinzeiros e cristais de Murano. Entrar ali era como penetrar um túnel que nos tirava do bairro pobre, pestilento e buliçoso e nos depositava num salão da burguesia parisiense ou vienense da *belle époque*. E por essa viagem também se pagava: nada estava ali por prazer ou capricho, mas em função do negócio.

Fizeram-me esperar vinte minutos até que La Petite Bertha fosse me buscar no salão, onde eu tomava uma taça de champanhe e, com a intenção de aplacar meus nervos, fumava um dos cigarros Siboney aos quais me afeiçoara. E foi naquele instante que senti a respiração suspensa. Tudo o que me tinham dito, e mais, tornava-se visível ou prometido debaixo do penhoar de tecido finíssimo, quase transparente, que a cobria até o meio da coxa. A mulher tinha se penteado e maquiado como para assistir a um ato público e debaixo do penhoar só vestia roupas íntimas minúsculas e meias pretas, com ligas até as coxas, destinadas a destacar mais o alvo sanguíneo de suas carnes visíveis, evidentemente compactas. Seu rosto, premiado com lábios carnudos, era um paradigma de harmonia em que refulgiam olhos de cor verde-água. Bertha Fontaine era, mais que bonita, avassaladora.

Com um espanhol gutural, perguntou-me se eu a convidava para um champanhe, e é óbvio que a atendi. O afeminado (francês que se fazia passar por cubano ou cubano que se fazia passar por francês?), vestido com camisa e gravata-borboleta, coberto com um avental, mas com as nádegas de fora, serviu-lhe uma taça e voltou a encher a minha, e nós brindamos.

— À tua saúde... Vou tomar esta taça e entramos. Não se preocupe — avisou ela depois de dar o primeiro gole.

— Não estou preocupado. Estou me deleitando... — E estive prestes a chamá-la de "senhorita".

— Obrigada.

— Fala muito bem espanhol... e chegou aqui há bem pouco tempo.

— Aprendi em Toulouse... Tolosa, para os espanhóis que moram lá. Aprendi a língua com eles.

— Que bom... E onde estão as outras mulheres?

— Aqui só trabalhamos quatro. E elas são muito ocupadas.

— Todas francesas?

— Não. Também há uma italiana e uma russa.

— Nenhuma cubana – eu disse, como se a nacionalidade do elenco me importasse.

— Há muitas cubanas, mas em outros lugares.

— É verdade.

— E você é o policial amigo do senhor Yarini, não é?

Sorri. No bairro, parecia não haver segredos. Mas percebi que a pergunta de La Petite podia ocultar alguma intenção.

— Sim, sou – eu disse.

— E como vai o senhor Yarini?

— Bem, creio que bem.

— É que ele me prometeu voltar e...

— E me mandou, o que não é a mesma coisa.

O sorriso de Bertha Fontaine era tão espetacular quanto seu rosto, seu corpo, o brilho de sua pele jovem, saudável, cuidada com esmero.

— Não, desculpe... É que ele não voltou. Talvez não tenha encontrado o que procurava.

— Ou então encontrou mais do que procurava – eu disse e terminei minha taça.

Uma hora depois, eu soube que Alberto Yarini encontrara, sim, muito mais do que procurava, ou algo diferente do que procurava. Logo eu teria certeza de que topara com sua desgraça.

O julgamento do doutor Bencomo ainda não tinha se iniciado, e parecia que o assassinato das duas mulheres esquartejadas já não interessava a ninguém. Entretanto, um dos crimes parecia continuar como um mistério a ser elucidado. Em muito poucas coisas, mas bem determinadas, o capitão Fonseca tinha toda razão: ninguém se importava com uma puta morta a mais ou a menos. Importavam o escândalo, o medo, as perdas comerciais, a morbidez, nunca as mulheres. Mas Fonseca, tão prepotente, se esquecera de considerar o detalhe de minha persistência.

Cheguei a acreditar que eu era o único policial da cidade que ainda tentava abrir uma brecha para chegar à verdade do homicídio de Josefina Gómez. Sobretudo porque, diferentemente de Fonseca e do promotor encarregado do caso de Bencomo, eu acreditava na declaração do doutor. A precisão de suas motivações para se desfazer de Margó Peituda fazia de seu crime uma ação muito orientada ou específica, e a falta de razões próprias (ou pelo menos conhecidas) para trucidar Finita afastava o médico daquele novo ato. A única causa ventilada era que Bencomo teria cometido o segundo crime para atrapalhar a solução do primeiro e que o médico, um psicopata, não precisava de mais ou novas motivações para matar.

Fato é que, com o afastamento do cometa Halley e a recuperação do sossego planetário, a serenidade não voltara ao bairro. O medo da morte coletiva deixara à sua passagem a desfaçatez generalizada, e todas as condutas desmedidas, os vícios e a degradação social e pessoal mantiveram seu predomínio. Em tal condição de anarquia, meus serviços públicos voltaram a se concentrar numa guerra, que de antemão eu sabia perdida, contra o jogo e o tráfico de estupefacientes. Sobretudo porque os verdadeiros promotores e beneficiários daqueles negócios eram personagens a cujas estaturas meus disparos não chegavam. À altura de meu chefe, o coronel Osorio, por exemplo, ou à de Mingo Valladares, que aliás não me perdoava por tê-lo requisitado um dia para meu trabalho policial.

Alberto Yarini, por sua vez, parecia mais concentrado que antes em suas azáfamas políticas. Além de sua presença na Câmara de Representantes, mantinha-se em campanha permanente com vistas a umas futuras eleições nas quais já parecia decidido a se apresentar como candidato a vice do general Fernando Freyre de Andrade para a Prefeitura de Havana. Yarini avaliava acertadamente a importância do cargo, pois, por meio das redes de poder, influências e convênios que se urdiam na capital passavam as decisões mais importantes da ilha.

Embora minha fé na política nacional e, sobretudo, nos políticos do país tivesse praticamente se esfumado, em minha suposta posição de "correligionário" de Yarini eu costumava acompanhá-lo em alguns dos comícios de que participava, dentro e fora do bairro. Devo confessar que gostava de ouvi-lo falar, escutar suas propostas, vê-lo manifestar sua paixão e, creio, sua fé. Em geral, Yarini tinha uma linguagem diferente daquela de seus colegas, certo nível filosófico e analítico que induziam à reflexão, inclusive à adesão. Eu não duvidava da capacidade de manipulação das massas daquele jovem que falava de grandes aspirações sociais e ao mesmo tempo disputava o controle do negócio mesquinho da prostituição na zona de tolerância. Porque, apesar de ser quem era e o que era, Yarini não prometia simples soluções pontuais, prebendas ou sinecuras, mas uma mudança necessária, uma refundação, um afastamento de pequenos personagens como meu próprio tio, o coronel Amargó, ou o politiqueiro Mingo Valladares, típicos homens espertos da época.

O enigmático Alberto Yarini movia-se numa órbita diferente e, por isso, costumava arengar contra uma burlesca trupe de mandachuvas, de fanfarrões e espertinhos de todos os tipos, que reinavam sobre a maioria cética dos que não fazem nada, daqueles que (no máximo) recolhem as sobras em silêncio. E repetia que o caos que se desencadeara entre nós no dia seguinte à intervenção anglo-saxã não se deteria enquanto alguém não lhe desse um basta. Ele se via como o homem capaz de acionar esse freio. E depois? Talvez essa continue sendo a grande, a única, pergunta com sentido. Contudo, Yarini acreditava na necessidade de um pulso de ferro capaz de retificar os rumos nacionais e, de algum modo, previu o que muitos anos depois seria nosso futuro. Teria ele conseguido fazer alguma coisa, mudar alguma coisa?

Enquanto isso, cada vez que o ouvia e refletia sobre seus discursos públicos ou privados, eu comparava muitas de suas atitudes e ações políticas e sociais com sua maneira de ganhar e viver a vida e era obrigado a, novamente, me fazer essas perguntas a que ainda hoje, muitos anos depois, não consegui responder satisfatoriamente: quem de fato era Alberto Yarini? Até onde queria chegar? Todo o seu discurso seria apenas uma estratégia eleitoral, uma manipulação populista, um exercício de demagogia, uma encenação? Ou era, podia chegar a ser, algo mais? O problema sempre foi que a história não escrita não se pode ler.

Ainda não sei se foi um golpe de sorte ou o prêmio à persistência.

Devo lembrar que, em cada oportunidade propícia, eu trazia à tona o assassinato de Josefina Gómez, crime aparentemente sem solução que me perseguia como uma incômoda pedra no sapato. Ao pensar que fora incapaz de encontrar o verdadeiro culpado de tal brutalidade, eu sentia como se estivesse falando com Yarini, falando comigo mesmo e com minhas capacidades, sobretudo falando com aquela pobre jovem castigada pela família, pela sociedade e por um assassino sádico. Um criminoso que, para maior fúria, havia se inspirado num homem que, para salvar sua carreira, esquartejara com muita frieza a mulher da qual havia abusado, física e psicologicamente.

E tanto procurei que uma reviravolta inesperada me abriu caminho quando apareceu o providencial Renato Alfonso. Tato, como era conhecido no bairro, era um jogador de pouca importância, desta vez protagonista de uma briga na qual se haviam desembainhado navalhas e provocado ferimentos, nada do outro mundo. Agora Tato voltava a meu quartel pela quarta ou quinta vez desde que eu começara a trabalhar no bairro e avisei-lhe que dessa vez não iria embora sem uma condenação que nos livrasse dele por alguns anos. E foi então que o homem, sem que na ocasião eu fizesse as perguntas obsessivas de praxe, ofereceu entregar-me, em troca de minha clemência, uma informação valiosa sobre o destino de Finita.

– Todo mundo no bairro sabe, inspetor. O senhor é o único que continua muito interessado no caso.

Como já o conhecia, pensei se não seria mais um de seus ardis de trapaceiro.

– Não tente me deter com mais uma mentira, Tato… Desta vez você vai em cana por muito tempo.

– Não é mentira, inspetor, não – continuou ele, com uma voz que quase dava pena. – É informação certa…

– Vamos ver, vamos ver…, mas não vou te soltar enquanto não confirmar.

– E se for verdade, vai me soltar?

– Se for verdade, tudo bem…

– Palavra?

– Palavra – eu disse, quase convencido de que seria tudo uma lorota sem fundamento.

– No fim da rua Damas tem uma *sapería*…, sabe, aonde vão as *fleteras* clandestinas.

– Conheço.

– Ali trabalha a mulata Altagracia…, não sei o sobrenome. Uma mulata de uns trinta anos, que ainda está bem… e que era amiga de Finita. Porque as duas eram do mesmo lugar, não sei qual.

– De Cárdenas?

– Pode ser, não sei… Mas isso não importa, o que importa é que as duas eram amigas, e Altagracia sabe quem era o cafetão da falecida.

– A falecida não tinha cafetão.

– Tinha, sim, todas têm. Mas esse não se deixava ver. E Altagracia sabe alguma coisa desse homem, sabe quem ele é e sabe mais.

– O que mais, Tato?

– Isso cabe ao senhor averiguar, inspetor. Porque eu estou falando como amigo, não como dedo-duro.

– Você e eu não somos amigos.

– Nem eu sou dedo-duro – repetiu Tato, numa tentativa patética de conservar algo de seu orgulho, de sua ética de delinquente. – Mas vá comprovar, a informação é boa. Mais que boa, juro pela minha mãe.... – disse, reclinou-se na cadeira e sorriu, tão seguro de si que tive certeza de que o trapaceiro não estava me enganando.

Naquela mesma noite, eu percorria a rua Damas, uma daquelas vias estreitas e escuras que desembocam na parte mais tétrica do porto havanês, zona de bares e quiosques pobres onde os marinheiros de passagem e os estivadores do porto bebem e jogam seus salários. Até para um policial como eu a rua Damas era um lugar pouco aconselhável para percorrer à noite. Por isso pedi ao sargento Nespería que me acompanhasse naquela incursão, que só poderia ser feita, da maneira mais adequada, à noite, hora de trabalho das *fleteras* da zona.

Não foi fácil localizar a tal Altagracia, mas, depois de parafusar muito, finalmente me indicaram o lugar onde ela trabalhava, um corredor pestilento, com quartos mal iluminados, em cuja entrada nos postamos para esperar a saída do cliente da vez, um trâmite físico em geral rápido. Porque as *fleteras* só dependem de seu esforço e trabalham em ritmo mais acelerado que as prostitutas acolhidas em bordéis e protegidas (é modo de dizer) por seu proxeneta.

Altagracia era uma mulher em boa forma, conforme Tato comentara, embora só de nos ver e adivinhar quem éramos (teríamos um cheiro diferente?) a pobre *fletera* começou a tremer. E naquele instante eu soube que Tato me dera uma boa pista.

– Fique tranquila, Altagracia, só quero falar um pouco com você – eu disse para acalmá-la, pegando-a pelo braço e afastando-a da entrada do pavilhão de quartos. Todas aquelas trabalhadoras do sexo tinham pavor dos agentes da ordem, que sempre se aproximavam delas com propósitos avessos.

– Falar do quê? Eu não fiz nada.

Evitei os bares da zona e levei a mulher aterrorizada até a entrada escura de uma loja, fechada àquela hora da noite. Para ver o rosto dela, tive de levá-la até um canto da fachada onde se recebia a luz vermelha do prostíbulo da calçada da frente.

– Se me contar depressa o que preciso saber, terminamos e você vai embora. Caso contrário, te levo até a delegacia, te abro uma ficha de puta e conversamos lá – tentando parecer amável e ao mesmo tempo severo.

A pobre Altagracia negava com a cabeça, como se disssesse a si mesma que não merecia o que estava acontecendo. Então, peguei pesado:

– Você falou com os outros, mas agora vai falar comigo. Você comentou algo sobre o cafetão de sua amiga Finita. Se me disser, é bem possível que possa saber o que aconteceu com ela, quem a matou dessa forma tão horrível.

– Quem a matou foi o mesmo que matou a outra, todo mundo sabe – disse Altagracia, procurando uma rota de fuga.

– Desde o começo, sabemos que não foi o mesmo homem... E o que você não sabe é que esse outro homem, esse que a matou, foi picando sua amiga em pedaços antes de ela morrer. Primeiro um braço, depois outro... – menti e acrescentei: – Deve ter sido horrível. E você vai deixar que esse sujeito continue na rua, que talvez mate outra, ou até você mesma, se ele souber que está falando coisas...? Se eu fiquei sabendo...

Agora a mulher negava enfaticamente com a cabeça. Ela sabia que meu último argumento estava certo.

– Mas se ele souber que falei com o senhor...

– Ele não vai ficar sabendo que conversamos, te juro – garanti e olhei-a nos olhos.

– O policial beiço de colher... – disse ela, por fim, quase num sussurro.

De repente tudo começava a ter um sentido, cada peça do quebra-cabeça entrava em seu lugar, e as formas se tornavam precisas, nítidas. Aquela imagem estivera o tempo todo diante de mim, e, talvez por olhá-la de perto, eu fora incapaz de definir seu contorno. E agora não sabia se me congratulava por um golpe de sorte e persistência ou pedia que me espancassem por ser imbecil e obtuso...

– O capitão Fonseca? – eu disse, também baixando a voz, depois de olhar para Nespería e constatar a palidez do sargento.

– Era ele que controlava Finita. Tirava seu dinheiro e dormia com ela. Quando ela não ganhava o bastante, ele a surrava, ameaçava. Tratava-a pior que a um cachorro. E eu o vi com ela na noite em que Finita desapareceu. É isso o que sei.

– Pois era isso que eu queria saber – eu disse, enfiei a mão no bolso e lhe dei algum dinheiro. – Para compensar seu tempo perdido. Ou para que você perca alguns dias... Vá para Cárdenas... Aqui todo mundo sabe de tudo e fala tudo, e você sabe que Fonseca é capaz de qualquer coisa.

Mais que um nome, mais que um caminho para a verdade, Altagracia me pusera nas mãos uma bomba com o pavio aceso.

Assim que a mulher se perdeu na escuridão da rua Damas, a primeira coisa que fiz foi lembrar a Nespería que, entre os policiais, só ele e eu estávamos a par daquela informação e tínhamos de agir com a maior cautela e em silêncio, pois qualquer deslize poderia nos custar a cabeça. Ambos sabíamos existir uma lei não escrita de que os policiais não devem ir contra os policiais, mas, num caso como aquele, um colega havia rompido os limites da tolerância, e eu não estava disposto a me tornar seu cúmplice. Disse, então, ao sargento que estávamos diante de algo muito grande e pesado, terrivelmente perigoso, e eu precisava pensar nos próximos passos. E abri a porta para ele: se preferisse, eu o manteria fora da investigação. Aliviado com minha proposta, o sargento me confessou, sem titubear, que seria melhor: ele não tinha ouvido nada, não sabia de nada, não andava por todas as redondezas, de manhã pediria uma licença e veria sua família em Sancti Spiritus. E nos apertamos as mãos para selar o pacto de silêncio.

Como meu salário tinha melhorado e algo extra costumava me cair no bolso só para olhar para o outro lado, eu alugara por aqueles dias um apartamento com banheiro próprio, inclusive com privada, num edifício modesto, porém mais confortável, da rua San Lázaro..., o apartamento que ainda hoje é minha casa. Aqui comecei a meditar sobre as maneiras de levar adiante o processo da investigação, que, por qualquer atalho, sempre passava pela revelação a meus superiores da informação obtida. E, se os convencesse, pelo necessário interrogatório do capitão Fonseca, com todos os riscos que o trâmite implicava. Por mais que eu buscasse a melhor maneira, voltava a cair na mesma consideração: só podia pôr meus superiores a par se o fizesse com uma proteção. E, por mais que pensasse em onde encontrá-la, sempre voltava ao mesmo nome: Alberto Yarini. Só ele poderia me blindar para eu entrar num campo minado e, talvez, sair com vida.

Mas antes eu precisava ter algo além de minhas elucubrações e uma delação (e se Altagracia tivesse me enganado, se tudo fosse uma vingança pessoal?): precisava alicerçar a informação. Para isso, pensei que poderia ter um aliado.

O doutor Anacleto Torres me esperava no necrotério municipal. Ainda que não fosse extraordinário nos vermos ali, pedi-lhe que nos fechássemos em seu escritório para falar em particular.

— Ponho minha cabeça em suas mãos, doutor — eu disse e, sem mais preâmbulos, relatei os detalhes de meu encontro com a mulata Altagracia e completei o quadro com dados colaterais que lhe davam maior solidez.

— Pois você está mesmo entregando sua cabeça. Fonseca é um sujeito perigoso e é dos que souberam comprar respaldos para si... Bem, neste momento você tem muito e não tem nada, Saborit. Quando muito, a palavra de uma puta — concluiu Torres, quando terminei minha exposição.

— Por isso preciso de sua ajuda. Fonseca é imbecil, não é idiota. Não deve ter em casa a machadinha com que despedaçou a mulher. Mas, se ele é o assassino, deve ter alguma coisa em algum lugar...

Torres assentiu. Depois sorriu.

— Alguma coisa que eu tenho... O sêmen que foi encontrado no corpo da morta. Conservei-o para o caso de ser necessário.

— Mas... como vamos conseguir uma amostra do sêmen de Fonseca sem o deter, mesmo depois de detê-lo?

Torres sorriu.

— Uma amostra do sangue de Fonseca me basta... Uma amostra que, aliás, eu também tenho.

— Também tem o sangue de Fonseca? — Meu assombro era enorme. — De onde o tirou?

— De um exame que ontem mesmo Fonseca me pediu que fizesse... para saber se está com sífilis. E está... Como a falecida Josefina, aliás... Acrescente esse dado.

— Então? — perguntei, ainda sem acreditar que o alinhamento favorável de astros que estava vendo acontecer diante de meus olhos fosse realmente possível.

— Me dê quarenta e oito horas. Preciso fazer uma cultura com o sêmen e o sangue para saber com noventa por cento de certeza científica se pertencem ou não à mesma pessoa.

— Mas restam dez por cento, e Fonseca ...

— Tranquilo... Com esses noventa por cento você pode detê-lo. E, então, buscar a confirmação definitiva: tenho uma impressão digital que tirei da única peça de roupa que havia no cadáver... Uma liga branca na coxa direita.... Uma liga em que, quando examinamos o cadáver, Fonseca nunca tocou. Porque ele nunca toca nos mortos.

— Meu Deus, doutor...

— Se tuas suspeitas se confirmarem no laboratório, vou te entregar o presente bem preparado e embrulhado. Você só terá de dar o laço.

Três dias depois, eu me encontrei com Yarini na velha alameda de Paula, diante do mar, muito perto de onde o vira pronunciar aquele discurso que, meses antes, tanto me alarmara. Ocupamos um dos bancos de pedra e, depois de lhe dizer que só ele poderia me ajudar no caso em que estava metido e de obter sua promessa de fazer o possível por mim, contei-lhe minha descoberta: era mais que possível que o capitão Fonseca fosse o assassino da prostituta Josefina Gómez, pois só assim se explicava sua atitude na investigação, seus ocultamentos, suas ações e reações arbitrárias. Mas, além de tudo, no laboratório do necrotério o patologista Torres havia confirmado que o sêmen encontrado no cadáver coincidia com a composição sanguínea de Fonseca, que também estava infectado de sífilis como a morta, e, para inculpá-lo sem sombra de dúvida, tínhamos uma impressão digital do suposto assassino que podíamos provar se era do capitão e acusá-lo já sem nenhuma margem de erro.

Alberto me ouviu em silêncio, fumando um de seus cigarros perfumados. Nem uma vez interrompeu meu relato, limitando-se a assentir ou negar com a cabeça, coberta com o fino panamá.

– E tenho duas possibilidades.... Ou falar diretamente com meu chefe, o coronel Osorio, ou ir até mais além e ver se alguém quer me escutar. Acusar um inspetor de polícia de assassino vai desagradar muita gente.

– Osorio é um bandido, e você sabe – começou Yarini. – Não pode confiar nele. Para evitar o escândalo, ele é capaz de avisar o Colher e lhe dar tempo para desaparecer... E Fonseca tem de pagar pelo que fez. Já não é um corrupto qualquer, agora é um assassino de mulheres. Não, ele não pode ficar impune.

– E o que você me aconselha?

– Vamos falar com Freyre de Andrade... Fernando é advogado e tem todas as conexões deste país. Ele saberá por onde entrar nessa história. Porque o que sei é que você tem que entrar por cima, muito por cima.

O trovão caiu do gabinete do próprio prefeito de Havana na mesa do general--chefe provincial da polícia, e dele, aos gritos, chegou aos ouvidos do coronel Osorio, de passagem qualificado de inepto e estúpido por seu superior. Imediatamente um Osorio arrasado me atribuiu a responsabilidade de deter Ezequiel Fonseca com uma ordem assinada pelo promotor do Supremo, na qual, além do mais, autorizava a prendê-lo de maneira cautelar e submetê-lo a uma investigação por suspeita de participação no assassinato de Josefina Gómez. E assim procedi, acompanhado por Nespería (afinal, não foi para lugar nenhum e, vendo que os ventos eram favoráveis, pediu para ir comigo) e o inevitável coronel Osorio, agora com mais necessidade de um êxito do qual, eu bem sabia, logo se apropriaria, com sua habitual falta de vergonha.

E o primeiro trâmite do processo policial e legal, o levantamento das impressões digitais do detido, deu o resultado que finalmente nos permitiu respirar: a marca da liga da falecida Josefina Gómez pertencia ao cidadão Ezequiel Fonseca, até então capitão da Polícia Nacional.

No momento em que recebi a confirmação e pessoalmente a comuniquei a Fonseca, vi o ex-capitão, até então petulante e aparentemente ofendido, desmoronar. Naquele instante, mais que júbilo por ter chegado à elucidação de um crime extremamente cruel, mais que orgulho por ter contribuído para que a justiça funcionasse, senti um imenso cansaço, um fastio paralisante. Por isso não me importou que quase de imediato o coronel Osorio comunicasse à imprensa a detenção de Fonseca, acusado de ser o segundo Açougueiro de San Isidro.

Sobre a figura de Fonseca caíram em segundos todas as avalanches de merda acumuladas por vários meses. Os mesmos jornalistas que se alimentavam com seus vazamentos e lhe pagavam gratificações e tragos descarregaram seus raios contra o acusado e, por tabela, sobre a corporação policial inteira, com exceção dos intocáveis de sempre e do novo herói, sempre necessário, que voltava a ser o "sagaz e dedicado" coronel Osorio.

Pouco me importava pessoalmente o que acontecia diante do público, mas me afetou muito ouvir as declarações de um Fonseca que tentava salvar a pele esquivando a premeditação. Desde que se estabelecera sua culpa de modo inequívoco (para provar ainda mais, tínhamos encontrado em sua casa o anel que a morta costumava usar), a petulância do ex-policial desaparecera, e essa reação se refletiu em seu rosto: o beiço de colher caiu mais, se é que era possível, quase até lhe tocar o queixo, e a ferocidade de seu olhar se apagou. Para seu possível desagravo, Fonseca negou que tivesse relações estáveis com a vítima e até disse que seu ato se devera à tensão em que a investigação do primeiro crime o mergulhara. Apresentava-o como um ato irracional cometido num ímpeto de loucura, sob os efeitos do álcool, uma reação de momento, para repetir quanto estava arrependido. Mas ninguém acreditou nele, e foram-lhe imputadas as acusações de homicídio premeditado e aleivosia. E eu soube que sobre ele cairia não só o peso da justiça, como também o castigo de uma sociedade cujo ritmo mais sórdido ele havia alterado: Fonseca prejudicara muitos negócios e, por isso, serviria para receber uma punição. E serviu. Mesmo sua vítima tendo sido uma pobre puta *fletera*.

Seis meses depois, com a diferença de um dia, o doutor Bencomo e o ex--capitão Fonseca foram fuzilados nos fossos da fortaleza de La Cabaña.

7

Conde, tão histórico e literário, como se sabe, adorou o dado que lhe pareceu roubado de algum episódio de *Os mistérios de Paris*, de Eugène Sue: porque tudo o que estava acontecendo agora poderia ter começado a se tramar cento e oitenta e quatro anos antes, na noite de 5 para 6 de novembro de 1832, quando ladrões devidamente mascarados, jamais identificados nem pegos, roubaram um lote de objetos importantes do Gabinete das Medalhas dos reis da França, em Paris.

Bastaram algumas ligações para organizar o encontro. Conde perguntou a Miki, e o escritor disse que certamente tinha seu homem. Então, Miki perguntou ao provável elucidador do problema napoleônico qual era sua disponibilidade, e o envolvido concedeu a entrevista ao policial que não era policial e estava empenhado em saber da presença em Cuba de objetos relacionados ao corso.

— Eduardo Álvarez te espera na casa dele amanhã, às dez da manhã. Anote o endereço – disse Miki, e Conde anotou. – Está feliz por falar com você... Mas um aviso...: o sujeito é historiador, você sabe, conhece tudo o que você queira saber de Napoleão e de milhares de outras coisas, e, para mim, ele é completamente louco... Escuta só: faz uns anos que ele doou para um museu uma coleção de medalhas napoleônicas.

— Ah, tudo bem. Qual é a loucura?

— Bem..., as medalhas que ele doou podiam valer uns trinta mil dólares há vinte anos... O dobro agora!

— E você está dizendo que ele as doou, assim, por nada? – Conde caíra num abismo de assombro.

— Eu te disse..., ele é louco. Mais que você. Mas é um louco boa gente. Seja pontual, Conde!

– O que os andaluzes dizem é verdade: neste mundo tem gente para tudo!

E Conde, a bordo do carro que Duque mandara pegá-lo na casa de Tamara, tinha se postado dez minutos antes da hora marcada diante do endereço anotado. Enquanto fumava um cigarro, controlava o tempo e lutava contra sua ansiedade, examinou o edifício onde morava o historiador, em plena avenida de San Lázaro, considerada com justiça a mais feia de Havana. A fachada anódina do prédio parecia ter sido pintada mais ou menos recentemente, durante uma daquelas tentativas esporádicas e propagandeadas de melhorar a aparência da cidade (porque Obama viria?). Entretanto, ou a tinta era de péssima qualidade, ou tinha sido misturada com tanta água pelos pintores (empenhados em melhorar seus salários roubando o máximo de tinta possível) que a chuva e o sol a tinham desbotado e o tom original da emulsão já estava indefinível. Agora, mais que pintado, o prédio parecia manchado.

Conde subiu até o segundo andar do edifício, em busca do apartamento do historiador, e tocou a porta, que se abriu imediatamente, como se o anfitrião estivesse ali mesmo, esperando o sinal.

– O senhor é cubano?

O homem, de uns cinquenta anos, cabelo desgrenhado ou não penteado, olhava para Conde com intensidade.

– Sim..., claro.

– Que estranho! – disse o outro, que checou incrédulo o relógio e por fim lhe estendeu a mão. – Muito prazer, Eduardo Álvarez, bem-vindo. Entre...

– Obrigado – retribuiu Conde, ainda desconcertado com a recepção.

A sala do apartamento parecia tomada pelos livros. Cada parede, cada móvel, cada assento transbordava de papel impresso. Só restavam vagas duas poltronas e um pequeno espaço na mesa de centro em que já estavam dispostas duas xícaras de café, inclusive com pires. Esse sujeito é mais obsessivo que eu, sentenciou Conde, e, por deformação profissional, calculou que com a biblioteca que se via seria possível fazer um bom negócio.

– Sente-se... Café? – O historiador mostrou e ergueu sua xícara. – Acabou de ser coado.

– Obrigado, eu estava precisando. – E Conde provou o café. Teve de fazer um esforço para engolir a infusão com gosto de xarope doce. – Incrível biblioteca...

– E tenho mais livros em meu quarto. Não os mostro porque minha mulher me mataria. Acabei de me levantar, e ela não arrumou a cama.

– O senhor se especializou em Napoleão e no império, não foi?

– Um pouco... Tenho mais de mil livros sobre o assunto. Em espanhol, francês e inglês. E estou estudando alemão para também ler nesse idioma.

Nem fale: ele é muito mais louco que eu, pensou Conde. Ou é um anjo do céu que se perdeu? Será que doou mesmo trinta mil dólares? Um marciano, o historiador devia ser um marciano safado.

– E o senhor queria...? – ofereceu o anfitrião. – Primeiro, posso chamá-lo de você?

– Claro... Esse é o mal de envelhecer. Muita gente começa a ser mais jovem que nós.

– Ruim é não chegar a ficar velho – disse o bibliófilo, e sorriu, saboreando o café. – Veja Napoleão, ele não ficou velho – acrescentou, e Conde percebeu que Eduardo Álvarez estava desesperado para entrar no assunto.

Mais que louco, Conde percebeu que se tratava de um apaixonado.

– Quantos anos ele viveu?

– Nasceu em Ajaccio, em 15 de agosto de 1769, e morreu em Santa Elena, em 5 de maio de 1821... Cinquenta e um anos... Tanto quanto tenho agora.

– Causou muita guerra, literalmente. E continua causando, não é?

– Isso mesmo, isso mesmo. Na Sociedade Internacional Napoleônica não descansamos. Todos os dias aparecem coisas novas do imperador, mais estudos...

– Vocês se reúnem?

– Claro, claro. Há dois anos nos reunimos, os napoleônicos do mundo todo, aqui em Havana. Não ficou sabendo?

Conde sentiu-se envergonhado.

– Não, não fiquei sabendo. É que... cada vez leio menos o jornal. Não gosto do que ele diz... Ou todos os dias diz a mesma coisa. Além disso, para dizer a verdade, não sou muito napoleônico – confessou.

– O museu daqui é muito importante... Os visitantes que não o conheciam ficaram loucos.

– E as medalhas...? As medalhas do senhor... – ousou Conde.

– Ah, já te disseram. Mas também me trate de você, por favor... Não, minhas medalhas estão num museu de Cárdenas, porque sou de lá... Mas fale nisso baixinho. Se minha mulher ouvir, vai lembrar o que fiz e me dar uma surra. Com o dinheiro...

– Era muito dinheiro.

– Eu sei, mas... enfim, fiz o que devia.

– O que devia, o que devia... – A mulher tinha saído de algum lugar do fundo do apartamento e imediatamente sumiu para onde Conde supôs que fossem os quartos.

Pelo que conseguiu ver, a mulher era um pouco mais jovem que Eduardo, uma quarentona forte e, naquele momento, muito zangada.

— Ainda tenho vontade de matá-lo. De jogá-lo por essa sacada... — continuou ela, até a voz desaparecer.

Conde não conseguiu evitar: sorriu. O historiador franziu o cenho enquanto balançava a cabeça, como dizendo: "Sou um incompreendido". E o ex-policial tentou contemporizar.

— Sim, há pessoas que fazem o que devem, outras que não fazem. Mas quase ninguém faria o que você fez. *Chapeau.*

O historiador ensaiou um gesto para reduzir a importância de sua ação ou para espantar uma mosca.

— Bem, e o que você anda averiguando?

Conde tirou o maço de cigarros e o mostrou ao historiador, que fez um gesto de aceitação. Estava tentando organizar suas ignorâncias e escolher a informação que podia soltar.

— Primeiro, a primeira coisa. Eu não sou policial. Já fui, há séculos. Mas estou dando uma ajuda para eles... E há duas pessoas mortas, de maneira muito horrível. E pode ser que tenham alguma relação com algo que pertenceu a Napoleão.

— Ah, que bom!

— Na realidade, não é tão bom... Por isso quero antes perguntar uma coisa a você, historiador... Uma mutilação, especificamente uma castração, te diz alguma coisa, te invoca alguma ligação histórica ou ritual?

Eduardo Álvarez pensou por alguns segundos.

— Bem, a mutilação genital foi praticada em muitas culturas. E há uma primeira razão: é a maneira de tirar a virilidade do derrotado. De roubar-lhe o valor... Há um tempo, li que certas tribos indígenas da América do Norte praticavam a castração dos vencidos porque acreditavam que o espírito do inimigo passava para a outra forma de vida com os mesmos atributos com que morrera. Assim, o guerreiro derrotado ia embora sem virilidade, sem valor e sem possibilidade de obter os prazeres do ato sexual.

— Esses mortos continuavam... copulando?

— Viviam outra vida, muito parecida com esta. Num mundo espiritual. Mas a maior mutilação era tirar os olhos do morto... Assim ele não conseguia encontrar o caminho para o outro mundo e ficava neste, como um fantasma, vagando às cegas.

— Interessante — admitiu Conde, sem conseguir ainda relacionar o que ouvira com as castrações de Quevedo e Marcel Robaina. Não se sentia inclinado a lhes atribuir aqueles sentidos profundos. E a história de Napoleão? — Mas a razão pela qual eu vim... É que talvez haja alguma coisa bastante valiosa relacionada a esses assassinatos. Certamente, um objeto. Ao que parece, e isso é pura suposição minha, não muito grande... E o nome de Napoleão volta e meia aparece... Já passei pelo museu, e não sabem se há algo de muito valor aqui por Cuba. Você tem ideia de algo assim?

– Um objeto valioso e não muito grande? Uma chancela de ouro, um sinete – comentou o historiador, sem pensar. Seus olhos brilhavam. – Um sinete que quase certamente chegou a Cuba, uma peça única que desde que foi roubada nunca se soube onde está e que, se ainda existe, pode valer pelo menos cinquenta mil dólares. Pelo menos. E você acha que alguém a tem aqui em Cuba? Seria genial, um arraso... Se aparecer, você tem de me dizer, antes de dizer para qualquer outra pessoa. Vou mostrar que Juan Bautista Leclerc trouxe para Cuba mais do que se pensa. Que talvez tenha participado do roubo... Ai, vou arrasar! – E o brilho de seu olhar transformou-se em lágrimas de pura emoção histórica. Um anjo apaixonado.

Juan Bautista Leclerc de Beaume. O nome te diz alguma coisa? Quase ninguém se lembra dele. Entretanto, por volta de 1840 e tantos chegou a ser diretor da Academia de San Alejandro, aqui em Havana, e até há quadros dele no Museu Nacional. Um retrato muito bom do padre Félix Varela, por exemplo...

Juan Bautista era filho de franceses, donos de um cafezal nos arredores de Cárdenas. Franceses ilustrados e republicanos, rousseaunianos. Por isso batizaram o cafezal de "L'Humanité". Apesar disso, tinham escravizados, e na verdade não sei se eram muito humanos com eles. Desde criança, Juan Bautista mostrou que tinha dom para a pintura, e os pais o mandaram estudar belas-artes em Paris. Saiu daqui em 1820, lá foi acolhido por um tio, general dos exércitos imperiais, e estudou com o mestre Jacque-Louis David, que, aliás, também foi professor de Ingres, o do violino. Já em 1825, o Leclerc cubano tinha seu próprio estúdio em Paris. Era bom profissional, muito acadêmico, muito clássico, com centelhas de talento. E tornara-se um napoleônico ferrenho, como muitos franceses... Foi terrível que os revolucionários republicanos se transformassem em seguidores aguerridos de Napoleão, o homem que anulou a revolução, ou a institucionalizou, o que dá no mesmo. Terrível, não é?

Na época circulavam na França muitas coisas relacionadas ao imperador. Autênticas e falsas, obviamente. O caso é que era um mercado muito ativo, e Leclerc relacionou-se com ele e comprou várias peças. Por exemplo, uma cópia da famosa máscara mortuária de Napoleão feita por seu médico de cabeceira em

Santa Helena, o doutor Francesco Antommarchi, o mesmo que lhe fez a autópsia graças à qual se estabeleceu que o corso havia mesmo morrido de um câncer no estômago e... o mesmo médico que lhe cortou o pênis e o levou consigo. Sim, o pênis do qual te falaram e que venderam sabe-se lá quantas vezes... Veja, outro dia compraram dois molares de Napoleão por vinte mil euros. Se todos os molares dele que foram vendidos fossem autênticos, então ele teria mais dentes que um tubarão... Aliás, esse mesmo médico, Francesco Antommarchi, talvez por uma estranha força de atração, veio dar em Cuba vários anos depois, em 1836, e andou pelos cafezais franceses de Gran Piedra, em Santiago de Cuba, onde pegou febre amarela e morreu, em 1838. E foi a máscara de Antommarchi que Leclerc trouxe que você deve ter visto no museu daqui. Impressionante, não é? Olho para ela e... é como se estivesse diante do imperador. Quase dá para falar com ele... Não diga a ninguém..., às vezes eu falo com ele. Juro.

Então, como eu dizia, em 1832, no dia 5 de novembro, para ser mais exato, ocorreu o roubo no Cabinet des Médailles des Rois de France, o Gabinete das Medalhas, em Paris, uma coleção que depois foi para os prédios da antiga Biblioteca Nacional. Foi um roubo incrível, muito bem planejado, estilo Raffles, e por isso nunca encontraram os ladrões, embora aos poucos alguns objetos tenham sido recuperados... Naquele dia, desapareceram do gabinete coisas como um cálice de seis polegadas de diâmetro, com medalhas romanas incrustadas na borda; uma taça de ouro que Napoleão tinha trazido do Egito e na qual havia gravada a imagem de um dos reis do Império Sassânida, o último anterior à conquista muçulmana; várias joias encontradas na tumba do rei franco Quilderico I, anterior a Carlos Magno; um sinete de ouro de Luís XIII; uma quantidade significativa de moedas antigas, sobretudo gregas e romanas; e muitas medalhas napoleônicas, honoríficas, comemorativas... e, bem, como você deve estar imaginando a essas alturas, também um sinete de ouro, aliás, bem peculiar.

Os sinetes para lacrar documentos em geral têm a base de borracha. Mas originalmente, desde a Idade Média, e como era o caso do sinete de Luís XIII, que também roubaram, podiam ser de metal, sobretudo de ouro. E era de ouro o sinete de Napoleão que estava no gabinete, repito, peça rara e talvez única. E, obviamente, valiosa, muito procurada... e até agora jamais localizada.

Vou descrevê-lo de memória, mas o que vou dizer você pode carimbar... ou selar, já que o assunto é esse. Porque, até onde sei, iconograficamente trata-se de um timbre típico do período do império. Vamos lá: tinha a figura do imperador, sentado no trono, diante de uma tapeçaria recolhida para os lados, da qual sai uma grande coroa imperial. Napoleão está vestido à antiga, como grego ou romano clássico, coroado de louros, e segura na mão direita um longo cetro e na esquerda a vara da justiça. Atrás da figura humana, a águia napoleônica rodeada pelo colar da Legião de Honra, que foi criação do imperador, entre um manto bordado de abelhas e forrado de arminho... É isso, mais ou menos. Ou seja, napoleônico até não poder mais. Bonapartista, na verdade.

Quando ocorre o roubo, Juan Bautista Leclerc está em Paris. E, dois anos depois, fecha o estúdio e reaparece em Cuba. Se teve relação com o roubo ou comprou peças roubadas, isso não se sabe. Mas as suspeitas são muito fortes, porque trouxe para Cuba, além da máscara de Antommarchi e de um pequeno busto do imperador, obra de Canova, várias medalhas, entre elas uma muito especial, de prata, de 1814, a chamada medalha da abdicação, e outros objetos menos importantes, mas também relacionados ao imperador. Depois todas essas peças se dispersaram e foram circulando e sendo vendidas por anos, herdadas por gerações, e hoje algumas podem ser vistas no museu daqui, que você visitou, e em outros, como o de Cárdenas, ao qual doei minha coleção... Você precisa vê-las!

E, bem, do sinete se falou alguma coisa, mas bem pouco, nunca nada preciso, mas o suficiente para suspeitar que Leclerc estivesse com ele. Especulou-se que, se chegou a Cuba, era possível seguir sua pista até Leclerc, porque depois sumiu com ele. Nada é certo... Mas não há dúvida de que aquele sinete de ouro de Napoleão é uma joia rara, e se agora fosse posto à venda..., bem..., eu diria... Não menos de cinquenta mil dólares. Se pagam dez mil por cada molar que ninguém sabe se foi dele, imagine aquele sinete, que é único, totalmente napoleônico... Ai, tomara que esteja em Cuba, que lance sensacional...! Porque sempre suspeitei que estivesse aqui... O ruim é que, se tudo isso que você está me dizendo é por conta do sinete, o ruim, como eu ia dizendo, é já haver muitos mortos pelo meio. E por que você acha que cortaram o pênis desses dois mortos? É porque também cortaram o pau de Napoleão?

Obama em Cuba. Havana está fervendo. Exércitos de jornalistas, empresários, turistas, curiosos. Entusiastas, otimistas, niilistas. Contrariados e esperançosos. E muitos policiais, todos os policiais. As pessoas coladas na televisão. Sabe-se que Obama está falando com dissidentes, com empreendedores, é visto reunido com os dirigentes cubanos. Veja como Obama está grisalho, Obama está sempre rindo, olha que mulher de classe é Michelle. Visita histórica, muito bem. Os consabidos tambores e pratos. E como será a pós-história? Alguma coisa vai mudar? A cada dia é mais evidente: as pessoas desejam, necessitam, quase que imploram, e esperam, confiantes ou desconfiadas. Cansadas de tanta história, precisando de esperança e espaço. Ar, precisam de ar... Mario Conde, porém, continua pensando o mesmo e nem se questiona: Obama veio, está, irá embora e, conforme advertiu há anos o grande filósofo Jean-Paul Sartre, no fim a vida continua igual. Ou foi Julio Iglesias que disse? Tanto faz, caralho: o terrível é que também há indivíduos a quem não interessa que mude nada, porque, se mudar alguma coisa, podem eles mudar. Entretanto, no fim, mais cedo ou mais tarde, alguma coisa vai mudar, Conde também acha.

Por causa da maldita "visita histórica", o ex-policial constatou que a Central de Investigações Criminais parecia assolada por um vírus extraterrestre, de filmes catastrofistas, em que as pessoas são derretidas ou abduzidas e o resto permanece no lugar. Por sorte, um dos poucos sobreviventes era o tenente Miguel Duque, que o esperava no vestíbulo do prédio.

— Antes de sair, conte-me — exigiu o policial. — Napoleão sim ou Napoleão não?

— Pois pode ser que sim e pode ser que não... O que você acha? Me oferece um café e vamos lá fora fumar?

Conde tentou resumir para ele o diálogo com o historiador Eduardo Álvarez sem pôr em suas palavras nenhuma intenção que comprometesse a informação mais objetiva. Porque, definitivamente, sabiam a mesma coisa que antes, apenas com mais elementos ornamentais: chegaram a Cuba dezenas de objetos napoleônicos, conhecidos, na maioria catalogados, e alguns sobre os quais talvez não houvesse notícias que confirmassem sua chegada e seu extravio, como o suposto sinete de ouro imperial, roubado em 1832. E precisamente aquela joia valiosa poderia ser (ou não, para complicar mais) o objeto com que Reynaldo Quevedo e Marcel Robaina esperavam fazer uma pequena fortuna. Na realidade nada pequena para Conde e outros milhões de cubanos residentes na ilha, tampouco para muitos de fora, verdade seja dita.

— Então... — começou Duque —, estamos na mesma?

— Não, na parecida — amenizou Conde, e evitou falar de suas premonições. — E agora vamos...? Hoje à noite vou ter um trabalho agitadinho...

Conde preferiu ficar em silêncio enquanto Duque dirigia rumo ao bairro de Buenavista, onde, por sua insistência, tinham conseguido localizar o irmão da poeta Natalia Poblet. O ex-policial sabia que para o oficial cartesiano e digitalizado aquele movimento era uma de suas palhaçadas, uma bobagem de palpites e supostos vínculos culteranistas e, sobretudo, pensava isso porque não fora dele a ideia de investigar sobre a escritora suicida que podia ter tido ou não uma relação sentimental com Marcel. Na verdade, essa indagação não ocorrera a ninguém...

Além disso, Conde precisava urgentemente reorganizar tudo o que sabia agora e, por enquanto, mirar uma tênue, quase improvável direção em curso: o fantasma persistente de Natalia Poblet.

Desde o início, Conde era perseguido pela sensação de que a pesquisa dos assassinos, à primeira vista bloqueada, enroscada em si mesma, ocultava um dado revelador, um verdadeiro detonador, que ele não fora capaz de definir e, depois, ativar. E, mais por intuição que por evidências, aferrara-se a acreditar que a história quase esquecida de Natalia Poblet podia ser a ponta do novelo. E, já que estava pensando, de passagem ponderou que talvez se sentisse tão desorientado porque perdera o treino exigido pelo ofício. Ou só porque, sem maiores justificativas, era bruto, míope ou idiota. Ou tudo de uma vez, o que era mais que provável. Enfim, podiam acusá-lo de muita coisa, menos de não ter uma grande capacidade de autocrítica.

A casinha dos Poblet era daquelas típicas de uma região de Havana que, um século antes, acolhera uma classe média baixa de comerciantes e dezenas de funcionários públicos. De alvenaria, altura média, construída na década de 1930 ou de 1940, tinha um jardim minúsculo, um pequeno alpendre com arcos e nenhum encanto. No alpendre, duas cadeiras de alumínio e cordões de plástico. Numa das cadeiras, um homem calvo, de uns sessenta anos, ainda robusto, com uma camiseta que deixava à mostra que todo o cabelo perdido na cabeça talvez tivesse se transferido para os braços, o pescoço e o peito. Como Miguel Urso, Conde pensou, e lembrou-se da figura daquele professor de matemática de seu tempo de secundário. Será que o Urso tinha morrido? Alguém além de Conde se lembraria dele? O ofuscamento da existência das pessoas, inclusive das memórias de sua existência, seria a verdadeira solidão dos mortos?

Sandalio Poblet os viu se aproximar com uma interrogação nas sobrancelhas, também hirsutas. Conde pensou que, apesar de Duque estar com traje civil, o homem conseguiria identificá-los. Talvez pelo cheiro, não?

– Boa tarde – disse o policial, da calçada. – Estamos procurando Sandalio Poblet.

– Quem o procura?

Duque não tinha senso de humor. Conde teria dito qualquer coisa, menos o que o investigador lançou.

– A Polícia Criminal. – E mostrou a placa de identificação.

– Por quê? – O outro não se deu por vencido.

– Porque temos de falar com ele.

– Sobre o quê?

Duque bufou, e Conde sorriu. Adorava os diálogos de Hemingway, porém, ultimamente, mais ainda os de Tarantino.

– Sobre... dois assassinatos.

– De quem? – Sandalio era duro de roer.

– Sandalio Poblet é o senhor ou não?

– Sim, é óbvio, devia ter começado por aí, coronel.

– Tenente, só tenente... Posso? – E apontou para a entrada.

– Claro, entrem – disse Sandalio, que entrou na sala de onde saiu com uma cadeira de vime na qual se acomodou, depois de indicar as outras duas para os policiais. – E vocês sabem se Obama vem mesmo?

Conde teve a confirmação de que Sandalio Poblet era um personagem complicado. A experiência lhe dizia que noventa e nove por cento das pessoas ficavam desconcertadas diante de uma abordagem policial, ao passo que Sandalio se punha a jogar o jogo. E se entregou à caça.

– Não..., não vem coisa nenhuma – disse Conde, antes que Duque reagisse. – Quem veio fomos nós, e não temos muito tempo.

– E o que vocês querem?

– Saber de sua irmã. Natalia Poblet – continuou Conde, disposto a levar o diálogo sem rodeios.

Sandalio arqueou as sobrancelhas intratáveis.

– Natalia morreu há... quase quarenta anos.

– Sabemos. Suicídio. Por quê?

Sandalio Poblet deu um tempo. O assunto, pelo visto, ainda o afetava.

– Porque não suportou..., porque era uma pessoa muito sensível e não aguentou.

– O que ela não aguentou?

Sandalio quase bufou.

– Eu tinha vinte anos quando ela fez isso... Não tinha ideia do que estava acontecendo com minha irmã. Bem, sabia o que estava acontecendo, mas não imaginava que a afetasse tanto. Estava sendo acossada e... Por que estão me fazendo remexer a merda?

– Quem a acossava? – Conde resolveu apertar o acelerador e manter suas cartas escondidas.

– Os cães de caça... Os que dirigiam tudo naqueles anos..., como aquele velho que morreu outro dia: Quijano.

– Quevedo – corrigiu Duque, e Conde o encarou. Não se meta, por favor, ele pediu com o olhar. Deixe-o comigo.

– Esse mesmo... Eles a acusaram de ser praticante ativa da religião. De ser uma poeta intimista, é o que estão ouvindo, poeta intimista. E até insinuaram que era lésbica, porque disseram que não se sabia de nenhum namorado seu... Inventavam qualquer mentira, sem pudor. E naquela época tudo isso era muito grave. Foi dispensada do trabalho que fazia numa editora e a mandaram limpar o chão e os banheiros numa Casa de Cultura..., em Alquízar..., com horário rígido. Trinta quilômetros para ir, trinta para voltar. Ela tinha de se levantar às cinco da manhã para estar lá às sete e, depois, chegava em casa às sete ou oito da noite... Eles a sufocaram. Não, eles a asfixiaram.

– Como fizeram com muita gente. Mas os outros não se suicidaram.

– Mas ela, sim...

– Ouvi dizer que tomou uns comprimidos e cortou os pulsos. Para não falhar. Onde fez isso?

Sandalio Poblet baixou os olhos.

– Num quartinho que ela tinha em El Cerro. Um padre amigo dela o tinha conseguido. Foi encontrada pelo mau cheiro... Como passava o dia lá em Alquízar, só vinha aqui aos domingos, desde que a castigaram não via quase ninguém e...

– Quem morava aqui?

– Nossos velhos e minha irmã Consuelo, com o marido e o filho menorzinho. E eu, claro. A casa tem dois quartos e, como nós quase não cabíamos, Natalia foi viver nesse quartinho em El Cerro. Ela era assim, sempre se fodia pelos outros. Nati era como um anjo de Deus...

– Ouvi dizer que era muito católica.

– Sim..., mas não era beata.

– Mesmo assim se suicidou. É pecado capital. Vai direto para o inferno.

– Então dá para imaginar quanto estava fodida... Já estava no inferno. Um inferno de verdade... Desde que ela se matou, eu deixei de crer. Em tudo. Em tudo – repetiu ele, como para não deixar dúvidas quanto a sua descrença radical.

Conde resolveu dar um respiro a Sandalio, mas a decisão do tenente Duque não foi a mesma.

– De todo modo..., matar-se por isso?

Sandalio deu um sorriso triste.

– O senhor não sabe... tenente, foi isso que me disse...? Bem, tanto faz, o senhor não sabe o que é viver pensando que o castigo que te deram pode ser uma prisão perpétua. Que você nunca vai voltar a ser o que foi, que estão te condenando só por você ser o que é, sem que isso que você é seja agressivo para outras pessoas. Saber que você não cabe na sociedade em que vive e que, quando muito, te concedem um canto: limpando merda, *per secula seculorum*, como dizem os padres, não é? Sentir-se pestilento, marginalizado, desprezado. Insinuaram que ela era sapatão. E disseram mais: que era contrarrevolucionária. Marcaram-na com uma cruz preta na testa... Sabem o que fazia um dos aguerridos companheiros revolucionários que trabalhava naquela Casa de Cultura? Pois, para humilhá-la ainda mais, o sujeito cagava no meio do banheiro, todos os dias cagava e mijava ali, para que minha irmã tivesse de limpar sua merda. E, quando ela protestou, disseram que, se não estivesse satisfeita, tinham outro trabalho para ela: cozinheira dos caçadores de crocodilos em Ciénaga de Zapata, e que, se ela deixasse o trabalho, lhe aplicariam a Ley del Vago*, ou da periculosidade, não sei bem, e a deixariam quatro anos numa fazenda para que lá pudesse fazer tudo o que quisesse com outras machonas. E não falavam brincando, não, as coisas neste país funcionavam assim... Ah, claro, e disseram que se esquecesse de publicar mais um poema que fosse em Cuba, menos ainda fora de Cuba, pois seria considerado um ato contra a revolução. Tenente, o senhor não acha suficiente para que uma pessoa que não agrediu ninguém, que não roubou nada, que não difamou? O senhor acha muito ou pouco para que essa pessoa se sinta tão agredida e tão encurralada a ponto de decidir se matar? E o que o senhor acha se essa pessoa, além do mais, se afasta do namorado que tinha desde jovem porque ele quer voltar a estudar na universidade e, muito sacana, não aguenta e um dia lhe diz que a relação com ela pode prejudicá-lo? Se tudo isso não lhe parece suficiente, então junte mais esta: quando minha irmã se matou, já a tinham matado... É isso que posso lhes dizer de Nati. E posso acrescentar algo de minha própria lavra: ela era uma mulher doce e boa, que conseguia se sacrificar pelos outros e talvez fosse até capaz de perdoar os que a ofenderam, que, aliás, nunca pediram perdão pelas barbaridades que fizeram... Mas eu, que não creio em nada, não consigo. E também não quero perdoar os que, dois anos depois, em 1980, vieram a esta casa gritar insultos e atirar ovos e até pedras em minha irmã Consuelo e seu marido porque iam embora do país... Minha irmã enfermeira e meu cunhado médico, duas pessoas que se dedicavam a tratar dos outros, foram vilipendiados, chamados de escórias, de antissociais, de puta e de bicha... Tudo isso aconteceu neste país...

---

* Em português, Lei do Desocupado, lei vigente em Cuba na década de 1970 que impunha penalidades a pessoas que não exercessem alguma ocupação. (N. T.)

E ninguém me garante que não acontecerá de novo, não é mesmo? Vocês não me disseram que já iam embora?

Conde engoliu em seco. Duque se refugiou numa aspiração nasal mucosa. O discurso de Sandalio Poblet era tão demolidor que não havia argumentos sequer para o aliviar. Porque os dois, o policial e o ex-policial, sabiam que aquilo que Sandalio dizia era verdade. Assim se vivera naquele país, conforme Sandalio afirmava, e o risco permanente de que aqueles métodos voltassem foi o que alterou os protagonistas da guerrinha de e-mails de que Miki, amigo de Conde, lhe falara.

Duque, como aturdido por uma pancada, iniciou, então, um torpe movimento para se pôr em pé, mas Conde estendeu a mão e o deteve.

– Sandalio, o que você está contando é terrível, e só posso dizer que sinto muito pelo que aconteceu com sua família, especialmente com sua irmã Natalia. E entendo que você não consiga perdoar... Mas um dos que condenou Natalia, há quarenta anos, apareceu morto, na verdade foi assassinado e mutilado...

– Justiça divina – comentou Sandalio. – E tem mais..., fico feliz! Quesada, não é?

– Quem o matou foi alguém com muito ódio, com muita raiva – disse Conde.

– Como eu? – Sandalio acabou rindo. – Teria gostado de fazê-lo, mas não o fiz. Não sou como eles... Não os perdoo, mas também não os castigaria. Não dessa maneira...

Conde olhava nos olhos do homem. Sandalio era tão louco a ponto de assumir motivos para assassinar o acusador de sua irmã ou era tão inocente a ponto de não se importar que os outros pensassem o contrário. Em todo caso, era um jogo perigoso, no qual Conde, conhecedor daqueles comportamentos, tomou partido da segunda possibilidade. Sandalio não era seu homem.

– Mas, na verdade – Conde retomou a palavra –, não acreditamos que tenham feito isso por alguma coisa que ele fez com gente como sua irmã ou com o pintor Sindo Capote, que era amigo dela, segundo ele mesmo nos disse...

– Então por que a estão misturando com isso que aconteceu agora? Por que vieram revolver a merda?

– Acreditamos que mataram Quevedo e outro homem que tinha relações com ele por questão de dinheiro. De muito dinheiro... No início, pensamos que podia ter ligação com o roubo de uns quadros de pintores cubanos que aquele filho da puta do Quevedo tinha e ia vendendo para viver como um príncipe. Agora acreditamos que haja alguma coisa mais, algo que podia ser mais valioso.

— Que personagem esse Quevedo..., mas continuo sem entender... — Sandalio parecia mais calmo, talvez agora também intrigado.

— Você diz que sua irmã tinha um namorado... mas que não tinha mais...

— Ela o conheceu na universidade. Tiraram os dois do curso. Isso os afetou muito, e acabaram se separando.

— E depois ela teve algum outro amigo? Um que se chamava Marcel? Marcel Robaina.

— Não, não me diz nada. Pode ser... Ela era jovem, bem bonita e...

— Agora vou lhe perguntar uma coisa muito concreta... Sua irmã perdeu algo que podia ser muito valioso?

— Roubaram-lhe a dignidade, tiraram-lhe o orgulho, arrancaram-lhe as esperanças — lançou Sandalio, de novo em pé de guerra.

— Além disso..., algum objeto? Para ser mais exato: um objeto relacionado a Napoleão Bonaparte?

Sandalio acabou sorrindo.

— Do que está falando, capitão?

— Eu não tenho patente, de modo que pode deixar isso de lado... Sandalio, você que perdeu sua irmã Natalia... Não lhe importa que haja duas pessoas mortas e que algumas outras possam aparecer mortas por causa desse objeto valioso? Mesmo que um desses mortos tenha sido quem fodeu com a vida de Natalia...

Sandalio baixou os olhos pela primeira vez ao longo daquela conversa escabrosa.

— De fato, não sei, compadre... Mas, veja... Agora que está dizendo isso... Bem, quando minha irmã Consuelo e o marido chegaram ao quartinho de Nati, pareceu-lhes que alguém o tinha revistado.

— Quem? A polícia?

— Suponho, não? No entanto, aquele que fora o namorado de Nati e meu cunhado Abelardo falaram com o chefe da investigação. Um tenente, creio, mais um tenente... E o homem jurou que os policiais tinham feito a análise da cena, mas que o suicídio era tão evidente que mal tocaram em alguma coisa. Não sei, eu não acredito.

— Por acaso você lembra o nome desse tenente da polícia?

— Não, mas pode ser que Abelardo lembre. Se é importante, posso perguntar. Ah, lembro que disseram que ele era gordo, muito gordo.

Conde sentiu tocar um sino. Um tenente investigador muito gordo.

— Onde posso localizar teu cunhado?

— Em Las Vegas... Minha irmã e ele acabaram indo embora. Aqui só fiquei eu...

— Bem, se puder, pergunte a seu cunhado sobre esse capitão, se ele lembra o nome... Então, você não sabe quem pode ter revistado o quarto de Natalia?

— Não sei... O problema é que ninguém se importou muito, parece. Como Natalia não tinha nada... A maioria de seus livros ainda estava aqui... Aliás, há uns seis meses decidi vendê-los.

Conde sentiu o efeito de outro cruzamento de linhas, os jogos do destino.

— Eu compro e vendo livros... Para quem os vendeu?

— Para um tal de Barbarito, um mulato gordinho...

— Barbarito Esmeril... Você foi com a concorrência — disse Conde e sorriu. Pareceu-lhe propícia a redução da tensão que se constatava.

— E havia algumas coisas boas naquela biblioteca... Livros de Lezama, Eliseo Diego, gente assim, quase todos assinados por eles. Primeiras edições.

Conde negou com a cabeça. Barbarito sempre se adiantava.

— Bem, agradecemos seu tempo, Sandalio. Por favor, se puder, investigue para mim o nome do tenente que cuidou do caso de Natalia... e pense, pergunte também à sua irmã... você sabe, sobre alguma coisa que pudesse valer muito, alguma coisa ligada a Napoleão.

— Na verdade, não entendo seu interesse. Misturar minha irmã com tudo isso... Por quê?

Conde olhou para o tenente Duque, depois para Sandalio, e suspirou.

— Porque tenho uma premonição, Sandalio, e é das fortes.

Sem muito êxito, Conde tentara afastar da mente a conversa com Sandalio Poblet. A evocação nítida do homem revelara para ele a densidade do calvário vivido por muitas pessoas no país e que desembocou no suicídio de uma mulher como Natalia, sem a capacidade de resistência de outros, entre os quais houve alguns mais ousados que até levaram a julgamentos trabalhistas os castigos recebidos e, embora a contragosto, até retornaram a seus empregos pelos tribunais.

Pensando, debruçado no canto escolhido do La Dulce Vida, o vigia noturno olhava sem ver os funcionários e a clientela que lotava o lugar, desde as mesas até o balcão em que os *barmen* abriam garrafas, batiam coquetéis, cortavam rodelas de limão. O frenesi de um dia repleto de acontecimentos se transportara para a noite do local, e as pessoas se divertiam, gastavam, viviam uma plenitude despreocupada, embora cara, tão distante do estado de asfixia em que tinham mergulhado Natalia Poblet, vítima da intolerância mais mal orquestrada. Conde procurava imaginar como deve sentir-se um indivíduo, ainda mais quando é sensível, talvez fraco, quando lhe cai em cima todo o peso de um poder absoluto disposto a esmagá-lo, moê-lo, pulverizá-lo, atomizá-lo, enfim, apagá-lo. E, pior ainda, quando sente que vive sob uma pressão sem data de vencimento, *per secula seculorum*, como a qualificara Sandalio Poblet. Uma infâmia, ele sentenciou. Como disseram de Virgilio Piñera, Natalia não morreu: foi morta. E todo aquele acúmulo de agressões, com um desfecho tão lamentável, começara a levantar uma erupção na sensibilidade de Conde, apesar de sua primeira impressão e juízo: uma memória claramente tão ferida como a de Sandalio Poblet não podia explodir de maneira violenta se do passado saíam dois fios, até agora invisíveis, que se cruzaram no presente? O homem que não queria perdoar teria se decidido a castigar? Conde não queria nem pensar, embora sua evidente suspicácia policial agora não se atrevesse a descartar a ideia. Sandalio tinha um motivo enorme. No entanto, iria se enfurecer justamente agora e matar alguém quase quarenta anos depois? E como Marcel entrava na equação? E a informação da revista da morada de Natalia? E, como conclusão alternativa: o que pensaria da história de Natalia Poblet um policial como Miguel Duque?

Porque agora as pessoas no país, entusiasmadas, andavam em outras alturas: só se falava da visita e das palavras de Obama, e alguns opinavam a favor, e outros, contra. Porque o presidente dos Estados Unidos propusera uma mudança de atitudes, virar páginas infames da política de seu país, reconstruir alguma coisa, abrir caminhos e, como resposta oficiosa, recebera o grito de indignação dos que se negavam a esquecer, inclusive a perdoar. E Conde, o memorioso, o recordador, queria entender uns e também os outros, calcular se haveria um ponto de equilíbrio sobre o qual fosse possível estabelecer um estado de concórdia, e logo se convenceu de que sua compreensão e seus cálculos não importavam a ninguém, que nada aconteceria, porque uns queriam mudar tudo e outros preferiam que não mudasse nada, e deixou de se preocupar com o que também não parecia ter data de vencimento: ele arrastava a certeza de que os gestos da "visita histórica" só acumulavam palavras, mais palavras, palavras sem valor real que logo o vento levaria, sem deixar nem sequer o sinal de um eco, para então voltar ao mesmo, cada um em sua trincheira. Até quando o mesmo? Até quando ouviriam palavras sem valor?

Enquanto isso, no La Dulce Vida só importava o presente festivo, prazeroso. A noite de farra chegava ao auge de sua intensidade, e para Conde tornava-se mais evidente a exaustão física e mental que o assediava, quando sua visão periférica e seu sentido policial, precário, mas não desaparecido, o alertaram de que alguma coisa podia estar em andamento num ângulo do salão. Avisado, ficou de olho no loiro Fabito, um de seus suspeitos habituais. O homem olhava para os lados, depois fazia um gesto de afirmação, para imediatamente se levantar e dirigir-se ao banheiro. E Conde percebeu que podia ter chegado a hora de justificar seu salário.

Sem plano definido, avançou até o corredor que levava aos sanitários e entrou. Diante dos mictórios da parede do fundo, de costas para ele, viu o loiro e um jovem com uma daquelas carecas bizarras cuja moda fora trazida pelos jogadores de futebol da liga italiana: um penacho erguido, como a crista de um galo assustado. Os mijantes ficaram em silêncio ao sentirem atrás deles a presença do recém-chegado, até que o jovem moicano resmungou, pelo visto incomodado com a intromissão. Então Conde resolveu intervir:

— Rapazes, um esclarecimento..., embora eu não ache muita graça, o que vocês fazem na rua é problema de vocês e da polícia. O que fazem aqui dentro, sinto muito, nisso não acho graça nenhuma e, além do mais, é problema meu, sim.

Mal Conde terminou seu discurso de advertência, o moicano se virou, com o pênis para fora da calça, e olhou para ele, examinando-o com os olhos.

— O que está acontecendo, tio? Qual é a tua? Por acaso é um velho *voyeur*? — disse e sacudiu o falo.

Imediatamente Conde sentiu nas têmporas o bater do sangue carregado de adrenalina, pois se percebeu à beira de um precipício de violência. E, embora sempre a tivesse rejeitado, em todas as suas formas, sabia reconhecer sua proximidade. Gostasse ou não, tinha nascido e crescido num bairro quente, onde com frequência se falava aquele idioma. Depois, para evitar os riscos de suas possíveis explosões, nos anos que vivera como policial preferira andar desarmado e só numa oportunidade, quando novato, vira-se obrigado a atirar nas pernas de um homem que o desafiava com uma faca, e aquela lembrança, incurável, jamais deixara de incomodá-lo. Ainda ouvia o tiro e via o homem arriar. Agora, mais velho e maltratado, não se imaginava metido numa briga, mas sabia fazê-lo. Ainda que diante dessa iminência seus ouvidos zumbissem e suas têmporas latejassem.

O jovem avançou um passo, e Conde reagiu:

— Para começar, guarde esse teu pauzinho, se não quiser que eu o enfie no teu cu — disse e mexeu os pés, para colocá-los em posição de ataque. Se tivesse de se defender, começaria por chutar o membro do jovem. Se o acertasse, poderia pô-lo em cima da crista de cabelo, pelo menos.

— Roly, deixa disso... — interferiu o loiro Fabito, sem dúvida muito pouco interessado em que as coisas se complicassem.

— Esse velho de merda, que porra ele acha que é...! – disse o moicano, dando mais um passo.

— Não estou aqui para me irritar, mas se você me tocar, me mata – avisou Conde, enquanto firmava um pouco mais a perna direita. – Porque, se me deixar vivo, quem vai te matar sou eu. Por mais que você me ache um velho de merda e tudo...

— Ora, cavalheiro! – reagiu Fabito, que se colocou entre os dois galos engrifados. – Vai, guarda essa merda e vamos.

— Mas quem esse cara acha que é?

— Tudo bem, chega, caralho – voltou a gritar Fabito e começou a empurrar o outro para a saída.

O jovem, enquanto abotoava a calça, continuava olhando para Conde com ódio assassino, desmedido. Já teria tomado alguma coisa que o fazia sentir-se primo do Super-Homem?

Conde os viu sair do sanitário e imediatamente sentiu a queda da pressão e teve de se apoiar num dos lavabos. Inspirou e expirou várias vezes, percebendo que começava a se recuperar da alteração do ritmo cardíaco. Já não dava para lances daquele tipo, mas tinha de ganhar a vida. E se para sobreviver era obrigado a entrar na selva, pois na selva entraria, disse a si mesmo. Velho de merda?

Quando percebeu que seu sistema nervoso estava completamente recomposto, voltou ao salão e viu Fabito à mesa, mas não achou o moicano. Melhor. Conde disse a si mesmo que agora precisava terminar seu trabalho, para não ter de repetir a experiência, e aproximou-se do loiro e lhe fez um gesto. O loiro recusou, Conde afirmou e repetiu o movimento, para depois olhar para a mesa preferencial onde o Homem Invisível estava comendo e bebendo com seu séquito daquela noite.

Fabito se levantou e seguiu Conde até o exterior do local. Será que o neon estava mais vermelho naquela noite ou ainda era efeito da aceleração do fluxo sanguíneo que acometera o ex-policial de sessenta anos?

— O que eu disse lá dentro, e você sabe, é a política deste lugar.

— Mas nós estávamos conversando... – protestou Fabito.

— Tanto melhor, se só estavam conversando, tanto melhor... Mas por via das dúvidas...

— Compadre, eu juro...

— Tudo bem, se eu me enganei, me desculpe. Se não, já está sabendo.

Naquele instante, a porta do bar se abriu, e Conde viu brilhar a cabeça raspada de Yoyi Pombo.

– O que aconteceu aqui, *man*? – indagou o coproprietário do estabelecimento, e seu tom não era amável. Atrás dele, Conde vislumbrou o físico sólido de Gerúndio.

Conde olhou para Fabito. E decidiu que era melhor levantar bandeira branca.

– Nada, Yoyi... Saímos para fumar... – Tirou o maço de cigarros do bolso da camisa e ofereceu um para o loiro Fabito. – Não é, compadre?

Tambores de guerra

Os meses que se seguiram à acusação, à detenção e ao início do processo judicial contra o ex-capitão Fonseca foram tempos vertiginosos durante os quais as bússolas enlouqueceram e os pedestais se deslocaram: porque foi naqueles dias do intenso verão cubano, a perigosa temporada de ciclones, que o homem forte, o que se vangloriava de sua capacidade de controle e não parecia ter fraquezas, que acariciava altos propósitos, mostrou sua fraqueza mais humana justamente pelo lado mais previsível, mas do qual ninguém teria suspeitado: uma mulher.

Da perspectiva dos anos transcorridos, revisei milhares de vezes o curso dos acontecimentos que se desenvolveram em torno de Alberto Yarini, fatos que, como era de esperar, ele protagonizou e precipitou. E cheguei a pensar se não teria havido também algum planejamento, uma espécie de complô dirigido contra suas ambições e seus planos. Mas orquestrado por quem? A partir de que ponto ou momento? Porque teria sido uma trama tão complexa e sofisticada que é difícil admitir sua existência e, mais ainda, seu planejamento prévio, pelo menos do modo como se desenvolveu.

Para surpresa de muitos, algo que começara como uma brincadeira mundana e curiosa, uma exibição divertida, muito cedo se transformou numa necessidade fisiológica, e talvez também emocional, e até as próprias mulheres de Yarini comentavam: o Galo enlouqueceu por uma galinha. Esmeralda Canhota e suas companheiras o diziam em voz baixa, e por um tempo nem eu, nem outros próximos acreditávamos. Mas as mulheres sabem. Em muitos sentidos, têm mais faro que os homens.

O fato é que, em meados daquele intenso 1910, Alberto já se fizera frequentador habitual de La Petite Bertha, e houve semanas em que a viu até duas vezes.

Ao mesmo tempo, deixou de falar no assunto, pelo menos em minha presença. Por se tratar de uma questão tão pessoal, jamais ousei lhe perguntar o que encontrara, o que buscava naquela mulher específica, que, para complicar, era a figura de proa da esquadra do próprio Louis Lotot e, como se sabia, possessão pessoal do francês. Seria possível que Yarini tivesse se aferrado a ela, que até estivesse apaixonado? Ou será que ele tinha algum plano do qual Bertha fazia parte?

Movido por uma ou outra questão, o fato foi que a afeição de Yarini logo começou a aumentar as temperaturas num bairro tão inflamável, um verdadeiro arsenal em que uma faísca poderia provocar uma explosão. Os franceses observavam com preocupação aquela proximidade, enquanto deixavam as coisas correrem, pois, no fundo, Yarini não fazia mais que comprar um serviço que estava à venda. Se fosse outro cliente qualquer, inclusive algum *guayabito* cubano, que mostrasse essa predileção por La Petite Bertha, tenho certeza de que a reação dos *apaches* teria sido diferente. Ou não teriam se preocupado, ou já teriam interferido. Mas, com Yarini, as reações implicavam outras considerações.

Foi então que se deu um acontecimento que teria as mais nefandas consequências: Louis Lotot foi viajar. Até onde eu soube, apenas comentou com seus achegados que iria por duas semanas para a Califórnia, pois fazia tempo que estava programando essas férias e queria aproveitar os meses de verão, tão hostis em Cuba. E o que em outro momento teria sido uma decisão sem maior interesse fez, então, algumas sobrancelhas se arquearem interrogativas. Era bem verdade que Lotot viajava com frequência para a Europa, sobretudo no verão, e podia fazê-lo em busca de novas trabalhadoras para seu negócio ou para temporadas de lazer. Mas, em se tratando de um homem com sua experiência e seu profissionalismo comercial, a decisão era surpreendente e sem dúvida influenciou o que ocorreria poucos dias depois de sua partida.

O que acabou acontecendo deu o que falar no bairro durante muitos dias: Yarini, a bordo de um automóvel dirigido por seu amigo Pepito Basterrechea e vestindo um de seus vaporosos ternos de dril-100, apresentara-se diante da casa do ausente Lotot, na rua Jesús María. Lá, sem descer do carro, apertara várias vezes a escandalosa buzina do automóvel para anunciar sua presença. Alguns minutos depois, com um pequeno *nécessaire* na mão, maquiada e arrumada, inclusive de chapéu, como se fosse para uma excursão, Bertha Fontaine saiu da casa, e Yarini estendeu a mão para ajudá-la a subir no veículo, que, depois de tocar de novo a buzina de forma ritmada, afastou-se rumo à rua Paula, com destino à casa número 96, onde, a partir de então, La Petite Bertha passaria a morar.

O insondável Alberto Yarini sabia que tinha ultrapassado uma linha e que seu ato teria consequências. Considerando sua inteligência e seu faro comercial, ele não teria deixado de calcular possíveis reações, embora insistisse em reduzir sua importância. Acontece que sua ação rompia códigos, equilíbrios, pactos não escritos, mas vigentes, e contrariava os mais elementares protocolos do principal negócio do bairro do qual ele era, além do mais, líder político.

Desde que dera aquele passo, dava para cortar com a faca a tensão em San Isidro. Como num primeiro momento nenhum dos proxenetas franceses do grupo de Lotot empreendeu ação alguma além de certas fanfarronadas, a aparente passividade dos *apaches* encorajou seus rivais cubanos, que começaram a assediá-los cada dia mais. E de imediato a manobra de seu paladino e exemplo teve como consequência um maior domínio cubano do território e do negócio, enquanto adquiria também um teor patriótico: os nacionais conquistariam o que lhes pertencia. Tal reação provocou, além do mais, uma curiosa sequela: a popularidade e a supremacia de Yarini cresceram, dentro e fora de San Isidro.

Nas oportunidades em que o acompanhei em algum de seus percursos pelo bairro, fui testemunha de uma admiração que aumentara a ponto de chegar a níveis de veneração. Yarini já não era apenas o benfeitor que distribuía favores, dinheiro e atenções, que tinha intimidade com negros e brancos, ricos e pobres. Agora constituía o modelo, o exemplo que todos sempre haviam desejado seguir ou imitar, e era acompanhado por uma aura mítica, quase religiosa, definitivamente patriótica. Todas as pessoas com quem ele cruzava de algum modo mostravam seu respeito. Os homens tiravam o chapéu e inclinavam a cabeça, as mulheres se aproximavam e lhe beijavam as mãos, nos balcões, quando ele passava, lenços se agitavam e seu nome era repetido, nas esquinas anunciava-se sua chegada, e todos os que estavam comendo, bebendo, jogando, fumando ou rezando o convidavam para compartilhar com eles.

Embora naquele momento minha capacidade de assombro já tivesse minguado muito, eu nunca teria imaginado que alguém como Yarini, dedicado a um ramo de negócios tão relegado, pudesse despertar tal fervor por ter realizado o que seria o ato mais errado de sua existência, que para as pessoas, entretanto, foi um gesto de reafirmação nacionalista.

A partir de então, as histórias fabulosas em torno de sua figura dispararam. Em alguns meses, a fama do cafetão acumulou mais atos heroicos, ações benéficas, novas e mais histórias exageradas que iam de sua sexualidade a seu valor pessoal e elevado senso de amizade. E no bairro começou-se a repetir uma quadrinha que logo percorreu a cidade:

> Franceses carentes de honra
> saiam de Cuba em seguida
> se não quiserem que Yarini
> acabe tirando sua vida.

E já não tive dúvida de que, se alguém propusesse, era capaz de Yarini chegar a assumir os mais altos cargos políticos do país, funções até mais valorizadas que a de vice-prefeito de Havana, à qual ele já aspirava quase oficialmente.

Mas aquele furúnculo ia acumulando pus. Os *apaches* franceses, cada vez mais acuados, não deixariam que arrebatassem de maneira tão simples suas fontes de ganho. E entre eles corria a sentença: vamos esperar a volta de Lotot.

Se a aura da hombridade, o valor pessoal e o patriotismo de Alberto Yarini pareciam ter alcançado níveis estratosféricos, os acontecimentos do comício frustrado dos conservadores em Güines os elevaram ao delírio.

Em 28 de agosto, os do Partido Conservador anunciaram um encontro político naquele próspero povoado, perto de Havana, e então indiscutível baluarte dos liberais que ainda dominavam o governo do país, da província e daquela localidade. Sem dúvida tratava-se de um desafio, quase uma provocação, com que os líderes partidaristas conservadores pretendiam mostrar as forças de seu agrupamento diante das pretensões de reeleição do liberal José Miguel Gómez. Por isso, à frente da caravana que embarcou no trem com destino a Güines estavam personagens proeminentes do conservadorismo, como o advogado Federico Morales Valcárcel, José Acosta, o general Joaquín Ravena, Manuel Fernández, Florentino Palacios... e Alberto Yarini, que convidou para acompanhá-lo ao ato seu amigo negro Terán (mina de votos entre os de sua raça), seu inseparável Basterrechea e eu.

Nos vagões do trem, lotado pelos manifestantes, o ambiente era de festa, reforçado pelas cervejas geladas tão bem recebidas nos dias de canícula do mês de agosto cubano. Mas, à medida que o comboio se aproximava de seu destino, a alegria foi se carregando de eletricidade com as arengas pronunciadas pelos cabeças do partido, entre as quais não faltaram as de Alberto Yarini.

Quando o apito da locomotiva anunciou a chegada iminente à estação de Güines, a exaltação dos passageiros (até eu fora imbuído) mais parecia a de um exército preparado para uma luta de conquista que a do público de uma manifestação de proselitismo político. E o mais exaltado dos conquistadores era, como se podia esperar, o próprio Yarini, que já viajava na boleia do primeiro vagão quando o trem começou a diminuir a marcha.

Foi então que, de sua posição privilegiada, o maquinista avistou na plataforma da estação e seus arredores a turba de pessoas, com bandeiras e pendões liberais, atentas à chegada do trem. O condutor – conforme contaria depois à imprensa – compreendeu que o choque entre os dois bandos resultaria num enfrentamento sem dúvida violento e, enquanto fazia apitar a locomotiva, resolveu acelerar novamente a máquina para passar ao largo.

Mas, justo quando o comboio entrava na cabeça da plataforma e a locomotiva voltava a tomar impulso, Yarini pulou do trem, já dando vivas ao Partido Conservador. Então, ao vê-lo sozinho na plataforma, a turba de oponentes políticos muito enfurecidos avançou para cima dele. Naquele momento talvez Yarini ainda pudesse ter subido de novo em algum vagão, mas, por ser como era, optou por desembainhar seu Smith & Wesson de nove milímetros, com coronha de madrepérola na empunhadura, e enfrentar sozinho as vintenas de homens estrepitosos, armados com pedras e tacos de beisebol. E, quando um dos liberais, de taco em riste, avançou sobre ele, Yarini começou a atirar.

Enquanto isso, o maquinista por fim conseguiu parar a locomotiva na outra ponta da estação e, na mesma hora, engatado a marcha a ré, o trem voltava a entrar na plataforma, agora em sentido contrário. Os gritos dos liberais em debandada e dos conservadores agarrados às janelas dos vagões eram ensurdecedores. De meu lugar, naquele momento consegui localizar a figura de Yarini, ainda no meio da plataforma e com o revólver apontado para dois ou três liberais paralisados, diante dos quais jazia um homem, pelo visto ferido, talvez morto.

Quando o trem passou ao lado de Yarini, ele voltou a embarcar e, da boleia da locomotiva que corria de volta a Havana, deu vários tiros para o ar enquanto gritava vivas ao Partido Conservador…

A notícia dos acontecimentos da estação de Güines e da detenção de Yarini, naquela mesma noite, foi manchete dos jornais do dia seguinte. Repetia-se que o jovem, sozinho, enfrentara dez, vinte, cem violentos adversários políticos e que havia ferido um deles no rosto. Yarini seria processado, advertia-se. E na rua sua aura mítica continuou crescendo, sem limites, enquanto as pessoas diziam, com venerável admiração: "É preciso ter colhão para fazer o que Yarini fez"…

Dois dias depois dos fatos de Güines e de a direção do partido ter abonado a fiança que o devolvia às ruas à espera de um julgamento que nunca se faria, encontrei-me com Alberto na casa da rua Paula, 96. Eu levava para ele o que podia ser uma má notícia: meu chefe, o coronel Osorio, pretendia lavrar uma ata disciplinar contra mim por não ter sido eu quem o prendeu depois de ele ter atirado e ferido um homem. Minha resposta fora que eu não estava em serviço e que, até ler os jornais, eu não tivera notícias de que alguém fora ferido. Mas o coronel via naquele episódio a oportunidade de arranhar minha reputação, talvez porque me considerasse um adversário dentro da corporação devido a minhas atuações na solução dos casos das mulheres esquartejadas e, também, por minha proximidade com o poderoso Yarini.

Sentados na sala da casa, Alberto me ouviu com toda a atenção. E naquele momento tive mais uma demonstração da qualidade humana daquele homem.

– Calma, Saborit – disse ele. – Amanhã mesmo resolvo isso. Vou falar com Osorio e dizer que você nunca esteve naquele trem e que, se ele fizer você subir no trem, vou fazê-lo descer do cavalo... E Osorio sabe que posso fazer isso.

– Obrigado, Alberto – foi só o que pude responder.

– Não há o que agradecer, somos amigos para isso, não é?

– Claro, claro... – repeti, enquanto ele se levantava e batia palma duas vezes, como aviso.

– E, aliás, não vou falar agora com Osorio porque quero ver meu pai. Ele sempre me criticou por não ter estudado odontologia, como ele e meu irmão, mas sou um dentista melhor que eles dois... O tiro que dei no liberal de Güines entrou-lhe por um lado do rosto e arrancou-lhe de uma vez três molares e dois outros dentes. Só quero saber se eles são capazes de fazer uma operação dessas mais rápido que eu...! Agora estão chamando o coitado de Juan Tragabalas... – E sorriu satisfeito, virando-se para observar a entrada discreta na sala de La Petite Bertha, em cujas mãos vi o casaco de dril, o chapéu-panamá e a bengala com castão de prata do jovem proxeneta. – *Merci, ma chérie* – disse ele à mulher e, segurando-a pela nunca, concentrou-se em beijá-la na boca.

Setembro agonizava quando a expectativa voltou a reinar no bairro. Louis Lotot retornara.

Conforme seu costume, o francês não se deixou ver por vários dias e permaneceu fechado na casa da rua Jesús María com sua concubina, Janine Fontaine. Contrariando o que muitos achamos que seria sua atitude mais lógica, Lotot nem sequer recebeu algum de seus colegas comerciais, como se isso não fosse importante, como se não o preocupassem os fatos ocorridos em sua própria casa durante sua ausência. E, enquanto alguns especulavam que o francês estava com medo – repetiam a história da briga que ele perdera com o *guayabito* Pedro

Balarde, da qual saíra com um ferimento no braço –, suspeitei que um sujeito com tanto caminho andado devia estar tramando alguma coisa e assim me atrevi a comentá-lo com Alberto.

Naquele dia, na breve meia-luz dos apressados entardeceres tropicais, eu acompanhava Yarini no início do percurso que, com frequência, o proxeneta fazia por seus prostíbulos. Talvez eu tenha ousado falar no assunto porque na ocasião ele não estava acompanhado de seu amigo Pepito Basterrechea, que, apesar de ser muito próximo de Yarini, era uma pessoa que, mais por palpite que por alguma evidência concreta, não chegava a me inspirar plena confiança, menos ainda em momentos em que poderiam ocorrer fatos importantes. E logo se verá que minha intuição tinha fundamento.

Quase todos os dias, Yarini saía de sua casa por volta das sete da noite para visitar seus estabelecimentos. A essa hora caminhava pela rua Paula para descer pela Compostela até a San Isidro, onde tinha várias dependências comerciais. Então entrava nelas e lá permanecia por um tempo, que podia ser breve ou mais prolongado. Depois virava na Damas, onde fazia a mesma coisa, e, no mais tardar às nove da noite, encerrava o périplo no prostíbulo da rua Picota.

Na Havana colonial, o tiro de canhão que se lançava às nove da noite da fortaleza de La Cabaña havia anunciado por décadas o momento de fechar as muralhas. Com a instalação da eletricidade, a cidade foi se enchendo de luzes, e já não havia baluartes a ser fechados: o tiro de canhão, na realidade, agora marcava o início da noite havanesa. E era justo nessa hora, concluído seu périplo de trabalho, que Yarini se entregava ao ócio, como ele dizia, prática que considerava algo mais que o avesso do trabalho, e até se permitia filosofar sobre sua necessidade e suas qualidades: o ócio é uma arte e a última conquista da civilização, dizia, e pode ser um marco distintivo dos países velhos (o *savoir-vivre* francês, o *dolce far niente* italiano), que ele contrastava com a laboriosidade nórdica e anglo-saxã, em que a preguiça é pecado e se estima que o ócio leve à decadência.

Yarini tinha atração por essa amável decadência: àquela hora, decidia onde passaria a noitada, se não resolvesse ficar na casa da rua Picota, onde todas as noites costumava jantar alguma coisa leve, às vezes acompanhada por um par de taças de vinho espanhol ou francês. Mas, se o corpo e a mente pedissem, dava uma caminhada pelo Paseo del Prado, quase sempre com dois ou três de seus muitos amigos, entre os quais estive em várias ocasiões. Noutras vezes ia a algum dos cafés em moda na época, sobretudo se tivesse ficado com algum amigo e correligionário político. Noutros dias, escolhia o cinema, especialmente se houvesse na programação algum filme italiano – eram seus preferidos. Também podia escolher qualquer um dos bailes que começavam na cidade àquela hora, ou numa casa particular, ou num dos salões criados para isso, como o de Marte y Belona, o do Havana Sport, El Bolaña ou El Infierno, e às vezes até visitava as escolinhas de dança mais modestas, como a de Juana Lloviznita, Juana la Chaplona e Josefa la Gallega. Havana, iluminada e pretensiosa, a Nice da América, sem dúvida sabia se divertir, e Yarini, com sua juventude e uma energia invejável, toda noite dedicava-se a explorá-la: a cidade era seu reino.

A única coisa que nos últimos meses havia alterado o ritmo de suas habituais andanças e farras noturnas era, alguns dias, sua permanência mais prolongada na casa da rua San Isidro, 60, onde colocara La Petite Bertha, que, por alguma razão que eu nunca soube, ele não levara ao bordel mais exclusivo da rua Picota.

Se na hora em que ele costumava começar suas andanças eu estivesse pelo bairro, muitas vezes o esperava quando saía da casa da rua Paula e o acompanhava até ele entrar em seu primeiro prostíbulo, na San Isidro. De maneira quase infantil, com minha retirada eu queria mostrar que estava marcando uma distância entre o amigo, o político, o homem público e o proxeneta. Era, talvez, o último ressaibo da minha antiga ética, da minha falida e agora hipócrita percepção da decência.

Naquela tarde íamos ainda pela rua Compostela quando lhe falei de minha preocupação. Lotot era um homem perigoso e ele o tinha ofendido, por isso devíamos esperar uma resposta, e era melhor que ele estivesse preparado.

Sorrindo com sua dentição perfeita, Yarini me perguntou:

— Você acha mesmo que Lotot é perigoso?

— Acho mesmo, Alberto. Ele é fleumático e ladino, isso o torna mais ameaçador.

— Ora, não é para tanto, Saborit... Lotot é um homem de negócios. E os de seu ramo sabem que nem todos os negócios dão certo. Em alguns se ganha, em outros se perde. Nesse ele perdeu e vai acabar assimilando.

— E o prestígio dele?

— Lotot não acredita nessas coisas...

— Por isso você acha normal que ele não tenha dito nada desde que chegou?

— Está lambendo as feridas...

— É justamente esse o problema, Alberto. Lotot está ferido, não está morto... Você acredita mesmo que ele não está planejando nada, esperando alguma coisa?

— O problema é dele, não meu.

Estávamos quase chegando à San Isidro, fim da caminhada.

— Vou me atrever a te fazer uma pergunta, Alberto...

— Vamos lá, atreva-se — impeliu-me.

E, com certo medo de me meter num terreno pelo qual não me cabia transitar, perguntei:

— Por que você levou La Petite?

Yarini me olhou. Estava sério. Senti meu estômago se retorcer e meu escroto se encolher.

— Por que todos me perguntam a mesma coisa...? Levei porque me deu tesão, porque é a melhor puta deste bairro de merda e porque aqui eu sou o rei e queria transar com ela sem pagar, sempre que me levantasse o pau. Certo assim, Saborit?

— Certo, certo... — resmunguei e, embora cagando de medo, não me dei por vencido —, mas o problema é que você ofendeu Lotot, Alberto. E sempre há uma gota d'água e...

— Tranquilo, compadre. Por via das dúvidas, estou tomando precauções – disse ele, que levantou a aba do casaco para me mostrar a coronha de madrepérola de seu revólver e recuperou o tom mais amável para continuar. — Se Lotot ou outro amigo dele quiser, também posso lhe fazer uma cirurgia... Mas, não se preocupe, não vai acontecer nada. Menos ainda agora. Ninguém neste bairro, ninguém em Havana, vai se atrever a levantar um dedo contra mim — afirmou e empurrou a porta da casa da rua San Isidro, 60, sua primeira parada de negócios, fim do passeio de amigos. — E agora ao trabalho, cubano. — E estendeu a mão para apertar a minha.

Cheguei a pensar que Yarini tinha razão. Os dias foram passando, e Lotot retomou a vida social, com suas habituais idas ao Clube dos Franceses, a seus prostíbulos e aos teatros que frequentava, pois era grande apreciador de zarzuela e operetas. La Petite Bertha continuou dormindo na cama de seu novo cafetão na casa da rua Paula e trabalhando para ele no bordel da San Isidro, 60. Yarini, levando sua aura, continuou com suas atividades políticas e comerciais dentro e fora do bairro. E os *guayabitos* cubanos mostravam-se cada vez mais briosos e orgulhosos, às vezes até provocadores. Enquanto isso, não aconteceu nada do que se poderia esperar que acontecesse.

Creio que este é o momento de me deter e observar que, enquanto aumentava e depois se estancava a tensão no bairro, espontaneamente fora crescendo desenfreado meu apego às artes amatórias de Esmeralda Canhota. De maneira gradual, porém cada vez mais acelerada, minha relação com ela foi se transformando numa dependência, numa necessidade e, o que é mais doloroso, também no surgimento de ciúmes do uso de suas intimidades, que ela exercia todos os dias com vários homens. Na época do rapto de La Petite Bertha por Yarini, a duras penas eu suportava os embates daquele sofrimento de tê-la e, ao mesmo tempo, não a ter, e comecei a abrigar a ideia peregrina de falar com Alberto para tirar a mulher do negócio e levá-la para morar comigo. Eu tinha pura e simplesmente me apaixonado por uma trabalhadora da vida e agora podia e costumava imaginá-la compartilhando comigo o apartamento da rua San Lázaro, como uma esposa amante. O que começara como desafogo de apetites, somado a certa compaixão porque ela mancava de uma perna e pelas misérias entre as quais tinha nascido e crescido, foi se transformando numa proximidade, numa cumplicidade que se apoiava numa relação amorosa muito satisfatória, pois, apesar do defeito físico, Esmeralda era uma mulher belíssima e bastante apaixonada – e não vou entrar em detalhes íntimos, entre os quais estava a habilidade da ponderada mão esquerda de minha amante.

Sem comentar com Esmeralda nem com ninguém, eu começara a planejar as maneiras de expor para Yarini minha intenção, pensando inclusive nos vários modos de compensá-lo da perda de uma de suas trabalhadoras mais cotadas, e estava até confiante em que o proxeneta que me tratava de amigo entenderia minha pretensão, compreenderia minhas paixões. Afinal de contas, o que estava acontecendo comigo era o mesmo que acontecera com ele e La Petite Bertha, dizia a mim mesmo, com a grande diferença de que eu não a roubaria e prostituiria, pois me propunha a dar uma vida decente à mulher que me havia alterado o desejo, os sentimentos, a vida toda.

A conjuntura propícia para uma conversa tão complicada não aparecia (ou eu não sabia como propiciá-la) e, enquanto isso, também por essa circunstância, eu procurava me arrimar mais ao homem de cuja decisão dependeria meu bem-estar emocional. Ia vê-lo por qualquer motivo, importante ou trivial, e com frequência lembrava-lhe minha disposição a ajudá-lo no que fosse preciso, qualquer que fosse o assunto. E, talvez impelido pela estratégia que eu pusera em prática para alcançar meu objetivo, ou porque realmente já lhe tinha uma estima especial, fui o primeiro a comentar com ele, talvez exagerando certas conotações, que os *apaches* franceses estavam tramando alguma coisa contra ele.

Porque, como não podia deixar de acontecer tendo em conta os últimos acontecimentos, a meus ouvidos quase onipresentes no bairro chegara o rumor de que vários proxenetas franceses e italianos estabelecidos na zona tinham-se empenhado em pressionar Lotot para responder à ousadia de Yarini, qualificando-a de algo mais grave que uma deslealdade comercial: era uma inadmissível falta de respeito entre os homens, uma violação da ética da rua. Lotot precisava fazer alguma coisa – e não só por ele, mas pelo interesse de todos eles, que se sentiam cada vez mais acuados pelo revigoramento dos cubanos.

A informação desses comentários me chegara por duas vias confiáveis, e o que os tornava mais verossímeis era que a resposta de Lotot fora sua decisão de assimilar a perda com resignação e, com isso, sustentar sua determinação pessoal de manter-se à margem das pretensões revanchistas dos colegas, pois achava que um enfrentamento aberto com Yarini e seus acólitos iria contra a saúde do negócio e os interesses dos europeus. Nada a ver com determinadas éticas. E o que me confirmava a veracidade de tais conversas e decisões era a revelação de que vários *apaches* menos próximos de Lotot começavam a considerá-lo um covarde, alguém que já não merecia o respeito que durante esses anos todos eles lhe tiveram, e por isso impunha-se agir sem contar com ele.

Como outras vezes, Yarini não deu importância a meus comentários, inclusive me disse que tinha imaginado que seria possível chegar a essa situação. Vários amigos seus mais conectados aos movimentos do bairro, como o negro Terán e o chinês mulato Ansí, estavam em alerta e contavam com o apoio de seus parceiros e irmãos de religião, os furiosos *abakuás* do porto que veneravam Yarini por sua deferência para com eles e pelos diversos favores que o jovem lhes fizera ao longo dos anos. Mas o fato, segundo Alberto, era que os *apaches* mais falastrões eram só isso, uns falastrões, e logo tudo se resolveria com o fim da liderança de Lotot e, conforme ele planejava e esperava, com a saída dos franceses do negócio e – por que não? – até do país. E arrematou sua percepção do que estava acontecendo com uma afirmação que me fez pensar em quanto sua atitude podia chegar a ser irresponsável.

– O que acontece é que Lotot é um covarde... Toda a história de fanfarronadas e brigas em Paris é ficção. E, seja como for, você vai ver, você vai ver – concluiu ele, com certa exaltação que me fazia persistir na ideia de uma perigosa temeridade, que depois chegaria a me parecer tão imprópria do que eu acreditava ser seu caráter real. Só que as conclusões a que se chega depois dos fatos já não podem influenciá-los.

E, tal como Yarini me avisara, eu vi. Inclusive registrei a data, que agora voltava a estar cheia de conotações: 2 de novembro, Dia de Finados, exatamente um ano depois de ter aparecido o corpo trucidado de Margarita Alcántara, Margó Peituda, e de eu ter começado a entrar no círculo mais próximo de Yarini.

A notícia correu como um rastilho de pólvora, e logo o bairro pareceu sacudido por um terremoto: o Galo de San Isidro voltara ao ataque.

Dessa vez acompanhado por seu colega Nando Panels, pelo negro Terán e seu sequaz Pepito Basterrechea (que para tais tarefas sempre parecia ter disposição),

Yarini apresentara-se naquela manhã na casa de Lotot e Janine para dar uma verdadeira demonstração de força: aos gritos, exigira do francês os pertences pessoais de La Petite Bertha que tinham ficado lá... Contavam que Lotot, com sorriso nos lábios, negando com a cabeça, comentou que Yarini estava se excedendo, foi buscar as roupas de Bertha Fontaine e jogou-as na rua. Enquanto Pepito recolhia os pertences, dizem que Yarini alertou Lotot de que cuidasse do resto de suas mulheres, a começar por Janine, porque La Petite não conseguira aplacar seu fogo. E comentou-se que Lotot respondera:

— Yarini, eu vivo das mulheres, não morro por elas. Mas não sou medroso. De modo que cuide desse fogo, você pode acabar se queimando... Ou será que está apaixonado?

E virou as costas e fechou a porta. Na rua, Yarini sorria enquanto segurava suas partes viris, conforme contaria todo mundo do bairro.

Por anos me perguntei o que teria levado alguém como Yarini, com sua inteligência e sua habilidade, a dar um passo a mais rumo a um terreno em que, como ele devia saber, uma vez dentro não haveria como de lá sair.

Creio que o personagem Alberto Yarini acabou por se transformar no pior inimigo do homem Alberto Yarini. Porque só aquele personagem, capaz de angariar a veneração coletiva e ao mesmo tempo a inveja de tanta gente, poderia cometer desatinos como aquele seu, daquela manhã de 2 de novembro de 1910. Um personagem que escapara a seu criador, tornando-se incontrolável.

Independentemente de se ter ou não urdido um complô contra ele (algo que nunca provei nem descartei), fato é que foi o próprio Yarini que desatou a tormenta: porque a tormenta era ele mesmo. E, por mais que me pergunte por que ele transgrediu todos os acordos, todas as regras comerciais e os códigos de ética duvidosa do proxeneta, no fim sempre se impõe uma mesma resposta: uma mulher. E chego a essa conclusão porque, embora eu não seja Alberto Yarini, talvez tivesse feito a mesma coisa. Um homem apaixonado transforma-se num ser irracional.

8

— Porra, Conde, como você sabia...? Você é adivinho ou o quê?

— O tenente Contreras, não é?

— Esse mesmo, foi esse mesmo que encerrou o caso... Mas me diga como...

Era complicado saber se o tenente Miguel Duque estava expressando surpresa, admiração, inquietude ou irritação. Ou um pouco de cada coisa. E Conde resolveu espicaçá-lo.

— Foi uma premonição – disse ele e sorriu por cima do telefone, porque, apesar da hora, estava com ânimo para mentir e se divertir.

Na realidade, na tarde anterior, depois de falar com Sandalio Poblet, Conde apenas tinha feito alguns cálculos de probabilidade e dado um tiro no ar: o gordo, o tenente investigador que, segundo Sandalio, interveio no caso de suicídio de Natalia Poblet, bem podia ser o Gordo Contreras.

— Está me gozando?

Conde resolveu fazer um pacto de trégua, embora adorasse atiçar o tenente Duque.

— Sim, é gozação minha... É que Contreras foi meu companheiro na Central. Nós o chamávamos de Gordo – admitiu Conde. – Você comentou isso com Manolo?

— Eu ia comentar, mas ele não deixou. Entrou e saiu, hoje é o jogo de beisebol, e depois Obama vai embora. Só me disse isto: Nossa vida com a embaixada vai se complicar. Obama vai embora e você não resolveu o caso.

— É verdade..., ainda que Contreras possa nos ajudar... Mas esquece... Diz uma coisa, o que mais havia no informe dele? Houve mesmo uma investigação da Segurança?

— Não, Conde..., o informe de Contreras não diz nada sobre isso. Estranho, não é? Se a Segurança estivesse interessada na coitada daquela mulher, alguma coisa deveria aparecer... Sabe o que mais? Agora sou eu que tenho uma premonição. Um agente da Segurança que não é agente de nada e...

Conde assentiu em silêncio. Duque tinha tocado num ponto quente. Um agente da Segurança que não é agente da Segurança e...

— Duque, fodeu-se minha manhã de descanso e talvez até meu plano de assistir ao jogo de beisebol que organizaram para Obama... Vamos, venha me buscar. Temos de falar já com aquela bichona da cona da mãe dele, o Gordo Contreras.

— Vê-se que você gosta muito dele. O que esse homem te fez?

— Matou minha confiança. Olha, se você se apressar vai tomar ainda quente o café que estou passando. Você me tirou da cama, porra!

Eles tinham-se visto pela última vez durante o outono ciclônico de 1989. Já então o capitão Jesús Contreras não era capitão e, poucos dias depois, também Conde enfim receberia a baixa que encerrava sua estranha vida policial.

Na Central de Investigações Criminais, onde estiveram juntos, o Gordo Contreras encarregara-se durante anos sobretudo dos tráficos de divisas e obras de arte e, até se concretizar sua defenestração, fora considerado pelos colegas um dos melhores agentes da unidade. Grosseiro, paquidérmico, sempre suarento, com mãos que te esmagavam até o cerne a cada cumprimento, Contreras tivera uma ascensão veloz e gozava de um prestígio, quase um halo de reputação, que se desvaneceu quando os sabujos das Investigações Internacionais descobriram suas manobras sujas com traficantes de dólares e outras mercadorias tórridas, movimentações maiores e menores a que tinham aderido vários oficiais das corporações policiais do país.

A defesa visceral da inocência de Contreras, que o major Rangel empreendera então, quase sem parar para pensar e porque acreditava nela, ainda comovia a memória de Mario Conde. Porque Rangel considerava seu agente não só um homem íntegro, um companheiro, mas também seu amigo, e essa confiança descomedida, mal dirigida e perfidamente traída, acabou sendo a causa de sua marginalização. Um chefe tinha de saber quem eram seus subordinados, disseram. Não saber era motivo de ação penal, acrescentaram. E deixaram cair a guilhotina.

Ferido pelas corruptelas e traições de Contreras, do tenente Fabricio e de alguns outros oficiais que, por acusação de negligência, acabaram desonrosamente com a carreira de Rangel, Conde fora à casa do Gordo e, entre outras coisas, mandara-o à puta que o pariu. Inclusive tinha jurado que queria matá-lo. E nunca mais o tinha visto.

Agora, novamente diante da casa do bairro de Luyanó onde o capitão continuava morando, Conde corroborava a existência de estranhos meandros do destino. Como nos tempos de investigador, voltava a precisar de Jesús Contreras caso quisesse encontrar uma das coisas que aquele homem havia manipulado: a verdade e, com ela, a justiça. Entretanto, àquela altura e em se tratando da poeta Natalia Poblet, talvez fosse apenas uma justiça poética e algo como uma pós-verdade, conforme se dizia agora.

Ao abrir a porta, o Gordo Contreras canalizou seu assombro como sempre soubera fazer:

– Caralho, a polícia chegou! – E sorriu.

Contreras devia estar muito perto dos oitenta anos e, contra todos os prognósticos, dada sua obesidade mórbida e sua pressão arterial sempre alta, estava vivo e até parecia em boa forma, pelo menos mentalmente. O cabelo, sempre escasso, agora mal conservava uns fios brancos, compridos e mal arrumados, e suas bochechas penduradas mais pareciam de cão de caça que de homem. Seu peso devia continuar por volta dos cento e trinta quilos.

– Gordo, não me dê a mão. Vim te ver, mas sem te perdoar, porque você não tem perdão – avisou Conde. – E, se por acaso ainda te resta um pouco de vergonha, deixe-me dizer que faz dois dias que o velho Rangel morreu.

– Fiquei sabendo... – disse o outro, com voz quase inaudível. – Caralho...

– Morreu sem glória, marginalizado e... – Conde resolveu que era melhor se deter, por isso virou-se para seu acompanhante. – Este é o tenente Miguel Duque... lá da Central.

– E o que houve? Vão entrar?

– Acho que sim... E não lhe dê a mão, Duque, não porque ele vai esmagá-la, mas porque você, tão policial, deve saber que esse gordo velho é um leproso.

– Por favor, Conde – suplicou Duque, penalizado pela caterva de insultos que o Conde já lançara sobre o velho ex-policial.

– Obrigado, tenente..., mas não se preocupe. Penso de mim coisas piores que as que o Conde pode me dizer.

Então o Gordo riu, com aquela risada total que fez dançar com mais intensidade suas massas agora flácidas. Depois saiu andando, e os visitantes entraram na pequena sala da casa. Duas poltronas e um sofá forrado de tecido cansado, uma mesinha de centro com enfeite de flores plásticas com cocô de mosca, paredes descascadas e um televisor bundudo, pré-digital, apoiado em quatro pés. Foi para chegar a isso que aquele homem tinha se aviltado?

— Vim te pedir ajuda — começou Conde. — Vamos te contar uma história e você vai completá-la para nós.

— Uma história de antes? — perguntou o ex-capitão.

— Sim..., de muito antes — ratificou Conde, fazendo um sinal para Duque. — Conta você, para ser mais objetivo. Diga tudo, esse sacana foi policial e sabe dessas coisas.

O tenente Duque assentiu e começou a relatar as informações reunidas. Dois mortos, castrados. Um possível negócio com muito dinheiro. Uma herança muito apetitosa, como outro motivo a levar em conta. E também um suicídio: uma história que vinha do passado, como mais um condimento do caso. Natalia Poblet.

— E não se esqueça da máfia russa — aparteou Conde, em algum momento.

— Você não consegue evitar, não é? — sorriu Contreras. — Idiota como sempre.

— Mas decente. Dos decentes de antes... Bem, sabemos que você investigou esse suicídio. Conte para nós.

— Não há muito o que contar. Lembro perfeitamente que não havia nada que pudesse levar a pensar em outra coisa. Era suicídio e ponto-final. E você sabe que, quando eu batia o carimbo, não havia engano.

Então, Duque interveio.

— E a revista que foi feita no quarto da falecida?

Conde sorriu. Duque era capaz de dizer *falecida*.

— Não revistamos nada. Olhamos por cima. Procurávamos sobretudo um bilhete, a maioria dos suicidas deixa, em geral em lugar visível. Mas não havia bilhete nenhum. Umas folhas de papel e caderninhos com poesias, só isso. Então paramos de mexer com a história. Como eu disse, não havia dúvida de que era suicídio. Encerramos o caso e fomos embora.

— E não houve por perto ninguém da Segurança do Estado?

— Desde quando a Segurança se mete nisso? Comigo não falaram... A falecida, como você diz, tinha alguma história pendente com eles?

— Não sabemos, embora eles digam que não... Mas sabemos que alguém revistou, sim, o quarto de Natalia Poblet — continuou Duque.

— E achamos que talvez se tenha perdido alguma coisa — interveio Conde, e fixou o olhar nos olhos de Contreras.

— Não me olhe desse jeito, Conde de merda. Não tocamos em nada. Encerramos e fomos embora. Juro...

– Quero acreditar em você. Vou acreditar em você – cedeu Conde. – Mas pense... Você ouviu falar de algum objeto relacionado a Napoleão que vale uma grana?

Contreras pensou só um instante.

– Do museu de Napoleão, creio que se perderam algumas coisinhas... Mas, não, não ouvi falar de nada que fosse importante.

– Ok. E pense um pouco, Gordo..., o nome do companheiro Marcel te diz alguma coisa, o agente Marcel...? Um sujeito de uns trinta anos, bem-apessoado...

– O nome não me diz nada, na verdade. Mas você sabe que eles inventam um nome e...

Conde pôs a mão na testa e a massageou com a gema dos dedos. Era uma maneira de espremer as ideias, de ordená-las. Havia um nome que lhe escapava e precisava trazê-lo à luz. De repente, estendeu a mão na direção de Contreras e sua expressão mudou.

– E o companheiro Néstor, o agente Néstor?

O rosto de Contreras sempre fora legível. Todo o seu processo mental criava expressões delatoras. Ao ouvir o novo nome, primeiro ergueu levemente as sobrancelhas, como para agarrá-lo; depois projetou os lábios para a frente, em seguida para dentro, como para degluti-lo; e depois com o polegar e o indicador deu várias pinçadas na ponte do nariz, puxando alguma coisa. E finalmente seus olhos se iluminaram.

– O companheiro Néstor... Acho que sim, acho. Mas ele não era da Segurança..., era da Habitação... Sim, ele ia recensear e fechar a casa... e ficou com a chave. Um sujeito jovem, fortinho, muito falante? Daqueles que bancam os simpáticos...

Duque remexeu, então, na pequena pasta que sempre o acompanhava e tirou a cópia de uma foto de passaporte.

– Subtraia dele trinta anos – pediu Duque, ao lhe estender a foto.

Contreras observou a imagem e repetiu seus cacoetes de reflexão. Também estava voltando a pensar como policial.

– Pois eu diria que sim..., que este é o companheiro Néstor, da Habitação Municipal. Está muito mudado, mas, você sabe, Conde, quem eu fotografava, para mim, nunca se apagava.

A expressão de surpresa se apossou do rosto de Aurora. Foi um esgar autêntico, quase exagerado, e reforçou aquele ar de tristeza que Conde acreditara ver em suas feições. Entre o que a mulher pudera calcular, decerto estava a possibilidade de os policiais resolverem falar com ela, embora os dias transcorridos talvez tivessem aliviado essa certeza, e Conde achou que por essa razão agora ela estava reagindo com alarme.

– Não sei o que mais lhe posso dizer – advertiu, quando Conde e o tenente Duque, na porta do apartamento onde vivera e morrera Reynaldo Quevedo, pediram para falar com ela. E de imediato Conde soube que Aurora podia, sim, dizer-lhes mais coisas.

Duque estava visitando o apartamento pela primeira vez, e a impressão de assombro refletia-se em seu rosto. Porque, além do mais, agora sabia que aquele lugar privilegiado, na estratosfera da cidade, logo poderia ser posto à venda, e seu herdeiro embolsaria meio milhão de dólares, e até mais, uma fortuna que lhe garantiria recomeçar a vida da melhor maneira possível no lugar do mundo aonde resolvesse ir, como se propunha. Conforme Conde lhe dissera, aquela quantia de dinheiro viria a ser a recompensa verdadeira e muito multiplicada: o neto de um bolchevique, do revolucionário em sua época gratificado por seus serviços, iria embora de Cuba com um capital obtido por meio de bens que o avô abnegado tinha recebido em troca de sua militância e sua fidelidade. Uma fidelidade cruel e feroz, para ser mais preciso. Uma lealdade finalmente muito bem paga, se contada em cédulas. E o caso de Osmar não era excepcional: meio século depois, as casas confiscadas durante os primeiros anos revolucionários tinham-se transformado em moedas contantes e sonantes que favoreciam a fuga dos descrentes herdeiros dos antigos confiscadores para os mesmos destinos a que tinham partido os donos originais confiscados. Os terríveis e às vezes muito irônicos – ou macabros – meandros da história, diria Conde.

– É mais por alguns detalhes que por outra coisa – esclareceu Conde, assim que entraram. Tinha de aceitar a praxe.

Aurora, protegida por um avental, voltou a enxugar as mãos nele. O ex-policial notou que era a terceira ou quarta vez que ela o fazia desde que abrira a porta. Como se estivesse pela primeira vez na sala, a mulher olhou para os lados e, por fim, indicou as poltronas próximas da mesa assassina. Conde se acomodou e deixou Duque ainda flutuando em sua nuvem de estupefação, naquele momento com o olhar voltado para o painel de vidro pelo qual era possível contemplar a magnífica extensão do mar, sulcado no horizonte por aquele rio cálido e de um azul tão intenso da corrente do golfo.

– Não sei em que posso ajudá-los – insistiu Aurora.

– Vejo que continua trabalhando aqui – observou Conde.

– Estou juntando coisas. Coisas de que Irene e Osmar querem se desfazer, roupas velhas... E os livros eles vão vender.

Conde pensou um instante. Não, a biblioteca de Quevedo não lhe interessava. Os gostos literários e históricos do Abominável já não tinham mercado. Talvez vários daqueles títulos nem na biblioteca municipal quisessem. Então percebeu que Duque continuava ensimesmado.

– Tenente – chamou Conde, e o policial enfim reagiu. Ocupou uma das poltronas e, sem dissimular seu objetivo, observou o tampo de mármore e percorreu com a palma da mão o canto do ângulo, como se tentasse imaginar a cena final da vida de Quevedo. Duque, mais que abstraído, devia estar fazendo cálculos e reconstruções mentais.

– Pois vai ver, Aurora – começou Conde. – Daqui a pouco vamos falar com Osmar, mas antes achamos bom conversar um pouquinho com a senhora. Era uma coisa que estava pendente.

– Falar do quê? Pendente?

Conde lamentou ser obrigado a subir, também ele, no pedestal da crueldade do exercício do poder, mas não tinha alternativa: precisava pressionar a mulher. E começou.

– Antes de responder, vou lhe dizer algumas coisinhas... Por exemplo, sabemos que é avó materna de Victorino Almeida. E também sabemos a que Victorino se dedica e suponho que deva estar ciente de que tivemos uma conversa com ele. Porque, além do mais, temos conhecimento de tudo sobre a relação de Victorino com Reynaldo Quevedo e...

– Eu não sabia! – exclamou Aurora, e seus olhos verdes brilhavam: indignação, vergonha? – Dessa história de Victorino e Quevedo fiquei sabendo há uns dias... Osmar me disse.

– Mas é fato. Victorino prestava, digamos, serviços sexuais a Quevedo e cobrava por eles. E Victorino esteve aqui na tarde em que o mataram.

– Mas ele não...

– Achamos que não, que não o matou. É no que acreditamos... Por enquanto.

A mulher só assentiu. Definitivamente, está com vergonha e, ao mesmo tempo, aliviada, pensou o ex-policial.

Conde inclinou-se um pouco para ela e continuou.

– Porque não o descartamos... Podemos estar enganados.

– O menino não é mau... – foi o que Aurora, novamente alarmada, conseguiu argumentar em defesa do neto.

— Lembro que a última vez que estive aqui, falando com Osmar, foi ali na sala de refeições... Aliás, o quadro que vi naquele dia já não está lá. Uma marinha.

— Osmar o levou há dois dias.

A rapina tinha começado, pensou Conde. E pensou em como seriam bem-vindos os benefícios da venda daquele quadro para o velho Sindo Capote, o autor espoliado. Mas enfocou sua perseguição.

— Pois naquele dia a senhora estava nos ouvindo da cozinha. Por quê?

Aurora demorou alguns instantes para responder.

— Não, eu estava procurando aquele alicate que...

Conde resolveu apertar o acelerador.

— Estava nos escutando, Aurora. Por quê?

— Por curiosidade... – acabou admitindo. – Depois do que aconteceu aqui... Estava curiosa, não é?

— Creio que era mais para saber se Victorino apareceria na conversa. E apareceu.

— Ouvir não é crime – rebelou-se Aurora.

Conde afirmou com um gesto. Sentia crescer-lhe um gosto amargo na boca. Pressionar a mulher não era algo que lhe desse prazer, muito ao contrário. Por que Aurora se dedicara por anos a trabalhar como empregada doméstica quando outras centenas de milhares de mulheres encontravam trabalhos mais atraentes? Talvez sua inteligência não desse para mais, porém Conde tinha a impressão de que não era o caso. Por isso quase agradeceu a Duque sua volta à realidade naquele momento.

— Mas ocultar informação importante pode ser – afirmou o tenente, agora novamente em seu papel. Seu tom era cortante. – Sobretudo quando a pessoa tem consciência disso...

— Não escondi nada... Ninguém me perguntou nada.

— É verdade, ninguém perguntou. E por isso agora retificamos, e estou perguntando para a senhora, porque sabe melhor que ninguém o que há nesta casa..., até os alicates... Aurora, o que Quevedo e Marcel tinham que valia muito dinheiro?

A mulher negou com a cabeça.

— Os quadros? Quevedo e Osmar sempre falavam de quanto valiam e...

— E além dos quadros?

A mulher pensou.

— Bem, esta casa. Desde que autorizaram a venda das casas, eles começaram a falar nisso. Vender e depois comprar alguma coisa menor. Era a ideia de Osmar. Para ir embora de Cuba com dinheiro... Quevedo não queria...

– Sim, essa venda poderia dar muito dinheiro – admitiu Duque. – E mais alguma coisa? Um objeto?

Aurora negava com a cabeça e, sem responder, olhou ao redor, como procurando o objeto valioso de que o policial estava falando.

– Não sei..., aqui há muitas coisas. Mas coisas normais. Alguns enfeites bons, não é? O lustre de Tiffany...

– E uma espécie de sinete antigo? Dourado; de ouro, na verdade. Mais ou menos deste tamanho – disse Duque, que mostrou entre o indicador e o polegar um espaço de dez, doze centímetros.

Aurora voltou a pensar.

– Não, não me diz nada. Mas Quevedo tinha várias gavetas trancadas a chave.

– O que guardava nelas?

– Dinheiro? – A mulher arqueou as sobrancelhas.

– Os peritos abriram as gavetas que ainda estavam trancadas. E não havia nada interessante. Papéis, cartas... Os diplomas que deram a Quevedo. Muitos diplomas... Por aqui há outro lugar oculto que possa ter fechadura?

– Não que eu saiba.

Conde fez um gesto pra Duque, e o tenente afirmou, concordando.

– Quevedo tinha plena confiança na senhora, não é? – agora o tom de Conde era conciliatório, próximo.

– Não – a resposta concisa, certeira, cortante, quase fez os policiais caírem de seus assentos.

– Mas a senhora...

– Eu era a empregada, nada mais que a empregada. Não era sua pessoa de confiança, Quevedo não tinha ninguém de confiança. Nem a filha, nem o neto, ninguém.

– E por que trabalhou tantos anos com ele?

– Dezenove... – precisou Duque, depois de olhar um dos papéis recém-tirados de sua pasta inseparável.

– Não quero falar disso. Não tenho de falar disso. Se vão me prender, me levem, e já. Se não, podem ir embora agora. Não temos mais o que falar.

Conde não se alterou, ao passo que Duque fez menção de se levantar e voltou atrás, parecendo arrependido. A mudança de atitude da mulher era notável demais. Então Duque começou a examinar o documento que tinha na mão e olhou para a interlocutora.

– Aurora, a senhora permaneceu como empregada de Quevedo porque esteve três anos presa por umas fraudes e outras confusões que fizeram nos gabinetes em que trabalhava. A Diretoria Nacional da Habitação. Cambalachos de todo tipo, com bastante dinheiro envolvido. E creio que se saiu bem cumprindo só três anos dos dez que lhe deram, com a pena adicional de não poder voltar a assumir responsabilidades administrativas... Ao sair da prisão, em pleno Período Especial, ninguém lhe deu um trabalho mais ou menos aceitável e veio parar aqui, com Quevedo. Porque por acaso, por acaso, o homem que fora seu chefe na Habitação também era amigo de Quevedo, e é possível que tenha sido também de Marcel Robaina. Um chefe que, aliás, saiu ileso da investigação, talvez porque a senhora não o tenha delatado e... esse senhor lhe fez o favor de colocá-la para trabalhar com Quevedo, pode ser até que tenham combinado um bom salário para a senhora, muito melhor que o salário que o Estado pagaria, isso não sei... E, claro, posso estar equivocado em algum detalhe, mas o essencial é que está aqui porque já teve problemas com a justiça e...

— Mas não sou ladra! — protestou a mulher. — Fiz naqueles gabinetes o que outros também faziam, mas sem roubar ninguém. E menos ainda roubaria alguma coisa nesta casa, menos...

— Claro. Em seu trabalho, a senhora não tirava a carteira do bolso de ninguém... Só roubava do Estado.

Conde, surpreso com a avalanche de informações que o tenente Duque apresentara, observou que a mulher, no fim, inclinou a cabeça. Parecia derrotada, talvez, agora sim, envergonhada. As averiguações tinham chegado ao ponto a que ela nunca teria desejado. O mais curioso era que, para Aurora e muitos como ela, traficar influências, aproveitar-se do cargo e tirar benefícios não é o mesmo que ser delinquente. Porque roubar do Estado não te faz ladrão. Assim funcionavam os códigos éticos do país — ou assim os fizeram funcionar. Meu Deus, os maus-tratos que sofrera a pobre palavra "decência", pensou Conde, que ainda estava processando a informação trazida por Duque, da qual o tenente não lhe confiara palavra. Um sacana, o tenente.

— Então — insistiu Duque —, o sinete de ouro...

Aurora voltou a limpar as mãos no avental. Talvez se tratasse de antigas sujeiras indeléveis.

— Se era uma coisa assim, como um peso de papel, eu o vi uma vez. Estava sobre a escrivaninha de Quevedo. Chamou minha atenção porque era um peso para papel meio estranho. E nunca mais vi aquele sinete, cunho, seja o que for, se é que foi o que eu vi. Isso foi há cerca de dez anos, mais ou menos. O que sei é que ele não o guardava na escrivaninha. E nunca mais o vi, não fiquei sabendo o que era nem quanto valia, tampouco falei com alguém sobre ele. Posso jurar por tudo o que vocês quiserem que eu jure. Nunca mais. Não terá sido porque Quevedo também o vendeu, como o carro, como vários quadros? Não sei, só posso dizer que não vi mais essa coisa de que estão falando.

Sabe-se que a fé move montanhas. E o dinheiro? Pois parece que é capaz de deslocar cordilheiras, pensou Conde. E, quanto mais penetrava nos fossos de privilégios, trocas de favores e influências, ardis e benefícios de uma casta poderosa, menos ele se sensibilizava diante da horda de personagens que habitavam o mundo sujo de Reynaldo Quevedo e outros espécimes de seu entorno. E resolveu se despojar de qualquer laivo de piedade.

— Apenas lembre, caso não saiba, que todas as propriedades de Quevedo estão congeladas sob ordem judicial até que se esclareçam as circunstâncias de sua morte. Ou seja, até pegarmos quem o matou. O que acha? E depois vamos investigar a origem de alguns desses bens. De modo que nem pense em vender a marinha de Capote que você tirou da casa de seu avô — fez seu discurso no tom mais ríspido e até acrescentou: — Estamos procurando um assassino que pode ser qualquer um... talvez qualquer um dos que poderiam se beneficiar com essa morte.

E não tinha sido necessário insistir. Osmar entendera perfeitamente a mensagem e na mesma hora desapareceram todas as complicações, os compromissos e os encontros mencionados e qualificados de urgentes. Às onze e trinta da manhã, conforme Conde lhe pedira, Osmar chegou à Central de Investigações Criminais, ainda tranquila. E dessa vez o jovem vinha com seu estilo mais primaveril: a bata do dia era de algodão branco, estampada com flores vermelhas, amarelas e roxas, com um corte muito decotado no peito, sem pelos ou depilado. Conde não teve como deixar de reconhecer seu valor: era preciso ter coragem para sair na rua vestido daquele jeito e, como era previsível, sem cueca.

A ideia de tirá-lo de sua zona de conforto — assim a chamou, assim ele falava — tinha sido de Duque. Os dois investigadores sabiam que a investigação chegara a um ponto crítico exemplar: era preciso dar um aperto para que, se alguém estivesse mentindo ou escondendo alguma coisa — para efeito da pesquisa significava quase a mesma coisa —, essa pessoa começasse a sentir-se pressionada e talvez abrisse uma brecha.

A existência de vínculos entre os dois mortos recentes e a suicida de trinta anos atrás fora estabelecida, e os dois investigadores estavam convencidos de que não se tratava de simples coincidência casual. A relação macabra entre Natalia Poblet e seu repressor pessoal, Reynaldo Quevedo, podia ter sido a causa do suicídio, mas a proximidade do impostor Marcel Robaina turvava ainda mais aquelas águas sujas. E era preciso ver o que havia debaixo da superfície, onde podia estar, oculto no lodo, o sinete de ouro, cada vez mais presente e possível, de Bonaparte. E Deus sabia quantas coisas mais.

Ao entrar com o jovem no cubículo de interrogatórios, Conde notou que, para maior eficácia, Duque havia preparado os equipamentos de gravação de áudio e vídeo do lugar opressivo. Assim que se acomodaram, o tenente ligou as engenhocas, apontou o pequeno microfone para o visitante, e Conde iniciou a abordagem, de acordo com o plano urdido pelos investigadores.

— Osmar..., teu pai era um personagem. Andava pelo mundo desgraçando as pessoas. Para ele era como um vício, ou uma doença. Se não fosse por ser teu pai, eu diria que ele era um grande filho da puta... E a respeito de teu avô há pouco a dizer, ou melhor, a lembrar. Reprimiu milhares de pessoas por não serem suficientemente puras, enquanto ele roubava, subia na vida, pagava por sexo tanto na Bulgária quanto em Cuba, tanto pela frente como por trás...

— Na Bulgária? — Pela primeira vez o jovem pareceu surpreso.

— Transava com as moças e lhes pagava com calcinhas húngaras. Pacotinhos de três peças coloridas.

Osmar quase sorriu. Orgulho ou espanto? Conde concluiu que não importava e continuou.

— Estou dizendo tudo isso, muita coisa que você sabia, para estabelecer as regras do jogo. Seu pai e seu avô eram capazes de qualquer safadeza. E temos quase certeza de que tiveram ligação com o suicídio de Natalia Poblet, em 1978. E suspeitamos cada vez mais que roubaram alguma coisa dela, além da dignidade e das esperanças, como nos disse alguém.

— Mas eu... — tentou protestar Osmar.

— Deixe-me terminar... Os dois estão mortos, e a polícia tem o dever de elucidar esses crimes e encontrar um autor... Se fosse por mim, nem me preocuparia. Os dois fizeram tanta coisa suja que eu quase diria que mereceram o que lhes aconteceu. No entanto, para equilibrar um pouco a balança, apreenderia todos os bens deles... Estou dizendo isso porque agora tenho a vantagem de não ser policial, e pessoas como seu pai e seu avô me dão urticária, vontade de vomitar... e outras vontades fisiológicas piores, e por isso...

Duque apertou o braço de Conde. Conforme tinham previsto, chegara sua hora.

— Osmar, você os intermediava. Sabia das questões entre eles. É herdeiro deles. — O tenente disparou uma rajada.

— Estão me acusando de alguma coisa?

— De não dizer tudo. E isso, se obstruir uma investigação criminal, pode ser crime, sabia?

— Mas se eu não sei de nada — protestou o rapaz.

— Vamos lá, que outros negócios ou tramoias Marcel tinha aqui em Cuba?

Osmar enfiou os dedos entre os cabelos, coçou o crânio. Deu um tempo e finalmente se decidiu.

— Não sei se isso tem alguma coisa a ver... Meu pai comprava joias em Cuba..., mas eu não tinha a ver com isso.

— Conta para mim.

— Um dia fui com ele falar com um joalheiro. Ele mora naquela baixada que tem no fim de El Vedado. Meu pai e ele eram conhecidos da vida toda. Esse joalheiro comprava peças de ouro e relógios antigos aqui e, pelo meio que aparecesse, mandava essas coisas para meu pai e ele as vendia lá, em Miami.

— Como se chama o joalheiro?

— Aurelio..., não sei o sobrenome. Sei onde ele mora...

— Falaram de alguma coisa muito valiosa? Alguma joia especial?

— Não que eu saiba. De umas alianças, correntes, peças desse tipo. Falaram de preços, de ganhos... E meu pai disse que ia fazer uma jogada de arrasar e se encher de grana.

— Com o quê?

— Ele não disse. Para mim era uma de suas fanfarronadas. Depois eu perguntei, e ele me pediu que esquecesse o assunto. Que só me importava que com aquele dinheiro ele ia me tirar de Cuba pelo Equador ou pelo México... E também minha tia Amarilys e meus primos.

— E o que aquele joalheiro tinha, então?

— Umas correntes e medalhas de ouro. Um relógio antigo, Cuervo y Sobrinos*... Um homem que estava lá levou tudo aquilo para vender, e meu pai o pagaria. Para ver se o homem baixava o preço, meu pai fez uma encenação. Disse que era agente da Segurança, mas que, se as joias não eram roubadas... Pois é, as lorotas dele.

— E o homem? — insistiu Duque.

— Imagine..., ficou branco feito papel. Um agente da Segurança sempre dá medo. O coitado transpirava. — E Osmar riu ao se lembrar do estratagema sinistro de Marcel.

---

* Prestigiada marca de relógios suíça, de origem cubana. A empresa familiar Cuervo y Sobrinos foi fundada em Havana em 1882. (N. T.)

— E concretizaram alguma coisa?

— Não, com aquela história, meu pai estragou tudo. No fim, o homem levou suas joias embora.

— Por acaso você lembra o nome do homem?

— Claro... José José, como o cantor*. Esse nome ninguém esquece. – Voltou a rir. – Aurelio, o joalheiro, aprontou uma tremenda discussão com meu pai por ele ter estragado o negócio. E meu pai disse que daria um jeito de acertar as coisas, que procuraria José José e se explicaria.

— E ele o procurou?

— Acho que sim. Mas não tenho certeza. Foi na época em que minha avó morreu, e depois meu pai disse que ia embora e, bem, não foi... Com ele, nunca dava para saber muito bem o que estava tramando. Aquela mania que ele tinha de fazer mistério deixava minha mãe frenética.

Duque ficou em silêncio por alguns segundos. Ou estava pensando, ou estava perdido, Conde disse a si mesmo. Com o pé, tocou no tenente por baixo da mesa, e Duque, embora a contragosto, acabou reagindo.

— Osmar, seu pai ou seu avô falaram de alguma coisa relacionada com Napoleão? Quevedo mencionou alguma coisa numa conversa com Victorino e...

— Napoleão Bonaparte?

— Sim, lógico.

— Que eu saiba, não... Mas o que Napoleão tem a ver com isso?

— Uma peça napoleônica que vale mais de cinquenta mil dólares. Até onde se sabe, é muito possível que esteja em Cuba. E como seu pai e seu avô tinham as mãos tão compridas...

— Olha, quanto a meu avô e aos quadros que ele tinha, era porque gostava muito de pintura.

— Nós sabemos dos gostos de Quevedo e sabemos como se apropriava daqueles quadros... Então, não falaram de alguma coisa napoleônica? Na casa de seu avô você nunca viu uma coisa mais ou menos deste tamanho que parecia um sinete, desses de lacrar documentos?

— Não, nunca vi. Mas sei que falaram de outros negócios dos quais não sei. Minha parte era a dos quadros, porque tenho algum conhecimento disso e...

Bang! Duque e Osmar pularam da cadeira quando Conde deu um tapa forte na mesa. O pequeno microfone apontado para Osmar girou, e o copo de plástico do qual Conde bebia água caiu no chão.

---

* Pseudônimo do cantor mexicano José Rómulo Sosa Ortiz (1948-2019). (N. T.)

– Osmar, Osmar! – gritou o ex-policial, ficando em pé. – Como seu pai disse que se chamava quando pôs medo em José José com a história da Segurança?

Osmar respirou fundo. Pelo visto esperava alguma pergunta mais complicada.

– Néstor..., ele sempre dizia que era o agente Néstor.

Agora foi Conde que respirou fundo, como se cuspisse fogo.

– Eu sabia, eu sabia – disse e voltou a se sentar. – Porra, Duque, estava na nossa frente e nós não víamos, caralho... Aquele que caparam, que infartou e que depois jogaram no lixão não foi Marcel Robaina. Foi o agente Néstor!

Ouviram-se os hinos nacionais, trocaram-se flâmulas, os jogadores saudaram os altos dignitários, e a primeira bola foi lançada por uma grande estrela cubana que quase ninguém conhecia em seu próprio país, pois fizera carreira nas Grandes Ligas Norte-Americanas, condenadas ao silêncio pela política da ilha em que as práticas profissionais eram consideradas esporte "alugado" e, por conseguinte, "escravo". Imediatamente a equipe nacional cubana e os "alugados" Rays de Tampa Bay começaram a jogar beisebol como se estivessem jogando beisebol de verdade, com tacos, luvas e uniformes de estreia. Os quarenta mil que assistiam ao jogo, no Estádio Latino-Americano de Havana, olhavam, gritavam, aplaudiam como se todos estivessem realmente assistindo a uma emocionante partida de beisebol. Os mais entusiastas, para dar mais verossimilhança ao espetáculo, eram os membros da comitiva presidencial e seus anfitriões cubanos, todos sorridentes, todos contentes, inclusive amigáveis. A montagem, com três dezenas de atores entre protagonistas e secundários, e com a inestimável contribuição de quarenta mil extras escolhidos e treinados, era de matar de inveja os produtores dos dias mais gloriosos de Hollywood. Por isso Conde disse a si mesmo que já sabia como era aquele filme e desligou a televisão. Teria preferido ver um simples jogo de beisebol, como qualquer um daqueles que, em casas de cômodos e esquinas da cidade, o obrigavam a parar para observar um pouco, porque ele adorava beisebol. Quando era de fato isso, um jogo de beisebol.

Ao dispensar Osmar, Duque tinha pedido para interromper a pesquisa até que, à tarde, o presidente Obama voltasse a seu país. E Conde reivindicara que estendesse a trégua e o deixasse livre até o fim do dia, pois estava com a agenda cheia para o resto do expediente. Combinaram que, se fosse o caso e conforme as ocupações de Duque, o tenente poderia adiantar alguma coisa, entrevistando o joalheiro Aurelio e averiguando a localização do tal José José: porque, embora aquele JJ não cantasse "La nave del olvido" (talvez porque não lhe interessasse a travessia que não estivesse programada), em contrapartida despertava em Conde a vaga, mas persistente, suspeita de que pudesse dizer algo, talvez muito, do agente Néstor. E, obviamente, decidiram que Duque se ocuparia de informar a Manolo em que pé estava a investigação e receberia as presumíveis reprimendas do chefe por continuar não tendo nada de concreto nas mãos.

E na casa de Tamara, depois de tomar uma chuveirada e antes de almoçar, Conde ligou para seu amigo Carlos e perguntou qual era o plano.

– De Miami para cá não sai nenhum voo enquanto Obama não for embora. Aeroporto fechado... Depois é que os aviões começam a chegar e partir, e mudaram a passagem do Coelho para as cinco da tarde, lá em Miami. De modo que às seis e meia ele deve estar saindo do aeroporto daqui, se lá dentro não demorarem muito.

– Então?

– Quando o voo for partir, ele vai me ligar. Calculamos o horário, e vocês vêm me pegar para irmos buscá-lo.

– Que encrenca...! Lembre-se de que hoje à noite tenho trabalho.

– Não se preocupe. Eu te represento diante do uísque que o Coelho vai trazer e do *tamal en cazuela** que a velha está fazendo.

– Você por acaso virou bicha, Magro de merda?

– Estou fazendo um curso – respondeu o outro, e Conde sorriu.

– Vou me deitar um pouco. Estou morto. Te espero – disse e desligou.

Conde sabia o que significava para seu amigo Carlos o regresso do Coelho (regresso provisório?, definitivo?, não importa, isso veriam depois). Porque, se Conde era possessivo com os amigos, o pobre Carlos, condenado à cadeira de rodas, era dependente. Felizmente para ele, depois de sua viuvez prematura, a inefável Dulcita, sua namorada da época do pré-universitário de La Vibora, vinha a cada poucos meses de Miami e se fechava três ou quatro dias num quarto com ele. A presença constante dos amigos e, desde havia alguns anos, os benefícios daquele amor amadurecido, consumido em doses concentradas, haviam construído a balsa que nos últimos anos mantinha o inválido à tona e tornado sua existência mais tolerável.

Tamara, pouco dada a confecções culinárias, resolveu a questão do almoço com uma tortilha e uma salada de tomate. Depois, embora os dois tivessem pensado em outras atividades possíveis, optaram por utilizar a cama só para fazer a

---

* Prato típico cubano que consiste numa espécie de purê de milho enriquecido com carne de porco e temperado basicamente com cebola, alho e tomate. (N. T.)

sesta que os chamava. Decidir-se por uma sesta seria também uma manifestação da velhice? Conde não teve tempo para responder e caiu como uma pedra no amável poço da inconsciência.

Às cinco e meia, Carlos ligou. O Coelho ia embarcar no voo. Tamara calculou: em meia hora ela e Conde apanhariam Carlos e iriam para o aeroporto.

Às seis e meia, Tamara parou seu velho, mas eficiente, Lada soviético no estacionamento do aeroporto, e Conde empurrou a cadeira de Carlos até a área de saída dos passageiros recém-chegados. Conde calculou que tinha mais uma hora. Embora tivesse falado com Yoyi e seu parceiro fosse o mais compreensivo do mundo, ele queria estar por volta das oito em seu canto do balcão do La Dulce Vida, cumprindo sua missão de vigia.

Obama tinha ido com sua música para outro lugar, e a tarde de abril caía tranquila sobre a ilha, como qualquer outro dia, como se nada estivesse acontecendo. Do ponto de espera escolhido, Conde observava o intenso tráfego humano que se movia diante de seus olhos. Homens e mulheres recém-desembarcados empurravam os carrinhos aeroportuários carregados com os enormes pacotes embrulhados em plástico cheios de presentes e mercadorias para satisfazer às necessidades dos que tinham ficado no país: aqueles homens, mulheres, velhos, crianças e até cães cubanos que corriam para beijar e abraçar os viajantes, muitas vezes inclusive com lágrimas. Os exilados que regressavam por uns dias decerto não eram nem remotamente triunfantes, mas se sentiam assim por aquilo que representavam para parentes e amigos, e assim sem dúvida eram vistos pelos que os acolhiam, pois, graças a eles, sustentavam suas existências. E pensar que, por décadas, muitos daqueles próprios emigrados tinham sido tachados de inimigos, inclusive de apátridas, rebaixados à condição zoológica e rastejante de *gusanos**. Mas a realidade voltava a mostrar que se empenhava em ser mais obstinada que a vontade, inclusive que as ordens. E a história, por sua vez, era mais imprevisível que as palavras de ordem que se dispunham a esquematizá-la. Os emigrados, estigmatizados por décadas, voltavam como vendedores, transformavam-se em salvadores. E por isso na ilha as pessoas diziam que o importante era ter FE: família no estrangeiro.

Às sete da noite, Conde começou a consultar o relógio. Sabia que não deveria ser grande problema caso se atrasasse um pouco para chegar ao trabalho, mas entre suas muitas obsessões estava a de ser pontual, costume tão estranho a seu

---

* Significa "vermes". Era como se qualificavam os cubanos que fugiam clandestinamente da ilha. (N. T.)

pertencimento cultural. Às sete e um quarto já deixou de falar com Carlos e Tamara, começou a dar umas voltinhas, a fumar mais e a reclamar da demora. Às sete e vinte e cinco, finalmente viram o Coelho sair, empurrando seu carrinho, sobre o qual vinham dois gigantescos pacotes azuis.

Conde deu um assobio e ergueu os braços para que o viajante os localizasse. Coelho sorriu com seus dentes desmedidos e retificou o rumo para onde o esperavam. Conde se adiantou ao encontro do amigo, e os dois homens se fundiram num abraço.

– Caralho, você voltou – disse Conde. – Como você está?

– Inteiro, Conde… Vim para ver vocês e os Rolling Stones – disse o Coelho –, e porque venho acompanhado…, lá atrás vem Dulcita, ela também quer ir ao show conosco.

– Dulcita?

– Sim, não quis avisar para fazer surpresa.

E estava fazendo. Era só olhar a expressão de Carlos ao descobrir a figura da antiga namorada, transformada em amante outonal. Conde sorriu e pensou que estivera prestes a acontecer o milagre de ver o amigo se levantar e andar para se encontrar com a mulher que o limpava de tristezas, tédios e outros fluidos estancados. Definitivamente estavam vivendo em estado de delírio.

Furacões tropicais

Levei vários meses para recolher todas as informações com que, por fim, consegui montar os três atos da tragédia que, conforme relatei, começou a se armar muito antes de 2 de novembro de 1910 e teria seu ponto culminante entre esse Dia de Finados e as jornadas amargas de 21 e 22 daquele mês, dois últimos dias da vida de Yarini. Foi uma tragédia que, como qualquer calamidade com efeitos sociais, teve seu clímax durante essas datas, mas cujas consequências se estenderam por meses e anos, até que, em 1913, um decreto governamental do líder conservador Mario García Menocal fecharia a quase ingovernável zona de tolerância de San Isidro. Um gesto político que, como todos sabíamos, obviamente não curaria a doença, pois não eliminaria o flagelo da prostituição. Tampouco conseguiria tirar do bairro, de Havana e da veleidosa memória do país a estranha e descomedida figura de Alberto Yarini y Ponce de León.

Como qualquer pessoa do bairro, eu sabia que os franceses, desesperados com a perda de controle de um negócio que durante anos eles tinham capitalizado, cedo ou tarde dariam uma resposta que lhes permitisse recuperar os espaços perdidos. E, como é lógico, sabia que os *apaches* consideravam que qualquer solução passaria pela necessidade de tirar da concorrência Alberto Yarini, a quem (com razão) responsabilizavam por todos os seus infortúnios mercantis.

Porque já então a ofensiva dos revigorados *guayabitos* cubanos contra seus adversários se intensificara. Os roubos de mulheres aumentaram, os gritos de ofensa e de advertência não cessavam, e respirava-se uma atmosfera de pré-guerra em todo San Isidro, com implicações nefastas previsíveis para o grande negócio do bairro. Como policial, eu tinha intervindo em ou tomado conhecimento de várias brigas entre os bandos (escaramuças em comparação com as que logo viriam), nas quais se desembainharam facas e navalhas e se verteu algum sangue, inclusive de mulheres vinculadas às lutas em curso.

Diante do estado de crispação, temendo que acontecesse o que acabou acontecendo, procurei estar o mais perto possível de meu amigo Alberto Yarini para, de algum modo, protegê-lo. Graças a essa minha presença mais constante em torno do jovem, várias vezes voltei a conversar com ele, a sós ou acompanhado por alguns de seus amigos e colegas de negócios que vinham consultá-lo ou simplesmente vangloriar-se de seus atos, como se buscassem seu beneplácito. E todas as vezes surpreendeu-me constatar a indiferente tranquilidade com que Yarini encarava a situação que se criara desde seu último e ousado encontro com Louis Lotot. Agora o principal assunto de suas conversas girava em torno de suas atividades políticas, nas quais parecia muito concentrado, ao passo que sua distração mais frequente era trancar-se em sua recâmara para se espairecer com La Petite Bertha, o que, além do mais, incomodava suas outras mulheres, que se sentiam postas de lado na distribuição de afetos com que o cafetão em outras épocas costumava recompensá-las.

Em contrapartida, não me abandonava a sensação de perigo, a convicção de que alguma coisa terrível estava para acontecer. Talvez, graças ao tempo dedicado ao trabalho policial, eu tivesse desenvolvido uma capacidade maior para perceber riscos, para perscrutar as desgraças tocaiadas no ambiente e atender aos apelos de certas premonições, e por isso também avisei alguns dos amigos mais próximos de Yarini que ficassem atentos e cuidassem de seu caudilho. Pensei até em falar com seus colegas mais conhecidos de militância política, mais fui contido por certo pudor de meter o nariz onde não fora chamado.

Enquanto isso, furtiva, a trama para liquidar Yarini continuava crescendo. E Louis Lotot, impelido pelas circunstâncias, finalmente assumia um protagonismo esperado e previsível que, ele bem sabia, implicaria uma imolação. A bomba fora ativada, seria colocada nas mãos de um homem que deveria inclusive estar disposto a morrer, e só faltava lançá-la contra seu objetivo e fazê-la explodir.

Na manhã de 21 de novembro de 1910, Yarini me procurou para que eu fosse tomar café da manhã na casa da rua Paula, 96. Contrariando seu hábito de dormir até meio-dia depois da noite de farra, o jovem tinha se levantado cedo, pois precisava comparecer ao funeral da mãe de Mingo Valladares, seu correligionário presidente do Comitê Conservador do bairro de Marte.

— Vou porque não posso deixar de ir. Detesto toda essa parafernália dos velórios e enterros. E cada vez menos suporto Mingo – confiou-me, enquanto nos serviam café com leite, fatias de pão com manteiga no forno e suco de laranja, seu café da manhã frugal de todos os dias.

— São um mal necessário – comentei, para dizer alguma coisa, e ratifiquei: – Mingo e os velórios.

Yarini assentiu.

— Mas te chamei porque preciso de você.

Ouvi-lo dizer aquilo me provocou uma evidente satisfação e, ao mesmo tempo, certo temor. Satisfação por Yarini precisar de mim para alguma coisa, temor pela possibilidade de eu não estar à altura de suas exigências. Ou porque, dadas as circunstâncias, algumas exigências dele podiam ser de calibre muito alto. No entanto, respondi:

— Disponha.

O jovem assentiu e ficou uns instantes em silêncio. Olhava o pão brilhante de manteiga como se observasse um objeto extraordinário.

— Você sabe que andam dizendo no bairro que os franceses estão aprontando alguma... Por isso ontem estive com a velha Inmaculada Pinilla – disse ele, finalmente.

— E então?

— Ela consultou os santos para mim e me fez uma limpeza com suas ervas e seus pós... Disse que viu uma sombra escura ao meu redor. Uma sombra muito densa, que se aproximava, me envolvia...

— Eu não sou *santero* e te disse a mesma coisa, Alberto.

— Mas Inmaculada vê... Falou de um trem que vinha para cima de mim.

— Você acredita de verdade nessas coisas?

Yarini me respondeu com a mais absoluta seriedade:

— É óbvio que acredito. – E enfiou a mão no bolso da calça, de onde tirou uma bolsinha de pano branco com a boca costurada. – Meu amuleto..., uma espora de galo, uma pedra de cobre e terra da sepultura de um chinês.

— Bem, nunca é demais... O que quer de mim?

— Que a partir de agora você e Pepito façam comigo as rondas noturnas.

— E não é melhor você suspendê-las ou mudar o roteiro?

— Claro que não. Seria sinal de fraqueza. Lotot sempre anda por aí com dois parceiros, o italiano Boggio e algum outro. Pois vou fazer o mesmo. E, se você não puder, levo o negro Terán.

– Conte comigo – assegurei, orgulhoso por ter sido escolhido pelo jovem para ser um de seus protetores. E, se comentassem no bairro, foda-se. Yarini era meu amigo, disse a mim mesmo.

– Então te espero hoje à noite. E agora vamos ao café – acrescentou e, pela primeira vez naquela manhã, mostrou seu sorriso deslumbrante, o melhor de Havana.

Depois de passar duas horas no velório, Yarini voltou para casa para almoçar. Sopa de miúdos de frango e um pargo bem frito, regado com limão e ramos de salsinha, dois de seus pratos favoritos. Por ter madrugado naquela manhã, fez uma sesta de uma hora e depois tomou banho. Com ajuda da mulata Rosa, sua preferida para aquela tarefa, vestiu-se de fraque e, dessa vez, chapéu-coco, completando, assim, um traje mais apropriado para ir ao enterro da mãe de seu correligionário. Às três da tarde, seu amigo e advogado Federico Morales passou de carro para buscá-lo, e foram juntos ao sepultamento.

Já eram cinco da tarde quando Yarini voltou com o notável à casa da rua Paula, 96. O advogado desceu com ele, e se acomodaram para tomar o café e conversar na sala, conforme Pepito Basterrechea me contaria pouco depois, quando a desgraça já tinha acontecido e ele tinha sido detido na correcional de Havana. Pepito estava na casa, mas não com eles, pois o assunto da conversa era particular, sobre questões políticas.

Depois Federico Morales ratificaria que o principal assunto da conversa daquela tarde tinha sido o pedido de Freyre de Andrade para que Yarini deixasse o negócio da prostituição e focasse a corrida eleitoral pela Prefeitura de Havana. Freyre andava preocupado com os comentários que lhe chegaram de San Isidro e achava que uma escalada muito provável de atos violentos, inclusive com mortes, poderia prejudicar a imagem do jovem. Yarini, não muito convencido da pertinência da solicitação do dirigente político, disse-lhe que pensaria e conversaria com Freyre, entretanto argumentando que, naquele momento, não era conveniente sair do negócio, pois também poderia parecer demonstração de fraqueza. Então combinaram de se encontrar naquela noite, às nove, no El Cosmopolita.

Federico Morales lembrou também que, em algum momento da conversa, Yarini recebeu na porta uma mulher negra, muito velha, vestida de branco do sapato ao lenço de cabeça, que lhe entregou alguma coisa que o jovem pôs no bolso, para depois se despedir da visitante com um beijo na face. E que, passadas as seis daquela tarde, Yarini se desculpou com o advogado, pois queria trocar de roupa para a saída habitual da tarde e o encontro noturno com o pretendente à Prefeitura de Havana, entretanto antes perguntou a seu consultor se também achava que ele devia deixar seus negócios no bairro.

– Você tem dinheiro, rapaz. Tem mais fama que nunca. Este bairro é teu, eu diria que Havana é tua. Agora te cabe usar essa auréola para conquistar coisas maiores. – Foi a resposta que Federico se lembrou de ter dado a Alberto Yarini.

O que o respeitável advogado obviamente não contou foi que, contrariando o que estava ferreamente estabelecido, o cafetão pediu a uma de suas mulheres que entretivesse um pouco seu amigo. A encarregada do entretenimento foi Rosalía Quintana, uma das prostitutas escolhidas para morar na casa de Yarini, e, segundo a mulher me contou, a diversão aconteceu no último quarto da casa, pois eram famosos os rugidos do advogado quando realizava o ato sexual. E Rosalía me entregou um dado que acrescentaria outros elementos estranhos à investigação da trama urdida pelos franceses: para usar o quarto, teve de pedir a La Petite Bertha que ficasse por um tempo na sala de refeições. Bertha Fontaine, de penhoar, continuava no quarto àquela hora porque estava indisposta, e Yarini, muito complacente com ela, permitira que tirasse o dia para se recuperar. Doente justamente naquele dia?

A mulata Rosa me contou que ainda não eram seis e meia quando o patrão a chamou para trocar de roupa. Cueca de algodão e camisa francesa HR com abotoadura de ouro. Calça de casimira escura, colete de piquê e paletó. Gravata listrada com alfinete de brilhantes, corrente de ouro com um pingente, também de ouro e em forma de dragão, coroado com um brilhante. Arrumou-se como se fosse a um encontro importante, disse a mulher, e acrescentou: como se o Galo soubesse que naquela noite iam matá-lo e quisesse chegar apresentável ao outro lado. E Rosa também lembrou que naquela tarde o viu guardar no bolso da calça duas bolsinhas brancas, não uma. Em seguida, sempre de acordo com Rosa, Yarini pegou algum dinheiro e, depois de verificar a carga de sete projéteis, ajeitou na cintura seu Smith & Wesson de nove milímetros, niquelado, com coronha de madrepérola. Então voltou à sala e informou a um Federico Morales despenteado que precisava ir. Na pressa, Yarini – que nunca o esquecia – acabou saindo sem pegar seu quase inseparável chapéu-panamá.

Vi Yarini e o advogado saírem uns cinco minutos antes das sete. Eu tinha chegado havia pouco e ficara conversando em frente à casa com Pepito Basterrechea. Foi Pepito quem informou ao advogado que seu motorista, queixando-se de dor de estômago, fora correndo ao bar da esquina para aliviar as tripas.

– Está sempre cagando – comentou o notável. – Vai, Alberto, vai indo, eu espero no carro.

– Não quer esperar lá dentro?

– A tarde está fresca... Não se preocupe... Vai, nós nos vemos depois.

Os dois homens apertaram-se as mãos.

– Nos vemos às nove – disse Yarini, que saiu andando.

– Pense no que falamos – pediu Federico Morales, ainda sem subir no carro, e viu seu amigo, cliente e correligionário político afastar-se rumo à rua Compostela e virar para a San Isidro. Depois de Yarini, a poucos passos, íamos Pepito Basterrechea e eu, inspetor de polícia Arturo Saborit, que naquele momento pensava se não havia chegado a conjuntura mais favorável para expor ao proxeneta minhas intenções com respeito a uma de suas mulheres.

Em seu atestado judicial, o advogado Morales declarou que, ao se despedir e rumar para a rua San Isidro, Yarini ia sozinho.

Pensei muito na decisão tomada por Louis Lotot e que, ele bem sabia, lhe custaria a vida. Um homem como ele devia ter calculado que, se realizasse seu propósito, mesmo que tivesse a sorte de sair vivo do encontro buscado com Alberto Yarini, a partir daquele momento seu fim estaria decretado, pois não haveria lugar na ilha, considerando inclusive o cárcere, aonde não chegassem as mãos vingativas dos sequazes e amigos do jovem cubano. Lotot jogava com cartas marcadas e convencido de que para ele a vitória não existia. Apenas essa convicção explicava que não tivesse respondido antes às ofensas de Yarini e que as considerasse só uma questão de negócios, não uma questão de vida ou, sobretudo, de morte, como acabou sendo.

Como bom homem de negócios, Louis Lotot era um pragmático. Para ele, conceitos como honra e valor pessoal não tinham nenhum significado se não estivessem relacionados a seu modo de ganhar a subsistência. Seu lema de viver das mulheres e não morrer por elas constituía toda uma declaração de princípios, uma filosofia de vida. E, ao me perguntar tantas vezes por que aquele homem escolhera uma imolação certa, encontrei apenas duas respostas: porque se viu compelido a fazê-lo ou, com mais argumentos, porque, sentindo-se ferido, humilhado e condenado, simplesmente encurralado, decidiu que era mais digno morrer matando. Porque naquele tempo a dignidade ainda tinha algum valor, inclusive para os cafetões.

A compulsão dos colegas sem dúvida deve ter influído, e muito, na determinação do proxeneta. Com certeza foram numerosas as ocasiões, diversas as maneiras pelas quais os *apaches* mais próximos dele o intimaram a ir à forra, pois, definitivamente, era quem mais tinha perdido, quem mais perderia, o mais afetado em todos os sentidos: Lotot encarnava o principal objetivo dos ataques de um Yarini apaixonado, que, ele sim, parecia ter transformado uma questão de negócios em assunto pessoal.

Entretanto, esse argumento não me basta para justificar a decisão do francês. Ele poderia simplesmente ter ido embora com seu dinheiro e, sem honra, manter a vida.

O assédio a que Yarini o submetera talvez tivesse tido outras conotações para o francês. Yarini o prejudicara profissionalmente. Ofendera-o e humilhara-o publicamente. Destruíra sua lenda de homem sem medo e transformara-o num covarde. Yarini tinha tirado dele tudo o que o fazia ser quem era. Yarini o tinha marcado e, pelo visto, não se deteria enquanto não o esmagasse. Mas, cego de paixão, meu amigo não calculara que também havia transformado seu rival num perigo: porque alguém que não tem nada mais a perder, embora também não tenha nada a ganhar, pode transfigurar-se no clássico urso ferido. Os caçadores sabem que para vencer o urso é preciso matá-lo. Se você só o ferir, ele lutará até que você o mate (ou que ele te mate). E Lotot estava ferido e furioso. Sobretudo, Lotot não era um covarde, conforme muitos quiseram pensar: tinham-no transformado em urso.

Ao meio-dia daquele 21 de novembro, na sala de jogos do andar superior do Clube dos Franceses, Lotot finalmente se reuniu com uma dúzia de seus parceiros comerciais. Como logo se ficaria sabendo, naquele conclave acertaram-se detalhes e designaram-se papéis, posições e álibis dos que participariam da ação protagonizada por Lotot: se Yarini aparecesse naquela noite na rua San Isidro, sua sorte estaria decretada.

Em torno das cinco da tarde, Lotot estava com seu compatriota Jean Petitjean no café El de Víctor, na rua Habana, número 40, de cujo terraço tinha-se uma perspectiva próxima do trecho que lhes interessava da rua San Isidro. Enquanto tomavam umas taças de conhaque, com certeza repassaram e retificaram o plano urdido, confirmaram o lugar que cada um dos participantes deveria ocupar.

Antes das seis, Lotot voltou à sua casa da rua Jesús María e comeu em companhia de seus colegas Leon Darcy e um tal Charles Banco, do qual nunca mais se soube. Lá se despediu de sua concubina Janine, que, de banho tomado e perfumada, estava saindo para cumprir seu turno de trabalho noturno no prostíbulo da San Isidro, 66. É muito provável que a mulher também estivesse a par do que se tramava.

Pouco antes das sete da noite, de terno escuro e chapéu-coco, Lotot saiu rumo à rua San Isidro para concretizar seu encontro com a morte. Antes de deixar a casa, deve ter verificado pela enésima vez naquele dia se seu revólver, um Colt 38 reformado de cano curto, estava devidamente carregado.

Na esquina das ruas San Isidro e Habana, muito perto do lugar onde pouco antes tomara conhaque, Lotot decerto verificou mais uma vez a presença e a posição dos colegas, de acordo com a emboscada planejada ao meio-dia. Depois foi ao encontro de Petitjean, que ficara no bar vigiando e esperando por ele, junto com o italiano Cesare Boggio, que participava da caçada. De lá, e conforme estava previsto, os três homens viram, uns minutos depois das sete, Yarini dobrar a esquina da rua Compostela e entrar na San Isidro para fazer a primeira parada da tarde no prostíbulo do número 59. E os *apaches* verificaram com alívio que o homem que Lotot ia matar estava acompanhado unicamente por seu amigo Basterrechea. Nem seus cupinchas Terán e Ansí, nem mesmo o oficial de polícia que ele costumava exibir em público... E todos devem ter indagado se as coisas seriam tão fáceis. Conforme Petitjean contaria muitos anos depois, Lotot sorriu satisfeito. Foi a penúltima vez na vida que aquele homem sorriu.

Com tais movimentos, encontros, preparativos, não posso deixar de me perguntar então...: ninguém soube o que estava sendo tramado e avisou Yarini do perigo que ele corria? Ninguém viu Lotot postado a cem metros do lugar pelo qual, como o bairro inteiro sabia, Yarini entraria na San Isidro, como todos os dias, para fazer o percurso que ele repetia havia tanto tempo?

Minutos antes das sete da noite Yarini, Pepito e eu avançávamos pela rua Compostela e, quase chegando à esquina da San Isidro, Yarini bateu na testa e parou.

– Porra, esqueci.

– O que você esqueceu, Alberto? – perguntou Basterrechea.

– Não está vendo... – disse o jovem e apontou para a cabeça sem chapéu.

– Vou buscar o chapéu para você – ofereceu-se Pepito, mas Yarini o descartou.

– Não, melhor ir você, Saborit. O panamá. Deixei..., não sei onde. E, se Federico ainda estiver lá, diga que à noite é melhor mandar o motorista me pegar na rua Picota, para irmos ao encontro... Não quero chegar tarde à reunião. Gostaria que você fosse comigo, Saborit... É que nesta noite vou fazer uma surpresa para todo mundo...

– Que surpresa, Alberto? – perguntou Pepito.

– As surpresas não são surpresas quando anunciadas antes... Espere até a noite.

Nós três rimos e, assentindo, orgulhoso pelo convite para participar de uma confidência, dei meia-volta rumo à rua Paula. Enquanto caminhava, pensei em qual seria a surpresa que Yarini faria. Será que ia sair do negócio da prostituição para se concentrar na política...? Nunca saberíamos, e ainda hoje continuo especulando sobre o conteúdo daquela surpresa anunciada da qual eu deveria ter sido testemunha privilegiada.

Quando entrei na rua Paula, o advogado Morales estava subindo no carro e, aos gritos, corri até onde o automóvel já se punha em marcha. Alertado por meus chamados, o motorista abriu a porta para ver quem era.

Nesse momento, cruzei com a mulata Rosa, que saía da casa da rua Paula, 96, para ir ao bordel da San Isidro, 59, onde Yarini a colocara. Pedi que esperasse um instante e fiz sinal ao motorista para que me aguardassem, e ele assentiu. Então expliquei a Rosa que precisava voltar à casa para buscar o panamá de Alberto, talvez o tivesse esquecido por ter usado o dia todo o chapéu-coco com o qual fora ao enterro. Rosa ficou pensativa. Não lembrava onde podia estar, mas deu meia-volta, e fomos juntos até onde estava o carro de Morales, em frente à casa da rua Paula, 96. Rosa entrou na residência, e eu fui falar com o advogado.

– O que houve agora? – perguntou Morales.

– Desculpe, senhor Morales – eu disse, tirando o chapéu. – É que Alberto queria saber se o senhor pode mandar buscá-lo às quinze para as nove na rua Picota.

Morales pensou uns instantes.

– Diga a ele que tudo bem. Saio antes de casa e passamos pela Picota para buscá-lo... Não sei quando Alberto vai comprar um carro para ele.

– O senhor sabe, ele prefere o cavalo.

Federico Morales sorriu.

– Sempre contra a corrente... A qualquer hora vai sair andando por Havana montado num camelo...

Nesse instante, Rosa chegou. Trazia nas mãos o panamá elegante e caríssimo de Yarini.

– Veja só, senhor Saborit..., estava no banheiro, ao lado do chapéu-coco.

E me entregou o chapéu. Eu nunca tinha segurado uma peça como aquela. Não pude deixar de acariciar sua textura, sedosa e firme ao mesmo tempo.

– Obrigado, Rosa – agradeci e me despedi da mulher, que iniciou a retirada.

– Algum dia tenho de dizer a Alberto que me empreste essa mulata – disse Morales, e nós dois sorrimos.

– E eu também – eu disse, para me congraçar. – Bem, vou acompanhar Alberto.

Dei dois passos para retomar meu caminho, quando o advogado voltou a me chamar e desceu do carro.

– Espere um pouco, Saborit – pediu-me, e recuei até ele. – É que o senhor me parece uma boa pessoa e...

– Obrigado, senhor – eu disse, perguntando-me qual o interesse que aquele homem, um dos mais poderosos do país, poderia ter em mim.

– Creio que é uma pessoa decente e de bem. Alberto acha isso e o considera um amigo, tem confiança no senhor... E penso que muitos dos indivíduos que cercam nosso amigo são como carrapatos que se alimentam dele. Eles o veneram, gostam dele, o admiram, mas também o pressionam, o ordenham. E neste momento Alberto está precisando não que o pressionem, mas que o contenham.

– Penso a mesma coisa, senhor – atrevi-me a dizer.

Federico Morales então me contou o motivo da reunião daquela noite entre Freyre de Andrade e Yarini: o aspirante a prefeito exigiria que seu correligionário deixasse o negócio da prostituição. Só assim poderia estar com ele na cédula eleitoral. Além do mais, como todos sabiam, naquele momento e naquele bairro a atividade de Yarini era perigosa. E começou a tentar me convencer a influenciar o jovem para que se voltasse para a política, que, no fim das contas, era mais rentável que qualquer outro negócio no país e que, nesse âmbito, um homem com a força e as ideias do nosso amigo poderia conquistar sucessos importantes. Para ele e para a sociedade.

Não sei quanto tempo durou a conversa. Talvez uns cinco minutos, talvez mais. O notável parecia obcecado pelo assunto e, no fim de sua exposição, pediu que eu lhe informasse diretamente se estava obtendo algum resultado no que seria, assim a chamou, minha missão. E, é óbvio, eu lhe disse que com muito gosto, porque, além do mais, tive a vaga ideia de que, se nosso amigo comum chegasse a um destino elevado na cidade..., o meu subiria à estratosfera? Nesse ponto eu já não tinha dúvida de qual era a surpresa que Yarini pretendia fazer. E me alegrei por ele e por mim.

Aquela foi a primeira e única vez em que Federico Morales e eu nos demos a mão, como se de fato fosse possível a existência de uma amizade entre um homem tão poderoso e um simples oficial de polícia de bairro..., talvez destinado a responsabilidades maiores.

– Bem, conto com o senhor. Obrigado. Agora vamos embora – disse Morales, dirigindo-se a mim e ao motorista ao mesmo tempo.

E foi justamente naquele instante que todos os equilíbrios se alteraram: em pé diante da casa de Yarini, ouvimos umas detonações que só podiam ser tiros.

Alarmado, esperei para localizar de onde vinham os estouros e percebi que vinham do lado da rua San Isidro. E, sem soltar o chapéu, corri na direção da rua Compostela para ir à San Isidro. Quase chegando ao cruzamento, por pouco não trombei com Pepito Basterrechea, que corria no sentido oposto ao meu e, ao me ver, gritou:

– Alberto! Alberto!

Ao desembocar na rua San Isidro, seguido por Pepito Basterrechea, Alberto Yarini se dirigira à casa de número 59, e ambos entraram nela. Apenas alguns minutos depois, da mesa do bar da rua Habana, Lotot, sempre vigiando a rua, também viu chegar ao prostíbulo a mulata Rosa. As coisas aconteciam conforme a rotina de cada jornada, tal como esperavam os proxenetas franceses.

Talvez pela pressão que tornava muito importante o encontro marcado para aquela noite, Yarini só se deu o tempo de tomar o café recém-coado, como fazia a cada visita ao primeiro de seus prostíbulos, e voltou à rua mais depressa que habitualmente. Sempre seguido por Pepito, atravessou a via pavimentada, como de costume, rumo ao bordel instalado na casa de número 60. Tinha sido lá que, havia várias semanas, pusera La Petite Bertha para trabalhar, e naquela noite enviara Rosalía Quintana para substituí-la, para suprir a ausência da francesa indisposta.

Ao vê-lo entrar no local, Lotot se levantou, avançou alguns passos pela calçada, quase tocando nos prédios com o ombro, e parou junto da grade saliente do janelão de uma das casas do lado dos números ímpares, a uns cinquenta metros de onde estava seu objetivo. Já eram sete e vinte, e a noite caíra. A escuridão da rua San Isidro só era rompida por um farol localizado no cruzamento com a Habana, outro no cruzamento com a Compostela e uma luminária colocada na altura da San Isidro, 66, o bordel de Lotot onde trabalhava sua concubina, Janine Fontaine. Fora essa iluminação, a rua só se beneficiava das luzes do bar da esquina com a rua Habana e das discretas lâmpadas ou lanterninhas vermelhas colocadas nos postigos de alguns prostíbulos. Lotot, vestido de preto, devia parecer uma sombra chinesa projetada numa parede.

Boggio se deteve a dez metros de Lotot, na calçada oposta. Com um gesto para Lotot, Boggio apontou para cima e o novamente líder dos *apaches* levantou os olhos. Na laje do número 66, viu a silhueta de um homem que, com uma das mãos, apontou para os prédios da frente, onde havia outros pistoleiros de tocaia, e, imediatamente, com o punho cerrado, fez o gesto de baixar várias vezes o polegar: estava tudo preparado, e a decisão tomada era pela morte.

Às sete e trinta, Yarini voltou para a rua. Mais uma vez havia abreviado o tempo de permanência no segundo bordel, talvez não só pelo encontro que o esperava, mas também porque naquela noite sua nova estrela, La Petite Bertha, não estava lá. O que Yarini nunca saberia era que, justo naquela hora, Bertha Fontaine, trajando um vestido preto de passeio e com um véu sobre o rosto, deixava a casa da rua Paula, 96, com destino desconhecido e por um motivo que nunca chegou a ser revelado. Será que Bertha Fontaine estava a par do que aconteceria? Como um fantasma, a mulher que estivera no centro daquele drama, que talvez o tivesse gerado, sumiu para sempre. Todas as pessoas que depois afirmaram terem visto Bertha, inclusive a que testemunhou que ela fora ferida numa briga, mentiram.

Yarini saíra até a calçada acompanhado por duas de suas mulheres mais próximas, Elena Morales e Celia Martínez. Despediu-se de ambas beijando-as na boca e esperou alguns segundos até ver que Pepito já estava pronto para acompanhá-lo. Assim que o jovem pôs o pé na rua, Lotot também desceu da calçada e, com passos rápidos, avançou para ele pelo meio da rua, seguido a certa distância pelo italiano Boggio e, mais atrás, por Jean Petitjean. É significativo que entre Yarini e Lotot, naquele instante, não houvesse uma única pessoa, circunstância estranha em se tratando da rua San Isidro e numa hora de muita procura pelos serviços lá oferecidos.

Já com seu Colt encurtado na mão, quando estava a uma distância de vinte metros de Yarini, Lotot lançou em espanhol seu grito de guerra e morte, enquanto continuava avançando:

— Yarini, vou te arrebentar — disse e mirou na direção de seu adversário comercial, o homem que, ao roubá-lo, furtara inclusive sua dignidade.

Yarini mal teve tempo de desembainhar seu Smith & Wesson, pois, antes de levantá-lo, acertou-o no abdômen o primeiro dos cinco balaços que receberia, justo o que provocaria sua morte. Entretanto, dobrado sobre si mesmo, Yarini apontou para Lotot e atirou três vezes. De imediato, ouviram-se mais vários tiros (nunca se saberia exatamente quantos, com certeza mais de dez), provenientes de vários pontos e que abafaram os gritos de horror de Elena e Celia, que viram o corpo de Yarini sacudir-se, cambalear e por fim desmoronar diante do prostíbulo da rua San Isidro, número 60.

Assim que ouvi os tiros, soube que o desenlace da tensão criada, do perigo do qual nas últimas semanas tantas vezes eu advertira meu amigo Alberto Yarini, finalmente se concretizara.

Correndo a toda, atravessei o meio quarteirão da rua Paula e enveredei pela Compostela rumo à San Isidro. Sem me deter, consegui sacar meu revólver, um velho e eficiente Remington calibre 44, e, com ele numa das mãos e o chapéu-panamá na outra, tive de me desviar para o lado para evitar trombar contra o homem que saía correndo da San Isidro no sentido oposto ao meu. Imediatamente o reconheci: era Pepito Basterrechea, que, sem se deter, gritou aterrorizado:

– Alberto, Alberto!... – E continuou correndo, afastando-se de mim, enquanto berrava: – Corre, caíram em cima dele, pegaram Alberto! Estão atirando de todos os lados!

Sem tempo para pensar no significado das palavras e da atitude de Basterrechea, acelerei o passo. Ao dobrar a esquina da San Isidro, vi Elena e Celia, duas prostitutas que eu bem conhecia. As mulheres gritavam histéricas, ajoelhadas junto do corpo de um homem estendido no meio da rua. Na hora, eu soube que o caído era Yarini e me precipitei até ele. Deve ter sido nesse momento e lugar que enfim soltei o bendito panamá que Yarini tinha esquecido e não estava usando naquela noite.

– Acertaram nele, acertaram nele! – gritava Elena, e apontou para os telhados à volta e para o lado oposto da rua, onde vi o corpo de outro homem estendido nos paralelepípedos e, atrás dele, um vulto, talvez outra pessoa. Na escuridão, consegui entrever que o vulto era um homem de estatura notável que naquele momento se aproximava do caído.

– Está morto? – consegui perguntar, enquanto recolhia o revólver de Yarini, que havia rolado até quase um metro de distância de seu corpo jacente.

– Não, não, está ferido... em vários lugares – gritou a mulher. – Ai, meu Deus!

– Tragam panos, vedem os ferimentos, rápido. Busquem ajuda – ordenei, e as mulheres correram para dentro da casa de número 60. Naquele momento, levantei os olhos, pois ouvi um barulho vindo da laje de uma das casas próximas.

– Porra, o que houve, Alberto? – perguntei ao caído.

– Lotot – disse meu amigo, e apontou para o outro corpo estendido na rua, a poucos metros de nós.

Ainda hoje me pergunto o que foi exatamente que Yarini quis me dizer ao mencionar o nome de seu agressor. Mas, naquele compacto silêncio de morte que logo caíra sobre aquele lugar, e com aqueles dois homens feridos a bala caídos no meio da rua, assumi sua palavra como uma ordem, enquanto perguntava a mim mesmo o que teria acontecido se apenas uns minutos antes eu estivesse onde deveria estar, ao lado dele, protegendo-o. Então, levantei-me e, com o Smith & Wesson de Yarini na mão esquerda, disparei meu Remington duas vezes na direção da figura do homem corpulento debruçado sobre Lotot e que, ao sentir-se debaixo de fogo, se afastou correndo. Cesare Boggio não era tão feroz quanto se dizia. Já sem pensar no que estava fazendo, caminhei então até onde jazia o francês, que naquele momento tentava se levantar, sem soltar seu Colt 38 cortado. Foi então que vi, a uns passos atrás dele, o corpo estendido de uma mulher, Janine Fontaine, a concubina de Lotot, pelo visto ferida em meio ao fogo cruzado. Diante de mim, Lotot conseguiu se ajoelhar, me olhou e sorriu.

— Yarini foi longe demais — disse-me, sem deixar de me olhar nos olhos.

Talvez Lotot soubesse antes de mim o que aconteceria em seguida. Por que não levantou o braço armado e me deu um motivo real? Resignação ou cansaço? Por que fiz o que fiz? Por raiva ou por me sentir culpado?

Naquele instante, aconteceu o último tiro que se ouviu naquela noite em San Isidro. O que Celia e Elena, que já tinham voltado para a rua e estancavam com lençóis de algodão os vários ferimentos sofridos por Alberto Yarini, juraram nunca ter ouvido. Foi o tiro de um Smith & Wesson cujo projétil jogou o corpo de Louis Lotot sobre os paralelepípedos da rua San Isidro, com um orifício de bala na testa. A bala saída da arma de Yarini que me transformou num assassino.

Aquele último disparo, que retumbou como um tiro de canhão entre as casas da San Isidro, também foi o que deu o sinal para que tudo se pusesse em movimento de novo. Enquanto Celia e Elena tentavam estancar com panos as hemorragias que dessangravam seu proxeneta, da casa número 66 saiu gritando e correndo para o corpo de Lotot uma de suas prostitutas, conhecida como Katia Russa, que por alguma razão também sumiria naquela mesma noite.

Em alguns instantes, homens e mulheres, clientes e prostitutas, moradores e comensais do bar da esquina encheram a rua, perguntando, gritando, fugindo, chorando.

De forma quase mecânica, na hora sem pensar por que estava fazendo aquilo, guardei no bolso da jaqueta o revólver de Yarini e embainhei na cartucheira meu Remington, justo quando, pela esquina da rua Compostela, entravam na San Isidro o sargento Nespería, meu colega, e o agente Isidro Álvarez. A presença dos dois policiais me trouxe de volta à realidade, e corri para eles, gritando:

— Yarini está ferido. É preciso salvá-lo.

— Ali tem um carro — gritou Nespería e voltou à esquina para fazer o automóvel parar.

— E o outro homem? — perguntou o agente Álvarez.

– Está morto – eu disse. – E também a mulher que está atrás.

Juntos, o policial Isidro Álvarez e eu erguemos o corpo de Yarini do meio da poça de sangue em que jazia e corremos com ele até a esquina das ruas San Isidro e Compostela, onde o colocamos no carro que Nespería tinha feito parar. Foi Álvarez que reagiu primeiro e ordenou ao surpreso motorista do veículo que fosse até a delegacia da rua Paula, onde em geral havia uma ambulância de plantão. Já em frente à delegacia, com ajuda do padioleiro, pusemos o corpo de Yarini na ambulância, que partiu para o centro médico da esquina das ruas Salud e Cerrada del Paseo, pois era evidente que o ferido precisava de um cuidado que estava além da possibilidade de algum pronto-socorro mais próximo. Conforme se saberia depois, o corpo de Yarini recebera cinco tiros, dois deles no tronco, e, ao se fazer um exame mais detalhado, constatou-se que só dois tinham sido disparados do nível da rua, por um Colt calibre 38. O ângulo de entrada dos outros três disparos revelava que haviam chegado ao corpo a partir de um nível mais alto.

Naquela mesma noite, Yarini entrou numa sala de cirurgia em estado diagnosticado como muito grave. Enquanto isso, o centro médico da rua Salud foi se enchendo de familiares e amigos do jovem, já avisados do que acontecera. Ao me ver entre todas aquelas pessoas, que se conheciam e buscavam explicações para o ocorrido, decidi que o melhor era eu desaparecer, pois já não podia fazer nada pela vida de meu amigo. Só esperar e, quando muito, rezar.

Era quase meia-noite quando voltei ao bairro e lá encontrei um fervedouro. As pessoas falavam, gritavam, perguntavam, proferiam ameaças, e tive a convicção de que aquele estado de exaltação acabaria numa explosão de consequências imprevisíveis.

Sem falar com ninguém, fui então para a zona do porto, pelos lados da Alameda de Paula, onde eu vira Yarini pronunciar um de seus discursos políticos estranhos e provocadores, onde tínhamos nos encontrado várias vezes para conversar e sedimentar o que ambos qualificamos de uma relação de amizade. Aproximei-me da beira da Alameda, olhei para o mar, tranquilo e escuro, e concluí que ainda podia fazer um último gesto por meu amigo Alberto Yarini. Tirei do bolso da jaqueta o Smith & Wesson de nove milímetros e empunhadura com coronha de madrepérola. A arma, prateada, refulgiu como um enorme brilhante iluminado pela lua. Então tirei dela as duas balas que ainda havia no tambor e, tomando impulso, joguei no mar o revólver e os projéteis. Com o desaparecimento daqueles instrumentos de morte, também minha vida se perdia no mar escuro da baía de Havana.

9

Às vezes custava-lhe assimilar que, em outra vida, que fazia parte de sua vida, ele investira a barbaridade de dez anos trabalhando como policial. Alguns dias, quando pensava nisso, até se olhava no espelho e perguntava à sua imagem se aquele que estava ali, no vidro, ou por trás do vidro, e que se parecia tanto com ele, era o mesmo homem que exercera a função de policial.

Em seus anos naquele trabalho, sempre sob a tutela do major Antonio Rangel, Conde tinha aprendido as regras básicas de um ofício cheio de regras básicas. A primeira, fastidiosa, mas eficaz, era a necessidade de seguir as rotinas. Porque só revelações inesperadas, muito explosivas, podiam alterar o processo e catalisá-lo para sua solução. Mas, na maioria dos crimes em que a paixão ou os arroubos de ira não tinham sido o único protagonista, naqueles outros episódios em que se desenvolvera certa premeditação e às vezes até um pouco de inteligência criadora, a varredura criteriosa das pistas reveladas em geral era o caminho mais rápido rumo à iluminação do que fora intencionalmente obscurecido.

Outro aprendizado daquele tempo de caçadas era o de que, pelo ato cometido, um assassino não passava a ser uma pessoa diferente do resto, embora em certa medida o fosse, como logo comprovaria, mais uma vez. Felizmente, a maioria das pessoas nunca ultrapassava um limite de alcance quase universal, estabelecido pelos contratos sociais, éticos, religiosos, e cometia um crime sangrento. Entre as que o faziam, porém, havia de tudo: desde assassinos por acidente que nem explicavam o que tinham feito até sádicos e homicidas em série capazes de ter prazer com seus atos criminosos, embora estes fossem os menos frequentes, apesar de tantos romances, filmes e agora as séries como *CSI* e *Criminal Minds*, com seus prodígios tecnológicos e perfis infalíveis de homicidas terríficos. Na realidade, o assassino não era identificado por ter chifres ou dentes incisivos grandes: continuavam sendo pessoas com quem inclusive era possível cruzar na rua sem ter de lhes conceder o benefício de um olhar.

E, como aporte de seu próprio arsenal, Conde aprendera a escutar suas doloridas e salvadoras premonições. Aquela faculdade também tinha sido como um sexto sentido que desenvolvera muito cedo. Funcionava sob forma de pontadas no peito, debaixo do mamilo esquerdo, em geral provocadas por um chiado na informação, nos comportamentos, na organização dos dados, um atrito imperceptível para o ouvido não treinado que, entretanto, gerava uma faísca ígnea destinada a chamar a atenção do caçador para sinais de que diante de seus olhos havia alguma coisa, um dado ainda ilegível e, contudo, já escrito. E Conde costumava deixar-se levar por aquela percepção sensorial que, conforme comprovara, correspondia a um recôndito alerta intelectual. Talvez a manifestação de um dom.

Na pesquisa em que se deixara envolver, agora o ex-policial tentava remover a poeira de aprendizados que tinham feito dele um investigador eficiente, ainda que muito pouco ortodoxo. Desde que o tenente-coronel Manuel Palacios o convocara solicitando ajuda na investigação do cruel assassinato de Reynaldo Quevedo, Conde se sentira, e depois agira, sob a influência de seus preconceitos: o censor Quevedo possivelmente acumulava demasiadas vítimas que desejariam sua morte, por ser filho da puta e sádico, dissera a si mesmo. Mas os excessos cometidos com seu cadáver talvez codificassem sinais mais complexos que uma simples vingança postergada por trinta anos. No entanto, a morte do castrado Marcel Robaina, ex-genro e cupincha de Quevedo, evidentemente executado pelo mesmo assassino, remetia a história ao passado e também a revitalizava no presente, com a existência de novos vínculos comerciais entre os dois finados. Relações cujos antecedentes eles já conheciam, como a venda durante anos de vários quadros confiscados por Quevedo em seus dias de feroz repressor, e outras conexões cuja pertinência era preciso estabelecer, como a posse ou apenas a existência mais que provável de um objeto especialmente valioso com cuja venda pensavam, tanto um como outro, resolver necessidades peremptórias.

Até onde tinham avançado na investigação, os policiais podiam manter submersos na água, embora sem acender a chama que os ferveria, Osmar e sua mãe, Irene, apesar de serem (ou por serem) os beneficiários diretos da morte de Quevedo. Num demolho menos promissor Conde mantinha Aurora, a discreta e eficiente empregada que acabara sendo uma caixa de surpresas e cujas possíveis motivações não tinham conseguido estabelecer com precisão. Quase fora da água colocaram o gigolô Victorino: matar Quevedo não era um bom negócio, e relacioná-lo a Marcel parecia mais difícil. Porque, se Victorino sabia da existência do sinete, se estava procurando o sinete, bastaria eliminar Quevedo. Mantinham sob vigilância, é óbvio, as vítimas conhecidas e desconhecidas do Abominável, pois a maioria das sobreviventes estava usando bengala, como o pintor Sindo Capote.

Saber da existência de um objeto relacionado a Napoleão, talvez tão cobiçado e romanesco como o sinete de ouro descrito pelo historiador Eduardo Álvarez, podia ser uma excelente razão para desencadear a violência homicida. No entanto, a crueldade para com os dois *falecidos* trazia conotações bem sinistras que podiam pôr em dúvida o protagonismo da pista napoleônica. Mas não a descartavam, Conde pensou, depois de se olhar vários minutos no espelho e se convencer de que a rotina continuava sendo um método muito eficaz. Por isso estava estudando de novo o diagrama do caso elaborado duas noites antes no La Dulce Vida, onde agora, enquanto percorria os atalhos traçados e avaliava suas certezas já anotadas, começava a acrescentar novos nomes, dados e mais interrogações. Sinete ou não sinete? Mutilação por ódio ou com algum significado? Alguém já conhecido ou situado fora do radar?

Naquela manhã, tomado o café do despertar, Conde sentira aquela necessidade premente de revisar passo a passo o desenvolvimento da pesquisa. Sabia que seu tempo para se dedicar à investigação era reduzido, por causa dos outros chamados da vida aos quais precisava e queria atender. Todas as noites gastava quase seis horas em seu trabalho de vigia com tarefas precisas no bar de seu amigo Yoyi, e aquela labuta, da qual obtinha benefícios de que necessitava muito (e que inclusive já estava devendo), devia ser realizada com a maior responsabilidade. Depois, a chegada dos amigos Coelho e Dulcita, dispostos a participar do carnaval que se vivia numa rara e luminosa primavera cubana, implicava uma de suas grandes satisfações existenciais e comprometeria parte de seu tempo. Seriam horas amenas que dedicaria aos amigos com prazer, e com o benefício incalculável de que aqueles encontros fortaleceriam seu espírito quase sempre atribulado. E, enquanto isso, a partida retardada, mas já acertada, de Tamara, dali a apenas três dias, preparada para uma viagem sem data de regresso marcada, requeria um espaço físico e mental que devia ser dedicado à mulher, sua mulher. E a escrita? Quando voltaria a se sentar para somar as palavras com que ia montando a crônica das relações turbulentas entre um proxeneta magnético e um homem que se considerava uma pessoa decente, trama armada num período histórico enlouquecido, turvo e doloroso, período que parecia não ter fim? Cada uma dessas exigências, necessidades, vontades, eram as colunas que agora constituíam sua vida, uma única vida na qual se enfiara, como uma cunha insidiosa, uma investigação policial.

Porque a investigação em curso não era uma pesquisa qualquer, e Manolo tivera razão ao considerá-la vinculada a Conde. A relação direta dos crimes com o líder mais visível das repressões do passado aos artistas do país acrescentava um interesse hostil muito ardente a indagações que, como efeito colateral lógico, revelaram as sórdidas entranhas do processo inquisitorial e das manobras escusas dos empoderados, episódios guarnecidos com as manifestações de corrupção e abuso do poder das quais nunca se falava, das quais as pessoas só tinham vaga noção, e que de muitas maneiras afetavam com especial intensidade o ex-policial com aspirações literárias. Além disso, para pôr mais sal na ferida aberta, a história pessoal de Marcel Robaina, seus modos de propiciar o medo e tirar proveito dele, a mesquinha e ardilosa utilização das armas do poder para ferir as pessoas, reuniam comportamentos que sempre exasperaram a ira de Mario Conde.

E, em todo esse levantamento de imundícies políticas, sociais e, sobretudo, humanas, o nome, a figura, a pessoa da poeta suicida Natalia Poblet fora crescendo e carregando-se de conotações, talvez sem outra razão além do processo de seu martirológio. A realidade de ter vivido uma temporada no inferno, tão bem sintetizada por seu irmão Sandalio com a história do companheiro de trabalho da morta que, para humilhá-la ainda mais, obrigava-a a manipular sua merda. Ou talvez tudo correspondesse à propensão de Conde a se solidarizar com os fracos, os ofendidos, as vítimas do poder mais absoluto e devorador (e também com os loucos e os bêbados, por elementar afinidade). Ou, pensando melhor, podia ser que a questão se reduzisse a que o destino trágico de Natalia Poblet se tivesse transformado numa premonição pessoal insistente e muito típica destinada a indicar um caminho para Conde. O caminho de uma verdade que ele sabia necessária e justa, mas que, por alguma razão, começara a se prefigurar em sua mente como uma revelação que podia ser penosa, uma verdade com cujo peso ele teria de arcar.

A refeição de boas-vindas prevista para comemorar a volta do Coelho e a visita de Dulcita foi marcada no horário do almoço por causa das responsabilidades de Conde. E porque, se Conde ficasse fora da festa, com toda a certeza haveria mortos e feridos, não exatamente leves.

Dada a situação econômica precária de Carlos, de Candito, de Miki Cara de Boneca (com sua cara de pau, mais que de batata, tinha-se autoconvidado), de

Tamara e de Conde, e a não muito próspera do Coelho, Dulcita se responsabilizara por custear as despesas alimentícias, decisão graças à qual, além do mais, Josefina se isentava da missão de cozinhar para oito descomedidos, inclusive a própria anciã.

Na noite anterior, antes que Carlos e Dulcita se trancassem para as atividades previstas, Candito havia feito contato com um membro de sua congregação cujo irmão se dedicava a preparar bufês e, por ser nada menos que o Pastor, o homem concordara em aceitar o pedido com tão pouca antecedência a preços preferenciais. E à uma da tarde em ponto chegou a comida: um pequeno leitão assado, de corpo inteiro, adornado com um minúsculo chapéu camponês e um charuto na boca; típicos cestos de palmeira-real cheios de mandiocas e batatas-doces cozidas regadas com molho de alho e laranjas azedas, arroz *congrí* brilhante por ser banhado na gordura destilada pelo leitão assado e salada de tomate, alface e abacate, além de dois potes de doce de coco ralado e, como deferência especial, uma caixa de cerveja já gelada. Dulcita tirou, então, as quatro garrafas de vinho espanhol e a *magnum* de uísque que, com outras coisas para a tropa, o amigo Andrés lhe entregara em Miami para reforçar a comemoração. A abundância da mesa (Josefina a enfeitara com sua melhor toalha e guarnecera com todas as suas taças, os seus copos e os seus talheres, diversificados mas suficientes) fez os convidados salivarem. Porque eles estavam em festa, o país estava em festa, embora Obama já tivesse ido embora. Porque agora viriam os Rolling Stones, depois chegaria o desfile da Chanel e as férias continuavam...

O banquete foi tão animado quanto a ocasião merecia. Magro Carlos, de banho tomado, perfumado, exultante como sempre que recebia as visitas comovedoras de sua fiel amante intermitente, recorreu à voz cantada e, entre bocados e tragos, empenhou-se em organizar a excursão para participar do show, ao qual todos, inclusive Candito, tinham resolvido ir. Todos juntos, claro, com a obstinada exceção de Conde, cuja história da descoberta da existência dos Beatles graças a Motivito (Motivito existira de fato?), havia mais de cinquenta anos, e da mesquinha decisão oficial de proibir sua música os comensais tiveram de ouvir de novo, pois Conde se entrincheirava atrás daquela experiência iniciática e do ato de censura para manter sua abstenção.

— Tarde demais — sentenciou ele, pela enésima vez.

— Conde, Conde, não dá para ser tão bobo — acusara-o Carlos.

— Fundamentalista — definiu Miki.

— Fiel a meus princípios. Não os imponho a ninguém — defendeu-se o implicado. — Além do mais, sou dos Beatles, não dos Rolling.

— A coisa ainda funciona assim? — quis saber o Coelho.

— Há coisas que não mudam nunca, e você, que é historiador, deve saber disso. Se você foi guelfo, não pode se meter a gibelino. Ou não deveria...

— E o que foi Dante? — perguntou Tamara. — Guelfo ou gibelino?

— Tem gente que vira a casaca todos os dias — sentenciou o Coelho.

Nesse momento, Dulcita interveio.

— Conde, o que está acontecendo com você? Estou te achando estranho, garoto. Quase não bebeu.

— Porque sou um novo homem, companheira. Não o Homem Novo, esclareço, não aspiro a tanto... É que tenho de trabalhar e não posso faltar. Estou devendo o salário do que resta desta semana e de toda a semana que vem.

E Tamara contou aos amigos a ida recente ao La Dulce Vida, a experiência do que Conde voltou a qualificar de viagem de ida e volta à felicidade.

— Pois você acredita que a felicidade existe? — interferiu Miki, que estava meio alto.

Como bom bebedor, mal tinha provado a comida, enquanto tomava toda a cerveja e o vinho possíveis, e mais uns goles de uísque. Em seu feroz empenho etílico, também agia a muito assumida experiência nacional de agarrar tudo o que for possível, enquanto houver, pois em algum momento alguém vai dizer que acabou. E a máxima muito sábia e bem fundamentada de que o rum presenteado não dá dor de cabeça.

— Agora não estou a fim de filosofar — disse Conde. — No entanto, vou te dizer uma coisa, Miki Cara de Batata, porque você já não tem nada de boneca nem de bonito... Mas primeiro olhe ao redor. Está vendo o que eu vejo? Estamos aqui oito amigos, porque sou tão boa gente que vou te considerar amigo... O Coelho, que veio apesar de dizer que vai de novo, porque anda buscando sua felicidade e faz muito bem em buscá-la onde quer que seja... Dulcita, que também veio, porque queria estar conosco e ver os Rolling, porque essas coisas a fazem feliz. Tamara, que vai embora em uns dias, não sabe por quanto tempo, e está feliz em poder ver de novo o filho, a irmã, para desfrutar o neto. Veja Candito, que não deveria estar num lugar em que se pratica a gula e se toma álcool, porque essas atividades são satânicas, mas que é o homem mais feliz desde que encontrou o Salvador. E Magro e Jose, que sempre estão para todos nós e que, por nos receberem aqui, estão felizes, e o Magro mais ainda porque, porque... Bem, é isso. E temos aqui você, Miki, sacana, Cara de Bunda, que quando era importante nem se lembrava de nós, entretanto não te esquecemos, e que está feliz porque se livrou da morte, e isso que agora teu pau não sobe... Ei, não me olhem assim, Miki diz isso para todo mundo...! E, claro, também está o espírito do nosso Andrés, que nunca voltou, mas deve estar feliz por ter contribuído para nossa felicidade... E estamos todos aqui felizes e contentes porque, apesar dos chutes na bunda, das distâncias, das ilusões perdidas, das lorotas que nos contaram e nos contam, das promessas que viraram poeira ao vento, como diz minha amiga Clara, merecemos isso porque trabalhamos para isso. Merecemos umas férias de tudo o que é feio, ruim, fodido, perverso, da tristeza que nos persegue, da realidade do que não há, do que se acabou, do que não é para você... Que história a nossa, porra, olha como nos foderam...! E, bem, hoje, agora, merecemos ser felizes... – disse e fez uma pausa longa, teatral. – Mas, cavalheiros, estou avisando: não se animem, porque o bom quase sempre acaba logo; entretanto, eu, que sou o mais inveterado pessimista, estou dizendo que vale a pena agarrar o que aparecer. E, se agora nos sentimos felizes, vamos aproveitar, porque nós conquistamos isso, porque somos sobreviventes, porque não nos deixamos cobrir pela merda que nos atiraram e pelo ódio que nos fizeram respirar, porque somos uns idiotas obstinados e nos amamos muito, muito porra, muito... – E, como acontecia sempre que fazia esses desabafos emocionais, sua voz se embargou.

Sem conseguir pronunciar uma palavra para propor um brinde à felicidade, Conde ergueu sua taça e desatou a chorar. E foi como se ele desse uma ordem: todos os outros o imitaram e também choraram. Beberam, choraram, se abraçaram e se beijaram porque, apesar de tudo, naquele exato momento, naquela amável tarde melodramática, catártica, gregária e lacrimosa do mês de abril (que não tem por que ser o mês mais cruel), uma tarde talvez irrepetível em qualquer outro dos dias que lhes restavam por viver, em qualquer mês ou ano por vir, cada um deles era feliz. E Conde dissera: eles mereciam. E, sem escalas, passaram das lágrimas às risadas, das risadas às gargalhadas, que lhes arrancaram mais lágrimas, mas de felicidade. Porra, claro que mereciam!

– Estou caindo aos pedaços, não aguento mais – confessara o tenente-coronel Manuel Palacios. Na realidade, não era preciso anunciar: a tensão de tantos dias históricos e a falta de sono acumulada haviam estendido um manto cinza e enrugado sobre suas feições.

Conde tinha pedido licença a Yoyi para receber os policiais em seu escritório do La Dulce Vida, e o Pombo autorizara. No entanto, tinha imposto uma condição: era a última reunião que faziam no local e, para não alarmar a clientela, fizera-os entrar pela porta dos fundos do imóvel.

– Yoyi é boa gente, é meu amigo..., mas não podemos mais colocá-lo em aperto, Manolo.

– Eu te entendo, Conde. Mas era necessário. Precisamos nos mexer e ver se resolvemos de uma vez essa história... Há pouco estive com o representante do FBI da embaixada dos Estados Unidos. Estão me pressionando e têm razão. E os daqui querem saber o que aconteceu com Quevedo, você sabe.

– Não posso fazer mais, compadre. Nem Duque, nem eu somos magos. E eu tenho outras coisas... – Conde abriu os braços para abraçar uma de suas coisas.

– Eu sei, eu sei – admitiu Manolo. – Por isso Duque foi encontrar o joalheiro...

– Aurelio – disse finalmente o tenente Duque. – Admitiu que conhecia Marcel havia muito tempo, desde quando ele morava em Cuba. Sabia que ele se fazia passar por agente da Segurança, mas subestimou o fato. Disse que era um jogo de Marcel, não para prejudicar as pessoas e amedrontá-las. É mais para se fazer de importante.

– E a história da compra e venda das joias? – quis saber Conde.

– Ele nega... Diz que só faz consertos e alguns objetos simples. Ou avalia algumas coisas... E, sem Marcel, não temos provas de que traficavam joias e ouro.

– E a joia de Napoleão?

– Disse que nunca ouviu falar dela.

– E você acredita mesmo que ele esteja tão limpo? Que só se dedique a alargar anéis e soldar correntes?

– Não, não acredito. É só ver a casa e o carro que ele tem. Aurelio lida com muito dinheiro.

– E o que Marcel estava fazendo lá?

– Disse que foi cumprimentá-lo, só isso...

– Não sei por que, mas acho que isso também é mentira... E o que aconteceu com José José, o...? – continuou Conde, mas parou. Como Duque, ao ouvir o zumbido, virou o rosto e viu que Manolo tinha adormecido, com a cabeça pendurada sobre o peito. – Coitado, vão matá-lo...

Duque sorriu. Por vezes ele era capaz de sorrir.

– Estou igual, meio morto... Eu disse para deixarmos isso para amanhã, mas ele não quis. Está sendo pressionado por todos os lados.

– Isso acontece porque ele é chefe...

– Bem, Aurelio diz que faz anos que conhece José José. Estava em sua casa porque queria que ele avaliasse umas joias de família, como outras vezes. E por acaso encontrou Marcel.

– Osmar diz outra coisa. Segundo ele, JJ queria vender aquelas joias, e Marcel estragou o negócio de Aurelio, porque o homem ficou com medo. Mas, quando você quer vender alguma coisa que é sua e é legal, não vai sair correndo quando a polícia aparece... e não vai continuar correndo quando o policial diz que não é policial de verdade e... Essa reação de José José me deixa meio cismado.

Duque assentiu, olhou para Manolo adormecido e depois voltou a olhar para Conde.

– Porra, acho que estou tendo uma premonição.
– Não exagere, Duque. – Conde sorriu.
– É que... Sabe o que estou pensando?
– Acho que sim. Vamos ver... JJ e Marcel?
– Claro, José José conhecia Marcel...! Bem, o agente Néstor. Ele o reconheceu.
– Porque o agente Néstor já tinha acabado com ele em algum momento ou JJ o tinha visto acabar com alguém e... Duque, leve o Manolo, vá dormir também, e amanhã você me pega em casa. Temos de falar com o José José que não canta boleros. Mas vamos começar com outra música. Alguma coisa ele tem de cantar...

Conde tinha pedido a Duque que, por ora, não especulassem. Preferia que não se antecipassem e deixassem que a informação os alimentasse para depois começarem a fundamentá-la com o que já sabiam. Porque os dois tinham o pressentimento de que, por fim, estavam pisando em terra fértil.

Duque dirigia em silêncio e, de seu posto de copiloto, Conde, também refugiado no mutismo, dedicou-se a observar o entorno. Ao chegar aos limites da avenida de Santa Catalina e percorrer a lateral leste da Ciudad Deportiva, podia-se ver o cenário que haviam montado para o show da tarde seguinte dos Rolling Stones, o acontecimento da vez que prolongava as expectativas e o ambiente festivo da cidade.

– Estão acontecendo coisas que nunca imaginei ver na vida. Um presidente estadunidense em Cuba, que não é um presidente qualquer, porque é um presidente negro dos Estados Unidos... e agora vêm uns velhos magros que ainda dizem que são os Rolling Stones.

– Sim..., chegam hoje à tarde... Há um ano ninguém teria dito – admitiu Duque.

– Tudo isso é ótimo, é bom para as pessoas, mas o foda é que, quando passarem essas ondas, as coisas vão estar iguais. E não sei se não estarão piores.

– O que você quer dizer? As coisas acontecem porque acontecem...

— E são importantes quando deixam algo. Se só acontecem por acontecer... Bem, como o poema de Buesa: "*Pasarás por mi vida sin saber que pasaste*"... e acabou-se a festa. Rapaz, já vi muito filme parecido com esse. Quando eu era pequeno, estavam ajustando e planejando a economia, e, quando você era pequeno e eu já era policial, falou-se em retificar erros e tendências negativas no país. Uma miniperestroika cubana e... cá estamos, falando em corrigir erros, em subsídios indevidos, em substituir importações e não sei mais o quê...

— Não, Conde, creio que as coisas estão mudando mesmo...

— Você é um crédulo, compadre... E aliás eu, que às vezes também sou um pouco crédulo, tenho a impressão de que estou indo mais com sua cara. Então, me desculpe se às vezes sou chato com você — ele disse e sorriu, pois sentiu que era cedo demais para fazer ficção política e recontagem de erros sem culpados que assumissem suas responsabilidades e porque o pedregoso Sandalio Poblet já os esperava na oficina mecânica em que trabalhava, talvez apenas por acaso (existem acasos?) perto de onde morava e trabalhava Aurelio, o joalheiro.

— Estou atrapalhado... — avisou Sandalio ao vê-los chegar, enquanto com um trapo cheirando a gasolina aliviava a sujeira de graxa e pó que lhe cobria as mãos. Debaixo do galpão de trabalho, o funileiro que colaborava com ele ocupava-se naquele instante, com a cortadora elétrica na mão, da cirurgia automotora em moda na ilha: a remoção do teto de um automóvel clássico dos anos 1950 para transformá-lo num conversível que o proprietário colocaria a serviço dos turistas estadunidenses que melhoravam a vida de todos eles. Conde lembrou-se do propósito do taxista com quem viajara poucos dias antes e pareceu-lhe que tinha acontecido havia mil anos.

— Por curiosidade, Sandalio — disse Conde, depois de uns cumprimentos secos. — Quanto custa esse trabalho?

— Depende, dois ou três mil dólares. Só funilaria, adaptação do mecanismo para fechar o teto e pintura. O estofamento é outra coisa... Uns quatro mil, no total.

— E vale a pena?

— Claro que vale... Se você contratar só umas três boas viagens por dia, são cem dólares cada uma. Tire cem de impostos... Claro que vale — insistiu ele.

— E se os estadunidenses deixarem de vir?

— Estamos todos fodidos...

— Bem, vamos ser breves, Sandalio — engatou Conde, depois de acender o cigarro que Duque não lhe permitira fumar no carro. Estava mesmo indo mais com a cara do tenente? Apesar de o safado lhe esconder informações, como a do passado carcerário de Aurora? — Tudo parece indicar que de fato revistaram a casa de sua irmã Natalia...

— O quarto era um quartinho com um banheirinho e uma cozinhinha — retificou o homem.

— Tudo pequenininho. — Conde seguiu a tendência diminutiva. — Mas não foi a Segurança do Estado. Até onde sabemos, sua irmã não interessava à Segurança. O problema dela era com os da Cultura. Para eles, qualquer um era contrarrevolucionário e não precisavam provar nada... Mas, pelo visto, quem fez a revista foi alguém que disse ser funcionário da Habitação. O companheiro Néstor. Foi lacrar a casa...

— Bem, não me lembro bem, mas pelo que sei nunca a lacraram. O quarto era do padre amigo de Nati e... tinham de revistar suas coisas?

— Claro que não..., mas o homem que o fez estava procurando alguma coisa. Talvez algo que pudesse ser muito valioso. Uma lembrança de sua família, talvez... O que pode ter sido?

— Já disse que não tenho ideia... Ela tinha seus livros e... mais nada. Minha família nunca teve nada. Nosso pai era mecânico como eu, e minha mãe sempre trabalhou em casa.

Conde assentiu. Alguma coisa havia no quarto da suicida e tudo parecia indicar ter sido tirada de lá.

— Você sabe se sua irmã estava escrevendo um diário ou algo assim? Se ela contava as coisas que lhe estavam acontecendo?

— Não, não sei. Ela escrevia, sobretudo, poemas. E não falava muito do que estavam fazendo com ela. Era um pouco..., como se diz das pessoas que aguentam tudo caladas?

— Estoica? — sugeriu Conde.

— Isso, isso... Estoica. Por isso achei seu suicídio mais estranho. Ou mais... Porra, como é ruim ser estúpido...! O que eu quero dizer...

— Mais revelador — ajudou-o Conde, de novo.

— Isso, isso..., que mostrava quanto ela estava deprimida e fodida.

— Então... — Conde resolveu tentar outro caminho. — Você acha que Natalia guardava algum objeto para o padre, aquele amigo dela?

— Por que o cura haveria de lhe dar alguma coisa valiosa? Não creio. Além disso, como eu já disse, ela andava muito deprimida, fodida, triste...

— E o namorado? Alguma coisa do namorado?

— Pelo que sei, eles estavam meio brigados, distanciados. Nati estava mal, eu já disse umas cem vezes — bufou Sandalio. Revolver as lembranças da irmã que acabaria se suicidando não devia ser agradável, apesar dos anos transcorridos.

Sandalio, então, guardou o trapo sujo num dos bolsos do macacão de trabalho, como se estivesse dando a sessão por terminada.

– E você se lembra de como se chamava esse namorado? – perguntou Conde, prestes a renunciar, quase por ofício: por rotina. – Pode ser que ele saiba de alguma coisa...

– Claro que me lembro, apesar de nunca mais o ter visto. Mas aquele nome não se esquece assim à toa...

– José José! – gritou Duque, que de repente perdera toda a sua postura marcial. – Meu Deus, é José José! E podiam ser joias de sua família!

Conde desejaria ter à mão o papel em que, no dia anterior, havia distribuído mais nomes, motivos, relações e outros montes de interrogações, linhas e ganchos investigativos que foram se entrelaçando até transformar o esquema numa espécie de teia de aranha cada vez mais densa, como preparada para sua função de predadora. Porque uma interrogação até agora onipresente, que de repente se recolocava e se definia com o nome de José José, lançava fios que se conectavam por via sentimental com Nati e seu irmão Sandalio, com Aurelio pelo caminho das joias, com Quevedo por meio de Natalia e com Marcel/Néstor por alguma trilha ainda desconhecida, mas cada vez mais inquietante: talvez uma incômoda confissão escrita pela suicida ou, então, apenas a mais apoteótica existência de uma joia – e não uma joia qualquer. A teia de aranha que poderia traçar agora seria tão densa e resistente quanto uma rede de pesca. Talvez só fosse preciso começar o arrastão, pensou ele, e ver o que pegavam.

Aurelio lhes fornecera o endereço de José José e, de passagem, lhes entregara uma avaliação: aquele sujeito é um pão doce, garantiu. E foi essa a primeira impressão do homem que os investigadores receberam.

Ao obter as informações provisórias que foi reunindo na conversa com José José, Conde achou patético o apego dos pais do homem a uma obstinada repetição nominal: tudo indicava que não lhes parecera suficiente que, por simples questão legal, tivessem de lhe impingir seus respectivos sobrenomes Pérez, transformando-o num Pérez Pérez, e em contrapartida, exagerados, arrematando o descendente batizando-o José José. Enfim, dele se poderia dizer que era um José Pérez qualquer, embora elevado à segunda potência. E o resultado, como veriam, não era qualquer coisa.

José José Pérez Pérez morava em El Vedado, num casarão de glórias perdidas, na rua 19, muito perto do palacete burguês onde se enclausurara por longos anos a poeta Dulce María Loynaz, que não se fora de Cuba por uma razão contundente: tinha chegado primeiro, disse, ao ser questionada. Como José já tinha se aposentado, Conde e Duque puderam encontrá-lo em casa. Com surpresa moderada, o homem assimilou o dado de que os recém-chegados eram policiais e, claro, disse-lhes que podiam entrar para falar com ele. José Pérez ao quadrado tinha uns sessenta e cinco anos, era divorciado e pai de dois filhos, um dos quais morava com ele, embora àquela hora do dia estivesse na universidade ou em aulas práticas em algum hospital, pois estava no quarto ano de medicina.

— Vocês disseram que Aurelio os mandou?

Duque assumiu o comando, e Conde aproveitou o fato de ficar em silêncio e, porque gostava, dedicou-se a examinar o lugar. As casas diziam muito sobre seus moradores. A de José era ampla, ventilada, com altos botaréus e evidentemente muito malcuidada. Um pouco de tinta e dedicação lhe cairiam bem. Talvez para esse propósito José José estivesse pensando em vender algumas joias, Conde especulou. Os móveis, de madeiras de lei, reclamavam lixa e verniz. As paredes, quase todas nuas, sem adornos nem fotografias, ofereciam um estranho contraste, pois numa delas via-se pendurado um sabre ou uma espada de empunhadura lavrada e bainha com debruns dourados, muito perto de um crucifixo de metal fundido, parecendo de bronze, que calculou ter um metro de altura e setenta centímetros de largura, medindo-se seus braços: um objeto mais adequado a um templo religioso que a uma morada de família. Ou lá reinava o abandono, ou se tratava de uma longa apatia, pensou: porque, se JJ tinha joias e objetos como aquele crucifixo de bronze, uma antiguidade sem dúvida negociável, transformá-los em dinheiro não podia ser tão complicado.

— Aurelio...? Não exatamente — explicou o policial. — Ele só nos disse onde poderíamos localizá-lo.

— Para...?

— Não se preocupe, é só para informações — Duque propunha-se a diminuir a possível tensão que uma visita policial sempre provoca. Conde disse a si mesmo que aquela estratégia já não tinha muito sentido, mas aceitou disciplinadamente seu papel.

— Sobre...?

— Natalia Poblet.

Conde registrou o dado de que, assim que ouviu o nome da mulher, JJ desviou o olhar.

— Ela morreu... em maio de 1978. Suicídio — disse ele, por fim.

— Isso nós sabemos. Você foi namorado dela?

— Mais que namorado. De anos..., nós nos conhecemos na universidade.
— Que curso faziam?
— Cursávamos... história... Em 1971, nos tiraram da escola... Porque éramos católicos praticantes e disseram que história era uma matéria "ideológica". Na época, as coisas funcionavam assim... Bem, até nos davam cursos de ateísmo científico e economia política do comunismo... O professor de filosofia zombava de Kant, Espinoza e Descartes porque não tinham entendido que a luta de classes é o motor da história... É que depois, nos anos 1980, as coisas mudaram um pouco, bem, o suficiente para que eu pudesse voltar e terminar o curso. E fui aprovado em ateísmo científico... Foi então que conheci a mãe de meus filhos. Natalia já não existia – disse a última frase depois de uma pausa.

Aquelas lembranças ainda o afetavam, e Conde o compreendeu: ter a vida truncada, um pedaço dela arrancado e as aspirações trituradas não são experiências que se esquecem facilmente ou que se possam evocar com leviandade. Em geral são cicatrizes que, quando se fecham, tendem a fazê-lo em falso e qualquer roçadela provoca incômodo. Por isso ele resolveu ficar em silêncio e tentar forçar uma retirada no momento propício. Mais que roçando, eles estavam abrindo a cicatriz da vida de José José Pérez Pérez, e Conde se perguntou se tinham esse direito. E juntou mais uma interrogação: em quantos compatriotas tinham sido provocadas lacerações como aquelas e o que se conseguira com isso? Vencer o imperialismo ou sair do subdesenvolvimento? E o Homem Novo, onde estava o Homem Novo, porra?

— Uma pena – comentou Duque, mas não se deteve. – Vocês eram namorados quando ela fez...?

— Sim... Não... Bom, é que estávamos meio distanciados, não brigados, estávamos dando um tempo. Tinham me prejudicado muito, mas ela tinha ficado completamente arrasada e estava cada vez pior. Não pôde terminar o curso, não sabíamos se algum dia poderíamos concluir, e ela também não podia publicar seus poemas, e acho que isso era o que mais lhe doía. Inclusive mais que o fato de algumas pessoas insinuarem que era lésbica ou que transava com Renato, o padre da igreja que ela frequentava, porque eles eram muito amigos... Alguém soltava esses boatos, eles se espalhavam, e muita gente acreditava. Há pouco tempo descobri que isso se chama assassinar uma reputação. E naqueles anos esse tipo de assassinato esteve na ordem do dia. Mas sabem qual é o verdadeiro problema?

Os investigadores se entreolharam e logo voltaram os olhos para o anfitrião. Como iam saber? JJ afirmou com a cabeça antes de ir para sua resposta:

– A questão é antropológica, histórica, e refleti muito sobre ela. O problema está em que a gente deste país prefere acreditar no mal das pessoas a exaltar suas virtudes. Todos sempre reagem como se as desgraças dos outros os alegrassem, como se os fracassos alheios os reafirmassem e apagassem os seus próprios... Aqui, para manter a cabeça fora d'água, muita gente sobe no ombro dos outros. É que nós não somos boa raça, por isso nos aconteceram e acontecem coisas muito fodidas, e creio que as merecemos. Aqui o ódio, a inveja, o rancor crescem feito mato..., e dá para imaginar os frutos que essas ervas daninhas dão quando você as aduba e depois as lança para a sociedade: frustração, um complexo de inferioridade que se esconde debaixo de ares de suficiência, uma atração doentia pelas aparências, oportunismos e mascaramentos... O peso da incerteza de nunca termos convicção do que somos...

Conde percebeu a mudança do estado de espírito de JJ. Da surpresa, acrescida de certo temor que pode ter sido provocado pela presença da polícia, tinha passado para a dor e, como um trânsito lógico ainda que demasiado veloz, caíra na indignação, mais ainda, numa ira de proporções filosóficas e históricas. O ferimento que o marcava nem sequer estava cicatrizado em falso: continuava aberto. E essa condição podia se transformar numa carga explosiva na alma de uma pessoa que parecia ver os homens de uma perspectiva transcendentalista, historicamente fatalista. Ou psicologicamente descentrada, disse Conde a si mesmo, que lembrava alguma coisa de seus anos de universidade.

– Natalia se suicidou porque estava deprimida? – Duque tentou reconduzir o diálogo.

– Estava destruída. É mais exatamente isso... Vejam, creio que agora algumas questões não funcionam da mesma maneira neste país. Não porque hoje em dia o fato de ser católico ou homossexual já não é problema. Mas porque as pessoas acreditam menos, ainda que mais gente frequente as igrejas ou milhões de pessoas pratiquem a *santería*. Inclusive eu diria que as pessoas têm menos medo, embora tenham... Digo isso por meus filhos e seus amigos... São um pouco mais livres ou, pelo menos, acham que são... Mas há trinta anos não havia nuanças. Quando te marginalizavam, te matavam como pessoa... Trabalhei dez anos carregando fichas no Arquivo Nacional. E sabem de uma coisa? O diretor, um senhor do Partido, muito humano e porta-voz do internacionalismo proletário e da irmandade entre os povos, proibiu-me de ler um único papel daqueles que eu transportava, porque eu era um desviado ideológico. Essa era sua maneira de ser mais revolucionário, mais militante, de defender o país... E não lhe obedeci, claro, porque outras companheiras de lá me protegiam quando eu me escondia para ler. Mas era assim que funcionavam as coisas neste país. Quando o poder é cruel, as mesquinharias humanas fazem a festa. Aqui a festa foi muito longa e muito agitadinha... deprimida...?

— Repito que sinto muito. Espero realmente que esses desastres já não aconteçam — disse Duque.

Conde percebeu o efeito comovedor que o discurso de JJ tivera sobre o policial que estava falando de desastres.

— Eu também espero. Entretanto, não sei. Os estilos podem ser outros. O fundamentalismo é uma infecção muito difícil de curar. É como as epidemias que se tornam endêmicas...

— Mas, bem, nós... — Duque vacilou, e Conde decidiu que estava na hora de sair para o resgate. A avalanche de argumentos do historiador requeria que o tenente recebesse pelo menos a contagem de um intervalo de proteção.

— José, estranho que não se vejam livros na casa de alguém que estudou história.

— É que, ao me aposentar, vendi todos. Estavam estragando naquela garagem que fica no fundo da casa...

Conde sorriu. Não era possível que continuasse encontrando pessoas que tinham vendido seus livros sem que ele ficasse sabendo.

— Que coisa... Eu compro e vendo livros velhos... para quem vendeu os seus?

— Para Barbarito, um mulato gordo e sacana que me deu uma merda pelos livros.

— Claro. Por isso nós, do ramo, o chamamos de Barbarito Esmeril... Se eu tivesse ficado sabendo... E você não lê mais?

— Sim... Num aparelho de leitura eletrônica. *E-reader*. Um jesuíta amigo meu, padre Román, baixa nele os livros que eu quero ler.

— Ah, passou para o digital — disse Conde, decidido a se manter acima dos comentários históricos e filosóficos de JJ, pois estava convencido de que convinha manter a tensão sob controle.

— Mas só leio romances. Nada de história.

— E por quê?

— Minha última pesquisa foi sobre as disputas internas entre os libertadores cubanos durante a Guerra dos Dez Anos. E cheguei à conclusão de que, se nós cubanos não tivéssemos brigado entre nós, teríamos vencido aquela guerra. Mas nos desgastamos por merdas, por regionalismos, por protagonismos... Como sempre, nos fodemos mais entre nós que brigando com o inimigo... Não, é que ler história me entristece. Mostra que viemos do desastre e revela que, como espécie, estamos caminhando para desastres piores. E não temos solução. Já aprendi toda a história que precisava saber, e o que aprendi se reduz a isto: o desastre sem solução.

Conde compreendeu que, para avançar, precisava abrir uma brecha na muralha do fatalismo histórico de JJ. Ver o que havia numa realidade mais próxima e concreta e, sem aviso prévio, virou o leme.

– O que queríamos saber de você é sobre a revista do quarto de Natalia. Depois do suicídio dela.

– Sim, foi revistado. Disseram que era coisa da Segurança do Estado. Como se ela fosse agente da CIA ou do Mossad...

– Não foi a Segurança do Estado. Isso nós sabemos. Nem a Polícia Criminal. Também não foi a Habitação, pois o quarto pertencia ao padre amigo de Natalia.

– O padre Renato – observou JJ.

– Esse... E o homem que se infiltrou no quarto foi alguém que se fazia passar por funcionário ou por agente da Segurança ou da Diretoria da Habitação... Marcel Robaina. Para você, diz alguma coisa?

– Não, nada – reagiu JJ, na mesma hora.

– Claro, claro..., é que ele se apresentava com o nome de agente ou companheiro Néstor. Esse diz alguma coisa?

– Também não, nem ideia – afirmou o homem.

– Porque não o viu?

– Não..., creio que foi o padre Renato que me falou da revista. Ou Consuelo, a irmã de Nati.

– O que alguém poderia estar procurando no quarto de Natalia?

José José negou com a cabeça. Então se levantou e foi até um móvel com gavetas e um espelho manchado. Abriu um dos compartimentos e tirou de uma pasta uma folha de papel, a qual foi desdobrando enquanto voltava a seu assento.

– Bem, pode ser que procurassem um papel em que estivesse escrito algo assim – disse e fez uma pausa antes de voltar a falar. – Creio que este é o último poema de Nati, um diálogo com Anna Ajmátova... Talvez seu testamento – disse e, depois de outra pausa, começou a ler os versos:

Aun sigo aquí, Ana querida,
evocándote mientras escucho los truenos
y también veo el rayado carmesí del cielo,
víctima de la tormenta.
Y, como tú, como entonces,

voy con el corazón consumido por el fuego:
uno más de los fantasmas que pueblan la ciudad.

A ti te sucedió en Moscú.
A mí me sucede en La Habana.
Pero como tú, pronto abandonaré mi sitio para siempre
y me precipitaré tranquila en este puerto deseado,
*sin dejar herencia ni siquiera mi sombra.**

— Estariam procurando isto? — enfatizou JJ.

Conde baixara os olhos. Não esperava por aquele ataque de arte, brutal, sem misericórdia. José José, como um feiticeiro perverso, ressuscitara Natalia Poblet e a pusera ali, diante deles, para contar-lhes em versos toda a sua dor, sua despedida do mundo.

— Terrível — conseguiu dizer finalmente o ex-policial. — Acredita de fato que foi seu testamento?

— Mas não era o que eles estavam procurando — continuou JJ. — Este poema estava escrito na última página de seu caderno. Eu o peguei no quarto. Fazia três anos que ela não escrevia poesia. Tinha sido mutilada... Creio que, para se despedir, falou com Anna Ajmátova... Ela amava Ajmátova. Identificava-se com ela... Mirava-se em seu espelho. Admirava seu valor. Sabe o que o comissário Jdánov dizia da Ajmátova...? Dizia que sua poesia era um resto da velha cultura aristocrática e que ela era metade monja, metade rameira, ou antes uma monja rameira... Mas ela nunca se exilou. É heroico ter valor até o fim num país em que todo o mundo viveu com medo... Nati não aguentou.

Conde voltou a engolir em seco. Em algum momento se deu conta de que tinha esquecido a presença de Duque e não se importou. Aqueles versos, conservados pelo homem que a amara, saídos da alma de uma mulher sensível que se fundia com outra mulher sensível, eram como um alarido de denúncia, em si mesmos uma declaração, uma acusação acompanhada pela sentença. Enquanto ouvia os trovões...

---

* Tradução livre: "Ainda continuo aqui, Ana querida,/ evocando-te enquanto ouço os trovões/ e também vejo o listrado carmesim do céu,/ vítima da tormenta./ E, como tu, como então,/ vou com o coração consumido pelo fogo:/ mais um dos fantasmas que povoam a cidade.// A ti aconteceu em Moscou./ A mim acontece em Havana./ Mas como tu, logo abandonarei meu lugar para sempre/ e me precipitarei tranquila nesse porto desejado,/ sem deixar como herança nem sequer minha sombra". (N. T.)

– Pobre Nati... – sussurrou o amante abandonado. – Foi mutilada – repetiu, e a sensibilidade ferida de Conde percebeu a pontada ardente que o agredia como uma súbita descarga: e já não era uma premonição, tratava-se de uma espantosa certeza.

Uma convicção que o perseguia e que não teria desejado alcançar. Mas estava ali, levantando as mãos, exigindo que a notassem: é que, pela segunda vez em menos de um minuto, JJ conjugava um verbo empenhado em arrastar toda uma carga explosiva de significados: mutilar. Natalia tinha sido morta, sim, mas sobretudo tinha sido mutilada, eles a mutilaram. Mutilação. E Conde reagiu.

– Você me dá a foto de Marcel?

Conde ordenou a Duque e, peremptório, estendeu a mão. O tenente, também aturdido, procurou torpe e apressadamente em sua pasta a foto de passaporte de Marcel Robaina. Talvez tivesse entendido os códigos em execução. Com ela entre as mãos, Conde observou por uns instantes a imagem de Marcel registrada no papel. E se reafirmou na certeza de que os próximos passos, palavras, gestos, atitudes seriam definitivos, talvez muito dramáticos. E, desde aquele exato momento de clareza, o homem que em outra vida fora policial e que também por transes como o que estava vivendo agora deixara de sê-lo, começou a lamentar ter-se deixado arrastar para uma investigação que só estava servindo para revolver merdas petrificadas e amassar merdas recentes: o Império da Merda não se limitava a um aterro sanitário municipal.

– Olhe bem para este homem, José. Você o reconhece?

JJ pegou a foto e a segurou diante dos olhos. Fechou um pouco as pálpebras para focalizar melhor. Ou para pensar?

– Este... não estava há alguns dias na casa do joalheiro?

– Sim, você se encontrou lá com ele. E foi embora quando o viu. Por quê?

– Porque não o conheço e não ia falar de negócios na frente dele.

– Um negócio do qual você não voltou a se ocupar. Aurelio não o viu mais.

– Procurei outro joalheiro.

– E vendeu alguma coisa?

– Não..., não – E na negação percebia-se uma dúvida.

Então Conde resolveu que não havia escolha a não ser mandar a cavalaria e fazê-lo a toque de caixa.

– É que esse homem apareceu morto. E tem muita relação com outro morto. Homicídios, para ser mais exato. Assassinatos com mutilações... E temos algumas evidências que nos podem servir para identificar o suposto assassino. Pistas, amostras de DNA, você sabe, como no *CSI*... Só que de verdade. Um resto de pele debaixo de uma unha serve para construir o corpo inteiro de uma pessoa...

Duque mantinha-se em silêncio expectante. Conde saíra do roteiro, fazendo uma daquelas curvas que reorientam o avanço por outro caminho. E fazia-o armando uma mistura de verdades e mentiras. Pistas? Provas de DNA? Bem, isso eles tinham, podiam ter, mas e daí?

José José, por sua vez, mantinha-se na escuta, sem revelar emoções visíveis. Com exceção de um movimento com um dos pés, como se esmagasse um inseto aversivo.

Conde suspirou e olhou para Duque.

— Por ora, terminei... Tenente, é sua vez.

Duque teve de pigarrear antes de falar. Talvez tivesse ficado tempo demais em silêncio. Ou talvez fosse afetado por outros sentimentos que alguém pudesse até considerar impróprios de um policial.

— Cidadão José José Pérez Pérez, está detido como suspeito de assassinar os cidadãos Marcel Robaina e Reynaldo Quevedo.

O dia fora longo demais, e a noite se propunha a imitá-lo. A festa não se abrandava, e Conde, cheio de ansiedade, chegou a sentir que poderia desfalecer, mas disse a si mesmo que o único jeito era aguentar. De fato, já não sirvo para isso, pensava e voltava a pensar, enquanto observava a humanidade variegada que desde cedo abarrotava La Dulce Vida e ameaçava esgotar as existências de suas adegas e despensas. Obama se fora, os Rolling acabavam de chegar, e a cidade continuava transpirando sua febre de luxúria, gula, diversão, esbanjamento, como se estivessem sendo vividos os dias finais da existência planetária. Ou os primeiros de outra era... histórica.

Como todos os dias, uma porcentagem importante dos clientes da noitada era de estrangeiros, mas a quantidade de cubanos não desmerecia os números do que Conde considerava uma proporção reveladora. É fato que muitos nacionais, ele sabia, eram damas de companhia e "agregados" (lá estava de novo o voraz filósofo e professor de marxismo, de uísque em riste), embora também fosse possível contar muitos que iam por conta própria e pagavam suas contas. Havia dinheiro, as pessoas o gastavam, e não só em resolver a vida, mas também em gozá-la, e a velas soltas.

Afetado pelo desânimo em que o lançara sua descoberta daquela tarde, Conde tentava não pensar em José José e Natalia Poblet ("enquanto ouço os trovões...

vou com o coração consumido pelo fogo") e no que parecia que revelaria o trágico epílogo de uma trama iniciada havia quase cinquenta anos. Por isso se esforçou para se concentrar em sua função noturna e, ainda às dez da noite, já em duas oportunidades tivera de advertir os gorilas de turno de alguns movimentos estranhos entre a turba de noctâmbulos desbocados, embora em nenhuma delas estivessem envolvidos Toña Negra nem o Grilo, dois de seus suspeitos habituais.

Perto de meia-noite, Yoyi aproximou-se do canto de vigilância de Conde. Todo o tempo, o Pombo estivera voltado para o funcionamento do negócio, cada vez mais requisitado por seu sucesso. Conde admirava não só o que parecia ser um dom de onipresença do amigo, como também seu senso de excelência no serviço, como se tivesse se dedicado à profissão a vida toda. Ao que parecia, ali nada faltava, todas as peças funcionavam, e Yoyi era a alma dessa eficiência.

– Estou no chão – disse, ao se debruçar ao lado de Conde, e até sua voz revelava o nível de cansaço. Com seu código de sinais pediu dois drinques ao *barman* mais próximo.

– Também estou morto – confessou Conde.

– Vamos nos oferecer um trago, estamos precisando. Porém nada mais que isso, *man*, um trago…

– Um trago. Só isso – prometeu Conde. – Hoje o ambiente está quente.

Yoyi sorriu.

– Tem gente que acredita em coisas…

– Sim…, há pessoas que acreditam que as classes se acabaram e não sabem que isso é um recesso. E às vezes até esquecem que os professores e os porteiros estão vigiando de vara na mão…

O outro assentiu e o *barman* colocou diante deles as duas doses de *añejo*. Os dois amigos bateram os copos.

– Quase parece outro país – comentou Yoyi.

– Quase, mas não é… A coisa pode desandar, de modo que logo mais venha a freada e a volta à situação de antes. Todo mundo para trás, todo mundo para trás.

– Não, Conde, há coisas que não podem dar marcha a ré.

– Ah, Yoyi…, tua inocência me comove. Deixa passar essa ventania e você vai ver como volta o aperto. É como os furacões tropicais: passam, fazem estrago e depois vão embora, se perdem… Você sabe: dinheiro é bom, mas controle é melhor. E dinheiro pode faltar, muitas vezes faltou, mas controle não.

– Estamos em outro mundo, Conde.

– Não, é só ilusão. Por isso, digo e repito, meu amigo, faça a colheita agora, porque depois vem o tempo morto.

Yoyi provou seu *añejo* e negou com a cabeça.

— Por que você é tão pessimista, *man*?

— Sou é realista... porque tenho sessenta e dois anos e vivi todinhos aqui, todinhos.

— Não faça isso, Conde..., não me estrague a festa.

Conde terminou seu rum e olhou para o local.

— E por onde anda hoje o seu sócio, o Homem Invisível?

— Numa recepção na embaixada britânica. Você sabe, ele circula naquelas alturas... Mas logo mais ele vem. E vai chegar com a história de que agora é amigo de Mick Jagger.

Sim, aqueles personagens eram mesmo fátuos e prepotentes. Estar à sombra do poder, desfrutar de outras possibilidades, alterava sua personalidade. Percebia-se em seus gestos, em sua maneira de falar, de olhar para os outros.

— Desculpe a pergunta, parceiro..., como é que você pode com ele? Mais que o Homem Invisível, eu diria que ele é o Abominável Homem das Neves.

Yoyi suspirou. Passou a mão no crânio raspado.

— Conde, aqui estamos transgredindo umas setecentas proibições. Porra, *man*, por que você acha que nos deixam? Como poderíamos ter presunto serrano e queijos franceses...? Você mesmo disse: é preciso fazer a colheita.

— De todo modo, cuidado. Se passarem para o outro lado, é você que vão triturar. Ele está blindado.

— Sei disso, *man*. Por isso tenho você aqui. Para as pessoas não passarem do limite... Ou para não colocarem um limite. Porra, achei bom isso – disse ele, terminou seu rum e deu um tapinha no ombro de Conde para voltar ao trabalho.

E Conde sentiu admiração, gratidão e um pouco de pena de Yoyi Pombo: era preciso ser muito hábil, capaz e temerário para viver durante anos se equilibrando na corda bamba. Sem rede de proteção por baixo. O Man, como lá o chamavam, era da pesada. E, em contrapartida, o sacana até se comportava como boa pessoa. Até quando aguentaria? Quando se cansaria, como tantos outros, e também faria as malas para tentar a vida, outra vida, em outras partes do mundo, um pouco mais amplo e pelo visto não tão estranho como sempre lhes disseram? Hoje estou pior que nunca, Conde se recriminou. Estou histórico, filosófico, psicológico, antropológico e idiota. E ainda me faltam duas horas de trabalho.

As últimas palavras

> *Vivemos sem sentir o país a nossos pés,*
> *nossas palavras não se escutam a dez passos.*
> Ósip Mandelshtam

O dia 24 de novembro de 1910 marca uma data memorável na crônica do delírio cubano. Naquela manhã, Alberto Yarini teve o enterro mais concorrido que jamais se havia realizado em Cuba, com muito maior afluência que o do Generalíssimo Máximo Gómez, herói e líder de três guerras.

Durante todo o percurso do brilhante ataúde de madeiras de lei cubanas, da casa da rua Galiano, onde ele fora velado, até o Cemitério Colón, onde seria inumado, o cortejo foi acompanhado pela Banda de Música de la Beneficencia, que tocou melodias fúnebres e a *Epifanía habanera* de Ignacio Cervantes. Transportado no carro fúnebre puxado por seis cavalos brancos ou nos ombros de seus amigos por longos trechos, o féretro avançou pelas avenidas De la Reina e Carlos III. À sua passagem ia caindo das sacadas e das lajes um dilúvio de flores sobre a compacta multidão de enlutados de todas as categorias, procedências, raças, sexos, filiações políticas e credos religiosos que acompanhavam o corpo do homem que se transformara em ídolo, no caudilho de um país que chorava sua morte como a do herói necessário, um chefe tombado em combate contra o inimigo colonizador e invasor.

Desde o presidente da República até o prefeito de Havana, todos os políticos, liberais e conservadores, acorreram para render homenagens à memória do jovem falecido. Os homens mais ricos do país, as mulheres de famílias mais aristocráticas, bispos e sacerdotes passaram diante de seu ataúde ou caminharam com ele até o sepultamento, ao qual compareceram dezenas de generais e doutores de renome, encabeçados por personagens da categoria do general Fernando Freyre de Andrade e do comandante Miguel Coyula. Mas junto a eles havia estivadores, putas, mendigos, lúmpens, jogadores, *santeros*, lixeiros, verdureiros e pedreiros. Brancos, negros, mulatos e chineses. Toda Havana.

No Cemitério Colón, o cortejo entrou envolvido pelo ritmo telúrico dos tambores africanos percutidos pelos negros *ñáñigos* amigos de Yarini, liderados pelo Americano Terán, que chorava como criança. Naquele dia, os *abakuás* cubanos entoaram, pela primeira vez para um pagão, o canto fúnebre do *enlloró*, oração só executada quando morre uma alta dignidade da confraria secreta fundada nas terras indômitas de El Calabar.

O comandante Miguel Coyula foi designado pelo partido e pela família para se despedir do morto. Em seu panegírico, o respeitadíssimo combatente independentista destacou os méritos patrióticos e políticos do recém-caído, as muitas promessas e projetos que sua morte lamentável deixava sem cumprir, o exemplo de dignidade que ele nos legava.

E as pessoas choraram, emocionadas, compungidas. O delírio nacional atingia os mais altos níveis de seu apogeu. Yarini subia ao pedestal dos mitos.

Em 20 de maio de 1902 festejara-se na ilha o nascimento da República. Naquele dia histórico, hastearam-se milhares de bandeiras, cantaram-se repetidamente os hinos de combate escritos e entoados na selva irredenta, as pessoas se abraçaram e se beijaram, muitos choraram de emoção. Eu fui um dos que derramaram lágrimas, comovido com a exaltação patriótica. Foi a explosão do júbilo nacional provocado por ter chegado ao fim da meta pela qual tanto se tinha lutado. Embora despedaçado e incompleto, agora nós, cubanos, tínhamos um país e precisávamos celebrar seu advento, senti-lo, tocá-lo, abraçá-lo.

Desde que em 1898 se concretizara a derrota do exército colonial espanhol e nós, cubanos, tínhamos caído sob a ameaça da castração nacional representada pela presença militar estadunidense na ilha, tornara-se ainda maior a necessidade de expressar e mostrar a existência de uma nação. Aquelas manifestações de patriotismo eram, para nós, uma maneira de acalmar a incerteza que o futuro nos provocava e a frustração sofrida no presente. Assim, as pessoas procuravam todas as maneiras de se encontrar com aquele país sonhado e com a possibilidade de nascer e existir, nação independente pela qual se tinham travado três guerras. E num primeiro momento a melhor maneira que as pessoas encontraram de fazê-lo foi envolvendo-se em símbolos: exibindo bandeiras, estrelas solitárias, cantando e até dançando o Hino de Bayamo*: "*Al combate, corred, bayameses...*". Sem saber se por fim conseguiríamos sê-lo juridicamente, representávamos simbólica e culturalmente que éramos cubanos. E sem podermos estar ainda muito convencidos de como o seríamos, festejamos em 20 de maio de 1902 o arriamento das bandeiras estadunidenses e o hasteamento das cubanas, apesar de a República nascer manietada por uma emenda constitucional que dava aos vizinhos do norte o poder de intervir em nosso país quando julgassem necessário. Como voltaram a fazer em 1906.

Mas creio que nós, cubanos, temos o defeito cultural ou genético de contar com uma memória histórica ruim e muito breve. Em 1910 já quase ninguém se lembrava de 1902 e muito poucos se recordavam da sensação de naufrágio e perda que naquela época de nascimento republicano procurávamos aliviar com qualquer manifestação nacionalista. Porque desde então tínhamos um presidente, um governo, partidos políticos reconhecidos. Inclusive, ainda que os interventores estadunidenses tivessem retornado, também tinham ido embora outra vez, e muitos acharam que isso nos bastava. Porque, além do mais, tínhamos entrado na modernidade, gozávamos dos luxos e benefícios do século, e Havana seria a Nice da América. Bem, sentíamos que hoje estávamos melhor que ontem...

Pensei muito nisso e creio que justamente e só a partir desse sentimento de vazio, de fracasso nacional, de má memória, é possível começar a entender como se projetou sobre um bairro, sobre algumas pessoas, e depois sobre a sociedade cubana, a figura de Alberto Yarini. E assimilar por que sua guerra tão vil pôde adquirir as conotações patrióticas que em outros territórios tinham se extinguido. Em meio a um denso estado de ausência de paradigmas, de perda de valores, de confusão simuladora e de desgaste de qualquer projeto ou propósito utópico, Yarini, suas ações e suas palavras irreverentes cristalizaram-se como um modelo possível. Yarini foi o exagero, a ampliação, a hipérbole macabra de um estilo social doente e de uma condição moral em crise profunda. Sua figura constituiu o reflexo mais revelador de um momento e de uma sociedade. Com sua vida breve e sua morte, em 22 de novembro de 1910, aos vinte e oito anos de idade, Alberto Yarini y Ponce de León foi (e é) a marca de uma época histórica equívoca, mas muito concreta, sua mais adequada representação. Vocês não acham?

---

* Hino nacional de Cuba, também chamado *La Bayamesa*. (N. T.)

Apesar das detenções de vários personagens potencialmente perigosos ou já surpreendidos em atos violentos, depois da morte de Yarini sucederam-se por várias semanas confrontos sangrentos no bairro de San Isidro e em diversos pontos da cidade. Outros dois proxenetas franceses foram executados, uma ampla dezena de *apaches* e *guayabitos* ficaram feridos, algumas mulheres foram espancadas, e no fim somaram-se dezenas de detidos. Um dos franceses mortos fora executado (dizia-se que pelo chinês mulato Ansí, amigo de Yarini) com um cabo de vassoura de ponta afiada, espetado como se fosse um peixe... O precário equilíbrio da zona se rompera e levaria um tempo para restabelecê-lo, sob outras lideranças muito menos influentes que a de Yarini e Lotot.

A investigação dos acontecimentos da noite de 21 de novembro apresentou um resultado imediato: Alberto Yarini y Ponce de León morrera na tarde do dia 22 por causa dos ferimentos sofridos na véspera, provocados por três armas diferentes. Os disparos tinham sido feitos de dois ângulos diferentes: do nível da rua, dois disparos; de alguma sacada ou laje, os outros três. Por sua vez, Lotot, morto no ato, recebera três impactos de bala de um único revólver, um Smith & Wesson de nove milímetros que, conforme corroborado pelo exame balístico, pertencera a Alberto Yarini e era, além do mais, a arma que havia ferido de morte Janine Fontaine, caída poucos metros atrás do amante, com um ferimento no ombro e outro no peito. Uma arma que, segundo se concluiu, fora subtraída por alguém no meio da confusão, pois ninguém localizara seu paradeiro. O tiro mortal, que Lotot levara na testa, tinha um ângulo de entrada peculiar, como se o tivesse levado de uma posição superior, que ninguém conseguia explicar satisfatoriamente.

A ratificação da origem dos três disparos recebidos por Lotot seria apresentada pelo respeitável doutor e general do Exército Libertador Fernando Freyre de Andrade (o homem que, ainda que sem o apoio de Yarini, logo chegaria à Prefeitura de Havana, o homem que pretendia tirar Yarini de San Isidro). Porque foi o próprio Freyre que entregou ao promotor investigador uma nota de punho e letra de Yarini, escrita no receituário do Centro de Saúde onde o ferido agonizava. Nos que foram seus últimos momentos de lucidez, o moribundo tinha escrito: "Pelos tiros dados no francês, o único responsável sou eu", de acordo com o papel que Yarini assinara e o próprio Freyre de Andrade datara e contra-assinara para certificar sua autenticidade.

Suponho que muita gente tenha se perguntado, então e depois, por que o último ato consciente de Alberto Yarini fora pedir a seu correligionário político um papel para escrever aquela admissão de responsabilidade. E uma das respostas que circularam foi que, sentindo que a vida o deixava, Yarini resolvera ser fiel a seus credos até o fim e além dele. Que estava tentando proteger alguém. Por isso, conforme se especulou, havia admitido mais culpas que as que lhe cabiam para exonerar o homem misterioso que, por ele, devia ter disparado o que parecia ser um tiro de misericórdia na testa do líder dos *apaches* franceses. Esse homem teria existido? Ninguém sabia. Alguém o tinha visto? Ninguém o tinha visto. Eu, o inspetor Saborit da Polícia Nacional, que fui o primeiro a chegar ao local dos fatos, jurei que não vira nenhuma outra pessoa na cena do enfrentamento. Ou seja, ninguém que não fosse Yarini, Lotot e Janine Fontaine, feridos ou já mortos, além de duas mulheres histéricas chorando sobre os corpos dos caídos. Não havia a menor dúvida de que os projéteis que atingiram Lotot e Fontaine eram todos provenientes do Smith & Wesson de Yarini. Por que duvidar de sua palavra? Yarini tinha dito: era ele o responsável pela morte de Lotot e, sem saber, também pela de Janine Fontaine, vítima de um fogo cruzado.

Apesar da isenção de culpas feita por Yarini, a pessoa de que mais se falou como possível autor do disparo que matara Lotot foi Pepito Basterrechea, cuja presença nas imediações do local dos fatos foi confirmada pelo detetive José Marichal e pelo agente Carlos Varona, que, depois de ouvirem os disparos, tinham detido Pepito quando ele fugia de San Isidro. Sobre Pepito, divulgou-se, então, que ele tinha um processo por homicídio que datava de 1905, depois rejeitado pelo tribunal que o abrira. Em sua defesa, confirmou-se que a arma que estava com Pepito quando ele fora detido não era o Smith & Wesson de Yarini, mas um Colt 45 que não fora disparado. Pepito teria usado a arma de Yarini? Onde estava aquele revólver que não aparecia e que não estava com Pepito quando foi detido? Do que e por que Pepito estava fugindo...? Só uma pessoa tinha resposta para as três perguntas, inclusive a última: Pepito tinha fugido porque era covarde e não tinha disparado o revólver de Yarini porque nem sequer tinha tocado nele.

Um dado importante para a investigação foi minha declaração diante do promotor, mais valorizada por se tratar de um oficial de polícia com meu prestígio na solução de dois famosos casos de homicídio. Lá testemunhei sob juramento que, ao chegar ao cenário dos acontecimentos, atraído pelos tiros de armas de fogo, eu tinha visto dois homens e uma mulher estendidos na rua San Isidro. Cheguei perto e, depois de pedir às senhoritas Elena Morales e Celia Martínez, prostitutas de profissão e registradas como tais, que fossem buscar panos para estancar o sangramento do ferido Yarini, aproximei-me do corpo de Lotot e constatei que estava morto, segundo as evidências visíveis, pelo tiro levado na testa. Assim como Janine Fontaine, ferida no peito. E que em nenhum momento vi no lugar dos cruéis acontecimentos o revólver de Yarini, talvez porque, em meio à confusão reinante e também eu abalado pelo ocorrido, não me ocupei em localizá-lo como deveria ter feito. E não, não tinha ideia de quem poderia tê-lo subtraído, eu disse sob juramento.

Meus colegas encarregados do caso demoraram meses para encerrar a investigação das mortes de Alberto Yarini, Louis Lotot e Janine Fontaine. E eu só podia lhes desejar sorte no difícil empenho, sem deixar de rezar para que alguma das pessoas que me viram chegar à rua San Isidro não contradissesse minha declaração. Para minha sorte, as únicas testemunhas possíveis de minha ação tinham sido duas putas. E, se é que se podia confiar na discrição e na integridade de alguém, era justamente nas daquelas mulheres, as putas de San Isidro.

Muitos anos se passaram desde aqueles acontecimentos e também desde que, chegando 1911, muito afetado pelo ocorrido em San Isidro, renunciei a meu posto de inspetor e pedi demissão da corporação policial de Havana. Dias depois, graças às influências e aos contatos de meu providencial tio Ambrosio Amargó, consegui um emprego fixo de professor do ensino médio na então remota região de Marianao, lugar onde começara minha vida em Havana. E foi um grande alívio, porque eu precisava me afastar de San Isidro, do que lá eu tinha sido, vivido, do que lá eu tinha feito. Queria ter uma vida nova, se possível, e só poderia tentá-lo tomando distância, rompendo com o passado por todos os lados possíveis.

Mas a distância física e profissional, minha nova vida de professor simples e anódino de educação cívica e história pátria, não conseguiram fazer que eu esquecesse minhas ações e decisões de então. Talvez porque o passado é indelével e, embora a pessoa o negue, inclusive o reescreva, sempre estará com ela. Talvez porque o mito de Yarini e as lendas exageradas (ou nem tanto) que se foram tecendo sobre sua vida e sua morte ainda pairassem na memória perversa de uma cidade desorientada que, naqueles dias finais de novembro de 1910, esteve prestes a pedir algo como a beatificação do homem que vivera da prostituição e morrera por ela.

Entre os restos do terremoto que sacudiu a zona de tolerância, tive a felicidade de poder resgatar um tesouro: minha mulher, Esmeralda Díaz. Ainda me parece mentira que Don Nando Panels não fizesse nenhuma objeção a minha reivindicação quando, algumas semanas depois da morte de Yarini, lhe pedi que liberasse a mulher pela qual me apaixonara e com a qual pretendia viver decentemente.

— Alberto gostava de você de verdade. Não sei por que, mas gostava. E ele não teria negado seu pedido – disse naquele dia o proxeneta e jogador, homem que se suspeitava tivesse sido o assassino de um dos franceses caídos na refrega de 1910. – Também não o farei... Mas sob uma condição...

– Que condição? – perguntei, temendo que ele fizesse alguma exigência complicada.

– Que nem você nem ela digam a ninguém que a deixei ir assim, só porque você me pediu e pronto... Seria ruim para o negócio... Mas vá em frente, leve-a e tomara que vocês fiquem muito bem.

E ficamos melhor ainda. Assim que deixei meu trabalho de policial, Esmeralda e eu nos casamos, e não creio que me fosse possível encontrar esposa mais adequada que essa mulher, que me amou e venerou por quase cinquenta anos, a mesma que conheci no bordel da rua Picota de onde fora desterrada por não gostar de sopa de miúdos de frango, prato que (por razões óbvias) nunca voltei a tomar em casa, apesar de ser um de meus favoritos. A mulher com a qual todo 22 de novembro peregrinei até um túmulo do Cemitério Colón para depositar sobre uma laje um ramo de flores brancas. A mulher, canhota e manca, da qual há pouco fechei os olhos e que, sabendo que eu estava empenhado em manifestar minha memória, repetiu seu mantra de todos esses anos:

– Nunca se esqueça de que Yarini te tratou como um amigo, de que é verdade que ele dizia coisas bonitas às pessoas e que dava esmolas aos mais fodidos... Mas lembre-se também de que Yarini era um filho da puta, tirano e abusador de mulheres. E um grande interesseiro, Arturo. Yarini era o mestre da manipulação... Ou você ainda acha que de fato ele era seu amigo, que de fato gostava muito de você? Não acha que ele te usou e pretendia te usar muito mais? Você acredita mesmo que podia ter subido com ele, trocado coisas com ele...?

Pelo visto, Esmeralda nunca perdoou Yarini pelo episódio do prato de sopa. Mas o certo é que, ao longo de todos esses anos e por minhas próprias ruminações, pensei muito naquela circunstância. Porque, quando o delírio se solta, ninguém sabe aonde pode chegar.

Antes, durante e agora, que termino a escrita destas recordações, tenho me perguntado por que e para que escrevê-las. Porque se há uma coisa clara para mim, pelo menos enquanto eu viver, é que ninguém as lerá. Nem mesmo Esmeralda leu estas memórias, talvez porque tivesse se empenhado em apagar de sua vida anos infames de sua existência, nos quais a única coisa boa que lhe aconteceu foi se encontrar comigo, conforme ela dizia.

Se não as estou escrevendo para serem lidas, para que, então, amontoar tantas palavras? Ora, porque as palavras, ainda que ninguém as escute, têm valor. E, no caso, com estas palavras que fui extraindo da memória, creio que tentei explicar como se fez minha vida, como se alterou ou se definiu a existência de alguém que pretendeu ser uma pessoa decente. Por isso procurei me interrogar sem reservas sobre o que aconteceu para tentar saber se era possível acusar um fado preestabelecido da adesão a ele. Ou melhor, culpar o arbítrio humano, esse espaço de decisão que às vezes acreditamos exercer com maior ou menor liberdade. E, embora não tenha obtido uma resposta convincente, creio que consegui, sim, um benefício colateral: a sensação de uma expiação possível, a descarga que os católicos buscam com o sacramento da confissão dos pecados. Porque sou pecador. E pouco importa se um pecador arrependido.

Ainda não decidi o destino destes papéis, entretanto só vejo dois: destruí-los ou legá-los. E sei por que estou tendendo para a segunda opção. Primeiro porque só agora, quando sinto que minha vida está acabando e esta história também, me atrevo a confessar, cheio de remorso, que não só justicei Lotot na noite de 21 de novembro. Também, sem piedade e a sangue frio, dei o tiro mortal em Janine Fontaine, só para evitar a confissão que me teria condenado... E também creio que devo legá-los porque a este país, que tanto se alimenta da desmemória, de vez em quando cai bem um registro de memórias. E esta é a minha, a memória de anos que vivi no olho de um furacão tropical que chegou, arrasou e se afastou, mas deixou atrás de si muitas devastações, como a de minha consciência e de minha alma imortal, com as quais tentei ficar em paz escrevendo palavras, dando sentido e valor às palavras que talvez algum dia alguém escute.

E, se Deus existe, que Deus me perdoe.

Arturo Saborit Amargó, Havana, 21 de novembro de 1965

10

A má disposição de espírito que o embargava desde o dia anterior perseguiu-o durante as quatro horas de um sono tempestuoso, desassossegado, e, quando despertou, a sensação de inconformidade estava ali, mais volumosa e pesada, como um maldito, gigantesco e clássico dinossauro. Sem intenção de se extinguir nem sequer de sair do lugar.

Faltavam duas horas para que Manolo Palacios passasse para buscá-lo, conforme tinham combinado na tarde anterior, e, como tantas vezes, com o café na mão subiu até a laje da casa, vestindo apenas um short moribundo e seguido por Lixeira II, cada vez mais lento, cada vez mais caseiro.

Enquanto fumava o primeiro cigarro do dia e acariciava a cabeça e as orelhas de seu cão, Conde observava sem ver a patética paisagem urbana do bairro. Talvez porque a conhecesse tanto quanto ou melhor que a palma da própria mão, talvez porque fosse uma das poucas coisas que estava sempre ali, à disposição dele e de suas persistentes melancolias e lembranças de tempos mais leves e agradáveis. Doíam-lhe seu bairro, sua deterioração, os muitos vazios e perdas que já atingiam as memórias. Lembrou-se naquele momento de pessoas que em outra época tinham povoado o subúrbio, pessoas que conhecera e que já se tinham ido, existências que foram reais e agora só tinham um resquício cada vez mais diluído em algumas de suas evocações. Quando ele e seus contemporâneos sobreviventes desaparecessem, quem lembraria que lá tinham morado a Louca Mimí, o engraxate negro Caridad, o adegueiro Cristóbal, o caieiro Cabeza? Quem se lembraria dele, neto de Rufino Conde, criador de galos de briga? O desvanecimento total seria o último estágio da morte, o mais permanente, o mais brutal: a absoluta falta de existência.

Quando escapou de suas amargas reflexões e voltou à realidade, conseguiu calcular que à noite o laboratório forense decerto teria realizado as análises urgentes do DNA de José José para compará-las com o fragmento de pele resgatado da unha do dedo mutilado de Reynaldo Quevedo. Tratava-se apenas de uma questão de rotina, de confirmação, de prova legal para o promotor, um dado científico e incontestável que Conde não precisava acrescentar para saber que José José, aquele homem de aparência tranquila, a vida toda resignado ao respeito às leis de Deus, da história e dos homens, havia explodido e cometido dois crimes brutais, que o condenavam, justamente diante de Deus, diante dos homens. Embora não tivesse nenhuma certeza a respeito do veredicto da história.

Por isso Conde havia pensado que o melhor para ele seria não participar do interrogatório a que, com a prova incriminatória em mãos, submeteriam José José Pérez Pérez, que deixara de ser um José Pérez qualquer. Mas sabia que precisava ouvi-lo e, se possível, entendê-lo, ainda que lhe fosse impossível justificá-lo.

De acordo com as informações que tinha até o momento e que tentava processar, JJ cometera justiçamentos, mais que assassinatos. Porque, embora aquele homem tivesse tentado reconstruir a vida, pelo visto conferindo-lhe objetivos, novos afetos, outros sentidos, estudando (inclusive com curso de ateísmo científico), formando família e talvez até alimentando esperanças, Conde achava que desde havia muito tempo sua existência estava reduzida à de um morto-vivo, com uma pesada dívida pendente. Uma dívida enfim saldada. O suicídio de Natalia Poblet fora também, de muitas maneiras, o assassinato do próprio José José, e, para um homem morto havia tantos anos, não devia ter sido muito difícil cercar-se de outros cadáveres, acrescentando ao retábulo assassinos de almas e espíritos que ele havia julgado e condenado. Por isso, mesmo sabendo que se tratava de algo inadmissível, a sensibilidade de ex-policial de Conde levava-o a ver o homicida como um justiceiro, um homem capaz de se sacrificar para saldar uma vilania. E, numa época em que imperavam os egoísmos, as cobiças e as ingratidões, suas ações redentoras eram quase um luxo. Macabro, mas luxo.

E, para conferir aos atos carregados de brutalidade de José José o pleno sentido que tinham, Conde precisava mesmo era saber qual fora a faísca capaz de provocar a terrível explosão. Entretanto, suas premonições agora só tinham um nome, um sobrenome e uma dignidade para ele indigna: a de Napoleão Bonaparte, imperador dos franceses, coveiro de uma revolução.

O tenente-coronel Manuel Palacios não entendeu o que Conde pretendia, mas aceitou todas as suas exigências. Talvez estivesse esgotado demais para discutir ou, talvez, apesar de ser tão policial, estivesse assediado pelo mesmo mal-estar que rondava seu ex-companheiro.

Conforme Conde pedira, levaram José José para uma pequena sala de reuniões em vez de conduzi-lo a um dos opressivos cubículos de interrogatório. Quando o guarda de plantão fez o detido entrar no local, Conde, Manolo e Duque já o esperavam. Os interrogadores ocupavam um dos lados da mesa de seis lugares, sobre a qual tinham colocado copos, uma jarra de água, uma garrafa térmica com café e xícaras dispostas sobre pires. Do outro lado da mesa, uma cadeira esperava o convidado de honra. Conde havia arrumado daquela maneira, pois sabia que lá teriam apenas uma conversa, da qual tinha certeza de que obteriam uma confissão.

– Sente-se, José, por favor – disse Manolo, ao que o recém-chegado ocupou seu lugar.

– Obrigado. E bom dia – disse o detido, e os outros três lhe desejaram o mesmo, embora sabendo que o dia não seria nem regular.

– Vamos gravar a conversa. Concorda?

– Nenhum problema.

Manolo pegou o pequeno gravador digital, olhou-o, tentou acioná-lo e, negando com a cabeça, entregou-o para Duque, que habilmente o fez funcionar. Enquanto isso, Conde se concentrara em José José e concluiu que o homem parecia sereno. Ou cristãmente resignado?

– Sou o tenente-coronel Manuel Palacios, e estão me acompanhando o tenente Miguel Duque, instrutor do caso aberto, e, como observador, o companheiro Mario Conde – recitou Manolo, ao microfone, e dirigiu-se ao acusado. – Incomoda-o a presença do companheiro Conde neste interrogatório?

– Não. Para mim, tanto faz. Creio que até acho bom... Vamos em frente.

Manolo assentiu e mexeu no gravador para colocá-lo entre José José e o tenente Duque.

– José José, está sendo acusado de ter cometido um duplo assassinato. Dos cidadãos Marcel Robaina e Reynaldo Quevedo. O grau dos homicídios será estabelecido pela promotoria, e na sentença oral será ratificado ou não pelo juiz. Como prova principal – dizia Duque, que então abriu a pasta que tinha à frente e a empurrou na direção de JJ –, temos um teste de seu DNA que corresponde ao dos restos de pele que apareceram debaixo da unha do cidadão Reynaldo Quevedo. Também uma impressão digital deixada numa faixa de pano que o cidadão Marcel Robaina tinha amarrada no pulso. A limpeza com cloro no piso da garagem de sua casa é considerada, no momento, um dado importante. Está entendendo as acusações preliminares?

– Sim, estou entendendo – disse José José, sempre com o olhar fixo na mesa, e, como se fosse previsível, acrescentou: – Ainda tem café na garrafa térmica?

– Sim, tem – interveio Manolo.

– Podem me dar?

– É óbvio – disse o tenente-coronel Palacios, levantando a tampa da garrafa e servindo café nas quatro xícaras. O procedimento parecia o de uma reunião social, conforme Conde previra. Manolo olhou de novo para o ex-colega, como querendo perguntar a que vinha tudo aquilo, e aproximou a xícara de José José. – Água?

– Sim, obrigado – aceitou o homem.

Manolo serviu-lhe meio copo de água e JJ repetiu o agradecimento, sempre desviando o olhar, num tom de voz bastante equilibrado.

Os quatro homens tomaram o café. O café da central continuava bom, Conde reconheceu, e lamentou não poder completá-lo com um cigarro. O comedimento de José José o alarmava, e, ao mesmo tempo, ele o admirava. Convenceu-se de que precisava entendê-lo.

– Continue, tenente – ordenou Manolo quando José José fez deslizar sua xícara vazia pela superfície da mesa.

– Cidadão José José Pérez Pérez, como se declara a respeito dos delitos que lhe são imputados? – avançou Duque. – Lembro-lhe que sua confissão é voluntária, mas pode ser vinculante.

Foi então que JJ levantou a cabeça. Olhou primeiro para o tenente-coronel Palacios, depois para o tenente Duque, em seguida observou por um instante a luz vermelha que piscava no gravador e acabou fixando o olhar em Conde, para assentir.

– Antes de responder, gostaria de lhes dizer uma coisa. Posso?

– Vá em frente – incentivou-o Manolo.

– Obrigado... Os senhores sabem que me dediquei a estudar questões históricas, e em minha profissão aprendemos uma coisa muito importante, o que se pode considerar a própria essência da história. É a certeza de que o passado nunca termina. Nem sequer com a morte. O passado é tudo o que foi, cada instante que fomos, e é tão persistente que sempre decidirá o que seremos. Se o passado fosse apagado, deixaríamos de existir. Contra essa terrível condenação, nós, homens, buscamos alternativas que tornem menos pesada essa carga inevitável. A mais recorrente, é claro, é o esquecimento. É uma maneira de ocultar parte da carga desse passado para podermos lidar com o presente e até termos a vaidosa pretensão de melhorarmos o futuro. Neste país, em que tantas histórias se reescrevem, em que tantas coisas se fundem sob camadas de esquecimento programado, muita gente se empenha em reescrever seu passado, ainda que seja em vão. Porque o maldito passado sempre está presente... E me desculpem por soltar essa ladainha com tantos tópicos de filósofo de boteco, mas, sem esse prólogo, não posso começar a ler o livro. Sou um chato, não é mesmo?

– Não se preocupe, José – interveio Conde. – Penso mais ou menos igual a você, embora não ouse fazer as mesmas coisas que creio que você fez.

– Obrigado pela compreensão, companheiro Conde... Bem, porque vocês devem conhecê-los, vou poupá-los dos detalhes de como levaram uma pessoa que amava a vida a ser uma pessoa que tira a própria vida quando chega a um limite e já não consegue lidar com ela. Lamentavelmente, no mundo houve, há, demasiadas pessoas assim. Conheci muito uma delas. Amava uma delas. E o que vou dizer talvez soe cafona. É cafona... Vamos lá... Como prova de amor, entreguei a essa pessoa não só sentimentos, mas também algo material, palpável, que eu sentia que era minha possessão física mais preciosa, minha conexão íntima com a história, e por isso devia compartilhá-lo com ela: um sinete de ouro que com toda a certeza pertencera a Napoleão Bonaparte.

Duque suspirou, aliviado. Manolo, convencido de que agora tinham o que faltava, pelo visto pressionado pelo tempo, consultou seu relógio. Conde, sem conseguir se alegrar, sentiu seus músculos se relaxarem, já convencido de que as coisas cairiam no saco correto que tecera com suas premonições. José José, por sua vez, tomou um gole de água e engatou:

– Vocês também já sabem que a pessoa de quem estou falando se chamava Natalia Poblet. Como eu, ela adorava os estudos de história, a ponto de nós dois termos escolhido essa especialidade como profissão e nos matriculado nesse curso na universidade. Queríamos ser historiadores e, para pessoas com essa vocação, um objeto como aquele sinete, ora, tem muito mais valor que seu possível preço em dinheiro. Porque tinha muita história. E porque vinha de onde vinha.

José José fez uma longa pausa, sem dúvida teatral, e enfocou com o olhar o tenente Miguel Duque. Conde compreendeu, então, que o homem não expressava serenidade: destilava segurança, autoconfiança, inclusive frieza. Ou talvez, conforme suspeitou no fim, só estivesse se comportando como um delirante desequilibrado sem pleno senso de sua situação.

– E estou dizendo tudo isso porque o senhor, policial, tenente, não é? Pois o senhor me perguntava se me declaro culpado ou inocente. E eu lhe respondo: sou as duas coisas ao mesmo tempo... Quer que explique?

Quando Juan Bautista Leclerc soube que o fogo se aproximava dele, fechou seu estúdio de pintura em Paris e voltou para Cuba, em 1833. Em seus baús trazia telas, pinturas, pincéis, ferramentas de seu ofício, mas também um pequeno tesouro: um conjunto de moedas, medalhas, um busto de Canova e alguns outros objetos relacionados a Napoleão Bonaparte. E entre esses objetos havia um sinete imperial de ouro que, sem dúvida, é uma peça bastante singular. Algumas daquelas joias, de valores diversos, faziam parte do butim levado pelos ladrões que, em 1832, perpetraram um roubo espetacular no Gabinete das Medalhas dos Reis da França, fato que a polícia francesa continuava investigando.

Quando voltou a Cuba, Leclerc primeiro escondeu os objetos roubados no cafezal da família, em Matanzas, depois os trouxe para Havana, em seguida é possível que tenha levado alguns para os Estados Unidos, onde morou por um tempo, e sabe-se que voltou com vários deles para Cuba, inclusive com esse sinete..., porque o certo de tudo isso, em sua maioria suposições a partir de determinados fatos comprovados, é que, quando Leclerc morreu, em 1854, o sinete napoleônico estava em seu poder e foi então que desapareceu. Bem, na realidade não desapareceu: um jovem criado de sua casa, uma espécie de ajudante ou mordomo, o roubou e sumiu com o sinete e com outras joias... Ao que parece, a família Leclerc nunca teve certeza de quem ficara com aquelas peças, onde tinham ficado ou se tinham sido vendidas em algum momento, e os parentes nem sequer ousaram denunciar seu desaparecimento porque sabiam que o próprio Leclerc também era um delinquente que tinha adquirido várias de suas relíquias napoleônicas sabendo, pois devia saber, que eram fruto de roubo.

O criado que subtraiu o sinete e algumas outras joias tinha o sobrenome Ulloa. Depois, quando trabalhei no Arquivo Nacional, consegui saber que ele se chamava Arcadio Rafael de la Merced Ulloa, com um só sobrenome, pois era filho natural, de pai desconhecido. O caso é que, com a venda de várias das peças roubadas, Ulloa conseguiu montar uma pequena loja em Havana. Porém, ao contrário do que se poderia supor, Arcadio não vendeu o sinete roubado, que devia ser o objeto mais valioso de seu butim, mas o conservou e, quarenta anos depois, quando adoeceu de varíola, deu-o como herança a seu filho, Diosdado Ulloa Zamora. Só que o fez sob uma condição: o rapaz só o venderia se tivesse extrema necessidade, por questão de vida ou morte...

Essa decisão final de Arcadio Ulloa, relatada por seu filho Diosdado, sempre me pareceu um pouco arriscada, ou a última alternativa de um moribundo, pois naquela época Diosdado era um jovem estudante de futuro incerto, ou, segundo ele mesmo se definiu, um boêmio bastante farrista. O jovem Diosdado, que aliás logo dilapidou quase tudo o que recebeu por ocasião da morte do pai, convivia com aqueles rapazes "modernos" ou "decadentes" que, por volta de 1880 e 1890, frequentavam a Acera del Louvre, onde, para seu orgulho, conheceu, entre outros personagens, o poeta Julián del Casal e o jogador de beisebol Carlos Maciá, o mais famoso da época. Mas, sobretudo, naquela Havana elegante e decadente, Ulloa fez amizade com um rapaz da alta sociedade, uns anos mais jovem que ele, pessoa que chegaria a se tornar um ser providencial em sua vida: Cirilo Yarini y Ponce de León... Yarini... Talvez o sobrenome lhes diga alguma coisa, não é? Para o senhor diz muito, senhor Conde... mas reparem no nome: Cirilo..., não Alberto.

Pois esse Diosdado Ulloa, jovem farrista e típico da *belle époque*, é o mesmo que, quando tinha dezoito anos de idade, em 1895, foi para a selva e lutou contra a Espanha sob as ordens do general Adolfo del Castillo... com o sinete de Napoleão num bolso, como se fosse um amuleto da sorte... O sinete que foi a única coisa de sua herança que não havia rematado para cobrir seus gastos.

Não vou prolongar muito a história: quando se instaura a República, Diosdado Ulloa, que terminara a guerra com a patente de capitão do Exército Libertador e amadurecera muito como pessoa, se licencia e consegue um trabalho administrativo no Centro de Saúde da rua Salud com a Cerrada del Paseo, tudo graças a sua relação com Freyre de Andrade, que conhecera na contenda militar. E é nesses anos que sua fortuna dispara, pois reencontra seu velho amigo Cirilo Yarini y Ponce de León, que acabara de chegar dos Estados Unidos com o título de doutor em cirurgia odontológica. E é por influência do amigo Cirilo Yarini que Ulloa consegue se matricular na Escola de Odontologia e Estomatologia da Universidade de Havana, onde seu amigo e, ainda mais, o pai de seu amigo, que também se chamava Cirilo, eram duas figuras tão importantes que até hoje, quando tantas coisas foram apagadas e esquecidas, o prédio da faculdade de estomatologia ainda tem gravado na fachada o nome do velho professor Cirilo Yarini... O homem que, já devem ter percebido, era pai de Alberto Yarini, o mais desmiolado e famoso da família, irmão caçula do jovem Cirilo... E, como estou vendo que o assunto lhe interessa, senhor Conde, agora lhe ofereço este dado: Diosdado Ulloa foi a pessoa que fechou os olhos de Alberto Yarini quando ele morreu, em novembro de 1910, no Centro de Saúde para onde o levaram ferido. E mais: ele esteve presente quando Yarini entregou para Freyre o famoso bilhete de próprio punho e letra em que declarava que fora ele, e somente ele, quem havia atirado no proxeneta francês que morrera na refrega da rua San Isidro no dia anterior... Foi essa a declaração que evitou que algum amigo de Alberto

Yarini fosse processado pela morte do francês Louis Lotot, permitindo que se diluísse e depois se encerrasse a investigação daquela morte e que até hoje não se tenha certeza de que alguém mais atirou em Lotot e talvez, de passagem, em sua concubina, que também morreu naquela noite... Uma incrível história para policiais como vocês, pois, até onde me foi possível saber nos muitos papéis que revisei ao longo de anos, com certeza não foi Yarini quem deu em Lotot o tiro na testa e à queima-roupa que o matou. Boa história, não é mesmo? Por que está me olhando, senhor Conde? Agora ficou lívido...

Bom, vou continuar com o que lhes interessa... A questão é que esse mesmo Diosdado Ulloa, veterano do Exército Libertador que se tornou dentista aos trinta anos, já na década de 1920 pôde montar seu próprio consultório em El Vedado. Graças a seu trabalho e profissionalismo, logo Ulloa se tornou um homem solvente, tanto que nunca teve necessidade de vender aquele sinete de Napoleão Bonaparte que o pai roubara e, muitos anos antes, lhe dera como herança para que o vendesse quando precisasse do dinheiro para não dormir na rua ou não passar fome, extremos aos quais felizmente Diosdado Ulloa nunca chegara. Bem, se não contarmos as noites que dormiu ao relento e comeu raízes durante a guerra, segundo ele contava, com muito orgulho.

Um dado muito importante da vida de Diosdado é que, desde aqueles dias terríveis da Guerra de Independência, ele se iniciara como maçom. Como quase todos os membros do Exército Libertador, caso vocês não saibam. De modo que aquele veterano da independência, cirurgião dentista com consultório em El Vedado, casado, mas sem filhos, com recursos para circular em estratos privilegiados da sociedade da época, também era um homem desiludido da atividade política em razão dos rumos obscuros que o país seguira desde a instauração de uma República que não se assemelhava à república pela qual ele havia lutado, a República inclusiva e justa que Martí pretendera fundar. Talvez por isso aquele homem tenha concentrado seus interesses civis em sua atividade maçônica. E, por volta da década de 1940, com mais tempo para dedicar-se ao trabalho fraternal, Ulloa era uma espécie de Venerável Mestre eterno da loja Luz y Constancia, uma das mais conhecidas e ativas de Havana. A mesma loja em que, em 1948, Ulloa foi padrinho de iniciação de um jovem que também se apaixonara pela maçonaria, chamado José Pérez Valdivia. Com esse jovem, Ulloa contraíra, uns anos antes, uma dívida de gratidão que se transformara em amizade e, com a iniciação maçônica, em irmandade. Porque o jovem José Pérez Valdivia, só por estar no lugar exato no momento exato, e com risco da própria vida, salvara Ulloa de um assalto com arma branca que poderia ter resultado em tragédia.

Quatro anos depois, esse mesmo Pérez Valdivia e outros onze irmãos mestres maçons decidiram fundar um novo templo da fraternidade. Como todos provinham da loja matriz Luz y Constancia, que lhes concedeu a licença de fundação, aqueles doze maçons decidiram batizar o novo templo de Hijos de Luz y Constancia e, como primeiro acordo, distinguir com o título de Venerável Mestre *Ad Vitam* justamente Diosdado Ulloa, que oferecera todo o apoio, inclusive econômico, a seus jovens discípulos para que concretizassem seu empenho fundador.

Como vocês sabem, Diosdado Ulloa não teve filhos. Talvez por essa ausência de filhos e por ter enviuvado por volta de 1950, o velho veterano, dentista e maçom, tenha estabelecido uma relação cada vez mais intensa de proximidade, eu diria que de familiaridade, com o jovem Pérez Valdivia, a quem ofereceu não só apreço fraternal, apoio a seus projetos, mas um afeto que se consolidou quando Ulloa se tornou padrinho católico e maçônico do primeiro filho de José Pérez Valdivia, que nasceu em 1952, logo depois da fundação da loja Hijos de Luz y Constancia.

Em 1962, já com oitenta e cinco anos completos, Ulloa sentiu que seu momento de despedida se aproximava e, em outro gesto bem pouco habitual, mas muito maçônico, pediu a seu querido amigo e irmão maçom José Pérez Valdivia que fosse a sua casa de El Vedado com seu filho mais velho, seu duplo afilhado, menino que o ancião tratava como o neto que nunca tivera. Como não podia deixar de ser, Diosdado Ulloa havia assumido o encontro como um ato muito importante e vestira uma de suas *guayaberas* brancas, de linho, brilhantes, imaculadas, e pusera seu melhor chapéu de fibras vegetais, também branco. Nessa época, o velho veterano já se fazia ajudar por uma belíssima bengala de castão de madrepérola e sempre usava no anelar um anel de ouro com uma enorme pedra preta na qual estavam gravados, também em ouro, o compasso e o esquadro maçônicos, e, no pulso esquerdo, um pequeno relógio com pulseira de couro de crocodilo.

E foi naquela tarde, véspera de meu décimo aniversário, e tudo com uma solenidade que ainda consigo lembrar, como eu ia dizendo, foi naquela tarde que Diosdado Ulloa colocou no dedo de meu pai o anel com a insígnia maçônica que tinha tirado de seu anular direito e lhe afivelou no pulso esquerdo seu pequeno relógio, que era uma joia valiosa da marca Cuervo y Sobrinos: ninguém melhor que José Pérez Valdivia para conservar aqueles pertences, disse ele. E depois meu padrinho Ulloa entregou a mim tesouros que, junto com o anel e o relógio, ele considerava os pertences materiais mais importantes de sua vida: um grande crucifixo de bronze; um exemplar da primeira edição de *Bustos y rimas*, assinado pelo próprio Julián del Casal; um sabre de gala que havia arrebatado em combate de um alto oficial do exército espanhol; e um pequeno sinete de ouro que, ele me disse, fora seu amuleto na guerra e pertencera a ninguém menos que Napoleão Bonaparte...

Essa é a história, e aqui tudo é histórico, de como chegou a minhas mãos aquele sinete de ouro do imperador Napoleão. Na realidade, poderia ser um relato mais longo e também mais rocambolesco, mas eu o sintetizei ao máximo e só deixei o essencial. E vocês não poderão negar que é uma história linda, à qual dá um caráter muito especial a personalidade do veterano guerreiro e eterno maçom Diosdado Ulloa, pelo alto valor que deu à possibilidade de os homens se relacionarem como fraternidade. Aliás, nesse mesmo dia meu padrinho me deu outro presente: revelou-me o segredo da maneira pela qual, ao apertar a mão de outro homem, um maçom se identifica como membro da fraternidade.

E, claro, foi aquele sinete que, sem recursos e sem possibilidade de comprar um anel, entreguei à minha namorada Natalia Poblet, em 1972, quando nos haviam expulsado da universidade e estávamos desnorteados, aturdidos, amedrontados, mas apaixonados um pelo outro, e o padre Renato nos abençoou na Igreja de Jesús del Monte com o sacramento matrimonial, que, conforme devem saber, é sagrado e só se dissolve quando a morte separa os cônjuges.

O silêncio que tomou conta da sala parecia ter consistência sólida: caía pesado, denso – mais ainda, compacto e cinza. Conde sentia como se uma força ardilosa, sinuosa, o tivesse empurrado até colocá-lo num lugar e num tempo indefiníveis, um espaço sem gravidade no qual se confundiam as causas e os efeitos, onde se cruzavam o acaso e a necessidade, confluíam a verdade e a mentira, a bondade e a maldade. A ficção e a realidade: o presente e o passado. Um promontório fabuloso do qual se via o mundo em outra perspectiva, mas de onde só era admissível descer saltando no vazio, que, era fácil supor, seria a maior escuridão. E Conde conteve a respiração para dar o terrível mergulho.

– José, esse senhor, Ulloa, alguma vez lhe falou de alguém chamado Arturo Saborit? O tenente ou inspetor Arturo Saborit?

José José encarou Conde, entretanto o ex-policial percebeu que o homem olhava para dentro de si mesmo.

– Não, acho que não. Mas esse nome me diz alguma coisa...

– Diz o quê? – insistiu Conde, sem se dar conta dos olhares interrogativos que Manolo e o tenente Duque lhe lançavam, desnorteados por perguntas que para eles não tinham sentido.

– Agora não sei..., mas, sim, me diz alguma coisa, com certeza vou lembrar.

Conde assentiu, sem saber se decepcionado ou aliviado.

— Tente, por favor... — pediu ele. — E onde está a edição de Julián del Casal assinada por ele?

JJ reagiu na mesma hora.

— Dei-a para Natalia, claro. Ela adorava Casal... e felizmente recuperei o livro. Agora está com meu filho, o mais velho.

— Ainda bem. Isso é uma joia — admitiu Conde, aliviado, e tentou avançar pelo ângulo que lhe pareceu menos doloroso, se é que aquela trama tinha algum atalho assim.

— Disse que Natalia e você eram casados?

— Só na igreja. Nunca fomos ao cartório. Não nos importava.

— Mas não moravam juntos?

— Ficávamos juntos onde podíamos, quando podíamos. Não cabíamos na casa dela nem na minha... Isso também nos desgastou muito.

— Entendo — suspirou Conde, e fez pontaria. — E como esse sinete napoleônico se cruza com Quevedo e seu genro Marcel Robaina?

— Por meio de Natalia — disse José José.

— Mas como? — insistiu Conde, esquecendo-se de ângulos agradáveis, pelo visto inexistentes. Por fim uma verdade importante estava diante deles.

— Natalia estava orgulhosa de ter aquele sinete em seu poder. E é lógico. Era como ter nas mãos um pedaço da História, assim, com maiúscula. Quando falávamos dele, não sabíamos se devíamos conservá-lo, transformá-lo em nosso próprio amuleto da sorte, ou se seria melhor entregá-lo ao museu. Eu queria doá-lo, ela hesitava... O que estava claro para nós, isso sim, era que, por mais que precisássemos de algum dinheiro, não tínhamos o direito de vendê-lo, porque Ulloa nunca o tinha vendido. E enquanto isso, por se sentir orgulhosa de ter aquela relíquia, ela mostrou o sinete para algumas pessoas, dois ou três de seus amigos poetas, pintores, o padre Renato, é óbvio... E por alguma dessas pessoas Reynaldo Quevedo ficou sabendo de sua existência.

Conde assentiu. Lembrara-se de um dado: a história do perdão prometido a Sindo Capote em troca de um trabalho como delator de seus colegas.

— Quevedo tinha espiões..., informantes. Outros artistas...

— Não sei. Bem, imagino... O caso é que ele soube da existência do sinete e um dia marcou um encontro com Natalia em seu escritório, em El Vedado.

— O covil do lobo. — Conde não pôde deixar de dizer.

— E, sem mais, disse que em troca do sinete poderia conseguir que Natalia voltasse à universidade com a ficha limpa. Sob a única condição de que não voltasse a frequentar a igreja e nunca falasse de suas crenças. Com essa exigência necessária, Quevedo exagerou, e esse foi seu erro, filho de sua prepotência e de sua alma de chantagista... Creio que Natalia e eu lhe teríamos entregado o sinete sem pensar muito se ele não tivesse pedido a Nati que renunciasse a ser ela mesma, que renegasse sua fé. Valia a pena trocar o sinete por recuperar a vida, os sonhos, alguma perspectiva de futuro... Mas, é óbvio, com aquela condição de Quevedo, Natalia se recusou: estavam lhe pedindo muito mais que um objeto mais ou menos valioso, mais ou menos de estimação...

— Parece que foi assim, com pressões e até chantagens, que Quevedo se apossou de muitas coisas..., várias pinturas que ele tinha em casa.

— Sim. Ou de maneiras piores... Assim que saiu daquele escritório, Natalia desceu vários círculos no inferno. Seus colegas de trabalho a humilhavam mais, às vezes até a agrediam, começaram a comentar que era lésbica, a dizer que era contrarrevolucionária, a arrasá-la sem piedade. E nem a fé conseguiu salvá-la do estado de depressão em que foi caindo até chegar a se afastar de mim, a se afastar um pouco inclusive de sua família quando se fechou naquele quartinho no Cerro... e a acabar se suicidando quando não aguentou mais. Estava psicologicamente destruída, tinha medo de tudo.

— E o sinete?

— Em algum momento, desapareceu. Fazia tempo que eu não falava com ela do sinete. Bem, no fim quase não falávamos de nada. E, quando aconteceu o que aconteceu, perguntei por ele e ninguém sabia. Então pensei que Natalia o tivesse dado para alguém guardar e essa pessoa tivesse resolvido ficar com ele. Suspeitei de todo mundo. Inclusive do padre Renato. Mas, como não tinha nenhuma certeza, acabei dando-o por perdido e me esqueci dele, tinha outras coisas com que me preocupar. Porque aos poucos recompus minha vida, os anos passaram, muitos, e já nem me lembrava do bendito sinete. Até que há alguns dias apareceu o tal companheiro Néstor na casa do joalheiro Aurelio e logo o reconheci, pela maneira de falar, assim, como se fosse o dono do mundo, não sei; mas eu soube muito bem que era o mesmo homem da Habitação Municipal que tinha ido fechar o quarto depois do suicídio e ficara com uma chave, quase com certeza o mesmo que tinha revistado suas coisas... E soube que o tal Néstor não se chamava Néstor, que na realidade era Marcel Robaina e tinha sido genro de Reynaldo Quevedo, e o rapaz que estava com ele era seu filho, neto de Quevedo... Foi aí que, de repente, consegui conectar todos os fios e acender a luz... E já estou pronto para responder à pergunta aqui do tenente...

— Duque, Miguel Duque — sussurrou o policial.

— Tenente Duque: sou culpado de ter mutilado Marcel Robaina e parece que de ter lhe provocado o choque que o matou. Também de ter empurrado Reynaldo Quevedo e causado a queda que o matou. Robaina morreu de medo e de dor. Quevedo, por acidente ou fatalidade, porque teve o azar de cair de encontro a uma mesa e bater a nuca. E considero meus atos uma compensação por tudo o que esses dois homens me tiraram. Em meus atos está minha culpa, e na compensação, minha inocência.

— As coisas não são assim, José – disse Manolo, depois de um silêncio.

— Para mim, são – rebateu JJ. – E assumo as consequências.

— Vamos ver, você... – começou Manolo, mas se deteve quando Conde se levantou, caminhou até um ângulo da sala e, de costas para os outros, acendeu um cigarro.

— Conde, por favor, aqui não é permitido fumar – repreendeu o tenente Duque, e o outro continuou fumando, como se não o tivesse ouvido.

— Ouça..., é para apagar o cigarro, compadre – insistiu Manolo.

Ainda fumando, Conde se virou e olhou para os dois policiais e para o acusado, que se declarava apenas parcialmente culpado. Por motivos que o inquietavam muito, Conde achava que o homem tinha razão. O que mais o angustiava, no entanto, era a tranquilidade e a distância que José José continuava mostrando. Porque, além de ter participado dos assassinatos para os quais argumentava uma justificação, também se enfurecera contra as vítimas de maneira demasiado cruel e suas ações pareciam não o alterar. Era tão forte o ódio que havia incorporado com os anos e que de repente explodira ao descobrir a semente da qual germinara aquele rancor? José José perdera certos limites éticos e humanos porque era um homem desequilibrado? Ou talvez se tratasse de algo pior que Conde não conseguia tirar da cabeça: sim, José José era uma pessoa que morrera havia muitos anos e, por causa de sua condição, a relação com a morte não o alterava.

Conde finalmente assentiu e, depois de uma nova e longa tragada, apagou o cigarro na borda de uma lixeira de metal e deixou a guimba cair dentro dela. Então olhou para José José e, de sua posição, lhe falou.

— José, você ainda é religioso? Católico?

— Sim, sou. Ainda. E sei que estou condenado – respondeu o outro, sem pensar, como se tivesse assumido sua culpa e seu castigo.

— E sente remorso? – continuou Conde.

— Não muito, na verdade.

— Mas você não só participou dos assassinatos, como mutilou aqueles dois homens. Por que essa crueldade?

– Discordo do senhor – começou o homem. – Eu não chamaria isso de crueldade. Vocês fizeram as contas de quantas pessoas aqueles dois sujeitos foderam na vida? Quantas eles humilharam, de quantas roubaram a dignidade e outras coisas? Por todas essas pessoas foi que eu... Marcel, o tal Néstor, o merecia por ser ladrão, impostor. Em muitas culturas, os ladrões são mutilados. E o fiz com Quevedo para desonrá-lo. Não tinha planejado, mas achei que ao morrer com a queda tinha escapado de suas culpas de maneira muito fácil...

– E não acha um tanto... brutal?

– A verdade é que não. Veja, vamos voltar à história. Uma das passagens mais discutidas da Bíblia é a que fala de fazer pagar olho por olho... A chamada Lei de Talião... Não sei se vocês sabem que já no Código de Hamurabi se colocava esse direito, pois lá se diz que, se algum homem danificasse ou vazasse o olho de outro homem livre, este poderia fazer o mesmo... E no livro do Êxodo se estabelece que a maldade que se faz deve ser devolvida da mesma maneira e...

– Mas depois Jesus se opôs – lembrou Conde. – Jesus clamou pelo perdão, não pela vingança. E você me disse que é católico, que crê em Jesus...

– Mas eu não sou Jesus, conforme deve ter percebido.

– Agora estou percebendo... Mas como conseguiu dominar um espertalhão como Marcel Robaina?

– Muito fácil: dei-lhe uma pancada na cabeça...

– Onde fez isso?

– Em minha casa. Marquei um encontro com ele para lhe vender umas joias, avisei que não comentasse com Aurelio, o joalheiro, nem com ninguém, e o muito imbecil foi... Enquanto ele olhava meu relógio Cuervo y Sobrinos, dei-lhe uma pancada e depois o levei para a garagem... Bem, por isso tive de limpá-la com cloro.

– Torturou Marcel Robaina por vingança ou para lhe arrancar informações?

– Para as duas coisas, na verdade... Um tempo depois da morte de Nati, fiquei sabendo que o sujeito tinha dito que era namorado dela, que transava com ela..., com minha esposa. E essa era mais uma de suas patranhas.

– Acho que te entendo... E ele disse alguma coisa?

– Que Quevedo estava com o sinete. Que pensava em vendê-lo.

– E você foi conferir com Quevedo?

– Sim, claro.

– Como entrou na casa dele? Como sabia que não havia ninguém lá?

– Marcel me disse que à tarde Quevedo ficava sozinho. E me deu uma chave que ele tinha do apartamento. Sabem de uma coisa? Marcel era um covarde. Ele me dizia quase tudo sem eu pressioná-lo, foi só lhe mostrar a faca e ele começou a falar. O sujeito que amedrontava as pessoas era um covarde de merda...

— E por que decidiu lhe cortar os genitais?

— Eles me tiraram Natalia. Eu lhes tirava a hombridade. O mais valioso para muitos homens é sua virilidade. E resolvi tirá-la deles. Essa é a parte vingativa do que fiz.

— Com certeza pensou no pênis cortado de Napoleão, não foi?

José José olhou fixo para Conde. E sorriu.

— É verdade. Cortaram o pênis de Napoleão quando ele morreu..., mas nem me lembrava disso. Revolução Francesa não é minha especialidade... Não, não o fiz por causa de Napoleão. Foi como uma inspiração.

Conde desviou o olhar para Manolo e Duque. Eram a mulher de Ló estampada: duas estátuas de sal, solidificadas por revelações cada vez mais incríveis, feitas por um homem que parecia não se alterar.

— E Quevedo? — Conde se recuperou. — O que Quevedo disse do sinete?

— Nada. Negou que estivesse com ele. Discutimos, eu o empurrei e...

— E o sinete, onde está o sinete?

José José negou com a cabeça, e Conde teve a impressão de que até sorriu.

— Ora, não sei. Que coisa, não é...? Segundo Marcel, estava com Quevedo, mas Quevedo morreu antes de me dizer alguma coisa. Bem, me disse, sim..., me pediu perdão por tudo o que fizera a Natalia... Vocês acham que ele merecia algum perdão?

— E não revistou a casa?

— Primeiro, desmontei umas pinturas, para parecer um roubo. Depois usei a faca para fazer com ele a mesma coisa que com Marcel... Então fui até seu escritório e, quando estava revistando as gavetas que consegui arrombar, senti que a porta do apartamento estava se abrindo. Chegou alguém e...

— Chegou alguém? Quem? — Conde avançou dois passos para o detido. Uma lógica preconcebida e até bem montada começava a cambalear. A trama estava dando uma virada inesperada.

— Pois não sei... Do escritório, fui para a cozinha, saí pela porta de serviço e desci pela escada. Soube que já não ia recuperar o sinete e...

— A pessoa que chegou..., era homem ou mulher?

— Não sei, não a vi. Saí correndo. Com os quadros que já tinha desmontado.

— E tem certeza de que depois que você entrou a porta principal ficou fechada?

— Sim, tenho certeza.

— Então a pessoa que entrou tinha chave e viu o que havia acontecido... A mulher que limpava a casa, Aurora, foi quem denunciou a morte... Mas fez isso no dia seguinte – disse Conde e virou-se para Palacios e Duque. – Quem foi que entrou, viu Quevedo morto e não denunciou sua morte? Por quê? Quem tinha a chave para entrar lá?

– Também não sei... – admitiu José José. – Alguém da família dele, suponho.

Conde recebeu, então, a descarga de uma iluminação.

– E como foi que você soube onde estava o alicate?

– Que alicate? – reagiu José José.

– O alicate... com o qual cortou três dedos de Quevedo.

A expressão do rosto de José José já teria respondido à pergunta de Mario Conde.

– Que dedos? Eu não cortei nenhum dedo daquele homem – ratificou o assassino.

O tenente-coronel Palacios olhou para o relógio de parede, sem nenhuma dissimulação, e resolveu encerrar o interrogatório. Já tinham o que mais precisavam: um assassino confesso. Com um nome e uma acusação, podia livrar-se de muitas pressões. Mas não de todas.

Quando levaram José José, Manolo voltou a olhar para o relógio, que continuava sua marcha, e deu um tapa na mesa. Conde e Duque se sobressaltaram.

– Puta que pariu – sussurrou Manolo.

– O que foi, coronel? – preocupou-se Duque.

– Como assim, o que foi...? Isso não acaba, não acaba... E vejam que horas são.

– Mas temos a confissão de José José. Com isso já dá para falar com os da embaixada dos Estados Unidos... O que falta...?

– Não me diga o que já sei, Duque, por favor.

Conde tinha voltado para seu canto e acendido um cigarro. Os policiais apenas olharam para ele.

– O que falta é muito, Duque, e você sabe... – continuou Manolo. – E eu não aguento mais...

– Vá embora, coronel, eu me encarrego.

Manolo assentiu em silêncio, como se tentasse organizar os pensamentos, e finalmente levantou os olhos para Conde.

– E você, que sempre fala tanto e fuma aqui porque te dá na telha, por que está tão calado agora, porra? Será verdade que José não cortou os dedos de Quevedo?

Conde deu mais uma tragada no cigarro e, sem falar, repetiu a operação de apagá-lo na lixeira de metal e deixar a guimba cair nela.

– Acho que é verdade. Não sei... Mas me faltou fazer uma pergunta importante para José José.

– Que pergunta? – Manolo olhou-o com dureza e, como costumava acontecer quando fixava o olhar, suas pupilas navegaram até o septo nasal.

– Se em suas investigações JJ teve ideia de quem tinha dado o tiro de misericórdia em Louis Lotot. Porque eu sei... Bem, acho que sei.

Manolo negou com a cabeça, e o gesto devolveu a retidão a seu olhar.

– De que porra você está falando, garoto...? Quando você vai crescer, Conde, quando...?

Conde ergueu os ombros. Não valia a pena tentar explicar. Estava provado: tem gente que não entende a sensibilidade e as necessidades dos artistas, não é mesmo?

– Se JJ está meio louco – começou ele –, se lhe falta conexão com a realidade, consigo entender sua atitude. Mas essa frieza, essa segurança. Se pelo menos ele tivesse sido prepotente... Isso me incomoda. Não, JJ não pode estar muito bem da cabeça...

– Creio que está muito bem, sim – rebateu Duque. – Se não tivéssemos chegado ao joalheiro Aurelio, pode ser que nunca...

Conde cruzou as mãos na nuca. Também parecia esgotado. Não pretendia discutir.

– Mas é preciso continuar... – limitou-se a dizer. – Os dedos de Quevedo... O bendito sinete de Napoleão... Como JJ tirou o corpo de Marcel de sua casa...?

Manolo bufou e, por fim, se levantou.

– E vamos continuar e esclarecer tudo. Ou melhor, vocês vão continuar... Eu preciso ir. Vou à embaixada dos Estados Unidos e continuo de lá. Em quatro horas começa o show e...

– Porra, tinha me esquecido do show... Estão me esperando para ir... E nem sei se estou com vontade.

Manolo assentiu.

– Conde, não posso te pedir que não vá ao show. Mas me diga já se vai ou não... Acho que Duque deve ficar conversando com José. Falta muita coisa para saber. Onde ele enfiou o cadáver de Marcel por quatro dias? Onde estão as pinturas? Como ele entrou e saiu da casa de Quevedo sem ninguém o ver? Como levou Marcel até o lixão...? Não roubou mesmo o sinete?

– Eu cuido disso, coronel – aceitou Duque.

– Mas também é preciso saber quem entrou na casa de Quevedo e por que essa pessoa não denunciou o crime... – prosseguiu Manolo. – E se foi essa pessoa que ..., na verdade, não posso acreditar. Se foi de fato quem cortou os dedos de Quevedo... Vocês acham que José está mentindo por alguma razão, talvez para proteger alguém...?

— Você sabe disso melhor que eu, Manolo. Não, JJ não está mentindo. Ele não lhe cortou os dedos. Nem sequer sabia da existência daquele alicate que agora não aparece...

— E o maldito sinete que provocou toda essa confusão...! Onde pode estar, caralho? – perguntou o tenente-coronel Palacios, sem tirar os olhos de Mario Conde. – É preciso encontrá-lo...

— O que você pretende, Manolo? Que eu continue com isso e esqueça meus amigos...? Não sabe que amanhã Tamara vai embora e não sei até quando e...? Não me enche o saco, não me enche o saco... Já te ajudei bastante...

— Bem, se por fim você não for ao show..., afinal são os Rolling, não é?

— Não seja filho da puta e sacana... Tamara e o Magro vão me matar. O Coelho e Dulcita vieram para ir juntos ao show... Ontem me deixei convencer e... Vão me matar.

— Conde, por favor, me ajuda a encerrar essa história de uma vez por todas. Agora que ainda está quente. Encontre o bendito sinete de Napoleão. Encontre-o antes que ele desapareça de novo. E encontre quem cortou os dedos de Quevedo e... tem de ser a pessoa que levou o sinete.

Conde resmungou. Vasculhou o bolso e tirou outro cigarro. Acendeu-o. Nem Manolo nem Duque se incomodaram.

— Ok. Se José José não encontrou o sinete, o mais provável é que esteja com a outra pessoa que entrou no apartamento e, de passagem, cortou três dedos do morto. Se o sinete tivesse sido perdido antes, Quevedo teria chiado e sua família teria ficado sabendo... E essa outra pessoa que pegou o sinete e cortou os dedos de Quevedo só pode ser alguém que tinha permissão para entrar no apartamento, sabia onde estava o sinete... e o alicate. Vou encontrar essa pessoa. E depois... Manolo, depois não fale comigo enquanto os Beatles não vierem a Cuba. Nem pensar. E tem de ser os quatro Beatles mesmo, porra!

As ruas da cidade pareciam um formigueiro agitado. Centenas de pessoas de todas as idades e aparências imagináveis avançavam pelas avenidas, dificultando o tráfego de veículos que o exército de policiais, também de todas as aparências e idades possíveis, a duras penas conseguia organizar e fazer fluir. Sobrecarregados pela multidão atraída só pela música e pelo júbilo, os agentes canalizavam os rios humanos, sempre olhando com desconfiança de um lado para outro, como nervosos ventiladores giratórios. Entretanto, os vigias fardados e as centenas de guardas mal disfarçados de civis só conseguiam ver cartazes com fotos dos músicos, com a imagem da língua irreverente que os identificava, cartazes com corações e símbolos de paz e amor dos anos 1960 e bandeiras de dezenas de origens: estandartes cubanos, britânicos, estadunidenses e de meio mundo, inclusive um da extinta União Soviética com o qual apareceu algum nostálgico ou desinformado. Cartazes caprichados ou malfeitos que proclamavam a simpatia pelo diabo, que tudo era só rock and roll e, sobretudo, que você nunca consegue o que quer. Bem-vindos à Cuba socialista, companheiros Rolling, cumprimentavam outros.

Dizia-se que na esplanada da Cidade dos Esportes, onde em algumas horas se realizaria o show, além do mais também histórico, e em vários quarteirões das redondezas já se congregavam milhares de pessoas, muitas das quais acampadas desde a tarde e a noite anterior para conseguirem um lugar privilegiado para ouvir Mick Jagger dizer pela enésima vez "*I can't get no satisfaction…*". As hordas de entusiastas cantavam, tocavam violão, passavam uns para os outros pedaços de pão, recipientes de café, tragos de rum e garrafas de água, confraternizavam-se com um espírito de solidariedade espontânea, não programada nem ordenada por ninguém. Avós e até bisavós, homens e mulheres da mesma idade provecta dos músicos que os estavam convocando, *insiliados** voluntários ou exilados recém-retornados abraçavam-se e beijavam-se ali, com filhos e netos, próprios e desconhecidos, como se a concórdia entre os homens fosse possível, talvez até mais poderosa que o ódio. Diante de um cenário de show, condensava-se a possibilidade da melhor convivência, graças à música, à nostalgia, à realização de um sonho, tardia, mas catártica. Uma prodigiosa epifania havanesa. E todos os que eram arrastados por aquele magnetismo benéfico desfrutavam plenamente as férias concedidas, e alguns até ousavam sonhar com mais, porque nem tudo era ou devia ser *rock and roll*, e algum dia, algum dia, decerto você conseguiria o que queria, não é?

A bordo do carro que o transportava, dirigido pelo agente famélico e com dentes ruins, Conde observava o espetáculo que se desenrolava na cidade e se perguntava onde estariam seus amigos naquele exato momento, a que distância do Santo Graal conseguiriam ficar, o que estariam falando dele, o dissidente,

---

* De "*insilio*", termo não dicionarizado no espanhol, neologismo que se opõe a exílio. "Insiliados" são os indivíduos que, especialmente em situações de crise sociopolítica, permanecem no país em que vivem. (N. T.)

o teimoso ou o renegado, conforme o ponto de vista. E não pôde deixar de ter inveja dos que estavam desfrutando daquele momento, muitos sabendo que participavam de um evento único, irrepetível, até havia pouco inimaginável, e outros tantos achando que já viviam numa era histórica diferente – e de novo a bendita história – na qual se recuperavam desejos, sonhos, prazeres e possibilidades.

Naquela tarde, lá estariam representados todos os grupos possíveis, superados os antagonismos: o dos pragmáticos e o dos sonhadores, o dos curiosos e o dos iludidos, o dos nostálgicos e o dos esnobes. Vendo-os e entendendo-os, o sexagenário Mario Conde sentiu a marginalização sideral de pertencer a um partido naquele preciso momento minoritário embora de ampla experiência nas derrotas e decepções: o dos céticos. Porque ele estava convencido de que, como os acordes das guitarras dos Rolling, todo aquele ambiente festivo e leve só se reduzia àquilo, a *rock and roll*, e a notas musicais colocadas sobre um tempo efêmero que logo seria varrido pelo vento da realidade, pelo imobilismo programado. E atrás ficariam apenas a lembrança e a emoção, a breve *satisfaction* alcançada, já inerme numa terra baldia, gretada, afligida pela sede dos mananciais ceifados.

Aurora aceitara esperá-lo novamente no apartamento de Quevedo. Conde sabia que, depois do encontro de dois dias antes, o fato de voltar a colocá-la na zona de perigo podia desestabilizá-la, e ele pressentia que seria muito necessária essa desorientação. Desde que falara com ela, o ex-policial estava convencido de que a mulher sabia mais do que admitia, mas era preciso descobrir se esse conhecimento continha alguma culpa ou, pelo menos, a possibilidade de iluminar as obscuridades remanescentes de acontecimentos tão cheios de causas, conhecidas ou ainda ocultas, e de consequências reveladoras. Porque a pessoa que provocara a fuga brusca do assassino José José e depois completara a mutilação de Quevedo pertencia, claramente, a um círculo muito reduzido: Irene, Osmar, a própria Aurora e, óbvio, também seu neto, Victorino Almeida. E porque ninguém melhor que Aurora para saber o que havia e o que não havia naquela casa e onde estava cada uma das coisas que havia. Inclusive o sinete napoleônico. Inclusive um alicate com tensão e gume suficientes para cortar alguns dedos.

– Boa tarde, Aurora.
– Boa tarde, companheiro...
– Conde, Mario Conde.
– Ah, claro. Desculpe. Estou com a mente cada vez mais falha... Mas entre, entre...

Desta vez, Aurora evitou a antessala onde ocupavam seus lugares as quatro poltronas e a mesa de centro de mármore contra a qual Quevedo caíra. A caminho da sala de refeições, o ex-policial se deteve e, naquele momento, tentou imaginar o que vira a pessoa que, segundo José José, chegara ao apartamento pouco depois de ele ter executado sua parte da carnificina. O espetáculo devia ter sido repulsivo, comovente, sangrento. E a capacidade de assimilação do recém-chegado, muito grande, para que ele não saísse correndo atrás de ajuda, para que tivesse coragem de permanecer na casa da morte e, por alguma razão terrível, tornar a cena mais sórdida cortando dedos como se fossem cabos elétricos. Inclusive, talvez para depois vasculhar o lugar exato e surrupiar o prêmio gordo do sinete napoleônico e, possivelmente, mais alguma gratificação.

Sempre sem falar, Aurora lhe indicou uma cadeira e, como se pensasse nisso ou pedisse licença para transgredir um mandamento, enfim ocupou um lugar em frente ao visitante. Conde sorriu e entrou no assunto.

– Parece que a polícia já tem o assassino de Quevedo... e de Marcel.

– E quem é, meu Deus? – perguntou ela, cobrindo a boca com as mãos.

– Eles vão lhe dizer. Talvez amanhã ou daqui a dois dias. Precisam estar seguros... O que ainda não sabem é quantas coisas essa pessoa levou quando esteve aqui.

Aurora juntou as sobrancelhas. Foi uma reação tão imediata que Conde teve certeza de que ela não estava entendendo.

– Os quadros, não é? – perguntou ela, com intenção de afirmar.

– Sim, os quadros – confirmou Conde. – Mas sabemos que essa pessoa que matou Quevedo veio à procura de mais alguma coisa e, pelo visto, não a encontrou. O que mais pode ter sido perdido? Além de Quevedo, a senhora é a pessoa que melhor sabia tudo o que havia nesta casa, onde estava cada coisa... Não sabe de mais alguma coisa que tenha desaparecido? Aquele sinete que nos disse que parecia um peso para papel?

Aurora começou por negar.

– Não sei quantas vezes vou ter de dizer que não se perdeu nada mais. Que eu saiba, claro...

Agora foi Conde quem negou.

– O homem que matou Quevedo veio aqui em busca justamente desse sinete, não das pinturas que levou. Tentou fazer Quevedo dizer onde estava, o empurrou, e Quevedo se matou contra aquela mesa de mármore. Depois ele começou a procurar o sinete, mas não pôde continuar porque alguém chegou quando ele estava revistando o escritório. Essa pessoa, é claro, tinha acesso a esta casa. E, ao entrar, é óbvio que viu Quevedo morto. Viu-o morto e meio despedaçado e não fez a denúncia... Quem pode ter sido? Por que não avisou?

Aurora estava com a mão na boca, como se fosse para conter alguma coisa que queria sair de dentro dela.

— Não fui eu... – disse ela, por fim.
— Então?
— Irene, Osmar..., eles têm chaves.
— Não terá sido Victorino...? Aurora, há coisas que não se encaixam muito bem nessa história... Irene e, sobretudo, Osmar podiam levar alguma coisa daqui com Quevedo vivo ou com Quevedo morto... Mas, até onde sei, eles não tinham ciência da existência do que se perdeu. E, sobretudo, tem uma conta que não fecha de jeito nenhum: aquele objeto específico cabe num bolso e pode ser muito bem vendido. Por cinquenta mil dólares ou mais. Mas a morte de Quevedo põe nas mãos de Irene e de Osmar pelo menos meio milhão. O valor deste apartamento. Para que complicar a vida escondendo aquele objeto que de qualquer maneira eles também iam herdar, mas sobretudo não denunciando o assassinato do velho? Talvez pudessem considerar aquele sinete um adiantamento do que vão conseguir com esta casa e com os quadros que ainda estão aqui. É possível. Por dinheiro as pessoas fazem coisas tão esquisitas... Mas seria preciso ter muito estômago para andar pela casa com o velho morto lá na sala e também ser muito estúpido para se meter nessa encrenca, com tanto dinheiro em jogo.

Agora Aurora assentia. O raciocínio de Conde não tinha falhas.

— Sim, tem razão... Eles vão ganhar muito dinheiro... Mas eu não sei...
— E Victorino? – lançou de novo Conde, com a intenção de encurralá-la.

Aurora começou a negar com a cabeça.

— Mas se ele esteve aqui antes! Isso até vocês sabem.
— Bem, pode ser que tenha voltado... Quevedo estava entusiasmado com a venda do sinete. Marcel ia vendê-lo. Foi também por isso que Marcel veio a Cuba, foi por isso que Quevedo intercedeu para que o deixassem vir. Tinham planejado. Ia ser um bom dinheiro vivo, em pouco tempo, sem complicações. Com as manhas de Marcel, seria possível ganhar muito dinheiro com aquele sinete se encontrassem o comprador certo, que talvez já existisse... Muito mais de cinquenta mil dólares... E enquanto isso Quevedo queria manter Victorino enganchado com a perspectiva de poder lhe pagar mais com aquele dinheiro com que ia lidar e sobre o qual Osmar não teria controle. Quevedo estava louco por Victorino, tão louco que lhe falou do sinete, talvez de quanto valia, até exagerando a quantidade. Terá Victorino sido ambicioso demais?

Aurora não parava de mexer a cabeça, entretanto o ritmo da negação foi se tornando cada vez mais lento.

– Victorino não o matou – insistiu a mulher. – Ele não é mau...

– Sabemos que ele não o matou... Se bem que, se voltou a esta casa, decerto vinha disposto a qualquer coisa. Suspeito que naquela tarde Quevedo estivesse tão eufórico com a venda do sinete que até o tenha mostrado a Victorino..., Victorino viu onde ele o guardava... e teve a ideia de voltar. A tentação: cinquenta, sessenta mil dólares numa tacada só..., e então alguém se meteu no caminho. Quando entrou e viu que Quevedo estava morto, Victorino não avisou e fez o que na verdade tinha vindo fazer: buscar o sinete. E se ele pôde entrar aqui e fazer tudo isso foi porque a senhora lhe deu a sua chave desta casa. E como lhe deu a chave e Victorino entrou com ela, e como a senhora tem uns antecedentes não muito bonitos, Victorino não podia fazer a denúncia do assassinato, mas, isso sim, aproveitar e procurar com calma e achar o sinete. Foi isso o que aconteceu, Aurora? O que não entendo, juro pela minha mãe que não entendo, é por que Victorino foi buscar o alicate de que falamos outro dia e cortou os três dedos de Quevedo. Não entendo. Ou será que não entendo porque não foi isso que aconteceu naquela tarde? Ou foi isso mesmo que aconteceu, mas sem Victorino?

Conde a tinha atingido no peito, e a mulher desmoronou. Começou a chorar, com soluços que fizeram o ex-policial temer que ela tivesse algum ataque. Conde se levantou, foi até a cozinha e lhe trouxe um copo d'água.

– Tome um gole. Acalme-se...

Aurora obedeceu, e aos poucos o choro foi diminuindo. Conde sentiu profunda pena dela. O tipo de compaixão que podia afetá-lo em seus tempos de policial e sempre tornava seu trabalho mais árduo. Mas a verdade tem exigências que até podem ser dolorosas, mesmo que libertadoras. Não teria sido melhor àquela hora estar no show, apesar de ser dos Rolling Stones, abraçar os amigos, beijar Tamara na véspera de uma longa viagem sem data marcada para voltar?

– Veja – Conde, impondo-se a suas próprias angústias, preparou-se para dar mais uma volta no parafuso –, a polícia já está procurando por ele, mas, se Victorino confessar o roubo e devolver o sinete, creio que... Por que não me diz logo a verdade, Aurora?

– Não, não foi Victorino... Quem veio e levou o sinete fui eu. Quem cortou os dedos de Quevedo fui eu.

Tenho de lhes dizer, de fato, quem foi Reynaldo Quevedo? Acaso já não sabem bem? Quevedo sempre foi um tirano. Um sujeito perverso e doente de ódio que, com sua crueldade e seus discursos, escondia o que sempre foi: um pervertido, um reprimido, um corrupto. Não sabiam mesmo? Já fazia anos que ele não era ninguém, mas ainda achava que governava quem podia e adorava humilhar os que caíam em suas mãos, jogava com os interesses dos outros e os manipulava. Manipulava a filha, o neto, todos... Nunca se resignou a não ter poder. Era só o ouvir falar. Em meu tempo, isso não acontecia, era essa sua frase. Aquele eu fuzilaria, dizia toda hora. E de fato, se pudesse, teria fuzilado muita gente. Mesmo quando teve poder, levou muita gente para o paredão por outros caminhos. Era um bicho ruim, sinistro e ruim.

Por isso, sua filha, Irene, nem falava com ele, não o suportava. Ela é uma boa pessoa e, sempre que pôde, manteve-se o mais longe possível do pai. Osmar também não gostava dele, mas Osmar é mais forte e o provocava. Todas aquelas poses de Osmar, creio que as tenha inventado para foder o avô. E depois encontrou um filão na necessidade de dinheiro do velho e lhe tirava tudo o que podia com o negócio dos quadros e de outras coisas que foram vendendo, como o carro. Como Quevedo sabia que Marcel o trapaceava nos negócios, e sua filha Irene não era disso, não teve outro jeito senão pactuar com o rapaz, sabendo que ele também o enganava.

Quevedo e Marcel se equivaliam. Dois filhos da puta que fizeram muito mal quando se envolveram na bandeira da revolução, quando tiveram poder e possibilidade de usar aquele escudo para tirar muito proveito e, por tabela, foder com quem podiam. E sabe o melhor de tudo? Pois em todos esses cambalachos não podia aparecer o nome de Quevedo. Precisava continuar parecendo íntegro, honesto, sacrificado, desinteressado..., eram outros que negociavam e prosperavam, nunca ele, o incorruptível. O terrível é que neste país há vários Quevedos. As coisas que vi quando trabalhei na Diretoria da Habitação, as casas que conseguiam entre eles, para os filhos, para as ex-mulheres. E as festas, os presentes, as férias... Por que acham que me arrumaram esse trabalho aqui e me pagavam um bom salário?

Mas, imagine, quando fiquei sabendo do que Quevedo e Victorino faziam, primeiro me indignei, entretanto depois fiquei feliz. Fiquei feliz porque me dei conta de que Victorino o usava, o esmagava, o manipulava, o fazia engolir sua porra, cuspia nele, mijava nele, tratava-o como puta. Mais de uma vez encontrei a roupa de Quevedo cheirando a urina. Camisas, toalhas. E cuecas com a bunda manchada de sangue e sêmen. Um nojo...

Victorino é capaz de fazer qualquer coisa por dinheiro, não tem limite e também é um pervertido, mas faz isso para viver, não para acabar com os outros. E, não por ser sua avó, tenho pena dele. Sua vida é uma merda e, se continuar assim, vai acabar na merda. Ganhar a vida fazendo sexo com esse velho nojento, bem... Por isso faz tempo que peço todos os dias para irmos para longe daqui. Não sei, talvez para outro lugar...

E as coisas acontecem quando têm de acontecer. Eu, como vocês sabem, saio todo dia daqui às duas da tarde e só volto no outro dia. Segunda, terça e quarta, e depois sexta e sábado. Mas à tarde faço algumas compras das coisas necessárias e, naquela tarde, fui à farmácia pegar uns remédios dos quais Quevedo estava precisando e percebi que as receitas tinham ficado aqui. Eram uns antibióticos que o tinham mandado tomar para uma infecção dos rins, e por isso vim buscar as benditas receitas. Abri... e o encontrei ali estendido, morto, com o pênis cortado... Fiquei congelada e, quando reagi, vi que faltavam alguns quadros. Tinham matado Quevedo para roubar e... pensei que Victorino tivesse feito aquilo. Não imaginava que pudesse ter sido Irene ou Osmar. Muito menos algum estranho que tivesse chegado, porque Quevedo não abria a porta para ninguém... Só restava Victorino.

Então, tranquei a porta e fui embora. Precisava pensar. Procurei Victorino e o acusei. Perguntei onde ele tinha escondido os quadros. Victorino não sabia do que eu estava falando e me dei conta de que talvez não tivesse sido ele. Mas não podia ter certeza. E foi aí que voltei.

Quando cheguei, fui ao quarto e peguei aquele sinete que vocês estavam procurando, um par de anéis e um relógio de ouro que alguém lhe dera. Por acaso eu sabia que Quevedo guardava tudo isso no bolso de um casaco verde-oliva velho, uma jaqueta que ninguém nunca teria roubado. E peguei aquelas coisas porque achava que eu as merecia. Irene e Osmar vão ficar com os quadros que Quevedo tirou ou roubou dos artistas, vão vender o apartamento que deram para Quevedo sem ele pagar um centavo. Vão embolsar milhares de dólares. E eu? Eu, que suportara Quevedo e sua prepotência por quase vinte anos, eu, que cozinhava para ele uma carne bovina da qual não podia comer nem um pedaço, que lavara sua roupa cheia de esporro e merda, que sabia que ele era um verme... E eu? Então, pensei que, se Victorino estivesse me enganando, se tivesse sido ele o assassino, era preciso complicar mais as coisas. E fui buscar o alicate. Eu sempre o usava para cortar a cabeça e os ossos grandes do frango para levar esses pedaços para meu cachorro. E com o alicate lhe cortei os dedos... Na verdade, naquele momento achei que estava fazendo aquilo para salvar Victorino, mas depois pensei muito, muito, todos os dias e... não sei. Creio que também o fiz por mim. Para lhe fazer alguma coisa muito ruim, embora Quevedo já estivesse morto. Aquele homem merecia morrer assim, e... No dia seguinte, vim como se nada tivesse acontecido e foi então que chamei a polícia e denunciei o assassinato.

Agora não sei o que vai me acontecer. Não me importa muito. Só quero saber se vocês vão deixar Victorino em paz, pois já sabem que ele não matou Quevedo nem o mutilou. Juro, Victorino é um bom rapaz, um bom rapaz. Por isso lhe dei o sinete e as joias, ele vendeu tudo e espero que neste momento já esteja em Miami, graças à lancha que ia contratar com aquele dinheiro para tirá-lo daqui... Se Victorino foi embora, para alguma coisa boa serviu eu ter suportado por tantos anos aquela ratazana do Quevedo. Para alguma coisa boa tinha de servir aquele sinete pelo qual morreu tanta gente... Não é mesmo?

A festa parecia interminável, sem data de vencimento, como se pretendesse tornar-se um estado permanente, um delírio perpétuo, dir-se-ia uma condição teleológica. As pessoas, vindas de todas as latitudes possíveis, desfrutavam até o êxtase daquele ambiente denso de exaltação e plenitude. De repente, a cidade parecia ser o centro do universo, o núcleo amável do mundo que, a realidade estava mostrando, podia ser um lugar bom, e não o campo de batalhas de ofensas e rancores em que alguns o tinham transformado, o purgatório que costumava ser.

Os mais recentes culpados da existência daquela condição benéfica de satisfação, estado de graça que o desfrute da paz e o amor podem provocar, tinham sido quatro septuagenários magros e despenteados, obstinados em interpretar o papel de adolescentes maus ao passo que, durante meio século, não fizeram outra coisa senão entregar algo do que de melhor os homens podem criar. Um pouco de beleza.

Yoyi Pombo, incansável, havia preparado no La Dulce Vida a celebração de uma noite dos anos 1960, uma viagem no tempo por vinte dólares a passagem. O lugar fora decorado com os símbolos mais icônicos daqueles anos e era animado por uma velha banda de rock local (de septuagenários mais para gordos, embora também despenteados, pelo menos os que tinham alguma coisa para pentear) que só interpretava sucessos de Rolling Stones, Beatles, Elvis, The Four Seasons, The Mamas and The Papas: grupos que também foram queimados em sua época por interpretar música considerada ideologicamente nociva... "Dream a Little Dream of Me", "Free Yourself", "Imagine", "I Can't Get No", cantaram em coro os mais de cem privilegiados que conseguiram ter acesso ao restaurante sem que seus bolsos se abalassem. Como Motivito teria gostado de estar ali, na cabine de uma máquina do tempo equipada para recuperar os fósseis dos dias esplendorosos das grandes descobertas, quando uma canção e um beijo eram capazes de nos transportar para o território da felicidade.

– Você está louco, Yoyi – advertiu Conde. – As pessoas vão acreditar que isso é de verdade. Alguém vai pensar que aqui é a Califórnia e tirar um cigarro de maconha.

– Fique de olho, *man*, fique de olho – disse Yoyi, sorridente, também exultante depois de ter assistido ao show na companhia dos amigos de seu amigo Conde. – Não sabe o que perdeu, *man*. Que maravilha de show. O Magro foi o que mais aproveitou. Cantou todas as canções. Todas! Disse que passou um mês ensaiando... Dançou na cadeira de rodas!

– Imagino – quase lamentou o outro.

– Escuta, e é verdade que Tamara já vai amanhã? – continuou Yoyi, sem saber, ou sabendo, que estava pondo o dedo numa ferida aberta.

– Vai amanhã... à tarde...

– Mas vai voltar?

– Acho que sim..., não sei... Muita gente vai e vai para sempre...

– Tamara, não – garantiu Yoyi.

– Assim espero... – Conde apertou a ponte do nariz. – Isso é fogo, parceiro... As pessoas vão embora, os jovens vão embora... Até quando?

– Até quando Deus quiser.

– No nosso caso, nem ele sabe o que quer... Enquanto isso as pessoas continuam indo embora...

Conde negou e continuou negando quando seu parceiro comercial, onipresente, empreendedor e protocapitalista já estava em outras latitudes do lugar. Encostado em seu canto do balcão, com seu falso drinque entre as mãos, o ex-policial decretou-se vencido pela circunstância, por todas as circunstâncias. Por sorte, para aquela noite louca que estavam vivendo, Yoyi contratara seis gorilas que, com caras e gestos de gorilas, andavam entre as mesas, os que dançavam, os que festejavam, como que para desanimá-los de cometer algum excesso delirante, e por isso ele podia revolver-se à vontade em suas tribulações.

Embora o cansaço de tantos dias intensos cobrasse sua dívida do físico de Conde, sua mente não conseguia repousar. Se pelo menos pudesse encher com muito rum seu drinque de mentira, sonhou. Para aborrecê-lo mais, as revelações feitas por José José e Aurora, que por fim permitiram que o tenente-coronel Palacios tivesse as informações corretas para poder entregar a instrução encerrada à promotoria, tinham lhe deixado no espírito uma sensação mais de derrota que de êxito, a evidência de que a justiça é necessária, mas não necessariamente justa. Mais pessimismo, com uma só brecha: o sinete napoleônico servira para salvar alguém?

Sua temporada de dez dias intensos num gigantesco Império da Merda engendrado no passado e que tivera uma explosão tardia e furiosa no presente o conectara com um dos lados mais sombrios de sua realidade e dos mais sórdidos da condição humana. A vida íntima dos verdugos e dos repressores. Ódio, crueldade, abusos, medos, desesperos, vinganças, frustrações, corrupções, depravações. Com tais ingredientes não se podia esperar nada que tivesse bom sabor: só o retrogosto amargo que ele próprio carregava, adornado com as imagens de um José José Pérez Pérez frio e imperturbável, talvez desligado de sua realidade e até de sua culpa, e uma Aurora aturdida, como incapaz de se recuperar de um golpe contundente, ainda convencida de que agira movida pelos combustíveis do amor mais que pelos do ódio. Para completar o retábulo macabro, tinha ali os esboços escuros de Marcel Robaina e Reynaldo Quevedo, que passaram de vitimários a vítimas, castrados sem o consolo de que algum dia alguém pretendesse comprar o que tinham sido seus pênis, como o membro privilegiado e sempre à venda de Napoleão. E a certeza da riqueza que caía do céu para Irene e seu filho Osmar, prêmio imerecido que se forjara sobre as castrações sociais de espectros como Sindo Capote, Virgilio Piñera, Lezama Lima ou seu já falecido amigo, o Marqués. Sobre o suicídio de Natalia Poblet. E Victorino? Teria ido embora e seria outro ganhador do tesouro aberto por José José?

Quando a banda de rock começou a música, sem querer, mas sem poder evitar, Conde também começou a cantarolar "Strawberry Fields", uma das canções de sua alma. Foi nesse momento que um dos gorilas de plantão se aproximou e lhe deu um envelope que alguém, um sujeito magro que parecia gordo e com uma tremenda cara de sono, lhe entregara na porta para chegar a ele. Conde, intrigado, olhou o envelope e leu o nome: era a letra de seu velho colega Manolo Palacios. Temendo mais complicações, esqueceu a canção e abriu o envelope para tirar o papel que ele continha. Diferentemente dos traços torpes de Manolo, a letra com que fora escrito o bilhete era uma caligrafia redonda, esmerada, segura, e o ex-policial teve de se inclinar sobre o balcão para conseguir um pouco mais de luz e ler:

Senhor Conde: Está provado que a bala que matou Louis Lotot saiu do revólver de Yarini, um Smith & Wesson de nove milímetros. Lotot tinha três ferimentos: dois no tronco e um na cabeça, que foi mortal. Yarini caiu ferido a uns quinze metros de Lotot, mas o tiro que matou o francês foi disparado de cima e a menos de um metro de distância, segundo os peritos. Obviamente, Yarini não pôde disparar aquele tiro. Mas, como Yarini confessou que era o único culpado dos ferimentos de Lotot, alguém resolveu falsear o informe forense. Por puro acaso, encontrei uma cópia no Arquivo Nacional. Lá se afirmava, além do mais, que uma prostituta chamada Janine Fontaine, francesa, conhecida como concubina de Lotot, também morreu com um tiro no coração disparado pelo revólver de Yarini. Estimava-se que a mulher tivesse recebido não uma, mas duas balas perdidas. Parece que não era seu dia de sorte... Ou teria sido executada a sangue frio para não contar o que tinha visto?

Yarini tinha vários amigos policiais. Um deles foi o primeiro a chegar ao local do tiroteio. Chamava-se Arturo Saborit, o inspetor Saborit que tanto interessa ao senhor e do qual falam alguns atestados policiais relacionados aos acontecimentos de 21 de novembro de 1910 na rua San Isidro.

Mas segure-se porque há mais: conheci Saborit. Procurei-o quando acumulei todas aquelas informações. Quando lhe falei, ele tinha quase noventa anos e me confirmou que foi o primeiro a chegar ao lugar dos fatos, mas negou ter atirado na cabeça de Lotot ou no peito de sua concubina. Entretanto, me disse que bem sabia de que maneira uma pessoa decente pode se degradar e até se transformar num criminoso. E que ele tinha sido uma pessoa decente. Decente..., linda palavra. Não é verdade? Também sempre fui uma pessoa decente.

Finalmente, creio que posso dizer que foi um prazer tê-lo conhecido, senhor Conde. E espero que estas informações lhe sirvam para alguma coisa.

Ah, e lembre-se de que o passado é indelével e de que a história não se acaba nunca.

José José Pérez Pérez

Assim que terminou, Conde leu o bilhete de novo. E sorriu para si mesmo. Os meandros da história, da vida, do tempo, pensou. Que safado, Saborit. Que sujeito, o pobre JJ! Duas pessoas decentes.

No La Dulce Vida, a festa e o delírio continuavam. O cortejo de sentimentos desencontrados que corria por dentro de Conde também. E, vendo tanta gente cantar e se divertir, imaginando naquela tarde o Magro Carlos, Tamara, o Coelho e seus outros amigos desfrutando a música, vendo seu parceiro Yoyi, que fazia sua colheita, inclusive observando um dos gorilas tirar à força um abusado, imaginando Tamara arrumar a mala de viagem, Mario Conde teve uma certeza absoluta, mais que uma premonição, de que aquela festa logo seria cancelada. Não sabia como, só que aconteceria. Era uma questão justamente teleológica, um destino evidente e inapelável: como toda epifania, aquela teria vida limitada. Porque, embora a história às vezes dê reviravoltas e saltos inesperados para um lado ou outro, o mais fodido, como dizia José José, é que a história não acaba nunca, mas, enquanto transcorre, vai deixando lições que devem ser lidas. Fatalismo, pessimismo, desconfiança? Só um pouco de cada ingrediente e muito de má experiência... histórica.

– Gerúndio – Conde chamou, então, o cozinheiro barroco que àquela hora ajudava no preparo de drinques. Finalmente, pensou e de imediato pediu: – Fazendo favor. Pondo muito, muito rum neste copo. Estou precisando. E para o caralho mandando tudo. Tudo.

Em Mantilla, novembro de 2020/maio de 2022

Publicado dez anos depois do lançamento da primeira edição brasileira de *O homem que amava os cachorros*, premiada obra de Leonardo Padura, este livro foi composto em Adobe Garamond Pro, corpo 11/14,3, e impresso em papel Pólen Natural 70 g/m² pela gráfica Rettec, para a Boitempo, com tiragem de 5 mil exemplares.